LE CLOÎTRE

Katy Hays enseigne l'histoire de l'art en Californie. Elle est diplômée du Williams College et a poursuivi son doctorat à l'UC Berkeley. Après avoir travaillé dans de grandes institutions artistiques, dont le Clark Art Institute et le SF MoMA, elle vit aujourd'hui avec son mari et son chien, Queso, à Olympic Valley, en Californie. *Le Cloître* est son premier roman.

KATY HAYS

Le Cloître

TRADUIT DE L'ANGLAIS (ÉTATS-UNIS) PAR CAROLE DELPORTE
ET FLORENCE NOBLET

LE LIVRE DE POCHE

Titre original :

THE CLOISTERS
Publié par Atria Books, un département Simon & Schuster Inc., en 2022.

Couverture : Studio LGF / Bénédicte Marchand.
© Ptitsa_nastitsa / Shutterstock.

À Andrew Hays
(Et à Queso)

« Le premier jour de la vie humaine
instaure toujours le dernier. »

SÉNÈQUE, *Œdipe*.

PROLOGUE

La mort m'a toujours rendu visite en août. Un mois lent et délicieux que nous transformons soudain en quelque chose de brutal. Un changement rapide – comme un tour de cartes.

J'aurais dû m'y attendre. La façon dont le corps serait disposé sur le sol de la bibliothèque, la façon dont les jardins seraient mis sens dessus dessous dans le cadre des perquisitions. La façon dont notre jalousie, notre avidité et notre ambition attendaient de nous dévorer tous, comme le serpent mordant sa queue – l'ouroboros. Et même si je connais les sombres vérités que nous nous sommes cachées les uns aux autres cet été-là, une partie de moi se languit encore du Cloître et de la personne que j'étais auparavant.

Plus d'une fois, j'ai pensé que tout aurait pu basculer d'un côté comme de l'autre. J'aurais pu refuser le poste et dire non à Leo. J'aurais pu ne jamais aller à Long Lake lors de cette nuit d'été. Le médecin légiste aurait même pu décider de ne pas pratiquer d'autopsie. Mais les choix n'étaient pas de mon ressort, je le sais maintenant.

Je réfléchis beaucoup à la chance ces derniers temps. *Luck* en anglais. Probablement un terme hérité du haut allemand *glück*, qui signifie « fortune » ou « heureux hasard ». Dante appelait la fortune le *ministria di Dio*, ou ministre de Dieu. Fortune, un mot ancien pour désigner le destin. Les Grecs et les Romains de l'Antiquité se mettaient toujours au service du destin. Ils érigeaient des temples à sa gloire et adaptaient leur vie à ses caprices. Ils consultaient les sibylles et les prophètes, ils fouillaient les entrailles des animaux et étudiaient les présages. Même Jules César avait paraît-il franchi le Rubicon après un coup de dés. *Alea jacta est* : « Les dés sont jetés. » Le sort de l'Empire romain tout entier reposait sur ce jet de dés. Au moins, César avait eu de la chance cette fois-là.

Et si notre vie tout entière – le déroulé de notre existence et de notre mort – était déjà écrite ? Si un lancer de dés ou un jeu de tarots pouvait prédire votre avenir, que voudriez-vous savoir ? La vie peut-elle être aussi dénuée de sens, aussi aléatoire ? Et si nous n'étions que des César ? Attendant notre coup de chance, refusant de voir ce qui nous attend dans les ides de Mars.

Dans un premier temps, il fut facile de ne pas remarquer les présages qui hantaient le Cloître. Les jardins débordaient de fleurs sauvages et d'herbes aromatiques, de lavande dans des pots en terre cuite, et le pommier Pink Lady avait explosé en tendres fleurs blanches. L'air était si chaud que nos peaux n'étaient que moiteur et rougeurs. Inéluctable, l'avenir s'imposa à nous, et non l'inverse. Un coup de dés malchanceux. Un avenir que j'aurais probablement pu deviner si seulement – comme les Grecs et les Romains de l'Antiquité – j'avais su où chercher.

1

Je suis arrivée à New York début juin. À une période où le mercure grimpait implacablement, où la chaleur se fondait dans l'asphalte, se réverbérait dans les vitres – atteignant des températures qui ne redescendraient que courant septembre. J'étais partie vers la côte Est, contrairement à la plupart de mes camarades du Whitman College attirés par l'Ouest, Seattle ou San Francisco, parfois Hong Kong.

À dire vrai, je n'avais pas obtenu mon premier choix sur la côte Est. Je briguais Cambridge ou New Haven, voire Williamstown, mais quand les mails de refus sont arrivés un par un – *Nous sommes au regret de vous informer... Un grand nombre d'excellents candidats... Bonne chance dans vos recherches...* –, j'avais été reconnaissante de recevoir une réponse positive du programme d'été du Metropolitan Museum of Art. Une faveur, je le savais, faite à mon tuteur pédagogique émérite, Richard Lingraf, qui avait été une sorte de sommité de l'Ivy League avant que la météo de la côte Est – ou un événement suspect à son *alma mater*[1] ? – ne l'envoie à l'ouest.

---

1. Université. *(Toutes les notes sont des traductrices.)*

Le « programme » s'apparentait en réalité plutôt à un stage faiblement rémunéré. Aucune importance. J'aurais pris deux boulots, et les aurais même payés moi-même pour aller là-bas. Après tout, c'était le Metropolitan Museum of Art de New York. Le genre d'institution prestigieuse dont une fille comme moi – une plouc venue d'une université paumée – avait besoin.

En vrai, Whitman n'était pas si mal comme fac. Mais comme j'avais grandi à Walla Walla, la ville qui l'abritait – une localité poussiéreuse aux maisons de plain-pied et située au sud-est de l'État de Washington –, je rencontrais rarement des gens qui, hors des frontières de l'État, en connaissaient l'existence. Whitman faisait partie intégrante de ma vie depuis mon enfance, ce qui avait en grande partie enlevé la magie du lieu. À la différence des autres étudiants qui arrivaient sur le campus tout excités à l'idée de continuer leur vie adulte loin de leurs proches, je n'avais pas, moi, la possibilité de faire table rase du passé. Mes deux parents travaillaient à l'université. Ma mère à la restauration, où elle planifiait les menus et les soirées à thèmes (basque, éthiopien, asado) pour les étudiants de première année qui habitaient dans la résidence universitaire. Si j'avais emménagé sur le campus, ma mère aurait sans doute prévu aussi mes repas, mais l'exemption financière que Whitman accordait à ses employés ne concernait que les frais de scolarité. Alors, j'habitais chez mes parents.

Mon père, lui, était linguiste – même s'il ne possédait aucun diplôme universitaire. Autodidacte, il empruntait depuis toujours des livres à Penrose, la bibliothèque de la fac, et m'avait appris à différencier les six cas latins, ainsi qu'à faire l'analyse grammaticale des dialectes ruraux italiens, entre ses heures d'homme à tout faire sur le campus. Avant qu'il soit soudainement enterré à côté de mes grands-parents, derrière l'église luthérienne à la périphérie de la ville, victime d'un chauffard en fuite l'été précédant mon année de maîtrise. Il ne m'avait jamais dit d'où lui venait son amour des langues, mais seulement qu'il était heureux que je le partage.

— Ton père serait très fier de toi, Ann, me dit Paula, l'hôtesse de caisse.

C'était la fin de mon service au restaurant où je travaillais depuis presque une décennie, embauchée par Paula alors que j'avais quinze ans. Le lieu était profond et étroit avec un plafond en dalles de fer-blanc ternies. Nous avions ouvert les portes pour laisser entrer l'air frais et chasser les odeurs de nourriture. De temps à autre, une voiture descendait la rue large, ses phares fendant les ténèbres.

— Merci, Paula, dis-je, comptant mes pourboires sur le comptoir et faisant de mon mieux pour ignorer les zébrures rouges sur mon avant-bras. Le coup de feu – plus chargé que d'habitude en raison de la remise des diplômes à Whitman – m'avait forcée à empiler les assiettes chaudes directement de la salamandre sur mon bras. Le trajet entre la cuisine et la salle à manger était suffisamment long pour que la faïence imprime sa marque à chaque passage.

— Tu sais, tu peux toujours revenir, déclara John, le barman.

Il relâcha la poignée de la bière pression et me tendit un demi. Nous n'avions droit qu'à un verre par service, mais cette règle était rarement respectée.

Je lissai le dernier billet d'un dollar et le mis avec les autres dans ma poche arrière.

— Je sais.

Mais je n'avais aucune envie de revenir. Mon père, si inexplicablement et si soudainement disparu, hantait chaque morceau de trottoir du centre-ville et même le carré d'herbe brunie devant le restaurant. Les échappatoires sur lesquelles j'avais compté jusqu'alors – les livres et la recherche universitaire – ne m'emmenaient plus assez loin.

— Même si c'est à l'automne et que nous n'avons pas besoin de personnel, poursuivit John, on t'embauchera quand même.

J'essayais d'étouffer la panique que je ressentais à l'idée d'être de retour à Walla Walla à la rentrée lorsque j'entendis Paula dire dans mon dos :

— Nous sommes fermés.

Je jetai un coup d'œil par-dessus mon épaule en direction de la porte, où une bande de filles s'étaient rassemblées ; certaines lisaient le menu dans le vestibule, d'autres avaient poussé la porte moustiquaire, ce qui fit claquer le panneau « Fermé » contre le bois.

— Mais vous servez encore, fit remarquer l'une d'elles en désignant ma bière.

— Désolé. On est fermés, répéta John.

— Oh, allez ! minauda une autre.

Leurs joues étaient rosies par l'alcool. Je voyais déjà comment la nuit se terminerait : mascara dégoulinant sur les joues et des bleus aux jambes. Quatre années passées à Whitman et pas une seule nuit de ce genre-là pour moi – juste quelques pintes et une peau cramée.

Paula ouvrit grand les bras et repoussa le troupeau vers l'extérieur. Je me retournai vers John.

— Tu les connais ? me demanda-t-il en essuyant le comptoir en bois d'un mouvement machinal.

Je secouai la tête. Il était difficile de se faire des amis à l'université quand on était la seule étudiante à ne pas résider dans l'enceinte de la fac. Whitman n'était pas un établissement public où c'était chose courante, mais une fac de sciences humaines privée, coûteuse de surcroît, où tous les étudiants vivaient sur le campus, du moins la première année.

— La ville est en pleine effervescence aujourd'hui. Tu as hâte de recevoir ton diplôme ?

Il attendait un commentaire de ma part, mais je haussai les épaules. Je ne voulais pas parler de Whitman. Ni de la cérémonie de remise des diplômes. Je voulais juste rapporter mes pourboires à la maison et les ranger avec les autres déjà économisés.

Toute l'année, j'avais travaillé cinq soirs par semaine, et j'avais assuré des services en pleine journée quand mon emploi du temps me le permettait. Lorsque je ne me trouvais pas à la bibliothèque, j'étais derrière le bar. Je savais que l'épuisement ne m'aiderait pas à échapper au drame concernant mon père ou au rejet de mes candidatures pour un doctorat, mais il atténuait leur dure réalité.

Ma mère n'avait jamais évoqué mon emploi du temps ou le fait que je ne rentrais à la maison que pour dormir, étant trop préoccupée par son propre chagrin et ses déboires pour prendre en compte les miens.

— Mardi, c'est mon dernier jour, dis-je en vidant le reste de mon verre d'un trait avant de me pencher au-dessus du comptoir pour le poser sur le panier à vaisselle. Il ne me reste plus que deux services.

Paula arriva derrière moi et m'enlaça par la taille, et, même si j'étais impatiente d'être à mardi, je me laissai aller dans ses bras et appuyai ma tête contre la sienne.

— Tu sais qu'il est là quelque part, n'est-ce pas ? Il peut voir ce qui se passe pour toi.

Je ne la croyais pas, je ne croyais personne qui me disait qu'il y avait une magie dans tout ça, une logique, mais je me forçais à acquiescer quand même. J'avais déjà appris que personne ne voulait écouter ce que représentait vraiment la perte d'un être cher.

Deux jours plus tard, vêtue d'une robe en polyester bleue, je reçus solennellement mon diplôme. Ma mère était là pour prendre une photo et assister à la fête du département d'histoire de l'art, organisée sur une pelouse humide devant le Memorial Building, le plus vieux bâtiment du campus, d'inspiration gothique. Achevé en 1899, cet édifice m'avait toujours semblé très récent par rapport à ceux de Harvard et de Yale. Le monument le plus ancien que j'aie jamais visité était l'église Claquato, une modeste structure méthodiste en bardeaux construite en 1857. C'est sans doute pour cela que le passé me fascinait autant – il m'avait échappé pendant toute ma jeunesse. L'est de l'État de Washington était principalement constitué de champs de blé, d'entrepôts de fourrage et de silos argentés qui ne disaient pas leur âge.

En réalité, durant mes quatre années à Whitman, j'avais été la seule étudiante du département à me consacrer aux débuts de la Renaissance. Confortablement éloignée des exploits de Michel-Ange et de Léonard de Vinci, je préférais étudier les personnages secondaires et les artistes qui portaient des noms comme Bembo ou Cossa, des surnoms comme « Tom le maladroit » ou « le Bigleux ». J'avais étudié les duchés et les cours, pas les empires. Les cours royales étaient, il faut bien l'avouer, d'une délicieuse

mesquinerie, et fascinées par les choses les plus farfelues – l'astrologie, les amulettes, les codes –, auxquelles
il m'était impossible de croire. Mais ces particularités
signifiaient aussi que j'étais souvent seule, que ce soit
à la bibliothèque ou dans un bureau avec le professeur
Lingraf, qui arrivait toujours avec au moins vingt minutes
de retard à nos réunions, sans compter les fois où il ne se
souvenait pas de nos rendez-vous.

Malgré les difficultés pratiques pour mener à bien mon
travail, cette période négligée de la Renaissance m'attirait
par ses dorures et son faste, sa croyance en la magie, ses
représentations du pouvoir. Le fait que mon propre monde
soit dépourvu de ces éléments avait facilité mon choix. On
m'avait pourtant prévenue, quand j'avais envisagé un doctorat, que très peu de départements seraient intéressés par
mes recherches. Elles étaient trop marginales, trop étri-
quées, pas assez ambitieuses ni suffisamment étendues.
Whitman encourageait ses étudiants à remettre en cause la
discipline, à se montrer écocritiques, à explorer les qualités multisensorielles de la vision humaine. Par moments,
je me demandais si mon sujet d'étude – ces œuvres dont
personne ne voulait – ne m'avait pas choisie, car je me
sentais souvent impuissante à les abandonner à leur sort.

Plantée à l'ombre, ma mère agitait les bras, faisant tin-
tinnabuler ses bracelets d'argent, tandis qu'elle parlait à
un autre parent. Je jetai un coup d'œil alentour pour repérer la tignasse blanche de Lingraf, mais il était évident
qu'il avait décliné l'invitation. Bien que nous ayons travaillé ensemble pendant près de quatre ans, il n'assistait
que rarement aux réunions du département et ne parlait
pas de ses propres travaux. Personne ne savait sur quoi
ils portaient ces jours-ci, ou à quel moment il cesserait

définitivement de se montrer sur le campus. D'une certaine manière, l'avoir comme conseiller pédagogique aurait pu être un handicap. Lorsque des étudiants et même des professeurs avaient appris qu'il serait mon tuteur, beaucoup m'avaient demandé si je ne faisais pas erreur, car Lingraf prenait rarement des étudiants sous son aile. Pourtant, tout s'était bien passé. Lingraf avait approuvé mon projet de thèse, validé mes matières principales de fin d'études, rédigé mes lettres de recommandation – la totale. Et ce, en dépit du fait qu'il refusait de faire partie de la communauté de Whitman, préférant travailler dans son bureau, la porte fermée aux distractions, rangeant toujours ses papiers dans un tiroir lorsque quelqu'un arrivait.

Alors que j'avais fini mon repérage des présents et des absents, Micah Yallsen, un camarade de promotion, arriva à ma hauteur.

— Ann ! J'ai entendu dire que tu serais à New York cet été ?

Micah avait grandi entre Kuala Lumpur, Honolulu et Seattle. Le genre de vie qui nécessite l'accès à un jet privé ou au minimum une place en première classe.

— Tu vas habiter où ? ajouta-t-il.

— J'ai trouvé une sous-location dans le nord de Manhattan, à Morningside Heights.

Il hocha la tête et picora un cube de cheddar dans l'assiette en carton qu'il tenait. La fac ne gaspillait pas d'argent en frais de traiteur, j'étais certaine que c'était la cafétéria où travaillait ma mère qui avait préparé les plateaux d'amuse-gueules.

— Ce n'est que pour trois mois, précisai-je.

— Et après ? demanda-t-il tout en mâchouillant.

— Je ne sais pas encore.

— J'aurais aimé prendre une année sabbatique, dit Micah en faisant tourner pensivement son cure-dent entre ses lèvres.

Micah avait été accepté pour un doctorat en histoire, théorie et critique au MIT, l'un des cycles universitaires les plus prestigieux du pays. J'imaginais que son année de césure aurait été très différente de la mienne s'il en avait fait une.

— J'aurais été heureuse de passer directement au doctorat, fis-je remarquer.

— C'est juste que c'est super compliqué de trouver une fac où étudier le début de la Renaissance de nos jours. Notre discipline a changé. Pour le mieux, bien sûr.

J'acquiesçai. C'était plus facile que de protester. C'était un refrain tellement familier.

— Quand bien même, poursuivit-il. On a besoin de gens pour poursuivre le travail des générations précédentes. Et c'est bien de s'intéresser à un sujet précis, d'être *passionné* par ce sujet. (Il harponna un autre morceau de fromage.) Mais tu dois aussi réfléchir aux tendances actuelles.

J'étais le genre de personne qui ne comprenait rien aux modes. Lorsque je croyais en suivre une, elle était déjà passée. Ce qui m'avait séduit dans le monde universitaire, c'était l'impression que cet univers était justement imperméable aux effets de mode, et que l'on pouvait plonger dans un domaine et ne plus jamais le quitter. Lingraf n'avait publié des livres que sur les artistes de Ravenne, il n'avait jamais eu besoin de pousser jusqu'à Venise.

— Il faut en tenir compte, expliquait Micah. D'autant plus qu'il n'y a plus grand-chose à découvrir sur le xve siècle, n'est-ce pas ? C'est une période qui a été passée au peigne fin. À moins que quelqu'un essaie de réattribuer un Masaccio ou un truc de ce genre.

Il rit et se sentit autorisé à se tourner vers une autre conversation, plus intéressante à ses yeux. Il avait donné ses conseils, rempli ses obligations. (*Bon, Ann, je vais t'expliquer pourquoi ta candidature a été rejetée presque partout.*) Comme si je ne le savais pas !

— Tu es sûre que tu n'as pas besoin d'aide ?

Ma mère était adossée à l'embrasure de la porte de ma chambre, où je sortais des livres de ma bibliothèque pour les empiler par terre.

— Non, merci.

Elle pénétra malgré tout dans ma chambre et jeta un œil dans mes cartons de déménagement avant d'ouvrir les tiroirs de ma vieille commode.

— Il ne reste plus grand-chose, dit-elle, si doucement que je faillis ne pas l'entendre. Tu es sûre de ne pas vouloir laisser quelques affaires ici ?

Si je m'étais sentie coupable de la laisser seule à Walla Walla, mon instinct de conservation m'avait fait oublier ces sentiments. Même lorsque mon père était en vie, j'avais toujours considéré mon séjour dans cette chambre comme temporaire. Je voulais voir les lieux que mon père avait rapportés à la maison avec les livres de la bibliothèque Penrose – les campaniles d'Italie, les côtes marocaines balayées par les vents, les gratte-ciel scintillants de Manhattan. Des lieux qui ne m'étaient accessibles que sur papier.

Le jour de sa mort, mon père parlait dix langues et lisait au moins cinq dialectes disparus. Les langues étaient son moyen de s'aventurer au-delà des quatre murs de notre maison, au-delà de sa propre enfance. J'aurais voulu qu'il soit là pour me voir accomplir ce que lui-même rêvait de faire. Mais ma mère avait peur des voyages – des avions, de l'inconnu, d'elle-même – et mon père choisissait en général de rester avec elle, pas loin de la maison. Je ne pouvais m'empêcher de m'interroger : s'il avait su – s'il avait su qu'il mourrait jeune –, n'aurait-il pas exploré un peu plus le monde ?

— Je voulais être sûre que tu aies la possibilité de louer ma chambre si tu en as besoin.

Je finis de remplir un carton de livres, et le bruit du pistolet à rouleau adhésif nous fit sursauter toutes les deux.

— Je ne veux pas que quelqu'un d'autre vive ici.

— Un jour, peut-être que si, répondis-je avec douceur.

— Non. Pourquoi dois-tu parler de ça ? Où habiterais-tu si je louais ta chambre ? Comment pourrais-je te voir si tu ne venais pas ici, si tu ne revenais pas ?

— Tu pourrais toujours me rendre visite, suggérai-je.

— Je ne peux pas. Tu sais que je ne peux pas.

J'avais envie d'argumenter, de la regarder et de lui dire que si. Elle pourrait prendre l'avion et je serais là, à l'attendre à l'arrivée, mais je savais que cela n'en valait pas la peine. Elle ne viendrait jamais à New York, et je ne pouvais pas rester. Si je le faisais, je savais à quel point il serait facile de se laisser prendre dans les toiles d'araignée, comme cela avait été le cas pour elle.

— Je ne comprends toujours pas pourquoi tu veux aller là-bas. Une si grande ville. On s'occupera beaucoup mieux de toi ici. Les gens te connaissent. Nous connaissent.

C'était une conversation qui m'était familière, mais je ne voulais pas passer ma dernière nuit dans la maison de cette façon – de la façon dont nous avions vécu tant de nuits après la mort de mon père.

— Ça va aller, maman, dis-je sans prononcer tout haut ce que je me disais tout bas : *Il le faut.*

Ma mère avait saisi un ouvrage posé sur un coin du lit et le feuilletait.

Ma chambre avait juste assez de place pour une bibliothèque et une commode, le lit était coincé contre le mur.

— Je ne m'étais jamais rendu compte que tu en possédais autant.

Mes livres prenaient plus d'espace que mes vêtements. Il en avait toujours été ainsi.

— Les risques du métier, dis-je, soulagée qu'elle ait changé de sujet.

— D'accord, acquiesça-t-elle en reposant le volume. Je te laisse terminer.

Ce que je fis. J'entassai mes livres dans des cartons que je scellai avec du ruban adhésif. Ils partiraient par la poste. Puis je fermai mon sac de voyage et récupérai sous mon lit la boîte en carton où je gardais mes pourboires. L'argent pesait lourd sur mes genoux.

Demain je serais à New York.

2

— J'ai bien peur que nous ne puissions vous accueillir au Met cet été, déclara Michelle de Forte.

Nous étions assises dans son bureau. Un badge épinglé à mon chemisier indiquait mon identité et mon département.

— Comme vous le savez, vous deviez travailler pour Karl Gerber. (Elle s'exprimait en avalant ses syllabes, une manière de parler à l'origine indéterminée mais assurément cultivée dans les meilleures écoles.) Il prépare une exposition sur Giotto, mais il a eu l'occasion de se rendre à Bergame et il a dû partir inopinément.

Je m'efforçai d'imaginer un emploi où l'on pouvait être appelé à Bergame du jour au lendemain, puis de me représenter le genre d'employeur qui m'autoriserait à m'y rendre. Dans les deux cas, sans succès.

— Il lui faudra peut-être plusieurs semaines pour finir la tâche requise. Tout cela pour vous dire que je suis vraiment désolée, mais nous n'avons plus de place pour vous.

Michelle de Forte, directrice des ressources humaines au Metropolitan Museum of Art, m'avait prise à part dès mon arrivée pour la réunion d'accueil ce matin-là. M'éloignant de la salle avec café chaud et pâtisseries appétissantes, elle m'avait conduite dans son bureau, où je m'étais assise dans un fauteuil Eames en plastique rigide, mon sac à dos sur les genoux. Puis elle m'avait observée par-dessus ses lunettes à la monture en acrylique bleu, qui avaient glissé sur son nez. Son index, fin et semblable à une patte d'oiseau, pianotait son bureau avec la régularité d'un métronome.

Si elle attendait de moi une réponse, je ne savais pas laquelle. J'étais, semblait-il, un léger dommage collatéral dans leur planning d'été. Un désagrément administratif.

— Il est clair que nous sommes dans une situation délicate, Ann.

Je voulus déglutir, mais j'avais la gorge sèche. Je ne trouvai rien de mieux à faire que cligner des yeux en m'efforçant de ne pas penser à ma sous-location new-yorkaise, à mes cartons de livres pas encore ouverts, à mes collègues qui avaient la chance de rester.

— À l'heure actuelle, tous les autres postes de notre département sont pourvus. Nous n'avons pas besoin de plus de ressources pour l'époque ancienne et, franchement, vous n'êtes pas qualifiée pour nos départements qui pourraient bénéficier d'un coup de main.

Elle n'était pas malveillante, juste franche. C'était un simple constat. Elle opposait les besoins de l'institution à ma présence désormais tristement inappropriée. Par les parois vitrées de son bureau, je vis les employés du musée arriver. Certains avaient une jambe de pantalon retroussée et un casque de cycliste sur la tête, d'autres étaient bardés de sacoches en cuir élimé, des femmes affichaient un rouge à lèvres vif, et presque tous tenaient un gobelet de café. J'avais passé la matinée à examiner les vêtements de ma penderie – pas si nombreux – et à évaluer leur effet avant d'opter pour une tenue qui me paraissait à la fois pratique et professionnelle : chemisier en coton, jupe grise et tennis. Mon badge aurait pu porter la mention « en transit ».

Dans ma tête, je calculais la perte de l'allocation du Met en regard de mes économies. J'avais assez d'argent pour rester à New York jusqu'à la mi-juillet, ensuite je pouvais sans doute dégotter un emploi, n'importe lequel, sans problème. Je n'en parlerais pas à ma mère. Maintenant que j'étais là, il faudrait plus qu'une fin de non-recevoir de Michelle de Forte pour me déloger. Les mots « Je comprends » se formaient sur mes lèvres et mes mains étaient prêtes à me propulser hors du fauteuil, quand on frappa derrière moi.

Un homme, les mains en visière, nous observait à travers la vitre. Son regard croisa le mien, puis il poussa la porte, baissant la tête pour ne pas se cogner.

— Patrick, tu me donnes une minute ? Je termine avec ça.

Ça, c'était moi.

Peu impressionné, Patrick prit place sur la chaise voisine de la mienne. Je jetai un coup d'œil à son profil : le visage bronzé, de jolis plis autour des yeux et de la bouche, la barbe parsemée de poils gris. Il était plus âgé que moi mais du bon côté de la cinquantaine ; séduisant, mais sans rien d'ostentatoire. Il me tendit sa main que je serrai. Elle était sèche, calleuse, agréable.

— Patrick Roland, conservateur du Cloître, dit-il avant même de regarder la directrice des RH.

— Ann Stilwell, collaboratrice d'été au département Renaissance.

— Ah ! Très bien. (Patrick arbora un sourire en coin.) Quelle Renaissance ?

— Le début. Surtout Ferrare. Parfois Milan.

— Un domaine de recherches en particulier ?

— Plus récemment, les voûtes célestes, précisai-je en pensant à mon travail avec Lingraf. L'astrologie de la Renaissance.

— La Renaissance improbable, donc.

La façon dont il me regarda sans tourner franchement la tête vers moi mais avec toute son attention me fit oublier, ne serait-ce qu'un instant, que nous partagions la pièce avec quelqu'un qui venait de me rayer de sa liste.

— Il faut un certain courage pour travailler dans un domaine où les archives sont encore une nécessité, ajouta-t-il. Où les choses sont rarement traduites. Impressionnant.

— Patrick…, tenta à nouveau Michelle de Forte.

— Michelle, déclara Patrick en joignant les mains et en la regardant droit dans les yeux, j'ai de mauvaises nouvelles. (Il se pencha vers elle et lui passa son téléphone.) Michael a démissionné. Sans préavis. Il a trouvé un poste dans le département arts et culture d'une start-up. Apparemment, il est déjà en route pour la Californie. Il m'a envoyé un mail la semaine dernière, mais je ne l'ai vu que ce matin.

Michelle lisait ce que je supposais être la lettre de démission de Michael sur le téléphone de Patrick en faisant défiler le texte.

— On était déjà en sous-effectif avant, expliqua Patrick. Comme tu le sais, on n'a pas réussi à trouver un conservateur adjoint digne de ce nom, et Michael remplissait ce rôle. Alors qu'il n'est pas du tout qualifié. Rachel a dû redouble d'efforts et j'ai peur qu'on lui en demande trop. On peut réclamer un coup de main au département éducation, mais ça ne suffira pas.

Michelle lui rendit son téléphone et réarrangea une pile de documents sur son bureau.

— J'espérais que Karl pourrait nous aider pendant quelques semaines, le temps de trouver quelqu'un, précisa Patrick.

Pendant toute la durée de l'échange, je restai sagement assise, parfaitement immobile, espérant que Michelle oublie ma présence, oublie aussi qu'elle m'avait congédiée.

— Karl est parti à Bergame pour l'été, répondit Michelle. Je suis désolée. Nous n'avons personne de disponible. Le Cloître devra trouver ses propres ressources. Nous avons déjà fait preuve d'une grande générosité en t'attribuant un budget pour payer Rachel tout au long de l'année. Maintenant, si tu permets...

Elle me désigna d'un geste.

Il s'adossa à son siège et me couva d'un regard appréciateur.

— Tu peux me l'envoyer ? demanda-t-il en pointant le pouce dans ma direction.

— Impossible, répliqua la directrice des ressources humaines, Ann allait nous quitter.

Patrick se pencha dans ma direction. Son torse était maintenant si proche de moi que je sentais la chaleur émanant de son corps. Il s'écoula quelques secondes avant que je comprenne que j'étais en apnée.

— Voulez-vous travailler pour moi ? Pas ici. Au Cloître. C'est au nord de Manhattan. Où habitez-vous ?

— À Morningside Heights.

— Parfait. Vous êtes tout près de la ligne A, qui vous emmènera à bon port. Et vous marcherez sûrement moins qu'en traversant le parc.

— Patrick, interrompit Michelle, nous n'avons pas le budget pour Ann. Rachel prend déjà tout ton financement pour l'été.

Le conservateur leva un doigt et reprit son téléphone pour faire défiler ses contacts jusqu'à ce qu'il trouve le numéro qu'il cherchait. Au bout du fil, quelqu'un décrocha.

— Bonjour. Oui. Herr Gerber ? Écoutez, c'est important. Puis-je avoir votre collaboratrice… ?

Il me regarda d'un air interrogateur et claqua des doigts.

— Ann Stilwell, dis-je aussitôt.

— Puis-je avoir Ann Stilwell pour l'été ? Qui est-ce ? Eh bien, elle était censée travailler avec vous cet été, Karl, mais vous êtes parti.

Il me regarda pour avoir confirmation et je hochai la tête. Les deux hommes passèrent à l'allemand pendant quelques minutes, puis Patrick se mit à rire et tendit le téléphone à Michelle.

Pendant la plus grande partie de l'échange téléphonique, la directrice des RH se contenta d'écouter son interlocuteur. De temps à autre, elle émettait un « Vous êtes bien sûr ? » et « Vous allez perdre votre financement ». À la fin, elle hocha simplement la tête et grommela un « hmm » et un « d'accord ». Puis elle rendit son portable à Patrick, qui rit de nouveau et répéta trois fois *ciao* avec un magnifique trille.

— Bien… (Il se leva de sa chaise et me tapa sur l'épaule.) Venez avec moi, Ann Stilwell.

— Patrick ! protesta Michelle. Elle n'a même pas eu le loisir d'accepter !

Il m'observa, un sourcil levé.

— Oui, bien sûr ! m'écriai-je vivement.

— Parfait, répliqua-t-il en lissant un pli de sa chemise. Maintenant, finissons-en et sortons d'ici.

Pendant que Michelle m'expliquait pourquoi je ne pouvais pas rester, la salle s'était remplie d'employés qui, eux, étaient les bienvenus. Le programme estival avait la réputation de ne sélectionner qu'une poignée de diplômés des meilleures universités et d'œuvrer diligemment en coulisses pour assurer leur avenir. Lorsque la lettre d'acceptation était arrivée, j'avais d'abord pensé qu'il s'agissait d'une erreur, mais, à la fin de l'été, j'apprendrais qu'il y avait peu d'erreurs dans la vie.

Les employés à plein temps avaient été convoqués et, même s'ils ne portaient pas de badge, j'en reconnus quelques-uns : le jeune conservateur adjoint du département d'art islamique, venu tout droit de l'université de Pennsylvanie ; le conservateur d'art de la Rome antique, invité récurrent de la série documentaire produite par la chaîne PBS sur les civilisations anciennes. Que du beau monde, intelligent et normalement inaccessible, regroupé ici devant mes yeux. Quand je me rendis compte que j'étais la seule à porter un sac à dos, ses bretelles pesèrent lourdement sur mes épaules.

— Je reviens tout de suite, lança Patrick. Prenez du café, ajouta-t-il en désignant la cafetière. On ira au Cloître bientôt. (Il parcourut la pièce du regard et, vu sa grande taille, n'eut aucun mal à faire l'inventaire des personnes présentes.) Rachel n'est pas encore arrivée. Vous connaissez certains de nos autres collaborateurs pour cet été, non ?

J'étais sur le point de lui expliquer que justement, non, quand Patrick s'éloigna et passa son bras autour des épaules d'un homme plus âgé en veste de tweed élimé. Je sentis un filet de sueur couler le long de mon flanc et collai le bras contre ma hanche pour stopper sa progression.

C'était la raison pour laquelle j'étais arrivée tôt. Pour ne pas avoir à m'immiscer dans une conversation en cours. Quand on arrive en premier, les gens sont obligés de vous adresser la parole. Le temps qu'un groupe se forme, j'en aurais fait partie. Au lieu de cela, je glissai les pouces dans les bretelles de mon sac à dos et regardai autour de moi, prétendant que j'essayais de repérer une amie. Bien qu'il s'agisse d'un petit déjeuner de bienvenue, je compris qu'il ne s'agissait pas d'un moment pour faire connaissance. En regardant les collaborateurs rassemblés en petits cercles, la façon familière dont ils se parlaient, il était clair qu'ils avaient déjà eu l'occasion de se rencontrer de diverses manières au cours des quatre dernières années – lors de colloques et de conférences débouchant sur des dîners et des soirées bien arrosés. Je me rapprochai d'une bande pour pouvoir au moins entendre leur conversation.

— J'ai grandi à Los Angeles, expliquait une fille, et ce n'est pas du tout ce que pensent les gens. On n'a pas que des célébrités, des jus détox et des vibrations positives. On bénéficie d'une vraie vie culturelle et artistique. Florissante, même.

Autour d'elle, les gens hochaient la tête.

— L'été dernier, j'ai travaillé pour la galerie Gagosian à Beverly Hills où Jenny Saville et Richard Prince sont venus donner des conférences. Mais il n'y a pas que les galeries d'art, expliqua-t-elle en buvant une gorgée de son gobelet en verre soufflé à la main.

Je profitai de cette pause pour engager mon épaule dans le cercle et je fus soulagée de voir que la fille à ma gauche me faisait de la place.

— Nous avons aussi des espaces pour l'art expérimental et des projets artistiques communautaires. Un ami a même créé un pont entre l'art contemporain et l'alimentation avec un programme baptisé « Active Cultures », poursuivit-elle.

J'étais maintenant assez près pour lire son badge : « Stephanie Pearce, peinture contemporaine ».

— Tu sais, quand j'étais à Marfa l'été dernier…, déclara un autre membre du groupe.

Mais la phrase mourut sur ses lèvres. L'attention de Stephanie Pearce s'était tournée vers l'entrée, où Patrick était en grande conversation avec une fille aux cheveux d'un blond si cendré qu'il ne pouvait être que naturel. La fille me regarda droit dans les yeux avant de caler une mèche derrière son oreille et de murmurer quelque chose à Patrick. Sa réponse la fit rire et la manière dont son corps ondula, mélange de finesse extrême et de douceur, me donna une conscience aiguë du mien.

Quand j'étais plus jeune, je me demandais souvent ce que je ressentirais si je devenais une beauté. Comme toutes les femmes, je pense. Mais mes seins ne s'étaient jamais développés ; mon nez ne s'était jamais réellement intégré à mon visage ; mes cheveux noirs bouclés étaient plus indisciplinés que romantiques, et les taches de rousseur qui s'étalaient sur mes joues et mes bras avaient la couleur mate des étés sous le soleil de l'État de Washington. La seule chose à mon actif, c'étaient mes grands yeux, mais ils ne suffisaient pas à compenser tous les signes non distinctifs que je possédais.

— C'est Rachel Mondray ? demanda ma voisine.

Stephanie Pearce et quelques autres acquiescèrent.

— Je l'ai rencontrée pendant mon week-end de prospection à Yale, précisa Stephanie. Elle vient d'obtenir son diplôme, mais elle est employée au Cloître depuis près d'un an. Elle a été engagée après avoir travaillé un été en Italie, pour la collection Carrozza.

— Vraiment ? s'étonna quelqu'un.

La collection Carrozza renfermait des archives privées et un musée situé non loin du lac de Côme, accessibles uniquement sur invitation. On disait qu'elle contenait certains des plus beaux exemples de manuscrits de la Renaissance au monde.

— Apparemment, la collection Carrozza lui a proposé un poste à temps plein après l'obtention de son master mais elle a refusé. (Stephanie Pearce se tourna vers moi et ajouta :) Pour aller à Harvard.

Pendant que Stephanie parlait, je regardai Rachel traverser la pièce pour nous rejoindre. Bien sûr, il y avait des étudiantes riches à Whitman. Des filles dont les parents possédaient des jets privés et des résidences secondaires à Sun Valley, mais je ne les connaissais pas vraiment. J'en avais seulement entendu parler – des rumeurs folles sur des vies invraisemblables. Rachel n'avait nul besoin d'être invitée dans notre groupe pour en faire naturellement partie.

— Je ne t'ai pas vue depuis le printemps, Steph, lança-t-elle en nous jetant un regard circulaire, tu as décidé quoi ?

— J'ai fini par choisir Yale.

— Tu vas adorer, répondit Rachel avec une chaleur qui semblait sincère.

— Moi, je vais à Columbia, murmura la fille à côté de moi.

Je ne pouvais m'empêcher d'envier les personnes qui m'entouraient, leur avenir assuré – du moins pour les prochaines années – dans des programmes d'études de troisième cycle de premier ordre. Je craignis un court instant que quelqu'un ne m'interroge sur mes projets pour la rentrée prochaine, mais il était clair que personne ne s'en souciait. J'en fus tout à la fois soulagée et honteuse.

— Ann, me dit Rachel après avoir lu mon badge, Patrick m'a appris qu'on allait travailler ensemble cet été.

Elle traversa le groupe pour me serrer contre elle. Une accolade ferme qui n'avait rien d'artificiel et qui me permit de sentir à quel point elle était douce, à quel point elle sentait les agrumes avec des notes de bergamote et de thé noir. Sa peau était fraîche, et j'eus la sensation aiguë que mon corps moite et mes vêtements quelconques faisaient tache. Quand je voulus m'écarter, elle me retint, assez longtemps pour que je redoute qu'elle ne sente l'anxiété imprimée au fer rouge sur ma peau.

Tous les membres du groupe évaluaient notre interaction, comme on le ferait au sujet des performances d'un cheval de course monté par un nouveau jockey.

— On ne sera que toutes les deux, précisa-t-elle, s'écartant enfin. Personne d'autre ne vient jamais au Cloître. Mais c'est un endroit agréable où être abandonné.

— Je croyais que tu étais spécialiste de la Renaissance, objecta Stephanie en jetant un coup d'œil à mon badge pour en avoir confirmation.

— Oui, mais c'est exactement ce dont nous avons besoin, répliqua Rachel. Alors, Patrick s'est arrangé pour récupérer Ann. On l'a volée au Met.

J'étais reconnaissante de ne pas avoir à expliquer ma situation plus en détail.

— Allez, viens ! ajouta Rachel en me pinçant le bras. On y va.

Je passai la main sur ma peau endolorie et, malgré la sensation de chaleur et la douleur qui remontait jusqu'à ma clavicule, je me surpris à apprécier tout cela – l'attention, le pincement, le fait de ne pas avoir à côtoyer Stephanie Pearce. Tout ça était arrivé parce que j'avais décidé de m'attarder dans le bureau de Michelle, juste assez longtemps pour que Patrick fasse son apparition.

3

Je pense que je n'oublierai jamais ce que je ressentis lors de mon arrivée au Cloître ce jour de juin. Derrière nous s'étirait le « Museum Mile » – ce tronçon de la Cinquième Avenue où se trouvent la Frick Collection, le Met et le Guggenheim et qui est toujours envahi de taxis en maraude, de hordes de touristes, d'enfants en colonie de vacances et de visiteurs émerveillés par les façades en marbre – et, devant nous, il y avait la verdure de Fort Tryon Park à l'extrémité nord de Manhattan. Lorsque le musée apparut devant mes yeux, j'eus du mal à ne pas pousser Rachel afin de mieux voir en me penchant par la fenêtre de la voiture. Il ne me vint pas à l'esprit de feindre l'indifférence. C'était comme si nous avions emprunté une sortie non indiquée pour nous retrouver hors de la ville, sous la canopée des feuilles duveteuses des érables.

La route menant au Cloître montait en pente douce et, à travers le défilé des arbres, on apercevait un mur de pierre grise recouvert de mousse et de lierre. Au-delà de ces remparts, un campanile aux hautes fenêtres romanes perçait la frondaison. Je n'étais jamais allée en Europe, mais j'imaginais que le Vieux Continent devait ressembler à quelque chose de ce genre : ombragé, pavé et gothique.

Le genre de lieu qui vous rappelle combien le corps humain est éphémère, combien la pierre est pérenne.

Comme beaucoup d'autres institutions, le Cloître avait été créé par John D. Rockefeller Junior. Le fils du « baron voleur » avait transformé les vingt-six hectares de terrain et la petite collection d'art médiéval en un musée et un monastère entier reconstitué à l'identique. Des vestiges d'abbayes et de prieurés du XIIe siècle en ruine avaient été importés d'Europe dans les années 1930 et remontés sous l'œil attentif de l'architecte Charles Collens. Des bâtiments qui avaient été abandonnés aux ravages des intempéries et des guerres – chapelles entières et colonnades en marbre – avaient été réassemblés et restaurés pour leur redonner leur lustre d'antan.

Je suivis Patrick et Rachel le long d'une allée pavée qui serpentait à l'arrière du musée dans un tunnel naturel de buissons de houx retombants dont les feuilles épineuses s'accrochaient à mes cheveux. Comme dans un véritable cloître, un silence religieux prévalait, que seul venait troubler le bruit de nos pas. Nous grimpâmes jusqu'au sommet des remparts où une grande arche de pierre encadrait un portail métallique noir. Je m'attendais presque à être accueillie par un garde en armure descendu tout droit du XIIIe siècle.

— Ne vous inquiétez pas, m'indiqua Patrick. Le portail est là pour empêcher les gens d'entrer. Pas pour vous empêcher de sortir.

Sur les blocs de pierre grossièrement taillés de la façade du bâtiment, on distinguait les rainures où la tête de bronze d'une hache s'était plantée. Patrick sortit une carte magnétique et la passa devant un boîtier en plastique gris que je n'avais pas remarqué tant il se fondait habilement dans la maçonnerie. Dans le mur de pierre se nichait une petite porte arrondie, que Rachel maintint ouverte pendant que l'on pénétrait, tête baissée, dans l'enceinte du musée.

— Normalement, on passe par l'entrée principale, mais c'est plus amusant par ici, ajouta Patrick dans mon dos. Vous découvrirez davantage de passages secrets et de recoins discrets au fur et à mesure que vous explorerez les lieux.

La porte ouvrait sur un jardin où se mêlaient harmonieusement des fleurs roses et blanches et de délicates feuilles de sauge argentée. C'était l'un des espaces verts, l'un des cloîtres qui avaient donné son nom au musée. Il régnait dans l'air un silence que même les insectes semblaient respecter, avec un très léger bourdonnement, et le claquement occasionnel de chaussures sur le sol en calcaire. Je me serais bien attardée pour admirer les plantes débordant des pots et des parterres, toucher les murets qui délimitaient l'espace, sentir du bout des doigts la réalité de ce monde qui me semblait onirique. Je voulais respirer le mélange de lavande et de thym jusqu'à ce qu'il efface l'odeur du bureau de Michelle de Forte, mais Rachel et Patrick étaient de nouveau en mouvement.

— Typiquement, on appelait « cloître » un jardin médiéval de forme carrée entouré de galeries comme celui-ci, commenta Rachel. Celui-ci est le cloître de Cuxa, du nom du monastère bénédictin de Saint-Michel de Cuxa, dans les Pyrénées. Le plan originel du jardin date de 1144 avant Jésus-Christ et, lorsque les cloîtres ont été remontés ici, on a conservé l'axe nord d'origine. Nous avons trois autres jardins comme celui-ci.

L'allée était flanquée de colonnes de marbre sur-montées de chapiteaux sculptés arborant des aigles aux ailes déployées, des lions assis, et même une sirène qui tenait sa queue. Entre les colonnes, des voûtes décorées de palmettes et de treillis en pierre. Malgré les nom-breuses photographies de cathédrales médiévales que j'avais vues, je n'étais pas préparée à la beauté écrasante des lieux, à l'intensité avec laquelle tout était ciselé, au nombre d'yeux sculptés et peints qui me dévisageaient en retour, à la façon dont la pierre gardait toute sa fraîcheur au jardin. Un monde prodigieux qui continuerait à me surprendre de la même manière au fil des mois.

Rachel et Patrick m'emmenèrent au bout du cloître où des portes donnaient accès au musée lui-même. Un incroyable monde médiéval en miniature : poutres en bois du XIIIe siècle entrecroisées au plafond et larges vitraux enchâssés dans les murs. Des vitrines remplies d'orfèvre-rie scintillaient de pierres précieuses – rubis rouge sang et saphirs aussi sombres qu'une mer sans lune. Une minia-ture en émail attira mon attention – ses couleurs étaient encore vibrantes malgré son ancienneté – et j'étudiai son coffret, les doigts posés sur la vitrine. Voilà les objets miniatures, à l'exécution si fine, dont j'avais toujours pressenti que leur observation me grandirait.

— Viens, lança Rachel qui m'attendait devant un escalier.

Patrick était déjà hors de vue.

Il m'était impossible de ne pas être submergée d'émo-tion par l'écrin que représentait le Cloître. Ce n'était pas comme le Metropolitan où les yeux pouvaient se reposer entre deux pièces. Ici, l'espace tout entier était l'œuvre. Je fus soulagée de découvrir que l'escalier menait au rez-de-chaussée, dans le hall et l'entrée principale, où les visiteurs manipulaient des cartes et des audioguides, pointant du doigt les galeries qui abritaient les œuvres les plus connues. Le Cloître, comme le Met, était gratuit pour les résidents de New York.

— Moira, fit Patrick en se dirigeant vers une femme aux cheveux noirs parsemés de fils blancs aux tempes, voici Ann, elle va travailler avec nous cet été.

— Tu sais que Leo fumait encore dans le cabanon de jardin ? répondit Moira en sortant de derrière le comptoir d'information. On sentait la fumée d'ici. Et si je m'en suis rendu compte, je suis sûre que les visiteurs aussi. Il se trouvait dans l'enceinte du musée. Où fumer est interdit. C'est déjà la quatrième fois ce mois-ci.

Patrick balaya les préoccupations de Moira avec l'habileté d'une personne qui a l'habitude de négocier la paix dans le monde.

— Ann, voici Moira, notre responsable de l'accueil.

— Et coordinatrice des guides, ajouta-t-elle, me regardant à peine avant de reporter son attention sur Patrick.

— Elle fait de l'excellent travail, souligna celui-ci.

— J'ai pensé, reprit Moira, en posant une main sur la manche de Patrick, qu'on pourrait installer des détecteurs de fumée dans la zone d'entretien du jardin, et ainsi…

— Elle est toujours comme ça, murmura Rachel à mon oreille. Si tu es en retard, sache qu'elle se souviendra du nombre exact de minutes.

C'était bon d'être la complice de quelqu'un, même juste un instant, le souffle chaud de Rachel brûlant mon cou.

— Moira, coupa Patrick, on va à la sécurité. Je voulais juste te présenter Ann. On pourrait peut-être…

— En discuter plus tard ?

— Je vais demander à un agent de parler à Leo.

— Merci de ne pas oublier.

Nous avons alors continué jusqu'au bureau de la sécurité, fermé par une porte métallique sans aucun charme devant laquelle Patrick nous laissa, après m'avoir offert un sourire en coin et un clin d'œil. L'espace d'un court instant, je crus voir sa main se poser sur le bas du dos de Rachel, mais cela se passa si vite – comme la matinée, notre arrivée, notre parcours dans les galeries – que je n'aurais pu l'affirmer. Je n'eus même pas le temps de dire ouf qu'un agent m'avait prise en photo et remis une carte magnétique et que Rachel était déjà en route vers le service du personnel.

— Tu viens ? demanda-t-elle par-dessus son épaule alors que je me démenais pour accrocher mon laissez-passer à ma jupe.

Je me forçai de ne pas la rejoindre en courant.

Les bureaux du musée s'apparentaient à un labyrinthe de passages en pierre et de portes gothiques faiblement éclairées par des appliques murales trop espacées qui laissaient des zones d'ombre. Rachel me présenta aux membres du département éducation, dont les fenêtres entrouvertes, aux vitres cerclées de plomb, donnaient sur l'Hudson. Puis elle me montra la cuisine réservée au personnel, un espace étonnamment moderne rempli d'appareils électroménagers de marque européenne en acier inoxydable.

Ensuite, le service de restauration des œuvres, où une équipe de spécialistes en blouse et gants blancs étaient absorbées par le lent processus consistant à gratter des siècles de vernis d'un tableau dont le cadre doré et filigrané avait été retiré et mis de côté. Enfin, une salle remplie de néons et d'armoires de rangement – les nouvelles acquisitions, précisa Rachel – où des milliers d'œuvres de petite taille étaient conservées comme des spécimens scientifiques. J'ai mémorisé tout ce que j'ai pu : les visages, le nombre de portes entre la cuisine et les bureaux du département éducation, le dernier endroit où j'avais aperçu des toilettes… Enfin, après un demi-tour en direction de l'entrée, Rachel me fit entrer dans une salle supplémentaire remplie d'une série de rayonnages sur rails chargés de livres, avec un mécanisme à manivelle qui permettait de les déplacer pour accéder à une deuxième rangée d'ouvrages.

— De là, on peut accéder directement à la bibliothèque par une porte au fond. C'est là où nous travaillons, elle est distincte des bureaux du personnel, m'expliqua Rachel.

Nous traversâmes les enfilades de livres, la semelle caoutchoutée de mes chaussures crissant sur le sol en *terrazzo*. Rachel s'adossa à un lourd battant en bois qui ouvrait sur la bibliothèque – une longue pièce au plafond bas en croisée d'ogives équipée d'immenses tables en chêne et de chaises recouvertes de cuir vert capitonné de boutons en cuivre. C'était le genre de bibliothèque typique d'une somptueuse maison de campagne, avec vitraux et murs entiers recouverts de livres, dont certains titres écrits à la main sur la reliure en tissu.

— Le bureau de Patrick se trouve là-bas.

Rachel désigna une porte en bois à l'élégante ferronnerie représentant deux cerfs en plein combat, leurs bois entrecroisés.

— Mais toi et moi, on va bosser ici. Le Cloître n'a pas assez de bureaux pour nous en attribuer un.

En étudiant les lieux, impossible de m'imaginer travailler entre les quatre murs blancs d'une pièce ordinaire alors que cette option m'était offerte. Pendant des années, j'avais été fascinée par les représentations non seulement des tableaux mais aussi des archives – ces salles faiblement éclairées pleines de livres et de manuscrits, un matériau historique que je rêvais de tenir entre les mains, de voir de mes propres yeux. Et je me retrouvais dans la bibliothèque du Cloître ! Certes, il n'y avait pas de manuscrits rares ici, bien qu'il y en eût beaucoup dans les galeries et encore plus conservés dans les collections –, mais cet espace rempli de premières éditions et de titres rares, qui vénérait les disparus autant que moi, me faisait sentir la bienvenue, comme si j'avais trouvé mon foyer.

Je savais que Rachel me regardait absorber tout cela. Il m'était impossible d'affecter la nonchalance dont elle avait fait preuve tout au long de la visite, comme si les voûtes en ogive et le cuir vert étaient tout simplement ordinaires. *De rigueur** [1]. Je tirai une chaise et y posai mon sac à dos.

— Tu ne veux pas voir les collections ? me demanda Rachel. (Elle fit un signe de la main qui englobait la bibliothèque.) Ceci n'est que la salle de travail.

Elle n'attendit pas que j'acquiesce – peut-être la réponse se lisait-elle déjà sur mon visage – et ouvrit les portes principales de la bibliothèque. Nous sortîmes et je fus instantanément aveuglée par le soleil.

— Voici le cloître de Trie.

---

1. Les mots suivis d'un astérisque sont en français dans le texte.

Au centre du jardin se trouvait un crucifix en pierre entouré d'une profusion de fleurs sauvages, dont certaines s'étaient discrètement nichées dans les fissures du muret de brique qui en faisait le tour.

— Il a été pensé pour ressembler aux tapis de fleurs des tapisseries à la licorne du XVe siècle, précisa-t-elle. Et il y a un café à une extrémité. Il ouvre à l'heure du déjeuner et ils servent un excellent expresso et de délicieuses salades.

— On a droit à une réduction ? demandai-je, regrettant immédiatement ma question.

Rachel se retourna pour me regarder alors que nous nous dirigions vers une autre porte.

— Bien sûr.

Je m'autorisai à prendre une grande inspiration et me rendis compte que j'avais eu peur de respirer depuis mon arrivée au musée, de crainte qu'ils ne changent d'avis.

— Patrick m'a raconté ce qui s'est passé avec Michelle, dit Rachel en baissant la voix.

Nous venions de pénétrer dans une salle dont les plafonds vertigineux abritaient une chapelle médiévale miniature. Les vitraux rouges jetaient des motifs roses sur le sol couleur sable.

— Je n'en reviens pas. Dire qu'elle t'a fait venir jusqu'ici… D'où ? De Portland ?

— De l'État de Washington, répondis-je, en espérant ne pas piquer un fard, tant j'étais gênée d'avoir dû rectifier.

Sans savoir pourquoi, j'avais désespérément besoin de son approbation. Si j'avais pu me revendiquer de Portland, je l'aurais fait. Peut-être était-ce sa façon de se comporter, de toujours aller de l'avant. Même quand l'un des restaurateurs nous avait dit que nous ne pouvions pas entrer, Rachel s'était contentée de hausser les épaules et de maintenir la porte ouverte pour que je puisse embrasser la pièce du regard – j'avais remarqué des bouteilles de cinq litres de térébenthine et d'huile de lin.

— J'ai une amie de Spence qui est allée à Reed College. Sasha Zakharov, tu la connais ?

— Je ne connais personne de Reed. C'est assez loin de Whitman.

— Ah !

Rachel ne semblait pas embarrassée par son erreur et je me demandai ce qu'on pouvait ressentir lorsqu'on était tellement sûre de sa situation qu'il importait peu d'écouter les rectifications d'une collègue. Nous nous étions arrêtées devant deux cercueils en pierre installés dans des cavités murales.

— Je veux que tu saches, dis-je avec peut-être un peu trop d'empressement, que même si j'étais venue pour travailler au département Renaissance, je connais très bien l'art médiéval. Et tout ce que je ne sais pas, je peux trouver le temps de l'apprendre.

Pourquoi avoir tenu à expliquer cela ? Rachel ne m'avait pas demandé mon domaine d'expertise et n'avait pas non plus exprimé de doutes sur mes compétences.

Elle balaya mes inquiétudes d'un revers de main.

— Bah, ne t'inquiète pas. Je suis sûre que tu t'en sortiras sans problème.

Je ne répondis rien, espérant qu'elle poursuive.

— Patrick ne prend pas n'importe qui.

Elle me regarda, évaluant ce qu'elle avait sous les yeux : mes chaussures, mes vêtements, mes taches de rousseur…

— Il devait savoir que tu ferais l'affaire pour nous.

Nous étions debout devant les tombes, tandis que les visiteurs circulaient autour de nous, inspectant les cartels fixés aux murs.

— C'est la première fois que tu viens à New York ? me demanda Rachel en croisant mon regard.

Je hochai la tête. Même si, à cet instant précis, j'aurais préféré répondre par la négative.

— Vraiment ? interrogea-t-elle, les bras croisés. Une première impression ?

— Je n'en ai pas vu assez pour avoir une opinion. Ça fait seulement trois jours que je suis là.

J'avais passé ma première journée à déballer mes affaires et à enlever la substance collante qui imprégnait toute la vaisselle et les casseroles de ma sous-location. Le deuxième jour, j'avais découvert un trajet que je ne reprendrais plus : à savoir, prendre le métro au nord de Manhattan jusqu'à la station de la 81ᵉ Rue et traverser ensuite Central Park à pied. Car, bien que Manhattan fût connue pour ses gratte-ciel de béton et de verre, j'avais passé le plus clair de mon temps depuis mon arrivée dans ses parcs luxuriants.

— Mais tu devais bien avoir une idée avant de venir ici ?

— Eh bien, oui…

Les inquiétudes de ma mère tournaient silencieusement en boucle dans ma tête : l'immensité de la ville, son côté impersonnel, mon incapacité à gérer tout ça.

— Et alors, elle s'est montrée à la hauteur de tes espérances ?

— Pour être honnête, ce n'est pas du tout ce à quoi je m'attendais.

— C'est exactement Manhattan. À la fois tout ce que tu imaginais et tout autre chose. Cette ville peut te donner le monde et te le reprendre en un claquement de doigts.

Elle me sourit, jetant un coup d'œil à mes chaussures qui couinaient sur le sol depuis notre arrivée, avant de se diriger vers la pièce suivante et de me faire signe de la suivre.

— Et *toi*, tu en penses quoi ? demandai-je, désireuse de faire durer notre échange tout en trottinant derrière elle.

— J'ai grandi ici.

— Oh, je n'avais pas compris…

— Pas de problème. Spence[1] ? Je pensais que tu aurais fait le rapprochement.

— Je ne connais pas Spence.

— Bah, tu ne perds rien ! répondit-elle en riant. Nous avons tous une relation compliquée avec nos villes natales.

Nous sommes entrées dans une pièce abritant une vitrine de peintures miniatures sur émaux. Des représentations brillantes, Jonas avalé par la baleine, Ève croquant une pomme si rouge qu'elle semblait scintiller. De petits chefs-d'œuvre de plus de huit cents ans.

Rachel fit un signe à l'agent qui allait disparaître dans la salle voisine.

— Alors, Mateo part bientôt en colonie de vacances, Louis ? lui lança-t-elle.

Le gardien s'arrêta net.

— La semaine prochaine. Je crois qu'il rend sa mère folle. Merci encore de l'avoir gardé samedi dernier.

Rachel agita la main.

---

1. Référence à Spence School, école privée pour filles très chic et chère de New York dont les diplômées font fréquemment leurs études supérieures à Harvard, Yale ou Princeton.

— On est juste allés se balader au parc. Il a passé beaucoup de temps à regarder les bateaux.

Je m'efforçai d'imaginer Rachel en baby-sitter. En vain.

— Ah, il les adore, ces bateaux ! s'écria Louis.

— Moi aussi. Au fait, Louis, je te présente Ann. Elle va passer tout l'été avec nous. Louis est le chef de la sécurité.

L'homme s'avança et me tendit la main. Je la serrai.

— Je fais juste un remplacement temporaire dans les galeries aujourd'hui, précisa-t-il.

— Il nous reste un endroit à visiter, dit Rachel en enroulant ses doigts autour de mon poignet. Viens.

Dès que nous eûmes quitté la pièce, elle me chuchota à l'oreille :

— Son fils est un petit con. Si j'ai accepté de le garder, c'est parce que Louis me couvre auprès de Moira quand je suis en retard ou quand ma cigarette déclenche accidentellement l'alarme incendie.

Nous traversâmes une autre série de galeries déjà pleines de visiteurs profitant de la fraîcheur des salles, où les représentations de bêtes magiques se mêlaient aux doigts sectionnés des saints. J'étais fascinée par ces objets, par leur étrangeté. Je m'arrêtai devant un reliquaire de saint Sébastien, une statue de son torse peint en rouge et crème, les flancs transpercés de flèches. Dans une petite boîte en verre encastrée dans la statue, l'os de son poignet – du moins l'os d'un poignet humain.

Rachel s'était arrêtée devant une vitrine exhibant des cartes de tarots peintes à la main ; l'une d'elles représentait un squelette à cheval, orné de chaînes en or – la Mort. Une autre montrait un enfant dodu et ailé – un putto – portant le soleil au-dessus de sa tête ; les rayons dorés allaient d'un bord à l'autre de la carte. Le jeu était incomplet, la notice murale placée à côté indiquait qu'il s'agissait de cartes de la fin du XVe siècle. Et, bien qu'elles me soient inconnues, leur imagerie m'était familière – un ensemble de symboles qui avaient hanté à la marge mes recherches au fil des ans. Des illustrations qui m'avaient toujours intriguée mais que je n'avais jamais eu le temps ou les moyens d'approfondir.

— Cela fait des années que je me promène entre le Cloître, la Morgan Library et la Beinecke pour étudier l'histoire du tarot, expliqua Rachel. Donc, comme toi, je ne suis pas strictement une médiéviste. Après tout, l'histoire du tarot ne commence pas vraiment avant le début de la Renaissance.

Elle ne prit pas la peine de me regarder avant de poursuivre :

— Le Cloître s'efforce de mettre en avant des œuvres comme celle-ci. Au Met, ils n'exposent que de grands tableaux et de grands artistes. Mais travailler dans l'anonymat et produire quelque chose d'aussi exquis… (Elle ferma les yeux un instant.) … c'est de l'art à l'état pur.

Elle parlait des cartes avec romantisme, comme si les rectangles de vélin enluminés étaient simplement endormis, attendant qu'on les réveille. Lorsqu'elle ouvrit les yeux, je détournai rapidement le regard, espérant qu'elle ne remarquerait pas que je la dévisageais.

— C'est pour ça que Patrick a besoin d'aide, ajouta-t-elle en jetant un coup d'œil aux tarots. Nous préparons une exposition sur la divination. Sur les techniques et les iconographies utilisées pour prédire l'avenir.

Je regardai la Reine d'Épées. Vêtue de bleu marine, le corsage parsemé d'étoiles dorées, elle était assise sur un trône, un bâton noueux à la main. Je me jetai à l'eau :

— C'était une période où tout le monde était fasciné par l'idée du destin.

— Oui, tout à fait, acquiesça Rachel. Le destin était-il déjà écrit ? soumis à la prédestination divine ? Ou pouvait-on en changer le cours ?

— Avait-on le libre arbitre pour le faire ? ranchéris-je.

— Exactement. Les Romains de l'Antiquité avaient tellement peur du pouvoir du destin qu'ils vénéraient la déesse Fortuna. Celle-ci était au centre de la vie civique, privée et religieuse. Pline le dit bien : « La fortune est la seule divinité que tout le monde invoque. » La Renaissance non plus ne s'est jamais libérée de cette obsession.

— Car, dans une période de conflit permanent, prédire l'avenir ou croire qu'on pouvait le faire était une arme fantastique, ajoutai-je.

— Cela peut aussi être un fardeau, murmura Rachel, si doucement que je faillis ne pas l'entendre.

Puis elle s'éloigna de la vitrine et me regarda par-dessus son épaule.

— Tu me suis ?

4

Au cours de cette première semaine au musée, avec le doux bruit des averses de l'après-midi, et l'odeur de la pierre mouillée et des herbes en fleur, Patrick nous fit clairement comprendre qu'il attendait beaucoup de nous, de moi. Son exposition n'en était qu'au stade de la planification, ce qui signifiait que l'essentiel de la recherche – le matériel de base dont Patrick avait besoin pour identifier les œuvres d'art et demander des prêts – nous incombait. Nous n'avions que jusqu'au mois d'août pour tout rassembler, une lourde tâche pour laquelle j'avais hâte de prouver que j'en étais capable. Et si Patrick était ferme sur les délais, il était patient dans sa façon de me présenter le sujet, le lieu lui-même.

— Voici les listes avec lesquelles vous allez travailler, me dit-il en posant une liasse de papiers sur la table de la bibliothèque où nous étions installées, Rachel et moi, après avoir tiré une chaise près de la mienne. Bien sûr, Rachel en a déjà des copies.

Je les feuilletai. Elles contenaient des pratiques de divination du monde antique, allant de la cléromancie, ou tirage au sort, à la pyromancie. Certains termes de la liste, « augure » par exemple, n'étaient pour moi que des mots utilisés pour décrire un présage ou l'annoncer. J'appris plus tard que la définition originelle de l'augure était la pratique consistant à observer les formations d'oiseaux – volées et migrations – pour prédire l'avenir. Il y avait des listes de documents et d'auteurs qu'il fallait aller chercher dans les rayonnages pour y trouver des références à la divination, ainsi qu'une section séparée qui répertoriait les œuvres d'art que Patrick envisageait de présenter à l'exposition. J'ai remarqué que plusieurs d'entre elles étaient des cartes de tarots.

— Je ferai le point avec vous une fois par semaine. Dans l'intervalle, Rachel devrait pouvoir répondre à toutes vos questions.

Je parcourus à nouveau les documents. On se partagerait le travail, Rachel et moi, cependant il y avait des milliers de pages à lire, des centaines d'œuvres à examiner, des dizaines de pratiques divinatoires à explorer.

Patrick était toujours assis à côté de moi, les accoudoirs de nos chaises se touchaient. De l'autre côté de la table en chêne brut, Rachel parcourait les journaux de Girolamo Cardano, le célèbre astrologue de la Renaissance. Cela ne l'empêchait pas de jeter souvent un coup d'œil dans notre direction alors que Patrick et moi discutions.

— Je ne convie personne au Cloître à la légère, expliqua Patrick. Nous sommes une famille et votre réussite est aussi la nôtre. Si vous faites un bon boulot ici cet été, nous pourrons vous aider.

Je m'étais tournée pour le regarder en face, je vis que Rachel suivait nos mouvements.

— Alors, que voulez-vous que nous vous aidions à accomplir, Ann ?

Personne ne m'avait jamais demandé de but en blanc quels étaient mes objectifs personnels, sans même parler de m'aider à les atteindre. Pendant que j'essayais de concocter la bonne réponse, Patrick, toujours assis, les mains sur les genoux, me regardait m'agiter et n'essayait pas de briser le silence.

— Je suis là parce que je veux devenir professeure d'université, dis-je enfin.

C'était vrai après tout. Et c'était plus acceptable que les autres vérités que je n'étais pas prête à avouer. Par exemple, qu'à Walla Walla, à la suite de ce qui s'était passé un an auparavant, je sentirai toujours rôder la mort ; que je n'avais pas d'autres options ; que je n'étais pas sûre de pouvoir survivre dans un travail qui exigeait que je vive dans le présent. Et, d'une certaine manière aussi, que je faisais tout cela pour mon père, pour lui et moi.

— Nous pouvons vous aider en ce sens, approuva Patrick, étirant chaque voyelle pour accentuer ses propos. Vous présenter aux bonnes personnes. Vous donner des lettres de recommandation. Je serais même ravi de lire vos travaux avant que vous les soumettiez et de vous donner mon avis. Et si la recherche universitaire est une chose précieuse et importante, elle ne sera pas suffisante. Elle ne nous nourrit pas, même si nous aimerions que ce soit le cas. Je vous ai vue dans les galeries, Ann. J'ai vu la façon dont vous passiez du temps devant une seule œuvre ; vous la regardez avec amour, en détaillez chaque aspect. Vous êtes plus qu'une chercheuse.

Patrick avait l'art d'éliminer les futilités des interactions humaines. Il y avait une certaine intensité dans sa façon de parler et de regarder, mais il était d'une politesse sans faille, s'assurant toujours que vous n'étiez pas gênée. Même si j'avais l'impression qu'il cherchait à percer la façade professionnelle que je mettais en avant, je ne me sentais pas mal à l'aise. Et même soulagée de me mettre à nu devant lui. Et aussi devant Rachel. Bien sûr qu'il avait raison. C'était la magie du lieu et des objets qui nourrissait ma passion, mes recherches. C'est la transformation que je recherchais. Un moyen de devenir quelqu'un d'autre.

J'allais lui répondre quand il reprit :

— Vous savez, Ann, après votre arrivée ici, j'ai jeté un coup d'œil à votre candidature. Juste pour employer vos compétences au mieux. Et j'ai été très surpris. Vous avez grandi à Walla Walla ?

J'acquiesçai.

— Et vous parlez six langues ?

— Sept, en fait. Même si trois d'entre elles sont mortes, alors, techniquement, il faudrait plutôt dire que je lis le latin, le grec et un dialecte ligurien de Gênes du XIIIe siècle. Je parle italien, allemand et napolitain. Et l'anglais, bien sûr.

— Tout de même, c'est remarquable.

— Il n'y avait pas grand-chose à faire à Walla Walla, à part étudier, répondis-je avec un haussement d'épaules. Et travailler, bien sûr.

J'avais l'habitude de minimiser l'influence de la fascination de mon père pour les langues sur ma propre vie. L'analyse d'idiomes disparus depuis longtemps et l'apprentissage de leurs codes secrets étaient une passion que nous partagions. Cela ne m'avait jamais servi à promouvoir ma carrière. Ni la sienne. Et dans des moments comme celui-ci, notre amour des langues me semblait être un secret que je voulais garder pour moi, même si Patrick avait l'intention de me soutirer tout le reste.

— Et vous avez travaillé avec Richard, c'est bien ça ?

Je n'avais jamais entendu quelqu'un appeler mon tuteur par son prénom et, pendant un instant, je me demandai à qui il faisait allusion. Bien sûr, Patrick avait lu mon dossier de candidature et vu la lettre de recommandation écrite par Richard Lingraf.

— En effet. Pendant mes quatre années d'études.

— J'ai connu Richard, autrefois, précisa Patrick. Il y a longtemps. Lorsque j'étais en licence à Penn, il effectuait des recherches très audacieuses à Princeton. Vous avez eu de la chance d'avoir un mentor tel que lui. Si curieux et si talentueux.

Puis, plus à lui-même qu'à moi, il a ajouté :

— Je me demande encore pourquoi il a pris un poste à Whitman. Drôle d'endroit pour finir sa carrière.

— Il a toujours dit qu'il préférait le climat.

— Oui, eh bien, commenta Patrick, ses doigts tambourinant rapidement sur la table, c'est certainement en partie pour ça.

Après une pause, il poursuivit :

— Je ne peux rien vous garantir, Ann. Mais si votre travail est à la hauteur de mes attentes, je suis sûr que le Cloître vous aidera à trouver un poste où vous pourrez vous épanouir.

— Merci.

J'hésitai. Rachel nous avait écoutés pendant toute cette conversation. Je voulais en rester là, montrer ma gratitude à Patrick pour son offre de soutien, mais j'avais besoin d'avancer un peu plus mes pions. Même si cela mettait à mal la nonchalance que j'avais essayé de montrer devant Rachel depuis mon arrivée au musée.

— Et après l'été ? Je n'ai pas encore trouvé d'emploi, mais j'aimerais rester à New York. Ici, si vous avez besoin de moi.

Je croisai les yeux de Rachel, faisant de mon mieux pour lever le menton un peu plus haut et soutenir son regard un peu plus longtemps.

— On verra le moment venu. Qui sait ce que l'avenir nous réserve ?

Patrick triturait quelque chose entre ses doigts, quelque chose qu'il avait dû sortir de sa poche – un bout de ruban rouge –, une petite manie qui devait l'aider à réfléchir.

Je regardai à nouveau les listes qu'il m'avait remises.

— Nous avons besoin de vous ici, Ann. Ne l'oubliez pas. On ne vous fait pas la charité, conclut-il en scrutant mon visage.

C'est à ce moment-là, je pense, que je tombai un peu amoureuse de lui. La façon dont il nous demandait notre avis sur ses recherches, le fait qu'il appréciait mes compétences linguistiques en me confiant des traductions, pleinement assuré que je serais à la hauteur. Même la manière dont il nous tenait la porte ou nous apportait des cafés l'après-midi. C'était la première fois qu'une personne dans une position de pouvoir se montrait réellement gentille avec moi. Et déjà, il me prêtait plus d'attention que la plupart des garçons que j'avais connus à l'université. Lorsque je pus enfin lire son essai sur les systèmes calendaires médiévaux, je ne fus pas surprise de le trouver complètement révolutionnaire. Chaque fois qu'il me parlait, je m'efforçais de contrôler la rougeur qui me montait aux joues, mais je pouvais difficilement lutter. J'essayai dans les premiers temps de savoir s'il entretenait une relation amoureuse. Mais le seul indice que j'ai jamais obtenu, ce fut un bras mollement posé sur le rebord de la fenêtre passager de sa voiture. Juste un bras, pas de visage.

Au téléphone, la voix de ma mère était sur le point de craquer, une fois encore.

— Je n'y arrive plus.

La mort de mon père l'avait déstabilisée. Après son décès, la solide structure familiale s'était effondrée. Le lait caillait dans sa bouteille, le petit carré de pelouse prenait l'allure d'une jungle et ma mère arrêtait de changer ses draps. Puis certains jours, dans un sursaut d'énergie, elle remettait de l'ordre, un semblant de retour à la normale qui ne durait pas. Un cycle répétitif.

Les jours où elle se reprenait étaient précédés par un sentiment de désespoir face à l'état de la maison, qu'elle formulait ainsi : « Pourquoi y a-t-il des tasses de café sales ici ? » « Pourquoi personne ne range jamais rien ? » « Comment peux-tu attendre de moi que je vive là-dedans ? » Si ce n'est que ma mère attendait de moi que je vive là-dedans. Chaque fois que je ramassais quelque chose, elle gémissait dans la pièce à côté : « Où est passé le verre d'eau ? » ou bien : « Pourquoi as-tu jeté le lait ? » C'était comme si, en laissant les choses en l'état, elle pouvait ralentir le temps, le contenir. Mais c'est ce qu'il y a de plus difficile dans la mort : la marche inexorable du temps qui continue, vous éloignant de la personne décédée.

— Je les retrouve partout, dit-elle d'une voix aiguë, tendue. Ses affaires. Ses chemises, ses vêtements, ses chaussures, ses papiers. Je n'y arrive pas. C'est trop. Cet endroit est dans un désordre épouvantable. Tu savais qu'il avait tout laissé en pagaille ?

Le combiné téléphonique coincé contre ma joue, je faisais la vaisselle que j'essuyais avec le seul torchon disponible dans mon appartement. Mon budget ne me permettait pas d'acheter de l'essuie-tout.

— Maman, il est peut-être temps de tout donner, non ?

J'avais déjà mentionné cette possibilité plus d'une fois. Et bien qu'elle ait toujours acquiescé sur le moment, les jours suivants, elle reculait et laissait tout à sa place, comme le jour où mon père était mort. Un monument funéraire composé de crème à raser à moitié utilisée et de chaussettes sales.

— C'est ce que je compte faire. Je vais tout donner. Absolument tout. Et ce qui reste, je le mettrai à la poubelle.

— Hmm.

Je m'approchai de mon climatiseur qui émettait un cliquetis de mauvais augure et je lui filai une grande claque sur le côté. Ce qui eut pour effet de ramener la fréquence à un bruit blanc.

— Je ne veux pas de reproches de ta part quand tout sera parti. Quand tu rentreras à la maison et que tout aura disparu. Je ne veux aucune discussion à ce sujet.

— Nous n'en aurons pas, maman. Je te le promets.

Jamais plus je ne voulais revoir la maison.

— Peut-être que je t'enverrai quelques affaires à New York, dit-elle, plus pour elle-même que pour moi. Je ne sais même pas quoi envoyer. C'est de la camelote, tu sais. Il nous a juste laissé de la camelote. Tu veux vraiment de ce bric-à-brac ? Tu as envie de quoi, là-dedans ? Rien du tout ?

Je pensai aux affaires de mon père et à la façon dont la plupart du temps ma mère passait à côté d'elles, silencieuse, inconsciente de leur présence. Ce n'était que dans les moments où la maison semblait la réveiller en sursaut qu'elle remarquait les livres, les papiers, les vêtements – tout ce qui rattachait encore mon père à notre demeure.

— Si, maman, je prendrai quelques affaires de papa. Envoie-moi ce que tu penses que j'aimerais, d'accord ?

Je l'entendais à l'autre bout du fil farfouiller dans la pièce : verre, papiers, plastique, tout s'entrechoquait dans cette maison qui avait été un foyer avant de devenir un mausolée. Il n'en avait pas toujours été ainsi. Il fut un temps où elle bruissait de conversations et rayonnait de chaleur, avec le rire grave de mon père, plein d'humour et d'étonnement. Mon père avait été comme du mastic, colmatant les fissures et les endroits où ma mère et moi n'arrivions pas à cohabiter. Et sans ce mastic, nous ne faisions que continuer à nous heurter avec une dureté crispée.

— Maman, je dois y aller. Il se fait tard. Il y a trois heures de décalage entre nous, tu te souviens ?

J'attendis sa réponse. Mais tout ce que je perçus, ce fut le bruissement d'objets déplacés, ses mouvements incessants, son souffle rapide et saccadé. Je finis par raccrocher.

À la fin de ma deuxième semaine de travail, je compris que, malgré tous mes efforts, je ne pourrais pas rivaliser avec les choix vestimentaires de Rachel, pas plus qu'avec la manière méticuleuse dont elle faisait preuve dans l'étude des manuscrits anciens. Pour chaque haut en lin, miraculeusement sans un pli, qu'elle portait, je me débattais, moi, pour trouver deux vêtements suffisamment assortis. Face à la profusion luxueuse des tissus et des accessoires qu'elle arborait, tout ce que je possédais ressemblait à une pâle imitation. Je ne pouvais pas plus égaler la déférence bienveillante qu'elle montrait envers Moira et Louis : quand je m'y essayais, cela sonnait faux à mes oreilles.

J'imaginais sans peine que lorsque les visiteurs du musée nous voyaient toutes les deux ensemble – ce qui fut le cas pratiquement tout l'été –, ils avaient pitié de moi, notant son aisance et ma maladresse. Comment aurait-il pu en être autrement ? Rachel, deux pas devant moi, remettant avec assurance dans le bon chemin les touristes égarés, Rachel qui se déplaçait sans faire de bruit alors que le couinement de mes semelles annonçait haut et fort mon arrivée dans les galeries. Et si le bruit me gênait, forcément il devait gêner les autres autour.

Le fait que j'arrivais généralement au travail en transpirant et les cheveux ébouriffés malgré mes efforts pour les discipliner n'aidait pas. Mon trajet n'était pas long. Patrick avait raison, il était plus rapide que d'aller jusqu'à la Cinquième Avenue. Mais lorsque j'avais parcouru les rues de Morningside Heights en direction de la ligne A, ne m'arrêtant que pour un café à la bodega du coin, puis remonté les sentiers sinueux de Fort Tryon Park pour me retrouver à l'un des points culminants de Manhattan, l'atmosphère ambiante avait fait des ravages. Mon corps, peu habitué à une chaleur aussi étouffante, réagissait violemment, presque en s'excusant.

Le vendredi, à la fin de ma première semaine, Moira m'avait détaillée des pieds à la tête et avait déclaré que je pouvais toujours prendre la navette qui passait tous les quarts d'heure à la gare en direction du musée. Même si j'étais reconnaissante du tuyau, la façon dont Moira avait reculé d'un pas lorsqu'elle m'avait vue – les joues en feu, dégoulinante de sueur, sans parler de ma tignasse hirsute – ne m'avait pas échappé. Rachel, bien sûr, arrivait comme une fleur toute fraîche, sortant d'une voiture discrète qui la déposait tous les matins à 9 heures devant le portail métallique de l'allée du haut.

Si le taux d'humidité était écrasant, en particulier pour moi, une fille habituée aux champs arides de l'est de l'État de Washington, le musée était néanmoins parcouru de brises rafraîchissantes qui venaient de l'Hudson et ébouriffaient la frondaison des ormes, leur donnant l'aspect d'un tapis géant en train d'être secoué. On avait plus l'impression de travailler dans une propriété privée que dans un établissement ouvert au public, propriété que Patrick supervisait depuis l'intimité de la bibliothèque.

— C'était son premier poste après l'université, me raconta Rachel à la fin de cette deuxième semaine. Alors qu'il n'en avait pas besoin. De travailler, bien sûr. Son grand-père dirigeait des carrières au nord de l'État de New York. Les pierres utilisées pour construire les remparts et combler les lacunes du Cloître ont été extraites par l'entreprise de son grand-père. La plus grande exploitation privée de tout l'État jusque dans les années 1960 quand elle a été rachetée par Cargill. Patrick vit toujours dans la maison familiale, à Tarrytown. Il vient en voiture tous les matins.

J'essayai d'imaginer le jeune Patrick parcourant la carrière de son grand-père, son bronzage éclatant contrastant avec les collines en terrasses, sombres et humides. Parfois la résistance d'un enfant à l'héritage familial est presque moléculaire, comme si son corps devenait allergique aux paysages et aux alentours de son lieu de vie, d'autres fois ce même enfant s'y installe confortablement, se fondant dans le tissu, dans la chaîne et la trame de la tradition. Je me plaçais dans la première catégorie, Patrick peut-être aussi.

Rachel interrompit ma rêverie.

— Alors, on se le prend, ce café ?

J'avais cessé d'apporter mon déjeuner après avoir remarqué que Rachel mangeait rarement à midi, se contentant de deux cigarettes et d'une bonne dose de caféine. Je fus surprise de la rapidité avec laquelle je m'habituai à ne pas m'alimenter pendant la journée, et des économies que je réalisais.

— C'est mon vice, me souffla-t-elle un jour où je la surpris au fond du jardin, un filet de fumée s'échappant de ses doigts. Enfin, l'un de mes vices.

Nous quittâmes la bibliothèque pour rejoindre le café flanqué de colonnes, à l'extrémité du cloître de Trie dont le jardin débordait de fleurs sauvages et d'abeilles qui bourdonnaient autour et, ivres de nectar, entraient presque en collision. Dans la langueur de cet après-midi au cœur de la nature, je me pris pour la parente pauvre d'un roman d'Edith Wharton qui découvre le luxe pour la première fois – terrifiée qu'il lui échappe et désireuse d'en profiter pleinement avant qu'il ne soit trop tard.

Rachel avait retiré ses lunettes de soleil, un bras sur le muret, une sandale se balançant au bout du pied. Bien que nous passions presque tout notre temps ensemble, nous avions peu de conversations informelles. La plupart du temps, nous étions penchées sur des ouvrages, à la recherche d'adeptes de la voyance aux XIIe et XIIIe siècles – sorcières, chamans, saints. Souvent sans grand succès. Gênée par le silence, j'étudiai les sculptures disposées dans des niches murales du cloître. Rachel observait le jardin avec cette nonchalance typique des personnes sûres d'elles – des personnes qui n'ont pas besoin de leur téléphone ou d'un livre pour dîner seules.

Nos cappuccinos arrivèrent, avec plusieurs gros morceaux de sucre. Lorsque le serveur se fut éclipsé, Rachel sortit un biscuit brun de sa poche. Comme ceux qui étaient en vente à la caisse du café, et que je ne l'avais pas vue payer.

— Tiens…

Elle le brisa en deux et m'en offrit la moitié.

— Tu l'as volé ?

Elle haussa les épaules.

— Tu n'en veux pas ? Ils sont vraiment bons, tu sais.

Je regardai autour de moi.

— Et si quelqu'un nous voit ?

— Eh bien, quoi ?

Elle mordit dans sa moitié et poussa l'autre vers moi. Je le mis dans ma paume et l'observai.

— Allez, goûte-le.

J'en pris une bouchée et laissai le reste sur ma soucoupe. Elle avait raison, il était délicieux.

— Alors, j'ai eu tort ?

— Non, pas du tout, dis-je en secouant la tête.

Rachel s'adossa à sa chaise. Satisfaite.

— Ils sont encore meilleurs quand on ne les a pas payés.

Je regardai à nouveau autour de moi pour m'assurer que le serveur n'était pas là pour me voir manger le reste du biscuit, mais mes yeux s'attardèrent sur la figurine sculptée d'une femme ailée tenant une roue, dont le relief était noirci et adouci par le temps. À chaque point cardinal de la roue se trouvaient des personnages avec des mots latins gravés sur le corps.

— Peux-tu traduire ces mots ? *Regno* ? me demanda Rachel qui avait suivi mon regard.

— Je règne, répondis-je sans réfléchir.

Elle hocha la tête.

— *Regnavi.*

— J'ai régné.

— *Sum sine regno* ?

— Je suis sans règne.

— *Regnabo.*

— Je régnerai.

Rachel glissa un morceau de sucre dans sa tasse et me regarda attentivement.

— J'ai entendu la semaine dernière que tu lisais le latin. Et le grec, aussi. D'autres secrets, Ann de Walla Walla ?

Qu'est-ce qu'une vie sans secrets ? pensai-je. Au lieu de cela, je répondis :

— Aucun qui me vienne à l'esprit.

— Bah, on peut arranger ça.

Rachel s'empara du reste de mon biscuit, révélant un éclat rouge, un ruban de satin autour de son poignet, qui tranchait sur sa peau pâle. Un ruban que j'avais vu dans la bibliothèque, enroulé autour des doigts de Patrick.

Après ce premier café, nous prîmes régulièrement nos pauses ensemble. Pendant que Rachel fumait dans un coin du jardin, je lui tenais compagnie, assise sur les pierres fraîches des remparts, mes pieds dans l'herbe luxuriante, qui chatouillait mes chevilles. C'est là qu'elle commença à me questionner. D'abord sur ma vie amoureuse – sans intérêt, j'avais eu peu d'aventures au lycée et encore moins à la fac. Puis sur ma mère – son métier, sa ville natale. Et aussi sur Walla Walla et Whitman – comment était la vie là-bas, quelles étaient les attractions principales, avions-nous des foires de comté ? Sa curiosité enthousiaste me surprenait. Elle voulut savoir si la ville était grande (non, petite), depuis combien de temps ma famille habitait là-bas (quatre générations), si c'était animé (oui, jusqu'à ce que ça ne le soit plus), et comment étaient les étudiants de Whitman (comme ceux de Bard, version côte Ouest).

— Je suis fascinée par les lieux où je ne suis jamais allée, m'expliqua-t-elle, et par les rapports entre les gens. Une histoire peut partir dans tellement de directions quand on ne connaît rien de l'environnement.

Mais, chaque fois que je lui posais des questions sur ses propres relations et sa famille, elle changeait de sujet et répondait : « Oh, ce n'est franchement pas intéressant » ou : « Je préférerais que tu me parles de toi », avant de retourner travailler dans la bibliothèque.

Un après-midi, je l'attendais sur un banc de pierre dans le cloître de Bonnefont, dont le jardin était entouré d'arches gothiques et de vitraux. Dans les pots en terre cuite près de moi, les troncs noueux de l'oliban et de la myrrhe s'épanouissaient en fleurs blanches vaporeuses, dont le parfum se faisait capiteux dans la chaleur de fin d'après-midi. Je me penchai sur les corolles et me délectai de leur caresse sur ma joue.

— Elle a des épines, tu sais.

Il tenait un seau rempli d'outils de jardin, et une paire de gants en cuir fauve usés dépassait de la poche de son jean déchiré et maculé de boue.

— La myrrhe, reprit-il, elle a des épines.

Il repoussa les branches pour révéler un bouquet de longues pointes noires.

Je m'écartai vivement du buisson.

— Bah, elle ne va pas te sauter dessus.

— Je sais bien.

Pourtant, je n'étais pas convaincue. Au Cloître, j'avais cette impression troublante que les objets – les œuvres d'art, et même les fleurs – avaient une vie propre.

— Les Égyptiens l'utilisaient pour l'embaumement.

— Pardon ?

— La myrrhe. Dans l'Égypte ancienne, on l'utilisait pour préparer les corps à l'embaumement.

— Et à la Renaissance, on la portait autour du cou pour repousser les puces, dis-je, recouvrant mes esprits.

Il rit.

— Eh bien, elle n'a pas encore réussi à me repousser. Leo, ajouta-t-il en pointant un doigt sale sur sa poitrine.

— Ann.

— Je sais, dit-il en retournant mon badge. Je t'ai vue dans les parages. Tu es la nouvelle.

Je hochai la tête. Il s'agenouilla à côté de moi, écarta les feuilles d'encens sur le côté et s'empara d'une paire de ciseaux rouillés pour couper les feuilles mortes.

— Tu travailles avec Rachel ?

— Et Patrick.

— On dirait qu'ils sont inséparables ces derniers temps.

Une pointe d'ironie affleurait dans son ton, à la fois désinvolte et cassant, tandis qu'il jetait les déchets dans un seau.

— Je les aime bien, répondis-je, sans trop savoir pourquoi j'étais sur la défensive.

Il se cala sur ses talons et je remarquai ses solides bottes de travail et ses bras vigoureux sans être trop musclés.

— Tout le monde aime Rachel, dit-il en me dévisageant. Que pourrait-on ne pas aimer chez elle ?

Cela ne me surprenait pas qu'une personne comme Leo apprécie Rachel, et même la trouve attirante. Je l'imaginais l'observer dans les jardins en train de fumer en douce avant de froisser des herbes aromatiques entre ses doigts pour s'enduire le cou de leur essence. Je résistai à mon envie pressante de lui demander ce qu'il savait sur elle.

— Tu la connais bien ?

Le tutoiement semblait naturel. Il désigna l'espace autour de nous.

— Elle a commencé à travailler ici l'automne dernier, pendant sa quatrième année à Yale. Tous les week-ends, jusqu'à l'obtention de son diplôme.

— Le musée s'est adapté à son emploi du temps ?

Il hocha la tête.

— Tu ne le savais pas ? Les filles comme Rachel Mondray obtiennent toujours ce qu'elles veulent.

Puis il coupa d'un coup de dents un morceau de ruban adhésif brun et l'enroula autour d'une branche de myrrhe cassée. La douceur avec laquelle il protégea les feuilles contrastait avec le reste de sa personne.

— Et toi, Ann Stilwell ? Tu obtiens ce que tu veux ?

La question, ainsi que sa proximité physique me mirent mal à l'aise. D'autant qu'il s'était rapproché de moi, comme s'il voulait m'acculer contre le banc. Je n'avais néanmoins pas envie de me libérer.

— Tu connais le fragon faux-houx ?

Il pointa du doigt un pot derrière moi. Je secouai la tête.

— C'est un membre de la famille des asperges, mais, si on le consomme en grande quantité, il peut détruire nos globules rouges ou provoquer une hémorragie.

J'observai la plante aux feuilles d'un vert brillant et aux baies rouge vif.

— Nous faisons pousser de nombreux poisons au Cloître, ajouta-t-il. Alors, méfie-toi. Certains sont extrêmement séduisants et semblent comestibles. Pourtant, ce n'est pas le cas.

— Tu peux me montrer ? demandai-je, prise de l'envie soudaine d'obtenir ce que je voulais.

Être proche de Leo, c'était comme tenir une main au-dessus d'un courant électrique – une pulsation vive, aiguë – que je n'avais jamais eu le courage de toucher. Maintenant, je désirais ardemment tapoter le fil sous tension avec ma main.

Il se releva et se dirigea vers un lit d'herbes folles. Je le suivis.

— Dans ce parterre, on cultive la ciguë et la belladone, tu en as sûrement entendu parler. Mais aussi la jusquiame, la langue de chien, la verveine et la mandragore. Toutes les herbes qu'on trouve communément dans la médecine et les pratiques magiques médiévales. En fait, les jardins du Cloître regorgent de poisons et de remèdes du XIe et même du XVe siècle. Ces urnes là-bas (il désigna deux grandes jarres en pierre débordant de feuilles vertes cireuses et de fleurs en trompette), c'est du laurier-rose. Très vénéneux, mais aussi très populaire comme cataplasme dans la Rome antique. Si tu déplaces les feuilles, tu peux lire les étiquettes.

Je me penchai et il souleva une cascade de fleurs de ciguë, dévoilant une plaque en céramique sur laquelle était gravé le nom latin, *Conium maculatum*.

— Ici, nous avons de la cupidone bleue, ajouta-t-il en saisissant une fleur entre ses doigts.

J'écartai les lianes sinueuses pour lire l'inscription sur l'étiquette : *Catananche caerulea.*

— On croyait qu'elle guérissait le mal d'amour, souffla-t-il, d'une voix si basse et si proche de mon cou que je sentis les poils fins sur ma nuque se dresser.

À ma grande surprise, j'eus envie de me pencher encore davantage.

Leo m'agrippa le bras d'une main calleuse et m'entraîna vers un autre parterre. Une attirance irrésistible grandissait en moi, qui ne se calma pas, même lorsque je vis Rachel sous une arche en ogive, les yeux braqués sur nous. Le sentiment d'être observée me donna des ailes et m'incita à me rapprocher de Leo, qui fit glisser sa main de mon bras au bas de mon dos ; je me mordis l'intérieur de la lèvre par anticipation. Nous étions arrivés près d'un parterre de mélisse, les notes chaudes d'agrumes se mêlant à la lavande et à la sauge qui l'entouraient.

— C'est encore plus puissant si tu fermes les yeux, murmura-t-il en fermant les siens et en prenant une profonde inspiration.

De l'autre côté du cloître, Rachel haussa un sourcil.

— Je dois y aller, dis-je.

Il suivit mon regard et l'aperçut.

— Bien sûr. Rachel obtient toujours ce qu'elle veut.

Je voulais qu'il en dise plus ; mais Rachel leva son poignet et indiqua sa montre. Cela faisait près d'une demi-heure que j'étais avec Leo. Quand je l'eus rejointe, Rachel passa un bras autour de mon épaule, de manière décontractée mais possessive.

— Tu t'amuses ?

— J'apprends juste des choses sur les plantes.

— Et sur le professeur aussi ?

Je ne me retournai pas avant d'avoir atteint la bibliothèque et, quand je le fis, Leo taillait une haie touffue, couverte de baies noires et brillantes. De la belladone, comme il me l'avait expliqué.

5

La nuit était chaude, à tel point que mon climatiseur ne suivait pas le rythme et se contentait de crachoter et d'ahaner contre la touffeur immobile qui s'accrochait au bitume. Allongée sur mon lit, agacée par le frottement du drap sur ma peau, je restai immobile jusqu'au point du jour, et c'est alors que je songeai au seul endroit dans cette ville qui soit raisonnablement frais, avec ses chapelles aux murs en pierre épaisse et ses voûtes. Décidant qu'il n'était pas trop tôt, je partis au travail à 4 h 45.

Si les gardiens furent surpris de me voir arriver à cette heure improbable, ils n'en montrèrent rien. Je signai le registre et me dirigeai vers la bibliothèque. Dans les galeries, seules les lampes murales étaient allumées. Les projecteurs qui éclairaient habituellement les statuettes en pierre et les reliquaires étaient éteints. La lumière matinale éclairait faiblement les pierres précieuses. Mes pas résonnaient dans les couloirs obscurs du XIIe siècle. Je passai devant le gardien affalé sur sa chaise, les yeux fermés. Je ne pouvais le blâmer. Cet endroit était aussi plus frais et confortable que mon appartement.

La porte de la bibliothèque n'était pas verrouillée, mais, quand je la poussai, je sentis un changement dans l'atmosphère – une épaisseur dans l'air et l'odeur soufrée d'une allumette. Je tâtonnai le long du mur pour trouver l'interrupteur mais la porte se referma, bloquant le peu de luminosité du couloir. Je marchai les mains devant moi jusqu'à ce que j'atteigne l'une des tables d'étude où je trouvai la tirette de la liseuse pour allumer l'abat-jour vert, pitoyable balise qui, loin d'éclairer tout l'espace, projeta un faible faisceau sur la table en chêne.

Je n'avais pas remarqué que ma respiration s'était accélérée dans l'obscurité, j'en pris conscience seulement maintenant qu'elle revenait à la normale.

Les rideaux étaient fermés. D'habitude, les fenêtres gothiques fournissaient assez de lumière naturelle pour que les lampes de bureau donnent l'impression d'être des accessoires superflus. Je me dirigeai vers les fenêtres et ouvris les tentures, laissant entrer la faible luminosité, et regardai les minuscules particules de poussière danser dans la pièce. Peut-être que les gardiens tiraient les rideaux tous les soirs et que j'étais juste arrivée avant leur réouverture habituelle ? J'entrouvris une fenêtre et le gazouillis matinal des oiseaux s'infiltra dans la bibliothèque, chassant tout ce que j'avais pu imaginer dans l'obscurité de la pièce.

À la table où Rachel et moi avions l'habitude de travailler, je déballai mon sac, posai mon ordinateur et mon carnet de notes, ainsi que plusieurs textes de référence – des monographies sur l'astrologie et les oracles au Moyen Âge et un manuel du XIIIe siècle sur l'interprétation des rêves. Je découvris sur le bois des gouttes lisses de couleur rouge. Grattant l'une d'elles de l'ongle, je la détachai facilement et la frottai entre mes doigts. De la cire. D'une bougie peut-être ? Je les décollai une par une et en fis un petit tas bien ordonné sur une feuille de papier.

J'aimais la tranquillité et la solitude de la bibliothèque tôt le matin. À une heure où les seuls bruits étaient mes pas et ceux des gardiens et où je pouvais me déplacer sans être remarquée. Après tout, la solitude était mon mode de fonctionnement par défaut, une des raisons pour lesquelles les études que j'avais entreprises à l'université m'avaient tant plu : la possibilité d'être laissée seule avec des objets fascinants et d'incroyables histoires du passé. Je ne me voyais pas travailler dans un bureau, avec des bavardages sans intérêt, des réunions sans fin, et la complicité artificielle des séminaires de cohésion d'équipe. L'université m'avait épargné tout cela. Et je lui en étais reconnaissante.

Au moment où Patrick est arrivé, je m'étais frayé un chemin entre les rayonnages, écartant deux bibliothèques pour me faufiler dans l'étroite ouverture, priant pour que le livre dont j'avais besoin se trouve bien sur l'une des étagères à mon niveau, car je n'avais pas assez d'espace pour me baisser. J'entendis ses pas avant de le voir passer devant l'entrebâillement, telle une apparition. Il s'arrêta et revint en arrière.

— Vous n'avez pas l'air à votre aise, dit-il, la main fermement posée sur la manivelle.

Les étagères se refermèrent d'un centimètre. Ce n'était pas grand-chose, mais je levai instinctivement la main pour m'y opposer. Les espaces confinés me rendaient claustrophobe et il y avait quelque chose dans le fait d'être confinée alors que Patrick se trouvait à l'air libre qui me donnait la nausée.

— Je n'ai pas l'intention de vous écrabouiller, Ann, dit Patrick en riant. J'ai vu le registre d'arrivée. Début de journée aux aurores ?

— Je n'arrivais pas à dormir, répondis-je en prenant sur l'étagère le volume que j'étais venue chercher.

Je me glissai hors des rayonnages étroits pour retourner au chariot où j'avais déjà empilé un nombre important de livres.

Patrick souligna les titres de l'index.

— C'est une jolie collection que vous avez réunie là.

Je serrai l'ouvrage contre ma poitrine, embarrassée par la rapidité avec laquelle mon anxiété dans les rayons avait laissé place à l'excitation. Je voulais tant plaire à Patrick que je buvais ses paroles, ses compliments sur la manière dont je conduisais mes recherches. Comme si tous les livres que j'avais sélectionnés étaient pour lui, l'arrivée très matinale aussi. Je sentis mes joues s'embraser, leur chaleur

— Dites-moi, Ann, déclara-t-il en lisant le dernier titre, Richard vous a-t-il parlé des pratiques divinatoires du début de la Renaissance italienne ?

J'étais très au fait du rôle essentiel joué par l'astrologie à la Renaissance. Elle guidait les petites décisions – à quel instant se raser la barbe ou prendre un bain – ainsi que les grandes, comme le moment de partir en guerre. Les aristocrates et les papes croyaient que les plafonds peints, connus aujourd'hui sous le nom de voûtes célestes, décorés de constellations et de signes du zodiaque, pouvaient avoir autant d'impact sur leur destin que les étoiles elles-mêmes. J'avais même brièvement travaillé sur la géomancie à Venise – la cité adorait jeter des poignées de terre pour prédire l'avenir. Les cours de la

Renaissance prisaient la magie et les pratiques occultes, et les associaient habilement à leur vision chrétienne du monde. Je savais que Richard Lingraf avait un faible pour ces recherches, un intérêt romantique et fantasque que j'attribuais à une passion personnelle et non à une rigueur scientifique. Et, dans une certaine mesure, il m'avait encouragée à y prendre part et j'avais laissé son enthousiasme me gagner.

— Il m'en a parlé, oui.

Mais Lingraf n'avait jamais souhaité partager son travail. Il aimait jouer le rôle d'un oncle. Qui encourage mais reste distant.

— Ah oui, c'est vrai. Vous avez mentionné certains de vos travaux sur le sujet dans le bureau de Michelle.

Je me demandai à nouveau dans quelle mesure Patrick avait étudié en détail mon dossier de candidature. Et s'il avait contacté mon tuteur pédagogique pour en savoir plus.

— Et qu'en pensez-vous ? Cette exposition sur laquelle nous travaillons. En résumé.

— Je pense que même si la Renaissance est souvent considérée comme une période férue de logique et de sciences, elle a manifestement été séduite par des pratiques ancestrales qui n'incluaient pas la géométrie et l'anatomie, plutôt la croyance dans les oracles et les traditions mystiques. D'une certaine manière, c'était très… (Je marquai une pause.) … tout le contraire de scientifique. En résumé, bien sûr.

— Bien sûr, commenta Patrick en me regardant.

Je fus de nouveau frappée par sa beauté. Même sous la lumière fluorescente des étagères, sa mâchoire et ses pommettes saillaient. La première semaine, j'avais cherché à déterminer son âge grâce à la date de sa soutenance de thèse. Il avait une bonne quarantaine d'années, peut-être même la cinquantaine. Jeune pour un conservateur, plus encore pour être celui du Cloître.

— Pourquoi d'après vous étaient-ils séduits par ces pratiques ? interrogea-t-il en feuilletant un ouvrage sur les visions médiévales que je voulais étudier.

— Nous rêvons de pouvoir expliquer le monde qui nous entoure, répondis-je. De donner un sens à l'inexplicable.

Du moins, je savais que c'était mon cas. Cette pulsion, à un certain niveau, est universelle.

— Avez-vous déjà songé, reprit Patrick en levant les yeux de son livre, que ces enseignements pouvaient renfermer une certaine vérité, même si nous avons du mal à prendre cela au sérieux de nos jours ?

— Que voulez-vous dire ? Qu'en étudiant la position des planètes, on pourrait prédire… (Je réfléchis aux prévisions astrologiques les plus étranges que j'avais lues.) … le meilleur jour de l'année pour traiter la goutte ?

L'ombre d'un sourire passa sur son visage.

— Non, je n'y crois pas, affirmai-je.

L'idée que les hommes puissent être capables de prévoir l'avenir en regardant les planètes migrer dans le ciel nocturne avait captivé l'imagination des érudits et des mystiques pendant des siècles. Mais je ne pouvais pas prendre l'astrologie pour argent comptant. J'avais vu de mes propres yeux à quel point le destin pouvait être impitoyable et aléatoire. Voilà quelque chose que nous ne pourrions jamais comprendre complètement. Néanmoins, je ne voulais pas décevoir Patrick, me montrer trop cynique, j'ajoutai donc :

— Bien sûr, des gens s'en remettent encore à l'astrologie aujourd'hui.

— Nous avons une tendance à rejeter les choses que nous ne comprenons pas, argua Patrick. À les considérer d'emblée comme archaïques et non scientifiques. Mais si vous devez retenir une leçon de votre séjour ici, c'est de donner à ces systèmes de croyances toute la place qu'ils méritent. Vous n'êtes pas obligée de croire à la divination pour qu'elle ait existé pour l'aristocrate du XIVe siècle. (Il reposa l'ouvrage.) Et même pour qu'elle existe encore.

Quand je revins à ma table de travail, la feuille de papier avec les gouttes de cire avait disparu. J'inspectai le contenu de la poubelle, sans succès. Patrick et moi étions les deux seules personnes présentes au Cloître à cette heure-ci.

— Tu cherches Leo ? lança Rachel en tirant une bouffée de sa cigarette.

La chaleur de la matinée avait laissé place à un après-midi nuageux et la pluie menaçait de l'autre côté du fleuve. Nous profitions de l'air frais, assises au bord du cloître de Bonnefont. Rachel avait la main par-dessus le rempart pour que personne ne puisse se rendre compte qu'elle fumait.

— Non, mentis-je.

Je l'avais cherché toute la journée. Je m'étais même attardée à la cuisine, dans les jardins, les toilettes des employés, espérant le croiser.

— Tu ne sais pas mentir, déclara Rachel, observant mon profil tout en éteignant sa cigarette. Le lundi, il travaille souvent dans la remise, pas dans les jardins. Même si cela ne t'intéresse pas.

Elle observa les alentours : les visiteurs arpentaient les allées d'un air révérencieux, mains jointes dans le dos.

C'était sans doute la même chose il y a cinq cents ans, songeai-je.

— Dieu merci, au moins, la chaleur est tombée, dit-elle.

Rachel ne semblait pas souffrir le moins du monde de l'air saturé d'humidité ou de la température élevée.

— Je suis arrivée tôt, dis-je. Je n'en pouvais plus. Quand je me suis installée à notre table de travail à la bibliothèque ce matin, il y avait des gouttes de cire sur le bois. Enfin, on aurait dit de la cire. Qui a bien pu faire ça d'après toi ?

Rachel contempla le paysage par-delà les remparts, en direction du fleuve.

— Je ne sais pas.

— Tu penses que quelqu'un aurait allumé des bougies dans la bibliothèque ?

— Il y avait peut-être un gala pour les donateurs ce week-end. Tu n'imagines pas ce qu'on retrouve dans la bibliothèque – et même dans les galeries – après ce genre d'événements.

Cela paraissait plausible. Et ce n'était pas comme si le département événementiel et la conservation du musée s'entendaient à merveille.

— Je trouve juste ça étrange. Pourquoi quelqu'un allumerait-il des bougies dans une salle remplie de livres rares ?

— Les moines le faisaient tout le temps autrefois, répondit Rachel en se levant.

La journée passa vite et, avec les nuages sombres et bas, la ville donnait une impression d'immobilité et de moiteur totale. J'étais peinée de quitter la biblio-thèque à 18 heures ; son enceinte de pierres fraîches était rapidement devenue l'endroit où je me sentais vraiment chez moi, plus que dans mon studio : la beauté de mon environnement diurne rendait la réalité de mes nuits encore plus pénible.

Alors que je traversais les galeries et les corridors aux voûtes majestueuses pour regagner la navette, je ne pouvais m'empêcher de penser à la chaleur que j'allais retrouver chez moi. Je n'étais pas sûre d'avoir les moyens de m'offrir un climatiseur portable. Une quincaillerie se trouvait à deux pas de mon appartement. En faisant un rapide calcul mental pour savoir si je pouvais me le permettre, je compris que ce n'était pas gagné. Je décidai alors de vérifier avec la calculatrice de mon téléphone et c'est là que je me rendis compte que je l'avais laissé sur une chaise de la bibliothèque. Le chemin de retour fut rapide, mais, juste avant d'atteindre la salle, j'aperçus Rachel et Leo en grande conversation au fond du cloître de Bonnefont, près de l'arche qui menait à la remise. Rachel était adossée au mur, les bras dans le dos ; Leo avait la main posée au-dessus de sa tête.

Sans réfléchir, je m'arrêtai derrière une colonne et je les observai. J'entendis le rire de Rachel lorsqu'elle sortit une cigarette de son paquet, qu'elle l'alluma et qu'elle la tendit à Leo. Celui-ci ne la prit pas mais porta lentement la main de Rachel vers sa bouche et tira une bouffée. Agacée, Rachel se dégagea, puis se détacha du mur, laissant Leo seul. J'en profitai pour me glisser vivement dans la bibliothèque sans être vue. Il me fallut quelques minutes pour localiser mon appareil. Difficile de me concentrer alors que le mélange de jalousie et de désir que je ressentais me faisait mal jusque dans mes paumes.

Téléphone en main, j'allais pousser la porte de la bibliothèque quand j'entendis la voix de Patrick dans le couloir.

— Je crois qu'il est temps de mettre Ann au parfum.

— C'est trop tôt, répondit Rachel.

— Elle est là comme atout.

Patrick avait baissé la voix, ce qui m'obligea à coller mon oreille dans l'interstice entre les deux battants.

Lorsque Rachel reprit la parole, je pus sentir la frustration dans sa voix, à travers le bois épais et humide.

— Nous ne savons pas encore si nous pouvons lui faire confiance. Même si elle est déjà curieuse. Tu sais qu'elle a trouvé la cire. Elle t'a posé des questions à ce sujet ?

— Je m'en suis occupé.

Puis le silence s'installa, à l'exception de mon pouls qui résonnait dans mes oreilles.

— Allez, reprit Patrick d'une voix douce que je ne lui avais jamais entendue auparavant, ne nous disputons pas à ce sujet. Tu la voulais.

— Je pense qu'elle peut aider, concéda Rachel.

Je sentis que cette conversation ne concernait pas seulement l'exposition, mais quelque chose d'autre, que je ne pouvais pas encore deviner.

— Parfois, il faut prendre des risques, insista Patrick.

Rachel hocha probablement la tête parce qu'il ajouta :

— Ah, je te reconnais enfin. Tu sais que je ne pense pas qu'elle ait atterri ici par hasard, n'est-ce pas ?

Je vis la poignée de la porte s'abaisser lentement et je courus me cacher à l'autre bout de la bibliothèque, entre les rayonnages, avant qu'elle ne s'ouvre. J'empruntai le couloir du personnel, puis la cuisine. Gardant la tête baissée dans le couloir mal éclairé, j'avais presque atteint le hall d'entrée lorsque j'entrai en collision avec Leo.

— Ça va ? me demanda-t-il.

Il me retenait par les épaules tout en me regardant de haut en bas.

— Oui, désolée, je suis…

Troublée par ce que j'avais entendu et trop essoufflée après avoir pris la fuite, j'avais du mal à mettre mes pensées en ordre.

— Prends ton temps, Ann. Nous sommes dans un musée, pas aux urgences en train de sauver des vies.

— Tu as raison, dis-je en soufflant un bon coup. Je ne voulais pas rater la navette.

— Elle vient de partir, m'annonça-t-il en s'écartant.

— Merde.

— Pourquoi ne pas marcher ?

Il me fit signe de le précéder. La façon dont il bougea son bras me rappelait la manière dont il l'avait placé au-dessus de la tête de Rachel. Sa force, sa possessivité. Je voulais le sentir au-dessus de moi, enroulé autour de ma taille, de mes épaules. Ferme et bien serré. Nous avons troqué l'obscurité du musée pour la canopée du parc, où les chemins sinueux serpentaient à perte de vue à travers les vastes pelouses. Leo marchait à côté de moi, fredonnant parfois quelques mesures d'une chanson que je ne reconnus pas.

Nous venions de dépasser un groupe d'enfants en file indienne qui se tenaient par la main, ce qui me fit penser à un collier de marguerites, lorsque Leo se tourna vers moi et me dit tout à trac :

— Pourquoi es-tu venue ici ?

— Quelle drôle de question.

Elle était directe. Elle me rappela, comme si je ne le savais pas déjà, que j'étais nouvelle, inexpérimentée, voire indésirable.

Une partie de moi savait qu'il valait mieux ignorer ce que j'avais vu et entendu ce jour-là, construire une barrière entre Leo, Rachel, Patrick et moi. Entre le monde du musée et ce que j'en attendais : une acceptation pour faire un doctorat dans une bonne université, une vie en dehors de Walla Walla.

La question de Leo contenait une implication qui commençait à m'inquiéter, moi aussi : « Pourquoi t'immisces-tu dans notre monde ? »

Je dus rester silencieuse un moment de trop, car Leo ajouta plus doucement :

— Je veux dire, pourquoi pas Los Angeles, Chicago ou Seattle ? Pourquoi New York ?

Je désignai les alentours d'un geste de la main.

— J'ai entendu dire que c'était la plus belle ville au monde.

Leo éclata de rire.

— À voir sur la durée…

Le dernier enfant de la chaîne trottina devant nous, laissant courir sa main sur les herbes qui lui arrivaient aux genoux.

— C'est à cause de l'art, je suppose, lui dis-je en levant les yeux vers son visage.

Je gardai les autres raisons pour moi : c'était à des milliers de kilomètres de l'église luthérienne où mon père était enterré et New York ne reprochait jamais aux gens leur ambition, même si d'autres pouvaient le faire. Nous marchions côte à côte. Leo avait enfoncé les mains dans ses poches, un sac en bandoulière en travers de la poitrine.

— C'est le seul endroit où je peux faire le travail dont j'ai envie.

— Qu'es-tu prête à abandonner pour ce job ?

Il y avait une pointe de tension dans sa question. Je haussai les épaules en enfonçant plus profondément les mains, moi aussi, dans mes poches, pas prête à lui en dire plus alors que j'en savais encore si peu sur lui.

Il me donna un coup d'épaule amical.

— Tout le monde n'est pas délicat dans le coin. Tu ne devrais pas prendre toutes les questions comme étant indiscrètes. Si c'est le cas, et que tu ne veux pas y répondre, dis simplement à celui qui te les pose d'aller se faire foutre. Moi, j'essaie juste de savoir si tu vas te plaire au musée. La plupart des gens qui bossent au Cloître s'en fichent, d'ailleurs. Tant que tu fais ton boulot. Moi, j'aime le mien. Le jardinage, tout du moins. Même si je déteste les visiteurs. Parfois, les jours où il n'y a pas affluence, je peux prétendre me retrouver dans l'atmosphère de l'époque. Avant l'industrie du tourisme. Avant l'économie de marché.

— Moi, j'ai toujours un peu cette impression. Un monde à part.

Nous avions atteint le métro. L'entrée était aménagée dans un affleurement rocheux, avec du lierre qui cascadait tout autour. On aurait dit une station en plein cœur de Rome, pas à la pointe nord de Manhattan.

— Voilà ton arrêt, déclara Leo en désignant l'escalier d'un signe du menton.

— Merci de m'avoir accompagnée, répondis-je, tout de suite embarrassée par cette remarque puérile, comme si nous nous tenions la main comme les enfants du parc.

— J'aime marcher avec toi, Ann Stilwell. (Avant de s'éloigner, il ajouta :) Ce sont des endroits incroyables, la ville, le Cloître, mais ne les laisse pas te vider de ton énergie, au contraire, fais en sorte de puiser dans leur force vitale.

Le lendemain, une pluie battante cinglait les vitres de la bibliothèque où Rachel et moi travaillions. La vitesse avec laquelle elle parvenait à parcourir les textes m'étonnait toujours. Sa lecture était rapide et son analyse incisive. Quand la pluie s'arrêta enfin, Rachel se leva pour aller frapper à la porte du bureau de Patrick. Pendant près d'une heure, je surveillai la porte du coin de l'œil, repoussant l'idée que, si cinq minutes supplémentaires s'écoulaient, je pouvais m'en approcher, et peut-être capter une bribe de la conversation qui se tenait à l'intérieur. Mais, juste au moment où je projetais d'aller étudier les rayonnages à côté de son bureau, Rachel en émergea, retenant la porte pour qu'elle se referme avec un chuintement.

— Patrick te convie à un dîner chez lui vendredi soir, dit-elle en se rasseyant en face de moi.

Je ne pouvais m'empêcher de penser à ce que j'avais entendu la veille à travers la porte de la bibliothèque mais, s'il y avait un brin de résignation dans les paroles de Rachel, je n'arrivais pas à l'analyser.

À Whitman, je n'avais jamais été invitée à dîner chez un professeur. Même s'il s'agissait d'une petite université, les étudiants et le corps enseignant restaient chacun dans son monde. Il est vrai que ce genre de dîners auraient pu donner lieu à des spéculations sur des relations inappropriées. Mais j'étais curieuse de découvrir la maison de Patrick depuis que Rachel m'en avait parlé, et l'invitation ressemblait à l'initiation que j'attendais.

— C'est une tradition, renchérit-elle. J'y participe en général une fois par semaine. Parfois, il y a d'autres invités. C'est un peu comme un salon littéraire. Cette semaine, il y aura Aruna Mehta, la conservatrice des manuscrits rares de la bibliothèque Beinecke.

— Je ne sais pas comment on va à Tarrytown. Est-ce qu'en métro..., lançai-je, commençant déjà à m'inquiéter de la logistique pour arriver chez Patrick de manière présentable sans être dégoulinante de transpiration à cause de la marche ou d'une rame suffocante.

— On ira en voiture, coupa Rachel. Je passerai te prendre à 17 heures.

6

Vendredi, Rachel vint me chercher dans une berline noire conduite par un chauffeur.

— Je t'ai apporté quelques petites choses, dit-elle en me tendant un immense sac lilas plein à craquer. J'espère que ça ne te dérange pas. Ce sont des vêtements.

— Tu m'as acheté des fringues ? m'étonnai-je en sortant du sac une jupe à l'étiquette toujours en place.

— Non. Quelle drôle d'idée. Bien sûr que non. J'ai fait du tri dans mes placards et j'ai pensé que des trucs pourraient t'intéresser. Je ne les ai jamais portés pour certains. J'allais les donner à une association caritative.

À son ton désinvolte, elle ne semblait pas avoir d'arrière-pensées, mais une partie de moi se demanda si elle n'était pas lasse de me voir tous les jours avec mes tenues sans charme et mon style déplorable, mélange de coton et de polyester. J'examinai plusieurs habits, appréciant la caresse du tissu sous mes doigts. Pas étonnant que Rachel soit toujours aussi belle.

— Merci.

— Tu veux te changer maintenant ?

C'était une incitation subtile, suffisamment pour que je ne ressente pas sur-le-champ un sentiment de honte, mais suffisante pour que je regarde le pantalon que j'avais choisi pour la soirée. Rien que le terme « pantalon » me fit comprendre mon erreur.

— C'est possible ou ça pose problème ?

— Aucun. John, vous pouvez faire le tour du pâté de maisons ? demanda Rachel au chauffeur, qui répondit par l'affirmative. Je monte avec toi.

— Non !

À l'idée que Rachel entre dans mon minuscule studio, voie ma montagne de vaisselle sale, mes vêtements sur la corde à linge dans l'escalier de secours, comme le faisaient mes voisins, et qu'elle tente de s'asseoir sur le seul centimètre carré de canapé qui n'était pas recouvert de livres et de carnets, j'en eus la nausée.

— J'en ai pour deux minutes. Pas la peine que tu montes.

— Il y a une robe noire qui serait parfaite pour toi. Droite, toute simple. C'est ce que je porterais.

Parvenue dans mon appartement, j'ouvris le sac avec un sentiment de soulagement que Rachel soit restée en bas. Pour me sentir un peu chez moi, j'avais emporté une photo encadrée de mes parents ainsi que des cartes postales de tableaux que je n'avais jamais admirés en vrai, mais qui avaient occupé la majeure partie de mon temps et de mes efforts à Whitman – une suite de fresques du Palazzo Schifanoia à Ferrare. Le nom Schifanoia venait de l'expression *schivar la noia*, « échapper à l'ennui ». Une folie, une maison d'agrément, construite non loin de Ferrare, où Borso d'Este, souverain excentrique d'un duché influent, avait fait peindre toute une scène reprenant les signes du zodiaque. On y voit une procession de Vénus tirée sur un carrosse par des cygnes. En dessous, le Taureau au pelage fauve resplendissant, dont les flancs sont parsemés d'étoiles dorées, bénit son passage. Borso avait aménagé la salle pour impressionner ses invités – l'astrologie comme représentation du pouvoir, comme totem de la bonne fortune. Certains chercheurs avaient soutenu qu'il fallait y voir quelque chose de plus profond. Comme si la reproduction du Lion pouvait influencer l'horoscope de celui qui le regardait – ou, dans ce cas précis, celui de Borso – de manière heureuse. L'art dans ce qu'il a de plus puissant peut-être. C'était un point de vue que Richard Lingraf m'avait toujours encouragée à prendre au sérieux.

J'enfilai la petite robe noire et attachai mes cheveux en une queue-de-cheval basse. Je montai sur la caisse que ma mère venait de m'envoyer afin de mieux me voir dans le petit miroir de la salle de bains. La différence était frappante. Mes cheveux avaient pris une tournure romantique, le décolleté était parfait, juste assez pour être sexy, tandis que la jupe ample et fluide avait la bonne longueur, tout à fait appropriée pour un salon littéraire – le premier auquel j'étais invitée. Rachel ne pouvait pas avoir porté ce vêtement plus d'une fois, peut-être deux. On aurait dit que la robe n'avait jamais été lavée. Résistant à l'envie de fouiller dans le reste du sac pour découvrir les autres tenues, je redescendis en courant. Je ne voulais pas la faire attendre.

— Oh, je savais que ce serait parfait ! s'écria-t-elle quand je me glissai sur la banquette à côté d'elle.

Le compliment me sembla aussi naturel que le tissu de la robe sur ma peau. La voiture fila en direction du nord, ou plutôt avança au pas sur l'autoroute bondée. Rachel pianotait sur son téléphone pendant que je regardais les gratte-ciel céder lentement la place aux étendues verdoyantes de la banlieue, jusqu'à ce que le chauffeur épouse la courbe d'une sortie et emprunte une route moins fréquentée. Rachel ne m'adressa pas la parole de tout le trajet et, quant à moi, ne voulant pas paraître trop impatiente ni trop enthousiaste, je gardai le silence. Quand la berline remonta une longue allée de gravier, Rachel lança « On est arrivées ! » et glissa son téléphone dans son sac.

La maison apparut enfin – une bâtisse en pierre grise dotée de fenêtres à croisillons en fer forgé serties de plomb. L'allée circulaire était flanquée de sapins baumiers et de hêtres, et la porte d'entrée, une arche en ogive, était encadrée de buis soigneusement taillés. À bien des égards, cela me rappelait le Cloître – la couleur de la pierre, l'esthétique faussement gothique, pour le visiteur le sentiment d'attente ménagé par l'allée, puis l'apparition progressive d'une cheminée en pierre, même d'une vieille girouette en cuivre. John, le chauffeur, allait sans doute nous attendre toute la soirée dans la voiture avec un sandwich, comme il devait le faire chaque semaine.

Personne ne nous accueillit à la porte. Rachel entra sans hésiter dans un vestibule ovale avec un escalier en pierre au centre. Sur la gauche se trouvait la bibliothèque. Tout en lui emboîtant le pas, je m'imprégnais de l'atmosphère et mémorisais les détails – des pages de manuscrit encadrées, un triptyque à l'encaustique, une table couverte de dés blancs aux formes étranges, des étagères de livres reliés de cuir. C'était une collection somptueuse et soigneusement mise en valeur, que le salaire de Patrick comme conservateur n'aurait pas suffi à rassembler, j'en étais sûre. J'avais envie de m'attarder, de toucher le tissu épais des canapés, de sentir la fraîcheur de l'acajou des tables basses, mais Rachel avait déjà traversé le lieu, comme s'il n'avait rien de particulier ; elle m'attendait devant des portes-fenêtres ouvertes sur la soirée d'été.

Depuis le patio dallé, la vue s'étirait jusqu'au pont Tappan Zee qui reliait les comtés de Rockland et de Westchester. L'air était brumeux avec un bourdonnement constant d'insectes. Patrick et une femme étaient assis sous une marquise rayée, un verre embué d'humidité. La silhouette fine de la femme disparaissait dans le fauteuil, mais sa robe, d'un corail vibrant tissé de fils dorés, lui donnait une présence exceptionnelle. Avec seulement quatre convives, on pouvait difficilement qualifier l'assemblée de salon littéraire. Plutôt de dîner intime.

Pour une raison que j'ignorais – probablement le décor, la bibliothèque, les vitres piquetées par le temps –, je m'attendais à ce qu'un maître d'hôtel vienne nous apporter des cocktails, si bien que je fus surprise de voir Patrick se lever et disparaître par une porte à l'extrémité du patio – la cuisine, comme je le découvrirais bientôt – et préparer lui-même nos boissons.

— Negroni, dit-il en me tendant un grand et lourd verre en cristal taillé.

Il me présenta la femme assise dans le fauteuil : Aruna Mehta, originaire du Pendjab et formée à Oxford. Patrick et elle avaient été doctorants ensemble. Près de vingt ans d'amitié, précisa cette dernière. Aruna portait un élégant chignon haut et une paire de lunettes de lecture autour du cou. Rachel l'embrassa sur les deux joues avant de s'asseoir. Même si nous avions été accueillies en toute décontraction, l'intimité du geste et l'assurance de Rachel me surprirent, car je n'avais jamais observé une telle complicité entre un étudiant et un professeur dans mon milieu universitaire.

— C'est la première fois que tu viens ici ? me demanda Aruna en désignant la vue.

— Oui. C'est fabuleux.

— Merci, dit Patrick en levant son verre. Je n'en retire aucun mérite.

— Mais le mérite de la restauration magistrale te revient, répliqua Aruna en prenant son verre pour trinquer avec nous. À la nôtre !

— Ça, je veux bien te l'accorder, acquiesça Patrick.

— Peu de conservateurs vivent ainsi, ajouta-t-elle en se penchant vers moi d'un air faussement conspirateur. (Sa proximité me fit l'effet d'une bouée de sauvetage.) Patrick est le seul à avoir ce privilège. Et ce n'est pas le seul domaine dans lequel il se distingue.

Patrick se mit à rire et, pour la première fois, je remarquai de petites fossettes sous sa barbe de trois jours. Pourquoi n'avait-il personne avec lui dans cette maison – une femme, une famille, ou même une gouvernante à demeure ? Il devait y avoir plus d'une dizaine de pièces.

— Aruna, arrête, dit Patrick sans aucune trace d'avertissement dans la voix.

— Rachel sait de quoi je parle, renchérit Aruna avec un clin d'œil.

Ce commentaire me rappela que je ne faisais pas partie du clan. La remarque d'Aruna était peut-être un rappel intentionnel du nombre de fois où Rachel avait bu des Negroni avec Patrick dans son patio. Sans doute Rachel savait-elle à quoi ressemblait la maison avant sa restauration. Elle avait rencontré Aruna à Yale. Et pendant que je passais mon premier cycle dans une université de seconde zone, elle avait déjà été identifiée comme une étudiante brillante, à surveiller de près. Je me suis rappelé que c'était la raison de ma venue à New York : pour me transformer en une Rachel. Une personne que les gens prenaient au sérieux, quelqu'un que *moi*, je pourrais prendre au sérieux.

— Vous êtes au courant de ce qui s'est passé à la Morgan Library ? lança Aruna. Ils ont proposé que cette année le sujet soit l'histoire de l'occultisme à la Renaissance.

— Oui, répondit Patrick. J'ai suggéré que Rachel anime la table ronde sur le tarot.

— Ils ont refusé, murmura Rachel à mon oreille.

— C'est moi qui vais modérer à sa place, précisa Patrick.

— C'est drôle comme, après avoir affirmé pendant des années que le sujet ne valait rien, la Morgan décide d'organiser un colloque sur l'occultisme au moment même où tu prépares une exposition sur la divination. N'est-ce pas, Patrick ?

Aruna mordit dans l'écorce de son quartier d'orange et le mâchonna pensivement.

— Se tramerait-il quelque chose ? plaisanta Rachel en buvant une gorgée de son Negroni.

L'énorme glaçon tintinnabula dans son verre.

— Et toi, Ann ? demanda Aruna en essuyant une goutte de condensation tombée sur sa robe. Ces deux-là ont-ils déjà fait de toi une adepte ?

— Pas encore, je le crains.

Je m'efforçai de lire entre les lignes, de comprendre la façon dont Patrick, Rachel et désormais Aruna parlaient des cartes de tarots et des pratiques divinatoires comme si elles pouvaient exercer un pouvoir. Cela ressemblait à une blague, à mes dépens bien sûr, qui ne me serait révélée que lorsque j'accepterais enfin de croire à l'incroyable.

— Ah, pas encore…, répéta Aruna. Ce qui veut dire qu'il y a encore la possibilité de te convaincre ?

— Il n'est pas nécessaire d'être convaincu, intervint Patrick, penché en avant, les coudes sur les genoux, ses mains tenant fermement son verre. Il faut garder une ouverture d'esprit et essayer de comprendre pourquoi ces pratiques avaient de l'importance. Et comment elles peuvent encore en avoir de nos jours. Prenez le tarot…

— Oui, mais le tarot n'a été intégré à l'occultisme qu'au XVIIIe siècle, l'interrompit Aruna. Auparavant, c'était un simple jeu d'atouts. Un peu comme le bridge, très prisé par l'aristocratie. Quatre personnes assises autour d'une table mélangeant et distribuant un jeu de cartes. Ce n'est qu'avec l'arrivée de ce charlatan, Antoine Court de Gébelin, que le tarot a pris une dimension plus… (Aruna agita les mains.) … mystique.

— Gébelin, expliqua Rachel en se tournant vers moi, était un libertin notoire de la cour de France au XVIIIe siècle. Selon lui, ce sont des prêtres égyptiens et non les Italiens du XVe siècle qui, en utilisant le *Livre de Thoth*, ont inventé le jeu de tarots, composé, bien sûr, de quatre couleurs comme le jeu normal, plus vingt-deux cartes que nous appelons maintenant les arcanes majeurs. Des figures comme… (Rachel fit un geste.) … la Grande Prêtresse, par exemple. Autrefois la Papesse.

Je remarquai des zigzags lumineux qui laissaient des traces fluorescentes dans le crépuscule naissant – des lucioles qui illuminaient notre conversation avec la magie tangible de la nature.

— Entre l'égyptomanie de la France du XVIIIe siècle et l'atmosphère de la cour, férue de secrets et de mystères, le tarot a été employé dans un tout autre but, poursuivit Rachel. Mais selon moi il y a matière à prouver l'existence de traditions occultes au XVe siècle, surtout autour de Venise, Ferrare et Milan. Une zone qui s'apparente au triangle d'or des rites expérimentaux et magiques. Nous savons que les aristocrates des débuts de la Renaissance étaient fascinés par les anciennes pratiques de divination. Comme la géomancie et la cléromancie. Alors, pourquoi pas les cartes ? Les dominicains étaient farouchement opposés aux jeux de tarots. Henri III les avait soumis à une taxe en France. Nous savons qu'une personne a été arrêtée à Venise au début du XVIe siècle pour cartomancie. Et les archives nous indiquent que le tarot a provoqué des « scandales publics », une expression que l'on peut, je pense, analyser de différentes manières.

Je regardai Rachel, puis Patrick, calé dans son fauteuil, les doigts croisés.

— Et bien sûr, ajouta Rachel, on ne peut étudier les arcanes majeurs – la Lune, l'Étoile, la Roue de Fortune, la Mort, l'Amoureux – sans reconnaître que l'intérêt pour l'occultisme de l'Italie du XVe siècle a influencé l'imagerie, sinon la fonction, des cartes de tarots.

En grandissant, il m'avait été impossible de croire qu'un horoscope ou un tirage de cartes aurait pu me donner un coup de pouce, m'indiquer les grandes lignes de mon futur. Ce genre de croyances étaient au-dessus de mes moyens. Et il m'était trop pénible d'imaginer que les étoiles auraient eu la possibilité de m'avertir de la mort de mon père, même si les Romains de l'Antiquité n'auraient pas été d'accord avec moi. Peut-être que les trois personnes qui m'entouraient à cet instant précis, également.

— Bien sûr, intervint Patrick, Rachel n'a pas encore pu réunir toutes les preuves dont elle a besoin pour valider sa théorie. Et pourtant, nombre d'entre nous ont déjà essayé.

Il y avait dans sa voix un ton tranchant, dur, plein de ressentiment lorsqu'il prononça le dernier mot. Je compris qu'il ne s'agissait pas seulement des recherches de Rachel, mais des siennes aussi. Peut-être une entreprise ratée. Chaque fois qu'il en avait l'occasion, Patrick aimait laisser entendre qu'il s'agissait de quelque chose qui allait au-delà de la recherche, quelque chose de réel, tangible. Rachel, elle, nourrissait encore des réserves qu'elle se gardait bien, je l'avais remarqué, d'exprimer en présence de Patrick.

— Imaginez la légitimité que cela donnerait à la pratique aujourd'hui si nous savions qu'il existe un jeu de cartes du XVe siècle, un jeu ancien, peut-être même le plus ancien, qui ait été utilisé dans ce but, conclut Patrick.

— Mais il y a peu de procès-verbaux d'arrestation, intervint Rachel. Encore moins qui mentionnent cette pratique.

— On ne trouvera probablement pas de procès-verbaux, dis-je, retrouvant ma voix. Je n'imagine pas Borso ou Ercole d'Este arrêter quelqu'un pour un tel motif à Ferrare. Je ne pense pas qu'ils aient laissé des traces écrites.

La famille d'Este s'était installée à Ferrare au XIIe siècle, elle régnait sur un duché mystique et libidineux, où la superstition le disputait à l'ambition.

— Entièrement d'accord, renchérit Rachel.

Alors que le soleil plongeait dans l'Hudson, jetant sur le fleuve un halo noir et or, Rachel ne détourna pas le regard, mais garda un sourire approbateur tout en m'examinant, comme si c'était la toute première fois.

— Rentrons et montrons à Ann comment ça marche, s'exclama Patrick en tapant sur ses genoux tout en portant son attention sur Rachel.

Ils se levèrent tous les trois, mais je restai un moment sur ma chaise, me demandant ce qui m'attendait à l'intérieur, si je voulais savoir ce qu'ils allaient me montrer. Les mots prononcés par Patrick me hantaient : « Il est temps. » Je ressentais un étrange mélange d'incrédulité et de crédulité – la peur de ne pas arriver à croire ce qu'ils voulaient si clairement que je croie, et aussi la peur de pouvoir y arriver. Facilement, en fait. Lorsque Rachel atteignit la porte du salon, elle se retourna vers l'endroit où j'étais assise et, comme si elle me l'avait ordonné, je me levai enfin et la rejoignis.

À l'intérieur, ils s'étaient rassemblés autour d'une table basse que Patrick avait débarrassée de ses livres. Il tenait un jeu de cartes plus grand et plus épais qu'un jeu habituel, aux bords élimés et au dos duquel figuraient une série de soleils jaunes enchâssés dans des carreaux hexagonaux d'un orange intense. Patrick posa le jeu sur la table et me regarda avec impatience.

— Mélangez-les, dit-il.

L'envie de rire, due à la nervosité, était irrésistible. Je voulais m'esclaffer pour qu'ils comprennent tous que j'étais, moi aussi, dans le coup. Parce qu'il s'agissait bien d'une blague, n'est-ce pas ?

— Allez, vas-y. Fais-le, renchérit Rachel.

Je m'agenouillai devant la table basse et me saisis des cartes. Il étaient agréablement usées, mais quand je voulus les disposer en éventail, elles résistèrent.

— Non, me dit Patrick, étalez-les. Posez vos mains dessus. Insufflez-leur votre énergie. Puis ramenez-les en une pile et coupez le jeu en trois.

Je fis comme il me l'indiquait. Les cartes étaient anciennes, pas de doute là-dessus. Même si elles n'étaient pas peintes à la main ou faites de vélin, on voyait qu'elles avaient au moins deux cents ans. C'était le premier jeu de tarots que je manipulais et, l'espace d'un instant, je me demandai si mon toucher renseignait les cartes sur mon inexpérience avant de me rendre compte de l'absurdité de cette pensée. Néanmoins, alors que j'étais accroupie dans le salon de Patrick, sous l'œil attentif de mes trois mentors, entourée d'artefacts médiévaux et de livres rares, je ne réfutai pas la possibilité que cela fût possible. D'y croire. Les lames étaient tout à fait à leur place entre mes doigts, je sentais une certaine électricité s'en dégager.

Lorsque j'eus fini de couper, Patrick disposa cinq lames dans un certain ordre, faces visibles. Elles montraient des illustrations au graphisme dépouillé mais pleines de symboles arcaniques – l'ouroboros sur la carte Roue de Fortune, un lion sur la carte de la Force. Les cartes numérales avaient encore plus de retenue graphique – un Trois de Bâtons finement exécuté sur un fond bleu couleur œuf de merle et un Cinq de Deniers avec les symboles du zodiaque en arrière-plan d'une teinte vert eucalyptus. Et la carte de Protection baignait dans un décor aquatique rempli au premier plan de créatures marines remuantes et écumantes. Gênée d'être tellement attirée par toute cette imagerie, je tendis la main de l'autre côté de la table et ramassai l'une des cartes, le Trois de Bâtons, pour voir de plus près l'inscription.

— C'est un jeu d'Etteilla, m'expliqua Rachel. Un original. L'un des premiers jeux de tarots occultes jamais imprimés. Cette édition date de 1890.

Je reposai le Trois de Bâtons.

— Quelle en est sa signification ? demandai-je en levant les yeux vers Patrick.

Il étudia les cartes devant lui.

— Ici, dit-il en montrant la carte pleine de créatures marines, nous pouvons voir un océan d'opportunités, de pouvoir, d'exploration mais aussi d'autoconsommation. L'ouroboros, bien sûr, est un symbole de renaissance, de mort et d'autonomisation. Le lion, une carte puissante tempérée par les cartes numérales qui nous rappellent l'équilibre et le désir.

Pendant qu'il parlait, je me surpris à essayer d'intégrer les cartes dans ma vie, de créer un sens à partir de leur imagerie ténébreuse. Dans le corps de l'ouroboros, ce serpent qui se mord la queue, forcé pour l'éternité à se dévorcr lui-même, il y avait un écho de mon passé que je n'étais pas prête à entendre.

— Ce jeu, intervint Rachel, interrompant ma rêverie, était utilisé pour la divination, nous le savons. Mais ce qu'il nous faudrait, c'est en trouver un du XVe siècle qui nous indiquerait une même utilisation, un même objectif. Dont l'imagerie s'inspirerait nettement d'autres pratiques divinatoires, ou bien des documents d'archives qui nous permettraient d'étayer cet argument à propos de jeux existants.

— On trouve de nombreuses cartes de tarots esseulées datant du XVe siècle, ajouta Aruna, mais les jeux entiers de cette époque, ou presque complets comme ceux conservés à la Beinecke et à la Morgan, sont extrêmement rares. Les jeux complets du XIXe siècle sont courants grâce à l'imprimerie qui permettait d'avoir une matrice pour faire de multiples copies. Rien de tout ça, évidemment, à l'époque où les lames étaient peintes à la main.

— Et probablement, il n'en existerait qu'une poignée, renchéris-je en détournant mon regard de la table.

Je voyais mal les Florentins pragmatiques ou les habitants de Rome se laisser aller à de telles pratiques, mais je me surprenais, face à cette imagerie, à ressentir l'attrait d'une telle possibilité.

— Ce serait une découverte majeure, conclut Rachel en montrant les cartes étalées devant nous, non seulement pour l'histoire de l'art, mais aussi pour celle de l'occultisme. Cela légitimerait des pratiques qui sont encore d'actualité.

On me disait souvent qu'il n'y avait plus rien à étudier sur la Renaissance, or cette perspective me semblait entièrement nouvelle. Non seulement inédite, mais délicieusement mystérieuse. Et alors que, dans d'autres circonstances, cette théorie m'aurait semblé absurde, dans ce décor elle m'intriguait. Pour une fois, le mystère que les universitaires avaient dépouillé de son aura était sur le point de retrouver sa magie – n'était-ce pas, après tout, la raison pour laquelle nous étions devenus chercheurs ? Pour redécouvrir l'art en tant que pratique, et pas seulement comme artefact ?

*

Nous retournâmes dans le patio pour le dîner, un assortiment simple de légumes grillés, de morue et de tranches de pain de campagne, le tout apporté par le maître de maison. Malgré mon impression initiale que Patrick disposait certainement de tout le personnel nécessaire pour gérer une aussi grande demeure, il était clair qu'il se débrouillait très bien tout seul, avec un plaisir évident. Nous dînâmes autour d'une petite table et non dans une grande salle à manger comme je l'avais imaginé. Quand nous eûmes fini de manger, alors que nous nous enfoncions dans nos fauteuils par cette chaude soirée d'été, Rachel se leva et débarrassa nos deux assiettes. Patrick la rejoignit avec le reste de la vaisselle sale. Je regardai leurs silhouettes disparaître dans la cuisine, sa faible luminosité intérieure ne révélant que des ombres ténues. On entendit le bruit des assiettes et des casseroles qu'ils rangeaient dans le lave-vaisselle ou déposaient dans l'évier.

— Ils en ont pour un moment, commenta Aruna.

Elle prit une cigarette et m'en offrit une, puis donna vie à la sienne dans l'obscurité. Notre table était éclairée par la simple flamme d'une lampe-tempête.

— Je devrais peut-être aller les aider, dis-je en me levant.

— Non, ajouta-t-elle en posant la main sur mon bras. Ils ne veulent pas de ton aide.

Son intonation, avec une pointe d'avertissement, me prit au dépourvu.

— Ah !

— Sais-tu dans quoi tu t'embarques ici, Ann ? m'interrogea-t-elle en soufflant un nuage de fumée.

— Je crois que oui.

Aruna avait bu au moins quatre verres de vin, ce qui l'incitait sans doute à me faire des confidences, maintenant que nous nous retrouvions seules.

— Je ne le crois pas, dit-elle en faisant tomber la cendre de sa cigarette sur les dalles. Tu dois rester en dehors de tout ça, ajouta-t-elle avec un geste en direction de la cuisine. Nous autres, on ne s'en mêle pas. On sait à quoi s'en tenir. Ce n'est pas un endroit pour toi ou moi, Ann. Notre place est ici. Pas dans la maison. Nous n'avons pas besoin de savoir ce qui s'y passe.

Bien sûr, je comprenais ce qu'Aruna voulait dire. Je l'avais compris depuis que j'avais vu le ruban rouge au poignet de Rachel. À la cuisine, les bruits de vaisselle et d'eau avaient cessé. Cela faisait au moins dix minutes qu'ils étaient rentrés.

— Ne laisse pas Rachel t'impliquer. Assure-toi de rester toi-même. Garde-toi un jardin secret. (Elle observa l'Hudson puis reporta son regard sur la maison.) Cet endroit peut être un peu écrasant pour certaines personnes.

Nous restâmes assises en silence tandis que le chœur des grillons enflait, des stridulations que je ressentais au creux de mon estomac, jusqu'à ce que Rachel et Patrick reviennent enfin. Alors qu'ils marchaient côte à côte, je vis Patrick effleurer le bras de Rachel, leurs silhouettes se découpant dans le contre-jour créé par la lumière de la cuisine.

Il était tard quand on repartit et, pendant le trajet de retour, la pensée de mon studio, qui me donnait un sentiment de stabilité et d'appartenance depuis mon arrivée à New York, me procura pour la première fois une sensation de vide et de froideur. Les réverbères de la route

express baignaient la nuit d'une lumière orangée, surna-
turelle.

— Je suis contente que tu sois là, dit doucement
Rachel dans la voiture.

Elle tendit la main vers moi, la posa sur mon bras, et la
laissa une seconde de trop.

7

Après cette soirée, Rachel et moi cessâmes de prendre des jours de congé. Quand le week-end arrivait, nous trouvions des raisons de venir au musée même si Patrick n'était pas présent. Alors que je pensais que la magie à marcher sous les plafonds à caissons et les voûtes en ogive parsemées de feuilles d'or allait s'estomper, ce ne fut jamais le cas. La beauté de l'endroit était enivrante et, certains jours, je me demandais si j'aurais ressenti la même chose au Metropolitan Museum of Art, sur la Cinquième Avenue, où les employés d'été travaillaient devant des rangées d'écrans d'ordinateur. Le Cloître m'avait transportée dans un monde de pierres fraîches et de fleurs en surnombre, un monde où les œuvres d'art, en encaustique et émail brillants, étaient incandescentes.

Et à mesure que l'urgence que je ressentais vis-à-vis de mes recherches grandissait – chaque minute occupée par l'occultisme, chaque minute consacrée à prouver que je valais le risque que Patrick et Rachel avaient pris –, je commençais à laisser sans réponse les appels maternels que je recevais de Walla Walla. Au début, ils avaient juste une fonction de vérification. Vérifier que j'allais bien. Vérifier comment se déroulait mon été. Vérifier que j'avais bien reçu les papiers qu'elle m'avait envoyés. Vérifier mes projets pour l'automne. Puis les appels prirent une fonction plus suppliante. Juste pour savoir si j'avais le temps de la rappeler. Juste pour savoir si j'étais là. Pour savoir si j'avais reçu ses messages. Dans l'un d'eux, je compris qu'elle avait pleuré, et c'était comme si je pouvais la voir dans la cuisine, portant tout à la fois les vêtements de mon père, le désordre et la tristesse. Je lui envoyai un texto qui disait : en vie, en bonne santé, juste accaparée par le boulot.

Et c'est vrai que j'étais occupée, mais pas au point de ne pas la rappeler, de ne pas prendre de ses nouvelles. Peut-être m'appuyai-je sur le travail au musée, voire sur la ville, pour évacuer la culpabilité que je ressentais à ne pas avoir été là pour ramener ma mère au monde des vivants. Comme si j'avais eu le pouvoir de la persuader de quitter l'île de chagrin qu'elle s'était bâtie et sur laquelle elle s'était installée. Mais c'était mieux ici, à New York, et j'avais de plus en plus de mal à passer de ma nouvelle réalité à mon ancien cauchemar. Je ne voulais pas que ma mère, l'État de Washington, les vergers de pommiers qui entouraient ma ville natale me tirent de la rêverie dans laquelle j'avais basculé.

New York me procurait une ivresse telle que je serais volontiers allée jusqu'au coma éthylique, ou pas loin. Je voulais que les bruits, les gens et l'agitation constante m'entraînent dans leurs marées et m'envoient en haute mer pour toujours. Je ne me sentais jamais aussi vivante que lorsque j'étais ballottée par les flots new-yorkais. Même les odeurs de détritus et de gaz d'échappement sous le soleil de plomb m'émerveillaient. Je redoutais déjà la possibilité de ne plus être là pour voir la lumière jouer avec les feuilles des érables de Fort Tryon Park en septembre – un mois sans Rachel, moins lumineux, moins étrange, me remplissait d'effroi.

Il s'avérait que travailler avec Rachel était singulier. Elle tutoyait la plupart des spécialistes de la discipline, dont elle avait les numéros dans son répertoire téléphonique, bien cachés, comme autant de petits secrets. Quand nous avions besoin de rendez-vous à la Morgan Library ou à Columbia, elle charmait les bibliothécaires par ses questions désarmantes et ses flatteries manifestes. Mais elle était aussi pleine de ressources : toujours apte à donner une référence juste, un détail historique inédit. Elle avait le don de faire en sorte que chaque découverte semble essentielle, comme si celle-ci pouvait être la clé du mystère. À ses côtés, je n'étais plus une universitaire ou une chercheuse, mais un détective tout près de découvrir le Graal, car côtoyer Rachel vous donnait le sentiment que l'œuvre ou le document qui allait bouleverser votre vie était à portée de main.

Mais je commençais à remarquer chez elle des comportements plus surprenants encore – des manies bizarres et des mensonges éhontés. Rachel prenait un malin plaisir à mentir à Moira, qui malheureusement se mêlait de tout ce qui se passait au Cloître. Si Moira cherchait Patrick, Rachel lui disait qu'il venait de partir, même si ce n'était pas vrai. Je l'avais vue déplacer les affaires de Moira dans la cuisine, simplement d'une étagère à l'autre, ce qui aurait suffi à faire douter n'importe qui de sa santé mentale. Quand on nous demanda de mettre à jour le manuel de formation des guides et de noter certains changements d'œuvres dans les expositions, Rachel l'annota, ajoutant des informations – fausses – que Moira avait soi-disant oubliés. Un jour, je pris le temps de feuilleter le manuel au bureau de Moira. Ensuite, j'allai trouver Rachel.

— Bah, c'était une plaisanterie, se défendit-elle.

— Tu devrais le lui dire, répondis-je, inquiète que Moira le prenne mal.

Mais Rachel mit plusieurs jours à apporter les corrections, une lenteur exaspérante de mon point de vue qui semblait, elle, beaucoup l'amuser. L'aurait-elle avoué à Moira si je n'avais pas insisté ?

Puis, un jour, les plaques en émail où étaient inscrits les noms des plantes du cloître de Trie disparurent. Leo mit le sujet sur le tapis lors d'une réunion. Patrick suggéra qu'il s'agissait probablement d'un visiteur, peut-être d'un gamin. Leo ne voulut pas lâcher l'affaire, jusqu'au jour où les plaques furent retrouvées en morceaux dans la fontaine au centre du cloître. Personne n'y pensa plus sauf moi et peut-être Leo. Sûrement Leo.

Ces petits jeux semblaient s'apparenter à des plaisanteries. Mais des farces d'une sombre espièglerie qui ne semblaient naturelles qu'au milieu des sculptures funéraires et des ossements de saints momifiés des galeries du musée. Néanmoins, je n'étais pas si certaine qu'il ne s'agissait que d'un jeu. Rachel aimait cultiver l'ambiguïté.

Mais elle ne s'amusait pas à cela avec Patrick. Avec lui, elle était toujours honnête, surtout lors de nos réunions hebdomadaires où nous faisions le point dans son bureau sur les progrès de nos recherches. Patrick nous avait dit un jour que nous étions ses yeux et ses oreilles aux archives. Il nous incombait de tout voir et de tout entendre, en particulier ce qui avait pu échapper au fil des siècles.

Cela signifiait qu'il fallait lire et relire des documents qui nous étaient familiers, créer des index des pratiques divinatoires que nous découvrions et poursuivre d'autres pistes, si fastidieuses ou ténues fussent-elles. Chaque semaine, Patrick passait en revue notre travail et nous lançait à la poursuite d'une nouvelle fournée de documents, d'un nouveau trésor – lettres, journaux intimes ou manuscrits – qui auraient, soupçonnait-il, la capacité de révéler quelque chose d'important, un matériau exploitable à son profit.

J'avais été surprise de voir que nous n'avions jamais mentionné ce qui s'était passé chez Patrick lors de la séance de tarots. Comme si nous ne nous étions pas réunis à genoux autour d'une table basse pour prendre la cartomancie au sérieux. Comme si je n'avais pas commencé, dans ma vie quotidienne, à chercher les changements prédits par les cartes – l'étendue d'eau de la carte de protection, la force de celle du lion. Rachel et moi étions sous pression, même si Patrick ne s'en rendait pas compte. Nous passions au peigne fin des milliers de pages manuscrites, traduisant à partir des originaux, passant même d'une langue à l'autre, parfois trois ou quatre ; ce qui nous obligeait à travailler tard le soir.

C'est pourquoi, presque deux semaines après le dîner chez Patrick, alors que nous étions en train de ranger nos affaires, je fus étonnée que Rachel décline son invitation.

— Très bien, dit-il, les doigts crispés sur la porte de son bureau (cela se voyait à la blancheur qui s'étendait aux jointures). Et ce week-end ?

Je les regardai à tour de rôle, avec l'impression de m'immiscer dans une scène très intime, même si les mots eux-mêmes étaient d'une grande banalité.

— Je ne sais pas, répondit-elle en se retournant vers lui. Je ne sais pas ce que je fais ce week-end. On va peut-être travailler. Ou j'irai à Long Lake. Je ne suis pas encore décidée. Mais je ne serai pas là.

— Eh bien, on peut en parler…

— Ça ne t'ennuierait pas, Ann, de nous laisser une minute ? me demanda Rachel. Je te retrouve dans le hall.

Lorsque je refermai la porte derrière moi, ils étaient toujours au même endroit, éloignés l'un de l'autre, en silence. Je me demandais comment on pouvait gérer le pouvoir, le désir et le travail, tout à la fois.

Depuis la fameuse soirée, je me surprenais à épier toutes leurs interactions – la manière dont la main de Rachel s'attardait sur le bras ou le dos de Patrick ; la manière dont il la suivait des yeux, même dans les galeries bondées. J'avais toujours été douée pour décrypter les langues et, avec le temps, j'avais traduit la leur : un jeu de provocation et de désir, une syntaxe complexe de poursuite et de capture.

Gagnant les jardins, j'effleurai de la main les grandes fleurs blanches de l'achillée millefeuille et m'imprégnai de la douceur de la menthe. L'odeur des pierres chauffées au soleil était réconfortante, après une journée passée à éplucher des ouvrages poussiéreux. J'autorisai mes yeux à se fermer une minute et, quand je les rouvris, Leo m'observait depuis l'autre côté du jardin, les genoux dans la terre.

— Prête ? demanda Rachel qui venait d'arriver derrière moi. Je veux te montrer quelque chose.

— Si tu as besoin de rester…

— Je n'en ai pas besoin. Parfois, Patrick oublie que le musée n'est pas toute ma vie. Même si c'est la sienne.

Je hochai la tête et caressai les fleurs une dernière fois avant de la suivre.

*

Sur les sentiers sinueux de Fort Tryon Park, nous vîmes des joggeurs, des couples sur des bancs, des bébés allongés sur des carrés d'herbe, des enfants jouant à cache-cache dans les buissons. Nous marchions côte à côte telles des écolières, nos livres serrés sur la poitrine, au même rythme. J'eus la sensation que nous faisions front à deux face au monde.

Si nous avions travaillé au Met, nous serions sûrement allées dans un petit bar chic au nom français et à la clientèle triée sur le volet, mais, travaillant si loin au nord de Mahanttan, ce fut dans Dyckman Street que Rachel m'entraîna. Il fallait traverser deux passages souterrains couverts de graffitis pour déboucher sur l'Hudson, où un bar s'étirait le long d'un ponton. Les tables étaient en plastique et des parasols blancs fournissaient de l'ombre à la poignée de clients qui buvaient des cocktails, la peau rosie par le soleil et le vent. Pas de musiciens, pas de serveuses, pas de menus, juste un lieu où boire un verre et passer un bon moment. Cela me réjouissait que de tels endroits existent encore dans une ville comme Manhattan, où tout ce qui était beau et accessible semblait avoir été transformé depuis longtemps en espaces branchés et chers.

Rachel commanda nos boissons. Je la regardai se pencher au-dessus du comptoir pour discuter avec le barman. Il ne semblait pas gêné par l'intrusion du corps de Rachel dans son espace, et revenait sans cesse là où elle était, en appui sur les coudes. L'homme assis sur le tabouret voisin tentait désespérément d'engager la conversation avec elle. Quand elle renversa la tête en arrière dans un éclat de rire – une plaisanterie que je ne saisis pas –, je remarquai, une fois de plus, le mouvement sensuel de son corps, tout en douceur et en courbes, sans angles osseux contrairement à moi. Elle revint avec deux bières blondes. Le soleil de fin d'après-midi qui hâlait mes bras me rappelait les étés de mon enfance dans l'État de Washington, mais les cris des mouettes et le murmure constant des moteurs le long du fleuve étaient sans précédent.

— Que penses-tu de Leo ? demanda-t-elle en avalant une gorgée de bière.

Un peu de mousse recouvrait sa lèvre supérieure.

— Le jardinier ?

— Mmmh, oui, le jardinier.

— Je ne le connais pas.

— Je ne t'ai pas demandé si tu le connaissais. Je t'ai demandé ce que tu pensais de lui. (Elle marqua une pause.) Si tu penses à lui…

— Je pense à lui.

Je m'efforçai de maîtriser la rougeur de mes joues en me rappelant la manière dont il m'avait touchée dans le jardin, l'étrange intensité de son regard vissé au mien, et même la façon dont sa main s'était posée au-dessus de la tête de Rachel.

— Il a l'air de penser aussi à toi, lâcha-t-elle en contemplant le fleuve.

— Ce n'est pas pour lui que je suis là.

Néanmoins, je voulais croire qu'ils avaient parlé de moi. Que le jour où je les avais vus dans le jardin, j'avais été leur sujet de conversation, rien d'autre.

— Eh bien, c'est encore mieux, non ?

Sur l'Hudson, de petits voiliers attendaient de prendre le vent dans le triangle minuscule de leur toile blanche, que l'on entendait claquer depuis la rive.

— Je ne suis là que pour l'été.

— C'est ce que je croyais aussi à mon arrivée, répondit-elle en m'étudiant par-dessus ses lunettes de soleil. Mais cette ville est spéciale. (Elle désigna le fleuve d'un geste de la main.) Tu sais, c'est Leo qui m'a fait découvrir ce bar. Sans lui, je ne l'aurais jamais trouvé. Il connaît un tas d'endroits similaires à New York.

Je ressentis une pointe de jalousie à l'idée de Leo et Rachel ici, peut-être assis à cette même table. Mais j'aurais été incapable de dire de qui j'étais jalouse.

— Tu le connais depuis longtemps ?

Rachel haussa les épaules et changea de sujet, comme elle en avait l'habitude : catégoriquement, sans possibilité de retour.

— Tu veux faire de la voile ?

Je n'eus pas le temps de répondre qu'elle enchaîna :

— Allez, viens, on va faire du bateau ! (Elle vida d'un trait son verre presque plein.) Allez !

Déjà, elle m'entraînait vers la marina où étaient amarrés des voiliers aux cordages colorés, un kaléidoscope de coques protégées de leurs voisines par des bouées qui s'entrechoquaient. Sa main emprisonna la mienne. Je ne pouvais m'empêcher de remarquer que chaque fois que je lui posais des questions personnelles, elle faisait aussitôt diversion. Et pourtant, il était évident qu'elle voulait me faire passer certains messages – des indices sur sa vie avant moi. Je savais que nous en arriverions là un jour, et je trottinais derrière elle, préférant laisser les choses se faire naturellement.

— Je ne sais pas naviguer, dis-je.

— Moi, si !

Je baissai les yeux vers la fine robe de coton que j'avais mise ce matin-là pour aller travailler et les ballerines plates en cuir souple que Rachel m'avait données. Les plaisanciers sur le quai étaient tous en short et chemise à manches longues, chaussés de chaussures bateau à semelles antidérapantes. Mais Rachel n'en avait cure. Elle progressa le long du quai jusqu'à un voilier amarré à l'extrémité de la jetée et démêla les amarres d'une main experte. Ses longs doigts maniaient instinctivement les cordes, qu'elle enroula avant de les lancer dans le bateau, qu'elle maintint en place pour m'aider à monter à bord.

— Dépêche-toi !

Elle regarda par-dessus son épaule. La petite embarcation était si instable que je m'agrippai au rebord de la coque avec la sensation que j'allais tomber à tout moment dans l'eau. Rachel me rejoignit et donna une poussée étonnamment forte au voilier avant de virer de bord pour rejoindre le courant. Alors qu'elle hissait la grand-voile en tirant sur un bout qu'elle noua habilement ensuite, le vent se prit dans la toile et nous emporta. Je jetai un dernier regard au quai où l'homme précédemment assis au bar, une main en visière, criait dans notre direction. Mais ses paroles furent avalées par le claquement de la grand-voile. Je me détournai et contemplai la surface de l'eau, le sourire aux lèvres.

8

La caisse de ma mère attendait dans la cuisine de mon studio depuis près de deux semaines. En raison de sa taille, je déplaçais cette boîte de Pandore au gré de mes besoins, l'utilisant comme tabouret, table basse, cale-porte, préférant garder mon passé sous contrôle le plus longtemps possible. Je craignais de ne pas être prête pour voir le contenu de Walla Walla se répandre à New York et que cela réduise la distance que je m'étais efforcée d'établir avec diligence. Mais j'étais aussi fatiguée de me prendre les pieds dedans, de voir l'écriture de ma mère sur l'étiquette ; son omniprésence dans mon studio prenait une place que je n'étais plus disposée à lui laisser. J'enlevai donc grossièrement le ruban adhésif en utilisant mes clefs comme cutter, ne faisant une pause que pour ajouter du lait dans mon café et bloquer ma porte d'entrée avec un livre dans une tentative désespérée de créer des courants d'air.

Dans la caisse, il n'y avait aucun message et son contenu était tout sauf ordonné. On aurait dit – et c'était certainement le cas – que ma mère avait pris des poignées de documents qu'elle y avait jetés, s'arrêtant de temps à autre pour les tasser afin d'à nouveau remplir l'espace obtenu. Il y avait des feuilles déchirées et des papiers froissés. Un cahier désormais plié en deux attirait l'œil depuis le fond de la caisse.

J'envisageai d'abord de jeter le tout en le portant à la benne à ordures derrière mon immeuble. Un chapitre clôturé. Mais à la vue de l'écriture de mon père – des pattes de mouche où toutes les consonnes rebiquaient –, je ne pus m'empêcher de sortir ces archives et de les déposer religieusement sur le sol. Je les triai, faisant une pile pour les traductions, une autre pour le vocabulaire, une troisième pour les listes étymologiques. Deux cahiers supplémentaires firent surface sans que je puisse comprendre s'il y avait une logique dans leur ordre d'apparition. Je me demandai où ma mère les avait trouvés, et je me rendis compte qu'elle avait probablement gardé de mon père des choses planquées un peu partout dans la maison. Dont je n'avais pas eu connaissance parce que je passais le moins de temps possible chez nous après son décès. Lors de ma dernière année à Whitman, je ne rentrais que pour dormir, gardant les yeux fermés pour éviter les réalités auxquelles j'aurais pu être confrontée.

Une fois tous les papiers triés, je les passai au peigne fin, essayant de les regrouper par affinités ou parenté. Il y avait des traductions de mon père avec les textes originaux. Dans certains cas, il s'agissait de photocopies de livres, dans d'autres, de passages de manuscrits recopiés à la main. Dans son travail, mon père était chargé de se rendre le soir sur le campus afin de vider les poubelles des bureaux. Il inspectait particulièrement celles des bâtiments des sciences humaines et des langues, à la recherche de fragments de textes qu'il pourrait rapporter à la maison. Souvent, il rentrait en retard chez nous parce qu'il avait passé trop de temps à examiner les documents jetés par les professeurs titulaires, qui n'en voyaient plus l'utilité quand les informations avaient été incorporées dans leurs recherches. Pour mon père, ces pages jetées représentaient ses manuels universitaires.

C'est aussi comme cela que j'engrangeais des connaissances. Nous nous asseyions avec les fragments restants d'articles, de livres ou de lettres et nous en faisions des traductions. Depuis toujours, je pensais que ces bribes de textes faisaient de nous, de moi, de meilleurs traducteurs parce que nous n'avions pas de contexte, pas d'indices, ne disposant souvent que d'une page isolée. Un feuillet d'article universitaire sur Goethe, une lettre de Dante, voire quelques extraits d'un manuscrit parmesan du Ve siècle recopiés à la main. Ces rebuts faisaient notre bonheur. Une entreprise que nous pouvions effectuer pendant notre temps libre, juste un passage ou deux avant qu'il ne parte nettoyer les bureaux ou que je n'aille prendre mon service au restaurant.

Et c'étaient ces papiers que ma mère m'avait envoyés. Des bricoles sur lesquelles mon père et moi travaillions souvent de concert. Pour d'autres destinataires, ils n'auraient été que des souvenirs, des objets chéris, sans grande valeur. Mais, en les parcourant ce jour-là, je sentis ma vision périphérique devenir floue, une sensation de vertige qui ne fit qu'augmenter au fur et à mesure que j'essayais de la contrôler. La panique. Une cassure. La même sensation qui m'avait envahie l'après-midi de son enterrement, que j'avais combattue, qui me terrorisait depuis lors. Une sorte de faiblesse incommensurable, profonde, qui m'avait submergée et fait partir à la dérive. Et qui, les pires jours, me laissait incapable de faire la différence entre la réalité et la force puissante de mes cauchemars.

Je laissai les pages sur le sol et me dirigeai vers la fenêtre, où les sons de la rue en contrebas qui me parvenaient assourdis m'aidèrent à m'ancrer dans la réalité. J'inspirai, comme la psychologue de la fac me l'avait appris lors de notre rencontre après l'accident – par le nez en comptant jusqu'à cinq, répété jusqu'à ce que la sensation vertigineuse disparaisse. Et ce jour-là, le malaise passa après quelques minutes et un verre d'eau. Mais pendant l'enterrement, cela n'avait pas été le cas. Je pouvais aujourd'hui presque encore sentir sur les pages étalées devant moi l'odeur de ce moment précis : un mélange de plats surgelés et de zinnias – une amertume à couper au couteau.

J'avais tenu bon pendant l'après-midi, seuls ma vision périphérique et mon souffle coupé me jouant des tours, jusqu'à ce que ma mère se lève pour prendre la parole. Nous étions dans notre jardin, en fait un carré d'herbe clôturé de murs, où s'étaient rassemblés les amis, la famille et les collègues de la fac. Ma mère monta sur un tabouret pour remercier l'assemblée en sanglotant, et c'est alors que je ne pus plus supporter l'oppression dans ma poitrine ni ignorer que j'allais être malade. Je sentis venir l'évanouissement et je me précipitai en direction de la maison, voulant y entrer si précipitamment que je passai directement à travers la porte vitrée. Je ne vis même pas les autocollants de merles que mon père avait apposés sur la vitre en guise de mise en garde quand j'étais enfant.

Je me souviens surtout du sang. Ma mère, elle, garde en mémoire les cris. Et, bien qu'ils ne m'en eussent jamais parlé, je pense que la plupart des personnes présentes se souviennent de mon corps ensanglanté, de mes poumons expirant tout l'air qu'ils pouvaient contenir jusqu'à ce qu'il ne reste plus rien. Il me fallut des points de suture. Près d'une trentaine, à différents endroits du corps : mains, joues, ventre et bras. J'avais encore une marque à la naissance des cheveux, à côté de mon oreille qui, elle, présentait une cicatrice chéloïde que je tripotais parfois de manière inconsciente avant de me souvenir de sa cause. L'hôpital m'avait gardée en observation pendant soixante-douze heures lorsqu'il s'était avéré que j'avais du mal à faire la distinction entre les événements réels du passé récent – la mort de mon père, mes blessures – et le monde tel que je l'imaginais : sombre, mensonger, obsédant. C'est du moins ce qu'on m'avait dit. Mais ce fut aussi la raison pour laquelle il m'avait été impossible de rester à la maison : ma mère n'était pas la seule à avoir été brisée en mille morceaux. Elle n'était pas la seule à avoir perdu le sens de la marche. Mais moi, au moins, je savais où se trouvait la sortie.

Je repris mon souffle et me remis à trier les papiers jusqu'à ce qu'une écriture aux lettres tarabiscotées retienne mon attention. Je la reconnaissais sans pouvoir l'identifier formellement.

Ce n'était pas celle de mon père. Je me concentrai sur la lecture du texte que je reconnus comme étant écrit en dialecte de Ferrare. Et tout à coup, la lumière se fit dans mon esprit : la transcription que j'avais sous les yeux avait été copiée par Richard Lingraf, mon tuteur. À l'ère de la numérisation, mon professeur recopiait encore à la main des documents d'archives ! D'ailleurs, j'étais presque sûre qu'il ne possédait même pas de téléphone portable. Mon père avait probablement récupéré un soir ces pages dans la poubelle de Lingraf, mais n'avait jamais eu le temps de les partager avec moi.

Je mis du temps à lire le document. Je n'arrivais pas à déchiffrer certaines phrases à cause de la manie de Lingraf d'enchaîner à la va-vite les mots sans laisser d'espace, mais je finis par comprendre quelle en était la teneur. Il s'agissait de l'inventaire consigné d'une maisonnée à la veille de la mort de l'un de ses habitants. Manifestement, celle-ci avait des moyens importants : pièces d'or, livres, chiens de chasse, porcelaines et fresques. On y listait aussi des *carte da trionfi*. Des cartes de tarots. Je retournai la page pour lire la suite, mais le verso était vierge. Au bas du recto, Lingraf avait abandonné la retranscription au milieu d'une phrase. Je mis le feuillet de côté et continuai à parcourir le reste des papiers, à la recherche non pas de la traduction de mon père, mais de la suite du recopiage de Lingraf. Je trouvai une demi-douzaine de pages dont certaines avaient déjà été traduites par mon père. Je les mis de côté.

Pendant mes quatre années à Whitman, Lingraf plaisantait sur le fait que j'étais sa seule étudiante. C'était en grande partie vrai. Whitman l'avait débauché de Princeton dans les années 1990, une belle prise dont l'université privée située dans les champs de blé de l'État de Washington avait désespérément besoin, et un point d'ancrage à long terme pour le département. Mais Lingraf n'avait pas beaucoup enseigné à ma fac, pas plus qu'il n'avait entrepris de nouvelles recherches après ses premiers articles publiés. Et l'eût-il fait, jamais il n'aurait partagé ces informations avec moi. Il se contentait d'admirer la vue depuis son bureau et de me faire de vagues suggestions sur l'orientation que je pourrais donner à mon travail au sujet du palais

Schifanoia. Rétrospectivement, je me rendis compte qu'il aimait vraiment l'étrangeté de cette tâche : s'attarder sur l'iconographie, parler du symbolisme, se délecter des associations ésotériques. À l'époque, je me souciais peu de ses obsessions, trop occupée, à l'instar des autres chercheurs, par les miennes. Définition même de l'universitaire chercheur.

Je fus surprise de constater que les pages que mon père avait traduites parlaient en détail de cartes à jouer et de tarots. Elles décrivaient un personnage de Venise dont le sexe restait imprécis et qui était connu pour prédire l'avenir en utilisant les cartes. Les documents mentionnaient aussi le travail d'un homme que je connaissais bien, Pellegrino Prisciani, l'astrologue de la famille d'Este, et des images qu'il inventait. Richard Lingraf ne m'en avait jamais parlé, alors même que le lien avec mes propres recherches était évident : Prisciani avait également conçu la salle de banquet astrologique du palais Schifanoia. Si mon père n'était pas mort, j'étais certaine qu'il m'en aurait fait part ; malheureusement, je n'ai jamais eu l'occasion de lui parler de la famille d'Este ou de leurs palais d'agrément.

Cependant, en dehors de ces détails, les pages ne révélaient pas grand-chose. On y trouvait des preuves que le tarot était présent à la cour des Este, ce que nous savions déjà ou qu'on aurait pu raisonnablement supposer de toute façon. Mais, lorsque je parcourus le dernier feuillet des notes manuscrites de Lingraf, je ne pus déchiffrer les mots. Écrits dans une langue qui semblait être du ferrarais ou du napolitain, leur particularité syntaxique posait problème : tous les suffixes étaient intervertis et apparaissaient comme des préfixes.

Je compris qu'il s'agissait d'une sorte de code : une série de lettres soigneusement inversées impossibles à décrypter, que mon père n'avait pas tenté de traduire.

J'essayai d'utiliser une technique qu'il m'avait apprise lorsque aucun dictionnaire n'est à portée de main : tester plusieurs combinaisons en m'appuyant sur les fonctionnements du latin que je connaissais si bien, mais rien n'y fit. Je mis la page de côté et tentai de trouver dans la pile de documents une note ou un mot de mon père ou de Lingraf qui aurait pu indiquer la provenance des transcriptions – archives, collection privée, une source quelconque. Sur l'une des rares photocopies qu'avait faites Lingraf, on apercevait en haut de la page le bord d'un filigrane, la moitié d'une aile d'aigle déployée, le fragment pointu d'un bec.

Sans connaître les archives ou la bibliothèque d'où venaient ces documents, je ne pouvais pas entreprendre grand-chose de plus. Bien sûr, j'aurais pu tenter de trouver l'endroit, mais il y avait des centaines et des centaines de villes, d'archives, de bibliothèques et de collections personnelles. Les possibilités étaient infinies, écrasantes.

Les papiers étaient éparpillés au sol, autour de moi, comme autant d'échos du passé qui m'y ramenaient, et soudain cela m'étouffa, ils recouvraient non seulement mon parquet, mais aussi ma vie. Je devais m'échapper de ces quatre murs, comme je l'avais fait de ma chambre à la maison. J'attrapai mon sac à la hâte et je me retrouvai dans la rue, marchant vers le sud, respirant enfin.

*

Je n'avais pas de destination en tête, mais je me rendis vite compte que mes pas me menaient en direction de Central Park, le long des immenses pâtés de maisons de l'Upper West Side où les immeubles de brique d'avant-guerre cachaient la vue du fleuve et parfois le soleil. À chaque nouveau pâté de maisons, le quartier changeait subtilement, la zone devenait plus verdoyante, plus cossue, avec des boutiques plus nombreuses. Je voulais me vider la tête, ne plus penser aux papiers que j'avais laissés dans mon appartement et marcher assez longtemps pour remonter le temps, revenir chez moi et jeter le carton sans l'avoir ouvert. Le fait que Lingraf n'ait jamais abordé cet aspect de ses recherches avec moi me dérangeait. Pendant tous les après-midi que nous avions passés ensemble dans son bureau, plein de feuilles volantes et de conférences rédigées à la main, jamais il ne m'avait laissé entendre que les tarots étaient un sujet qui l'intéressait. Si Patrick avait espéré, en lisant la lettre de recommandation de Lingraf, que j'aurais pu partager certaines de ses recherches, j'avais été une déception. Quelle tristesse. Si mon père n'avait pas eu la manie de trier des documents jetés à la poubelle, je n'aurais peut-être jamais su que Whitman m'avait offert un lien avec le Cloître.

Je me suis arrêtée pour prendre un café entre deux boutiques de luxe, à quelques encablures de Central Park, et je me suis assise pour le siroter, observant les allées et venues des passants, des paniers pleins de légumes et de fruits portés à bout de bras.

— Il y a un marché aux fleurs et aux produits naturels aujourd'hui, m'indiqua la serveuse quand elle m'apporta la note.

Voilà un endroit où je pourrais acheter un bouquet ou une plante, de quoi alléger l'atmosphère dans mon studio.

Café en main, je déambulai le long des étals alignés sur la 79e Rue, étonnée de découvrir une abondance de fruits et légumes qui débordaient des corbeilles de présentation sur les tables surchargées. On trouvait des vendeurs de miel et de baumes à lèvres, de haricots blancs, de bouquets de renoncules (je ne résistai pas à en m'en offrir un) et des sachets de lavande que j'aurais bien aimé aussi acquérir. Faire du lèche-vitrines était une activité que j'aimais autant que je la détestais. C'était agréable de se retrouver entourée de personnes, d'admirer de belles choses, mais la certitude que je ne pouvais m'offrir au mieux qu'une poignée de tiges vertes me fichait le cafard.

Au bout de la rangée des éventaires, une petite table de jeu dépourvue d'un auvent protecteur attirait de nombreux chalands, malgré le peu d'objets qu'elle semblait proposer à la vente. Je reconnus la voix du vendeur avant de le voir.

— Ann ? dit Leo en faisant le tour de son étal pour me prendre par le poignet. Qu'est-ce que tu fais ici ?

— Je me promène.

J'étais tellement troublée de le voir que je le laissai me tirer de son côté de la table et m'indiquer une chaise à côté de la sienne.

— Assieds-toi, me dit-il tout en prenant l'argent d'une femme habillée d'une robe chic de forme géométrique.

Elle glissa dans son sac à main en cuir ce que Leo lui tendit avant de s'éloigner.

Je regardai ensuite Leo effectuer quelques transactions supplémentaires, tantôt prenant des articles sur la table, tantôt les tirant d'un panier situé en dessous.

Lors d'une brève accalmie, il se tourna vers moi et me demanda :

— Alors, comme ça, on se promène ?

J'acquiesçai. C'était une coïncidence, rien de plus.

— Personne ne t'a envoyée ici ? Ce n'est pas Rachel qui t'a dit de venir me trouver ?

Je trouvai curieux que Rachel puisse savoir où se trouvait Leo un samedi matin, mais je répondis simplement :

— Personne.

Leo me tendit alors un collier de graines noires qui se trouvait sur la table. Je caressai leur surface brillante.

— C'est ce qu'il te faut, me dit-il. Mets-le.

Je levai les yeux vers lui et remarquai à quel point la table semblait lilliputienne face à sa stature. C'en était presque comique. De la même manière, son jean déchiré et son tee-shirt noir troué à l'encolure sur son long torse lui donnaient l'air d'avoir grandi trop vite pour ses vêtements, comme s'il avait enfilé ceux d'un enfant.

— C'est quoi ?

— Des graines de pivoine. On dit qu'elles éloignent les mauvais esprits et les cauchemars.

— Jusqu'à présent, je n'ai pas de problème avec le sommeil.

— Pas encore, rétorqua-t-il.

Je passai le collier autour de mon cou pendant que Leo effectuait une nouvelle vente. Les affaires marchaient bien.

— Qu'est-ce que tu vends d'autre ? demandai-je en examinant le contenu de la petite table.

Il y avait des amulettes en herbe tressée, des chapelets des fameuses graines de pivoine. De petits sachets en plastique remplis de poudre ou de feuilles écrasées aux prix ridiculement élevés. Le collier que je portais coûtait 40 dollars.

— Des remèdes. Des remèdes pour les maux des riches.

Je pris une des amulettes, regardai l'étiquette – 60 dollars – et la portai à mon nez.

— Verveine citronnée.

— Bravo ! On fera de toi une herboriste. En fait, c'est principalement de la verveine officinale à laquelle j'ai ajouté de la citronnée pour l'odeur. Elles appartiennent à la même famille.

Je compris que tout ce qui se trouvait sur la table avait été cultivé dans le jardin du cloître de Bonnefont, celui qui contenait les herbes magiques et médicinales les plus couramment utilisées au Moyen Âge.

— Et ça, c'est quoi ? dis-je en prenant un autre sachet.

— De la jusquiame noire. Séchée et réduite en poudre. Deux grammes.

Leo, voyant que je ne réagissais pas, m'expliqua qu'il s'agissait d'un stupéfiant. Il le dit avec un haussement d'épaules, comme si vendre des stupéfiants à des femmes chic ne posait aucun problème.

— Tu en as déjà pris ? m'enquis-je.

Leo hocha la tête.

— Je peux ?

Leo me jaugea du regard et répondit :

— Oui, mais j'ai un meilleur produit pour toi.

Il sortit de sous la table un carton plein de petits sacs d'herbes, tous étiquetés. Il y avait notamment de la mandragore et de l'absinthe. Il me tendit un sachet de houx de mer.

— C'est pour quoi faire ?

Il se pencha à mon oreille, une main posée sur mon bras, et murmura :

— C'est un aphrodisiaque.

Il ouvrit le sachet, y trempa son petit doigt qu'il venait d'humidifier, puis plaça le tout devant mes lèvres. Je n'hésitai pas et léchai la poudre collée sur son ongle. Granuleuse et amère, elle avait aussi un soupçon de goût salé provenant de la peau de Leo.

— Combien de temps pour que ça fasse de l'effet ?

— Tu verras bien.

Il retourna son attention vers ses clients qui faisaient la queue, en attente de ses conseils. Je n'avais pas envie de partir. La vitalité de Leo tenait à distance les papiers qui m'attendaient dans mon studio.

— Pourriez-vous m'aider ? m'apostropha une femme alors que Leo était en pleine discussion avec un acheteur.

Je regardai Leo pour savoir ce que je devais faire, mais, comme il ne réagit pas, je me lançai dans les affaires en répondant d'un ton assuré :

— Bien sûr. Que cherchez-vous ?

Durant deux heures, je vendis herbes et colliers, mélanges et potions, en compagnie de Leo qui me frôlait en passant derrière moi, s'attardant parfois plus longtemps que nécessaire pendant que je rendais la monnaie. Un pas de deux délicieux qui me faisait espérer que le soleil ne se coucherait pas et que ce marché de produits naturels ne s'arrêterait jamais.

Je ne fus pas exaucée. Une fois les clientes parties – il y avait surtout des femmes – et le stock épuisé, Leo fit la caisse et sortit 200 dollars en coupures de vingt.

— Ta part, dit-il.

Alors que je tendais la main pour me saisir de l'argent, Leo m'arrêta.

— Mais tu ne dois pas dire que tu m'as vu aujourd'hui, d'accord ?

— D'accord, répondis-je lentement en lui arrachant les billets des doigts. Mais pourquoi ?

— Sans blague ? rétorqua Leo en levant un sourcil.

— Oui, sans blague. Alors, pourquoi ?

— Parce que tout ce que j'ai vendu aujourd'hui provient des jardins du musée. J'ai tout récolté, c'est-à-dire tout volé, puis tout transformé pour plaire aux femmes blanches qui ne croient pas à la médecine moderne et qui sont les seules à pouvoir s'offrir ce genre de produits. Tu vois ce que je veux dire ?

— Penses-tu que quelqu'un se soucie de quelques brins d'herbe coupés au sécateur ?

Leo partit d'un grand éclat de rire en rejetant la tête en arrière.

— Oh, Ann… Ce n'est pas une petite opération. Je ne coupe pas quelques plantes. Je cultive tout un jardin parallèle dans la serre derrière le cloître de Bonnefont, qui me fournit ce que je vends ici. On est bien loin de quelques brindilles desséchées.

Dans le ton de Leo, il me sembla entendre une certaine fierté, celle d'entreprendre une activité illégale, clandestine et lucrative.

— Pourquoi en parlerais-je à qui que ce soit ? dis-je en empochant ma commission.

— Tu serais surprise de ce qu'on se retrouve à sortir lors d'une banale conversation.

— Je prends note de ne pas parler de ton opération illicite à grande échelle sous les radars et sous serre.

Leo rit d'une manière si chaleureuse et communicative, je la trouvai délicieuse et cela me fit chaud au cœur de penser que c'était ce que j'avais dit qui en était la cause.

— Quoi, c'est pas comme ça qu'on dit ?

— Quoi que soit le nom qu'on lui donne, il faut tirer le meilleur parti de la situation dans laquelle on se trouve. Faire en sorte qu'elle vous rapporte.

Son discours m'était familier : j'avais la même attitude depuis que j'avais eu l'âge de me rendre compte de ma propre condition.

— C'est juste que…

Leo fit une pause, un pas en avant, réduisant encore la distance entre nous. Il tendit la main pour remettre en place une mèche qui s'était détachée de mon chignon haut.

— … c'est une des activités qui m'occupent en ce moment. Une activité importante.

Je sentis ses mains calleuses effleurer le bord de mes joues, je lui fis face pour que ses paumes caressent mes lèvres. Je voulais qu'elles bâillonnent ma bouche, mais, alors que j'inspirais avec délice leur odeur terreuse, citronnée, corporelle, Leo brusquement leva les yeux et me dit :

— Merde. On se casse.

Il ramassa à toute allure les articles qui n'avaient pas été vendus, replia la petite table et me tendit la caisse.

— Allez, viens, m'ordonna-t-il en m'attrapant le poignet sans ménagement.

Au début, nous marchions juste d'un bon pas. Un homme derrière nous se rapprochait rapidement.

— Leo, cria-t-il, Leo !

— Accélère, m'enjoignit Leo qui passa au trot, ce qui ne me facilita pas la tâche, vu la taille de mes jambes.

— C'est qui ?

— Le flic du quartier. Il se fout en rogne quand je vends sans autorisation.

— Tu n'as pas de permis ?

— Hé, tu es dans le même bateau, tu as fait des ventes, toi aussi, aujourd'hui. Donc, magne-toi.

J'aperçus Central Park juste devant nous.

— Il faut qu'on te trouve une voiture, tu nous ralentis.

Joignant le geste à la parole, Leo héla un taxi qui s'arrêta devant nous. Il me fit monter sur la banquette arrière, lança un billet de vingt dollars au chauffeur et lui dit :

— Ramenez-la chez elle.

— Leo, non, attends…, protestai-je, déconcertée.

Faisant fi de mon objection, Leo referma vivement la portière. Je ne pus pas ouvrir la fenêtre et criai son nom de l'autre côté de la vitre. Je le vis regarder par-dessus son épaule pour voir à quelle distance se trouvait son poursuivant – c'était bien un policier –, avant d'entamer un sprint pour pénétrer dans le parc.

9

Le lundi, Rachel attendit à peine que la porte de la bibliothèque se referme derrière moi pour m'annoncer :

— Patrick a besoin qu'on aille en centre-ville.

J'avais passé le reste de mon week-end à m'intéresser aux recherches de Lingraf sur le tarot, à me demander s'il était opportun que je le contacte, s'il prendrait même la peine de répondre. Et s'il le faisait, j'aurais alors à lui expliquer comment je m'étais retrouvée en possession de papiers lui appartenant. Pas une minute il ne pourrait croire que c'était par le plus grand des hasards. En caressant le collier de graines de pivoine que je portais autour du cou depuis que Leo me l'avait offert, j'avais décidé de garder secrète la manie de mon père, du moins pour l'instant.

— Je ne sais pas combien de temps cela prendra, ajouta Rachel, mais c'est peut-être un bon jour pour sortir d'ici.

Elle pointa un doigt en direction du bureau de Patrick.

— Il n'a pas envie de nous avoir dans les pattes en ce moment.

C'était vrai. Patrick était de plus en plus à cran lors de nos réunions hebdomadaires. Ses attentes devenaient presque déraisonnables au fur et à mesure que nous nous retrouvions dans des impasses avec nos recherches.

— Je ne sais pas exactement combien de temps nous serons absentes, si jamais tu avais besoin d'avoir une idée de l'heure de notre retour…, ajouta Rachel.

Aucune importance pour moi. En tout cas, ça m'éviterait de tomber sur Leo, que je n'avais pas revu depuis le fameux samedi.

Dans la voiture qui nous emmenait loin du musée, Rachel m'expliqua que nous allions rendre visite à Stephen Ketch.

Je restais silencieuse, espérant qu'elle allait m'en dire plus et que je n'aurais pas à révéler mon ignorance.

— C'est une course perso pour Patrick. Pas pour le musée.

Rachel semblait agacée et je me surpris à penser que peut-être sa relation avec Patrick s'était envenimée depuis le dîner avec Aruna auquel j'avais assisté. Je me demandai comment elle ressentait cet équilibre chancelant. Comme je continuais à rester silencieuse, Rachel me regarda d'un air sévère, attendant une réaction de ma part.

— Je suis désolée, je ne sais pas qui est Stephen Ketch, finis-je par avouer.

Rachel soupira en regardant le paysage défiler par la fenêtre de la voiture.

— Tu verras, dit-elle.

Nous passâmes devant une multitude d'immeubles chic qui menaient à Queensboro Bridge. John, le chauffeur, finit par faire halte dans le quartier de Sutton Place, qui longe l'East River. Un des rares lieux de la ville qui vous permettaient de respirer, où les gratte-ciel cohabitaient avec des bâtiments à taille humaine, laissant le ciel prendre le dessus. Je suivis Rachel sur le trottoir, mais, avant d'atteindre le fleuve, elle s'arrêta devant un portail en métal, flanqué de deux alcôves en brique et surmonté d'un filigrane en fer forgé. Une lampe victorienne se balançait à l'extrémité d'une chaîne noire.

C'était presque une ruelle. Une petite entaille entre deux bâtiments que je n'aurais peut-être pas remarquée si nous n'avions pas été à pied et si je n'y avais pas été amenée par quelqu'un qui en connaissait l'adresse. C'était discret et magnifique. Hors de la vue, mais une fois découvert vous ne pouviez en détacher les yeux. Un site chargé d'histoire, bien loin des artères bruyantes que nous avions traversées en allant au sud. Rachel fit tinter à gauche du portail une cloche dont j'entendis l'écho au fond de l'allée. Personne ne vint à notre rencontre, mais le verrou se déclencha, Rachel poussa le battant et nous pénétrâmes dans la propriété. On se dirigea vers une porte vitrée sur laquelle étaient gravés en lettres dorées les mots *Ketch Rare Books and Antiques*.

L'intérieur n'était pas comme je m'y attendais. Il faisait sombre et le plafond était bas. Tout l'espace était bordé par une importante collection de bouteilles en verre anciennes et des tableaux empilés sur le sol. Chaque centimètre carré de mur était occupé par des livres, certains rangés dans des vitrines. Un climatiseur crachotait au fond de la boutique et des ventilateurs vrombissants aidaient à faire circuler l'air frais dans les coins. L'endroit était saturé d'objets qui rendaient difficile le déplacement dans la boutique.

Un homme petit et large que je supposai être Stephen était assis à un grand bureau en chêne au fin fond de la pièce, prenant des notes dans un registre. Je m'arrêtai pour regarder le contenu de certaines vitrines où des spots bon marché étaient braqués sur les pièces les plus chères : une poignée de bagues anciennes ornées de pierres précieuses, aux étiquettes de prix retournées. J'observai un anneau en or serti d'une pierre rouge et lisse en son centre, non taillée, toute simple. Il avait l'air d'origine romaine.

À Walla Walla, les boutiques « d'antiquités » étaient remplies de matériel de ferme et de meubles délavés par le soleil brûlant de l'ouest. De temps à autre, on tombait sur une pièce venue de l'est avec son propriétaire – un coffre décoré de fleurs peintes ou un miroir noirci par le temps. Mais en général, ce que l'on considérait comme ancien n'était pas très vieux. Une cinquantaine d'années, voire une centaine tout au plus. Ici, on trouvait des pièces du XVIIe siècle et des peintures datant d'avant le départ des colons de la ville d'Independence dans le Missouri en route pour conquérir l'ouest du territoire.

Je n'avais pas fait beaucoup de dépenses depuis mon arrivée à New York – en dehors de ma carte de transports et de mes courses – mais, dans cet endroit, j'étais curieuse de lire les montants inscrits sur la face cachée des étiquettes. Du coin de l'œil, je vis Rachel suivre Stephen, qui franchit une porte au fond, puis je les entendis, à travers la fine cloison d'avant-guerre, monter une courte volée de marches. Restée seule dans le magasin, je pris un livre sur une étagère pour découvrir qu'il s'agissait d'une première édition d'*Oliver Twist*. Je le remis en place et m'approchai du bureau.

Là, le désordre devenait encore plus envahissant et j'imaginai Stephen vivant comme un animal dans son terrier, un nid douillet de pièces anciennes et de livres rares en guise de rembourrage. Je jetai un œil à son registre où les objets et les prix étaient consignés d'une écriture imposante. « Reliquaire, saint Élie, 6 800 dollars », déchiffrai-je au moment où la porte s'ouvrit, laissant apparaître Rachel et l'antiquaire. Elle tenait une boîte enveloppée d'un ruban vert.

— Vous voulez voir un article en particulier ? demanda Stephen.

Sa remarque n'était pas désobligeante et n'avait aucun soupçon de réprimande malgré le fait qu'il venait de me surprendre en train de fouiner.

— Vous avez de très belles pièces, dis-je.

Il regarda Rachel qui acquiesça d'un signe de tête.

— Laissez-moi vous en montrer quelques-unes.

Je me rendis alors compte que Stephen était vraiment petit et que sa prestance venait de son embonpoint. Il réussit à se glisser derrière sa table de travail et à en ressortir avec un trousseau de clefs tintinnabulant. En passant devant moi, il prit ma main et palpa la base de mon annulaire. Son toucher était agréable, chaud, sec et doux. Il m'enjoignit de le suivre pendant que Rachel s'attardait pour feuilleter quelques livres sur l'étagère à côté du bureau.

— Regarder est un plaisir en soi, mais rien ne remplace le fait de sentir l'objet lui-même, me dit-il en m'entraînant vers une vitrine.

Il en sortit une bague gravée d'une vigne et sertie de minuscules diamants, qui brillaient de mille feux malgré l'absence de soleil dans le magasin et leur toute petite taille.

— C'est une bague de fiançailles en platine, datant de 1928 environ.

L'anneau délicat glissa parfaitement sur mon doigt.

— Elle est magnifique, soufflai-je.

En la portant, même un bref instant, j'imaginai ce qu'avait ressenti la propriétaire d'un objet aussi joli, un signe extérieur de richesse à la veille d'une grave crise financière. Une lumière dans les jours sombres qui s'annonçaient. Ce bijou avait-il été mis en gage à la suite du krach boursier, avant de circuler de commerçant en commerçant jusqu'à ce qu'il arrive chez Stephen ?

L'antiquaire se baissa pour extraire d'un écrin une petite bague carrée en émeraude aux coins ciselés.

— En voilà une encore plus ancienne.

Je la passai à mon annulaire. Enfant, je ne portais jamais de bijoux. Je n'achetais même pas de babioles au centre commercial. Mais je convoitais un superbe bracelet en or orné d'un porte-bonheur en ambre que portait ma mère. Il avait appartenu à ma grand-mère, m'avait-elle expliqué, et un jour, il serait à moi. Malgré la beauté du bracelet et mon plaisir à le voir pendre à son poignet comme un pendule, cette pensée aujourd'hui m'envahissait d'une immense tristesse. Ces bijoux avaient atterri ici au lieu de vivre sur le corps de quelqu'un. À l'instar des joyaux du Cloître qui étaient relégués à une vie d'outre-tombe.

— Et celui-ci ? demandai-je en désignant l'anneau en or avec la pierre rouge lisse au centre.

Je remarquai que les petites ornementations en or qui maintenaient la pierre en place étaient en fait des serpents aux écailles minuscules usées par l'âge.

— Ah, vous avez très bon goût.

Le marchand saisit l'objet d'une main tandis que, de l'autre, il secouait son mouchoir d'un grand geste du bras. Il recouvrit ensuite sa paume du carré de coton et déposa la bague dessus. Son diamètre était minuscule. Bien trop petit pour moi. Elle allait tout juste à mon petit doigt. À l'intérieur, une inscription était gravée : *loialte ne peur*, « loyauté sans peur ». Du vieux français, XIIIe ou XIVe siècle probablement.

— Très ancien, confirma l'antiquaire. Très ancien, répéta-t-il comme pour lui-même.

Je retournai l'étiquette, qui indiquait 25 000 dollars. Comment un tel joyau pouvait-il croupir dans cette boutique pleine à craquer, perdu entre des livres rares et tant d'autres artefacts ? C'était aberrant. Je retirai l'anneau et l'étudiai, notant qu'il avait manifestement été martelé à la main.

En le replaçant dans la vitrine, je remarquai, derrière les rangées de bijoux, une poignée de pièces de monnaie frappées dont les bords étaient fissurés à l'endroit où la matrice d'origine s'était usée. Sur l'une d'elles, Méduse – ses yeux en tête d'épingle, sa chevelure faite de serpents – était clairement visible.

— Je peux ? demandai-je à Stephen qui acquiesça.

Elle était plus lourde et plus épaisse qu'une pièce normale. Je compris qu'il s'agissait d'une amulette avec une inscription en grec ancien au dos.

— Pour réguler l'utérus, m'expliqua Stephen.

— Tant de choses inhabituelles, ai-je murmuré, presque pour moi-même.

— Tu devrais lui montrer, Stephen, intervint Rachel qui nous observait. Je pense qu'elle aimerait bien voir.

Stephen passa devant Rachel et se dirigea vers la porte par laquelle ils avaient précédemment disparu. Il l'ouvrit et s'effaça pour que je puisse entrer. Il y avait quelques marches, puis un petit couloir qui ouvrait sur une autre pièce, celle-ci moins encombrée de vitrines en verre, mais agrémentée d'un ensemble de manuscrits ouverts sur des pages illustrées. Les rideaux étaient fermés pour empêcher la lumière du jour de causer des dégâts. À l'intérieur des vitrines se trouvaient des collections de beaux objets : broches, bagues, jeux de cartes anciens. Encore plus anciens : un ensemble de papyrus, un scarabée en émail, un reliquaire. Un véritable musée miniature.

— Stephen travaille pour des collectionneurs, m'expliqua Rachel. Des gens qui s'intéressent à des objets qui sont… (Elle s'arrêta pour regarder un manuscrit ouvert.) … difficiles à acquérir sur le marché normal.

— La provenance n'est pas notre domaine d'expertise, ajouta Stephen en faisant un geste vers les objets qui nous entouraient. En revanche, l'acquisition l'est. Nous recevons toutes sortes de vendeurs et d'acheteurs. Parfois les objets viennent de l'étranger. Et souvent ils doivent être déplacés rapidement. Je peux leur offrir un havre.

— Au Cloître ?

— Oh non, répondit Rachel. Jamais. Mais les critères de Patrick sont un peu moins stricts.

Elle posa la boîte sur l'une des vitrines, Stephen enleva le ruban et dévoila un paquet de cartes. Il en sortit une seule.

— Elles viennent de Mantoue, précisa Rachel.

Stephen hocha la tête.

— D'un marchand qui pensait qu'elles étaient originaires de Ravenne. Vous savez, les villes byzantines utilisaient abondamment l'or.

— Elles sont frappantes, dis-je en regardant la carte que l'antiquaire avait sortie.

La carte Mundi, le Monde. Une carte qui signifiait l'intégralité et l'achèvement, un sens de totalité. C'était la dernière carte de la séquence moderne de l'atout.

— Trouvées par une famille dans le grenier d'une vieille maison de campagne, dans cette même boîte, enveloppée de ce même ruban, ajouta Stephen.

— C'est vrai ?

L'antiquaire haussa les épaules.

— C'est l'histoire qu'on raconte.

— Patrick, tu le sais, est un collectionneur, poursuivit Rachel. Généralement de petits objets : des pages de manuscrits, des tableautins de dévotion. Parfois, c'est un peu plus… inhabituel. (Rachel leva les yeux sur moi.) L'année dernière, il est revenu de Grèce avec un jeu d'astragales, des os de mouton dont les Grecs se servaient pour prédire l'avenir. L'hiver dernier, il a acheté un manuscrit censé avoir été écrit par un haruspice, une personne qui lit dans les entrailles d'animaux sacrifiés pour chercher des présages. Ces cartes que tu vois sont représentatives de sa curieuse collection.

Je repensai aux ouvrages de sa bibliothèque pendant que Stephen remettait la carte Mundi dans la boîte et renouait le ruban.

— Peut-être aimeriez-vous songer à devenir collectionneuse ? me demanda-t-il.

Je résistai à l'envie de rire. Il n'y avait rien dans la boutique que j'eusse pu m'offrir.

— Il me travaille aussi au corps depuis des mois, dit Rachel avec un sourire.

Elle s'approcha de moi.

— On peut essayer celles-ci ?

Rachel montra du doigt deux anneaux en argent martelé, chacun orné d'une tête de bélier orientée dans la direction opposée, de sorte que, portés ensemble, les bijoux créaient une symétrie. Chaque anneau avait la forme du corps de l'animal.

Ils étaient d'une étonnante délicatesse. Rachel en glissa un à son doigt.

— Tiens, dit-elle en me tendant l'autre.

Il m'allait à merveille. Rachel s'approcha et tendit la main à côté de la mienne de façon que les têtes de bélier se répondent. Nos mains étaient très différentes – ses doigts longs et fins aux ongles soigneusement vernis contrastaient avec mes articulations plus larges et mes petites peaux autour des cuticules. Mais curieusement les deux anneaux de même taille s'adaptaient à nos morphologies distinctes.

— On les prend, déclara-t-elle à Stephen en levant la main pour admirer la forme du bijou.

Je retirai le mien pour le lui donner, curieuse de lire le prix sur l'étiquette. Je me demandai à quel point il s'agissait d'un investissement.

— Non, dit Rachel, celui-ci est à toi.

— Rachel, je ne peux pas accepter.

— Bien sûr que si. Ne dis pas de bêtises.

— Ce sont des bagues de l'amitié, faites pour être portées par deux personnes, intervint Stephen. Elles datent des années 1930. En argent sterling bien sûr.

— Mais c'est bien trop extravagant comme cadeau, dis-je en remettant l'anneau à mon doigt.

Rachel me jeta un regard appuyé.

— Ann. Ce qui est extravagant pour certains ne l'est pas pour d'autres. Apprends à accepter un cadeau.

Je contemplai le bijou qui exerçait déjà sur mon doigt une délicieuse pression et décidai de cesser de lutter contre tout ce qui m'arrivait d'inattendu depuis que j'avais pris mes fonctions au musée.

— Merci.

Rachel me fit un petit signe de tête et se dirigea vers le comptoir où Stephen inscrivit en gros caractères bien liés la vente dans son registre.

— Une superbe paire. Faites attention à ne jamais les séparer.

— Bien sûr, répondit Rachel en me regardant.

*

Sur le chemin du retour, Rachel et moi restâmes assises en silence, chacune observant la ville défiler par sa fenêtre : Central Park, le pont Henry Hudson… Jusqu'à ce qu'apparût au loin le campanile du Cloître.

— John, vous pouvez nous déposer ici, en bas, dit Rachel.

Une fois sortie de la voiture, Rachel se tourna vers moi et me dit :

— Ne dis pas à Patrick que Stephen t'a montré les cartes.

Nous marchâmes sur des étendues de gazon bien entretenues. C'était le milieu de l'après-midi et le soleil nous frappait de plein fouet.

— Mais il m'a envoyée avec toi…

— Il ne l'a pas fait.

— Alors pourquoi…

— J'ai pensé qu'il était important que tu viennes. Que tu sois au courant. Je ne veux rien te cacher.

Je ne prévoyais pas de dire à Rachel, ou à qui que ce soit, en fait, ce que j'avais découvert dans les papiers de mon père. Néanmoins, Rachel n'était pas la seule à avoir des secrets à partager.

— Je suis tombée sur d'inhabituelles mentions au sujet du tarot, avouai-je, levant les yeux sur les remparts du Cloître devant nous.

— Ah ! Dans quel volume ?

— Je ne sais pas vraiment.

Je lui racontai alors les documents envoyés par ma mère, les traductions de mon père et les retranscriptions de mon tuteur.

— Lingraf n'a jamais partagé avec toi ses découvertes ?

— Non. Je n'avais aucune idée qu'il pouvait faire des recherches sur les tarots.

Rachel s'arrêta. Nous avions atteint le rond-point devant le Cloître ; sur les murs du musée, des bannières rouge vif ondulaient dans la brise.

— Il n'en a donc jamais parlé ? Pendant les quatre années où vous avez travaillé ensemble ? Pas un mot ?

— Aucun.

— Je vois… Tu pourrais apporter les papiers ? Pour que nous puissions y jeter un coup d'œil ?

— Bien sûr mais, sans connaître leur provenance, je ne suis pas sûre qu'ils soient d'une grande utilité.

Nous entrâmes dans le musée et l'air frais m'enveloppa agréablement, j'entendis l'écho rassurant de mes pas sur le sol en pierre.

— Je suppose que nous pourrions demander à Patrick, ajoutai-je.

Rachel posa alors une main sur mon bras, de manière légère, sans insister. Puis elle dit :

— Ne le faisons pas. Gardons cela entre nous. Pour le moment.

10

Lorsque la mi-juillet arriva, déposant un lourd couvercle de chaleur et de brume, les fleurs étaient tellement épanouies que leurs têtes tombaient vers le sol. La bibliothèque et les galeries restaient un refuge. Certains jours, malgré le charme des jardins, je restais à l'intérieur sous les voûtes dorées, je marchais près des bouches d'aération, je vivais en quelque sorte en les murs. En un mot, je me cloîtrais, principalement à cause de l'attrait qu'exerçait sur moi l'air conditionné.

La raison était peut-être aussi due au fait que Leo venait rarement à l'inttérieur du musée ; je me sentais prise entre mon désir de passer du temps en sa compagnie et mon engagement envers Rachel. Mon attirance pour lui était, je le craignais, une distraction par rapport au travail. Et celui-ci devait passer en premier : c'était mon avenir. Et donc, même si nous nous apercevions brièvement de temps à autre – lui traversant le jardin en jean à revers et bottes de caoutchouc, le visage caché par un chapeau de paille ou quittant la serre ou l'endroit de stockage, les mains dans les poches –, je faisais de mon mieux pour me rendre invisible dans ces moments-là. Je faisais de mon mieux pour être intelligente et adopter une attitude discrète, quoi qu'il m'en coutât, sachant qu'il faudrait peu de chose pour me faire céder si on m'en donnait l'occasion.

Si Rachel remarqua mes tourments, elle n'en dit rien. Nous avions déjà à ce stade nos propres secrets communs. Les retranscriptions que je partageais avec elle n'avaient rien révélé de fondamental, hormis le fait que les discussions autour des tarots de la Renaissance étaient plus consistantes, ou du moins plus nuancées qu'elles ne l'auraient été pour un simple jeu de cartes. Il y avait un papier que je n'avais pas montré à Rachel, le gardant pour moi. Celui dont je n'avais pu déchiffrer la langue et qui semblait faire partie de la même collection de traductions qui arboraient l'insigne partiellement visible de l'aigle.

Cela faisait déjà deux heures que j'étais dans la bibliothèque lorsque Rachel fit son apparition.

— Il est arrivé ? me demanda-t-elle en indiquant la porte du bureau de Patrick.

Je secouai la tête.

— J'espérais qu'il pourrait nous dispenser de la visite guidée avec Moira, dit Rachel en regardant autour d'elle, comme si elle cherchait quelque chose.

Une seconde plus tard, Moira passa une tête.

— Parfait. Vous êtes là toutes les deux. La visite commence dans cinq minutes, alors c'est le moment de ranger vos affaires, dit-elle en regardant la multitude de papiers éparpillés autour de moi. Pour le moment, du moins, conclut-elle en tournant les talons.

Ni Rachel ni moi n'eûmes le temps de protester.

Les visites guidées étaient généralement assurées par des retraités du musée en partenariat avec le ministère de l'Éducation, qui proposait des programmes pour les écoliers ainsi que les simples visiteurs. Mais ce n'était pas la collection permanente qui les intéressait le plus – c'étaient les coulisses. Alors que nous les entraînions à travers les bureaux, ils s'attardaient devant les portes et les fenêtres, fascinés par la topographie privée du musée. Et une fois dans les réserves et au QG de la sécurité, ils posaient bien plus de questions que devant le retable de Mérode ou les sarcophages du XIIe siècle.

— Vous avez combien d'objets archivés ? interrogea une femme, un foulard autour du cou malgré la chaleur estivale.

Rachel sortit un plateau, où des fragments de pierres et de petits émaux étaient numérotés et répertoriés.

— Environ cinq mille œuvres, que nous faisons tourner dans les galeries ou sortons pour des expositions spécifiques.

— Le Met en possède encore plus, murmura une femme près de moi.

Je souris poliment.

— Vous avez vu leurs réserves ? ajouta-t-elle, cette fois en posant la main sur mon bras.

— Non.

— Oh ! Il faut absolument y aller ! C'est vraiment incroyable. Vous verrez la façon dont les peintures sont suspendues à des portants métalliques.

Rachel et moi étions habituées à ce genre de commentaires, à la façon dont les visiteurs jugeaient bon de nous faire la leçon sur nos propres rangements. Et lorsque les touristes s'éparpillaient enfin dans les jardins, nous partions dans de grands éclats de rire moqueurs en nous remémorant la condescendance avec laquelle ils tenaient à nous faire partager leur supposée sagesse.

Bien que je n'aie jamais visité les réserves de la Cinquième Avenue, je savais, grâce à mon bref passage au Cloître, que les œuvres pouvaient être entreposées de drôles de manières. Tant que la pièce était climatisée et protégée de la lumière du soleil, le reste n'avait pas d'importance. Mais les visiteurs des musées ne voyaient pas les œuvres d'art comme des objets fonctionnels à agencer pour créer du sens. Ils les considéraient comme des trésors, comme ceux qu'ils imaginaient dénicher dans leur propre grenier parmi les biens familiaux, auxquels ils accordaient une grande valeur, par sentimentalisme pur et ignorance.

À la sécurité, Rachel présenta chaque gardien par son prénom.

— On est très heureux de vous accueillir ici, déclara Louis, posté devant une rangée de moniteurs qui éclairaient son visage.

— Vous avez des caméras partout ? s'enquit quelqu'un en levant la main à l'arrière du groupe.

— Presque partout, répondit Louis.

— Mais vous n'avez pas besoin de couvrir tous les angles de vue pour éviter les cambriolages ?

— Les vols dans les musées sont extrêmement rares, expliqua-t-il. Et nous avons du personnel qui veille sur les collections vingt-quatre heures sur vingt-quatre.

— Quelles zones n'ont pas de caméras ? insista la femme.

— Vous planifiez un cambriolage ? rétorqua Louis d'un ton ironique.

Car la plupart des œuvres du Cloître étaient impossibles à déplacer – fresques en pierre, tapisseries massives, statues fixées dans des niches, certaines œuvres pesaient plusieurs centaines de kilos.

La curieuse émit un « Nooooooon » un peu trop appuyé, manifestement offensée par le sous-entendu.

Située en tête du groupe, Rachel croisa mon regard et nous fîmes de notre mieux pour réprimer nos sourires en nous mordant les joues.

— L'intérieur des bureaux, la bibliothèque et une partie du département acquisitions ne sont pas sous surveillance vidéo, précisa Rachel.

— Et la majeure partie des jardins et des remises à outils, ajouta Louis. Tout n'est pas sous surveillance. Cela dit, les plantes ne sont pas irremplaçables.

— Je n'en suis pas si sûr, intervint Leo.

Il tentait de se faufiler, sa tasse de café à la main, à travers un groupe de femmes qui détaillaient sa tenue terreuse avec un brin d'inquiétude.

— Leo, dit Rachel. S'il te plaît, présente-toi à notre groupe de visite guidée de l'été.

— Bonjour, lança-t-il en levant son mug vide, qu'il allait remplir à la cuisine.

— Leo est l'un de nos jardiniers, précisa Rachel.

— Au cas où mon accoutrement ne vous aurait pas déjà renseigné.

— Si vous avez des questions sur ce que nous faisons pousser dans les jardins, il vous sera d'une aide précieuse, ajouta Rachel.

— Un jour, j'ai suivi une visite guidée et j'ai entendu dire que vous cultiviez des poisons, lança une autre participante. C'est vrai ?

Leo hocha la tête.

— Mais comprenez bien que beaucoup de plantes considérées aujourd'hui comme des poisons avaient des vertus médicinales au Moyen Âge et à la Renaissance. La belladone par exemple, ajouta-t-il en regardant Rachel. Le terme vient de l'italien et signifie « belle dame », parce que les femmes en prenaient de très petites quantités pour dilater leurs pupilles.

Le regard de Leo croisa ensuite le mien. Son visage était mangé d'une barbe naissante qu'il n'avait pas pris la peine de tailler depuis plusieurs jours.

— Vous pouvez citer d'autres plantes qui étaient connues pour leurs vertus à cette époque ? demanda quelqu'un d'autre.

— Eh bien, la mandragore était utilisée comme somnifère. Mais, aujourd'hui, nous savons qu'en prendre trop peut être fatal.

— On pourra en discuter quand on sera dans les jardins, coupa Rachel. Je pense que Leo a à faire.

Leo leva son mug en guise de salut et traversa le groupe. Au passage, il me frôla et saisit mon poignet de sa paume calleuse. Je sentis mon sang affluer à mes joues. Mais le temps que je me retourne, il s'éloignait déjà dans le couloir, sans un regard en arrière.

— OK, dit Rachel en tapant dans ses mains. Qui veut voir la statue de sainte Marguerite d'Antioche ?

La petite troupe se remit en mouvement. Ensuite, après les avoir laissés à leurs cafés et pâtisseries offerts dans la cuisine, où Moira les surveillait de près, je me rendis dans la chapelle avec Rachel. J'aimais la façon dont les voix y résonnaient – tous les chuchotements qui s'entremêlaient pour former un bourdonnement monastique ou un chant méditatif. Les bruits de pas dans le corridor extérieur donnaient une structure mélodique à l'ensemble. C'est ainsi que j'imaginais les églises et les cathédrales d'Europe, où on déambulait autour des stations de croix peintes par des maîtres italiens, flamands ou français, tandis que se déroulaient les préparatifs de la messe.

Rachel s'assit sur un banc, ses bras reposant à l'arrière du dossier et le visage tourné vers le plafond. La lumière entrait par les vitraux pour dessiner des flaques rouge, bleu et vert sur les murs de pierre blonde.

— Alors, Leo et toi.

Ce n'était pas une question, un constat, plutôt.

— Qu'est-ce que tu veux dire ?

— Toi et Leo.

— Je n'ai pas décidé.

— Oh, si, dit-elle en penchant la tête dans ma direction pour que nos yeux se croisent. Tu as l'air affamée quand il est dans le coin.

— Je ne le connais même pas.

Je sentis le rouge me monter aux joues et la chaleur envahir tout mon corps.

— Et alors ?

Je réfléchis à sa remarque. Mon expérience des hommes se résumait à des inconnus ou presque – des aventures sans lendemain en deuxième et troisième année à l'université ; un client que j'avais rencontré quand j'étais serveuse et qui venait en ville pour le week-end ; un quatrième année en passe d'entrer en fac de droit –, et à des hommes que je connaissais depuis toujours. Je n'avais jamais vécu le moyen terme, or Leo se trouvait quelque part entre les deux.

Nous retournâmes dans les galeries et fîmes halte dans la salle gothique où étaient exposés des vitraux des cathédrales de Canterbury, de Rouen et de Soissons. L'un d'eux représentant une femme en robe dorée avec un flacon dans chaque main était accompagné d'un écriteau qui indiquait : « Femme distribuant des poisons selon la légende de saint Germain de Paris, 1245-1247. »

Je restai tard ce soir-là. En y repensant, je ne me souvins pas de la raison. Une pluie d'orage s'était abattue l'après-midi et avait rafraîchi l'atmosphère, mais l'humidité enveloppait toujours les jardins d'un voile pesant. Patrick et Rachel partirent à dix-sept heures, me demandant négligemment combien de temps encore je comptais travailler. Je répondis : « Une heure », mais en fait j'avais l'intention de continuer jusqu'à la nuit tombée. Je voulais me retrouver seule dans la bibliothèque, n'entendre que le léger écho de ma respiration ou le chuintement du papier sous mes doigts.

Au coucher du soleil, je fermai mes livres et m'assis au bord du cloître de Bonnefont où je regardai la lune se lever au-dessus de la cime des arbres. Je perdis la notion du temps pendant que le jour s'enfonçait dans la nuit. Le visage tourné vers le ciel, je ne pouvais m'empêcher de penser que le ciel nocturne new-yorkais différait de celui de l'État de Washington. Je me plaisais à imaginer, sachant que tout cela était impossible, que les constellations étaient placées différemment, que la Lune décroissait plus lentement et que la Terre tournait plus rapidement sur son axe.

Lorsque la lune fut juste au-dessus de ma tête, je décidai de revenir à la bibliothèque. Deux heures environ s'étaient écoulées et, lorsque j'ouvris la porte, la pièce était dans le noir. Supposant que la sécurité avait éteint, je tendis la main vers l'interrupteur. C'est alors que je me rendis compte qu'il y avait une lumière vacillante et jaune apportée par deux grands candélabres dont les bougies laissaient couler leur cire.

Au début, je ne vis pas les silhouettes plongées dans l'ombre. Mais je remarquai les cartes posées sur la table : leurs dorures scintillaient sous la flamme des chandelles. Ce ne fut que lorsque Patrick bougea que je reconnus les deux personnes présentes, la flexion de son bras, la manière dont les cheveux de Rachel tombaient – des spectres familiers.

— Ann, dit-il en réduisant la distance entre nous, de manière que sa main puisse toucher mon bras et me rassurer.

Rachel, de l'autre côté de la table, ne bougea pas. Aucun de nous ne semblait capable de trouver les mots justes. Toutes les questions qui auraient pu me venir aux lèvres étaient inutiles : ce qui était en train de se passer n'avait pas besoin d'explication. Rachel et Patrick avaient pensé qu'ils étaient seuls ; après tout, mes livres étaient fermés. L'expérience, la lecture, quel que soit le nom qu'ils allaient me donner, n'étaient pas censées m'impliquer. Je compris que ma présence était une erreur, une faute, et que nous avions tous des secrets : moi envers Rachel et Patrick, Leo envers nous trois… et une partie de moi aimait cette situation, car cela signifiait que chaque once d'information et de connaissance intime avait été durement gagnée.

— Ann, répéta Patrick, en glissant sa main le long de mon bras jusqu'à mon épaule. Je suis désolé. Nous aurions dû vous convier à vous joindre à nous.

Je n'avais pas imaginé ce qu'il dirait, peut-être que je n'aurais pas dû me trouver là. Que j'étais virée. Je ne m'attendais certainement pas à être invitée et, même si j'aurais dû être vexée de ne pas avoir été mise au courant, mon cœur se gonfla de gratitude en entendant ces mots.

Il me fit signe de le suivre jusqu'à la table où le jeu de tarots que nous avions acheté chez Stephen Ketch était posé sur le bois selon une disposition complexe.

— Avec un nouveau jeu, Patrick aime les… (Rachel fit une pause comme si elle cherchait le bon verbe.) … révéler ici.

— L'atmosphère aide à exploiter pleinement l'intuition, précisa Patrick.

Je compris que je ne devais pas proposer de mettre un peu plus de lumière. Je rejoignis Rachel à l'extrémité de la table où elle se trouvait. Elle me prit la main et la serra d'une manière rassurante. Je me demandai qui avait décidé de me laisser en dehors de la soirée et si Rachel avait joué le rôle de la protectrice ou de la gardienne. Même s'ils m'avaient accueillie dans leur cénacle, Rachel et Patrick avaient une relation, une connexion auxquelles je ne pourrais jamais accéder.

La lecture était celle de Patrick. Il avait distribué les cartes et démêlait leur signification, laissant courir son doigt sous chaque tarot, s'arrêtant seulement pour en toucher les coins. Puis, après les avoir rassemblées en pile, veillant à ce que les cartes soient bien alignées, il me tendit le tout par-dessus la table.

Du coin de l'œil, je vis Rachel observer le geste. Quelque chose se produisit, comme si elle choisissait de se retirer, puis elle s'adoucit, se rapprocha.

— Commencez par les tenir dans votre main, dit Patrick, et pensez à la question à laquelle vous souhaiteriez avoir une réponse, puis posez trois cartes à la suite sur la table.

Je suivis ses instructions, gardant les yeux fermés pendant tout le processus. Je ne mélangeai pas les cartes bien sûr, de peur d'abîmer les images peintes à la main. Je commençai à espérer qu'elles me montreraient le dessin de mon avenir, les jours qui m'attendaient au musée et ceux d'après.

Il était impossible de ne pas être frappé par la beauté des lames lorsque je les étalai, de ne pas être captivé par leur brillance, celle de la peinture dorée à la feuille d'or, et par leurs symboles inhabituels et surprenants, de ne pas lire ce qu'elles pouvaient dire. Devant moi se trouvaient le Lune, le Pendu et le Deux de Coupes. Je savais que la Lune, centrée et mutable, signifiait la tromperie ou l'obscurité, la ruse. Le Deux de Coupes, en revanche, parlait d'amour ou d'amitié, de nouvelles relations, de coopération et d'attirance. Le Pendu était un symbole de transition et de changement, mais aussi, traditionnellement, le signe de Judas, le traître. Ensemble, ces trois cartes parlaient de paysage changeant, de nouveauté et de danger. Mais il y avait quelque chose de plus, comme un avertissement plus ancien que je n'arrivai pas à cerner. Une énergie émanant des cartes qui faisait battre mon pouls plus vite et brouillait ma vue, comme si je me trouvais sous l'eau les yeux grands ouverts.

Comme Rachel connaissait déjà le symbolisme du jeu dans ses moindres détails, je m'étais mise au fil des jours à étudier la signification des cartes individuelles par moi-même, de la même façon que j'avais étudié mes fiches de latin autrefois. J'avais appris que les symboles évoquaient différentes tendances – les Coupes étaient du domaine de l'intuition, les Épées des directions multiples, les Bâtons de l'énergie primordiale. J'avais découvert que les arcanes majeurs pouvaient être interprétés différemment selon l'orientation de la carte, à l'endroit ou inversée. Mais surtout j'appris qu'il n'y avait pas de corrélation univoque entre les cartes et les événements : les lames offraient plutôt un sentiment, un ressenti.

— Qu'est-ce que vous voyez ? demanda Patrick, croisant mon regard.

Il demanda de nouveau, cette fois avec une certaine urgence :

— Alors, que *voyez*-vous, Ann ?

Je pouvais voir mon avenir et même des échos de mon passé récent, mais cette vision m'était personnelle, elle n'appartenait qu'à moi seule. Les tarots étaient comme un sémaphore qui indiquait que les choses bougeaient, qu'elles se dénouaient, même si je ne voyais pas comment elles allaient se réassembler pour moi. Je résistai à l'envie de les remettre en pile et de prétendre que je ne les avais pas disposées sur la table.

— Je suis encore novice en la matière, répondis-je en repoussant doucement les cartes sur le côté. Pourrais-tu faire une lecture, Rachel ?

— Je ne peux pas. Je n'en fais pas.

— Pourquoi ?

— Parce que. Je les étudie, c'est tout, rien de plus. Je ne veux pas.

— On ne t'a jamais fait une lecture de tarots ?

Rachel fixa Patrick.

— Si. Par le passé. C'est compliqué. Contrairement à Patrick, je ne veux pas connaître l'avenir. Je préfère me laisser surprendre.

À ces mots, Patrick s'écarta de la table et la lourde chaise en bois sur laquelle il était assis tomba à la renverse avec fracas sur le sol en pierre. Il ne prit pas la peine de la relever. Il sortit de la bibliothèque, nous laissant seules sous la lumière des bougies.

11

Trois jours après avoir pensé que les cartes me l'indiquaient, Leo m'invita à un concert dans le Bronx.

— Je joue de la basse, expliqua-t-il en mâchonnant un cure-dent, adossé à une colonne du cloître de Trie. Tu peux venir en métro. C'est une station après le Yankee Stadium. Je viendrai te chercher.

Il n'y avait pas eu de discussion, pas d'explication sur ce qui s'était passé au marché de produits naturels, ou après. C'était moins une invitation qu'une assurance. Du moins, c'était ce que j'avais ressenti à cet instant, même si je n'avais pas son numéro de téléphone – il ne me l'avait pas proposé. Juste une promesse de venir me chercher.

— D'accord. Oui.

Cette décision m'épargnait une nuit supplémentaire dans mon petit studio qui, ces dernières semaines, s'était grandement détérioré : les vêtements s'entassaient sur le lit, l'évier était rempli de vaisselle sale, des papiers traînaient partout. Je ne me considérais pas comme flemmarde, mais, ce matin-là, j'avais marché sur du marc de café tombé du filtre que j'avais jeté la veille, et je n'avais même pas pris la peine de l'enlever de mes plantes de pied. La similitude avec le foyer que j'avais laissé derrière moi à Walla Walla ne m'échappait pas, mais je choisis de ne pas examiner le penchant que je partageais avec ma mère de laisser les choses partir à vau-l'eau quand on était stressées.

À dire vrai, c'était à cause de mes recherches. La table de la cuisine était dédiée à mes livres, aux articles, à mon ordinateur portable et à un jeu de tarots que j'avais acheté dans une librairie du quartier. Je lisais des publications universitaires sur les *carte de trionfi*, comme on les appelait à la Renaissance. J'avais appris que la première mention d'un tel jeu datait de 1442, dans la famille d'Este à Ferrare, et que Marziano da Tortona, secrétaire et astrologue du duc Filippo Maria Visconti de Milan, avait été l'un des premiers à avoir écrit sur son symbolisme. J'avais également découvert que le tarot, jeu de cartes traditionnel à l'origine, était considéré comme un outil de divination à Venise en 1527.

Et bien que peu d'universitaires aient écrit sur le sujet – rarement les historiens et ceux spécialisés dans l'art s'étaient penchés là-dessus –, tous s'accordaient à dire que le début de la période moderne était féru de divination et de prédictions. Dans l'Italie des XVe et XVIe siècles, des astrologues étaient souvent salariés pour leurs services. Celui de l'influente famille Médicis, Marsile Ficin, croyait tellement en la sagesse des planètes qu'il avait même prédit à la naissance de Jean de Médicis que celui-ci deviendrait pape. Ce qui arriva : Jean devint Léon X. De plus, des villes comme Ferrare, où la famille dirigeante était à la fois fabuleusement riche et adepte des méthodes occultes pour faire avancer son règne, semblaient l'endroit idéal pour le tarot divinatoire. Sans oublier les cartes elles-mêmes, à l'imagerie si particulière, si différente des jeux qui nous étaient parvenus, à tel point qu'on pouvait difficilement leur attribuer un autre emploi. Et enfin il y avait la sensation, électrique, des cartes dans ma main quand je les étalais devant moi.

Après avoir accepté l'invitation de Leo, je le quittai dans le jardin et je rejoignis Rachel à la bibliothèque. Depuis la soirée où nous avions interprété les tarots à la lumière des bougies, je m'étonnais tous les jours de la trouver assise à la même table, entourée de documents de travail et de recherche, en pleine lumière et non dans l'ombre. Elle semblait passer sans problème du monde divinatoire à celui de la recherche rationnelle, alors que, moi, j'avais de plus en plus de mal à les garder séparés. Nous entendîmes soudain Patrick élever la voix, mais sans pouvoir comprendre ce qu'il disait, les mots assourdis par la vieille porte en chêne.

— C'est Aruna qui est avec lui, me précisa Rachel sans lever les yeux du calepin où elle prenait des notes. Il lui a montré le jeu de cartes et elle pense qu'il est faux. Il espérait le présenter à la Morgan, mais ce n'est plus possible. Il sera relégué au rôle de modérateur.

C'était difficile à croire. J'avais ressenti quelque chose cette fameuse nuit où j'avais étalé les cartes sur cette même table. Mais n'était-ce pas ainsi que fonctionnait la magie ? Distraire le public par le cadre, l'atmosphère, une mise en scène clinquante, de sorte que personne ne remarque le tour de passe-passe, la fausseté de tout cela ?

Nous continuions à l'entendre à travers la porte, un grondement sourd, mélange de colère et de déception. C'était un revers et Patrick devenait de moins en moins tolérant face aux échecs.

— Qu'en penses-tu ? demandai-je à Rachel.

Elle leva les yeux de son calepin et haussa les épaules.

— Elles sont belles, mais elles n'ont pas le toucher adéquat. Elles sont rigides. Le vélin est bien plus souple d'habitude. Et c'est vrai que les illustrations ont quelque chose d'un peu rudimentaire. Enfantin peut-être ?

Je hochai la tête. Je ne les avais vues que deux fois : chez Stephen Ketch et à la faible lumière des chandelles l'autre soir. Je supposais que Rachel avait eu plus d'occasions de les examiner de près.

— Aruna est d'accord avec toi ?

— Oui. Je l'ai dit à Patrick, mais il n'a pas aimé l'entendre venant de moi. Il faut qu'il les montre à d'autres personnes avant de se rendre à la raison, si tu veux mon avis.

— Je ne pensais pas que les gens avaient l'habitude de falsifier des cartes de tarots du XVe siècle.

— Tu veux savoir ce que je crois ? Il s'agit certainement d'une copie du XVIIe. Pas une contrefaçon contemporaine. Une mauvaise tentative de reproduire ce que les Visconti faisaient à Milan.

Rachel se pencha au-dessus de la table et baissa la voix.

— Tu as compris ce qu'il cherche, n'est-ce pas ? Il est en quête d'un *urtext*, le jeu le plus ancien. Le plus clairement occulte. Il cherche quelque chose dont nous ne connaissons même pas l'existence. Juste quelque chose dont… (Rachel agita les mains.) … il rêve.

— Mais tu ne crois pas que nous trouverons une preuve que ce jeu existe ? À un moment ou à un autre ?

— Probablement, oui. Je ne ferais pas ce travail si je ne pensais pas qu'il existe une possibilité. Mais quelle est la probabilité que ce soit par l'intermédiaire de Stephen ? Notre antiquaire ne vend rien d'aussi exceptionnel. Si c'est le cas, il le garde pour lui ou le transmet discrètement à des institutions dont la politique d'acquisition est plus laxiste.

Rachel avait raison : les cartes étaient rigides, sans la souplesse du vélin, et certaines illustrations semblaient grossières. Mais je ne parvenais pas à oublier ce que j'avais ressenti en les touchant : une étrange énergie que je n'étais pas près d'ignorer.

— Je pense simplement que Patrick a préféré fermer les yeux sur ces anomalies, précisa Rachel, parce que le jeu était presque complet. Sachant que les jeux entiers sont impossibles à trouver. Cela allait être un tel coup de partager cette découverte pendant la conférence à la Morgan. D'ailleurs, Patrick veut que nous allions chercher demain quelques cartes restantes chez Stephen. J'imagine que l'antiquaire a dû en acquérir par un autre fournisseur.

— Pas de problème, dis-je. Je suis surprise que Patrick veuille encore en acheter, compte tenu de l'opinion d'Aruna.

Les voix en provenance du bureau de Patrick s'étaient tues et la bibliothèque redevint silencieuse, à l'exception du bruit de pas des visiteurs dans le couloir.

— Je crois qu'on ferait mieux de ne pas trop traîner près de Patrick en ce moment, me chuchota Rachel.

Le quai de la station 125e Rue était bondé, tout comme la rame. Partout, des fans de base-ball vêtus de maillots à rayures et de casquettes des Yankees – des familles avec de jeunes enfants, des étudiants éméchés, des touristes japonais, un vendeur de casquettes de contrefaçon –, une marée humaine, étouffante et singulière, qui m'emporta dans son mouvement, malgré mes tentatives pour rester à ma place. Avant même que les portes ne se ferment, j'avais le visage plaqué contre la vitre ternie et je fus recrachée trois arrêts plus loin quand la rame se vida au Yankee Stadium. On était à quinze minutes du coup d'envoi. Les derniers voyageurs de la voiture avec moi étaient un homme qui avait inexplicablement dormi pendant toute cette cohue et une jeune mère avec son bébé sur les genoux. La ville qui oscillait entre ces deux extrêmes – le chaos festif et la banalité du quotidien – me donnait envie de tout expérimenter, de ressentir la polarité des deux.

Je retrouvai Léo un arrêt après, à la sortie, en haut des marches. Je portais une robe courte à volants de la collection de Rachel, et je fus ravie que Leo me couve d'un regard appréciateur.

— Ça te va bien, dit-il. Viens, on va manger un morceau avant le concert.

Il ne me prit pas par la main mais par le haut du bras et m'entraîna serrée contre lui, tel un preneur d'otages qui guiderait sa victime avec une arme à feu. C'était une manière inhabituelle de marcher, mais j'aimais cette proximité, son caractère intime.

Il s'agissait de ma première virée dans le Bronx. C'était un quartier animé et bruyant – la musique s'échappait des autoradios et des bodegas, les gens sur les perrons riaient et jouaient leur propre musique. Cela créait une cacophonie ou une symphonie – je n'arrivais pas à me décider. Et malgré les rues verdoyantes et les immeubles bas, de quatre ou cinq étages seulement, la ville semblait plus dense que Manhattan, où la vue était dominée par les gratte-ciel. Leo, parfois cassant et souvent mordant au musée, semblait plus détendu ici. Même sa démarche était plus légère et vaguement désynchronisée, comme s'il ne contrôlait pas vraiment le mouvement de ses pieds ou leur cadence.

— J'habite ici, lança Leo en désignant un immeuble en brique. Au troisième étage, là où il y a la fenêtre d'angle.

Je sentais son souffle dans mon cou. La manière dont il occupait l'espace était toujours aussi déconcertante. Il empiétait sur mon espace personnel, comme s'il voulait se l'approprier. Et au lieu de me rendre nerveuse, cela m'excitait. Cela me donnait envie d'ouvrir chacun des compartiments soigneusement agencés de ma vie et de libérer son contenu.

Nous progressâmes vers le soleil qui se couchait sur le New Jersey, par-delà l'Hudson, jusqu'à ce que le crépuscule orange s'étire sur la chaussée. Nous marchions en silence. J'avais peur que mes paroles me trahissent, révèlent mon imposture. Leo m'emmena dans un bar et me fit traverser l'intérieur sombre pour gagner le patio à l'arrière, où les parasols affichaient des logos de bière et où un ventilateur soufflait de l'air vicié et humide dans l'espace sommairement clôturé.

Leo se laissa tomber sur une chaise en plastique, puis se releva d'un bond, un peu trop tard, pour tirer la mienne.

— Désolé, je manque de pratique, marmonna-t-il.

— Tu me mets dans un taxi, tu tires ma chaise... Je ne t'aurais pas catalogué comme chevaleresque.

— La chevalerie était très importante au Moyen Âge, n'est-ce pas ?

Nous prîmes deux bières fraîches et une assiette de tacos. J'étais trop habillée pour l'endroit.

— Tu as eu des ennuis, l'autre jour ? demandai-je.

— Avec l'agent Palko ? Il ne m'attrape qu'un coup sur deux. Il faut trois amendes pour être interdit de vente. Jusqu'à présent, il n'a réussi à m'en coller que deux.

Nous restâmes silencieux un moment. Puis Leo me demanda :

— C'est ton premier concert punk ?

Je hochai la tête. En réalité, c'était mon premier concert tout court, mais jamais je ne l'aurais admis.

— Quand on sera sur scène, tu pourras rester en coulisses.

Leo me tendit son paquet de cigarettes, je refusai. Il en sortit une pour lui et l'alluma. L'odeur de soufre de l'allumette vint jusqu'à mes narines.

— C'est ce que tu aimerais être ? (Je bus une gorgée de bière, pétillante et rassasiante, contente de changer de sujet.) Musicien ?

— Tu penses que le jardinage n'est pas un vrai plan de carrière ?

Il se renversa sur son siège et tapota sa cigarette sur la table. Il n'y avait pas de cendrier.

— Si. Enfin, si c'est le métier que tu veux faire.

— Et si je te disais que je n'ai aucune ambition, dit-il en craquant machinalement une allumette, par réflexe ou habitude. Et que je veux seulement planter, tailler et désherber toute la journée. Alors ?

— Comment ça *alors* ?

— Alors, il se passerait quoi ? Tu préférerais arrêter ? (Il traça une ligne entre nous.) Es-tu le genre qui cherche quelqu'un qui essaie continuellement de se réinventer ? Parce que ça peut devenir épuisant.

J'avais encore du mal à savoir quand Leo plaisantait et quand il était sérieux. Je soupçonnais que c'était souvent une combinaison des deux.

— Je ne sais pas qui je cherche, dis-je au bout d'une minute, à la fois pour meubler le silence et parce que c'était la vérité.

— Méfie-toi des artistes. Ils peuvent être insupportables. De vrais connards sur le plan psychologique, si tu vois ce que je veux dire.

Il pointa l'index sur sa tempe. Chaque fois qu'il dépliait sa longue silhouette efflanquée sur la chaise en plastique, il la faisait grincer. Incapable de rester immobile, il secouait sans cesse les jambes ou basculait en arrière. Malgré cette énergie frénétique, il était attentif à mes moindres gestes. Il me regardait manger, il étudiait le mouvement de mes yeux, de mes lèvres.

— C'est bien que tu sois juste un jardinier, alors.

— Je savais que je ne m'étais pas trompé sur toi, dit Leo en soufflant une bouffée de fumée. Et je suis dramaturge, si tu veux tout savoir. J'écris des pièces. Et je joue de la basse dans un groupe punk pendant mon temps libre.

— Donc, tu ne veux pas être musicien ?

J'avais l'impression que chaque fois que je mettais le doigt sur un fait le concernant, la perspective se déplaçait. J'aimais cette sensation de déséquilibre.

— Non. C'est un soulagement, hein ?

— Je n'ai rien contre les musiciens.

— Mais tu en connais combien ? Personnellement ?

— Aucun, reconnus-je. Tu es aussi le seul dramaturge de ma connaissance.

— Parce que nous sommes une espèce en voie de disparition.

Nous commandâmes une autre tournée et je lui demandai comment il avait commencé à écrire des pièces de théâtre. Il me répondit qu'il avait débuté à la fac. Je le questionnai ensuite sur la raison de cette passion. Il répondit qu'il aimait la structure, le rythme. Nous partageâmes nos expériences universitaires, lui à la New York University, moi à Whitman. Il avait cinq ans de plus que moi, et je me demandai combien d'années supplémentaires il me faudrait pour abandonner mes rêves et rentrer chez moi, tenter autre chose. Plus que cinq ans en tout cas.

— Est-ce que les gens te demandent parfois ce que tu feras si ça ne marche pas ?

— Et toi, tu feras quoi si ça ne marche pas ? répliqua-t-il après un instant de silence.

— De quoi tu parles ?

— Du musée, du *milieu universitaire*.

Il avait prononcé ces deux mots comme s'il s'agissait d'un défi, d'une mauvaise plaisanterie.

— Ça ne marche déjà pas vraiment. Je suis l'orpheline adoptée par Patrick, souviens-toi.

— Ouais, dit-il en exhalant de la fumée et en étudiant la frange du parasol au-dessus de ma tête. Rachel m'a toujours dit que si ça ne marchait pas, je devrais tout convertir en scénarios.

— Pourquoi tu ne le fais pas ?

— Parce que je crois à l'intégrité du processus.

— Rachel sait donc que tu es dramaturge, dis-je en sirotant ma bière.

J'avais pris un air détaché, mais je ne pouvais m'empêcher de m'interroger sur le nombre de conversations qu'ils avaient eues avant mon arrivée, s'ils étaient déjà venus dans ce bar ensemble et pourquoi elle ne me l'avait pas dit.

Leo acquiesça.

— Elle t'a vu jouer ?

Leo hocha la tête.

— Avec ton groupe ?

— On va parler de Rachel toute la soirée ? En fait, j'aurais pu l'inviter.

Son commentaire était blessant, et il le savait, car, une seconde plus tard, il tendit la main au-dessus de la table pour prendre la mienne. J'essayai de la ramener sur mes genoux, mais il serra mes doigts, exerçant le même genre de pression que celle qu'il exerçait sur tout. Un peu trop fort, mais avec une conviction qui forçait le respect.

— Vous êtes sortis ensemble ?

Pourquoi avais-je posé la question ? Sans doute parce que j'avais besoin de savoir.

— Non, répondit-il en repoussant une mèche derrière son oreille. Elle n'est pas mon style. Et puis, d'après ce que j'en sais – et ce que tout le monde sait –, Patrick et elles sont ensemble depuis un moment.

Je ne voulais pas en apprendre davantage. Après tout, c'était la réponse que j'espérais.

— Et je suis ton style ? interrogeai-je, enhardie par les deux bières que j'avais bues et le fait qu'il me tenait toujours la main, faisant courir son pouce sur les veines délicates de mon poignet.

Au lieu de me répondre, il se pencha et m'embrassa. Pas avec douceur comme c'est généralement le cas pour un premier baiser, mais avec fougue, ardeur, ses doigts empoignant mes cheveux.

Voilà à quoi je ne pouvais résister chez Leo : l'urgence, le désordre, le chaos, son enthousiasme manifeste de faire les choses différemment. Pas juste différemment des gens autour de nous, mais de tout ce que j'avais connu : les avances timides des garçons, les mains moites dans la voiture, les SMS sans réponse. C'était comme si son désir pour moi était puissant et affamé, comme s'il pouvait dévorer la table, le bar, ma vie. C'était ce que je voulais.

Ce soir-là, je le regardai jouer depuis les coulisses. Le son était si fort qu'il se transforma en vacarme – assourdissant et douloureux. Dans la foule, les corps s'entrechoquaient frénétiquement, mais je ne m'intéressais pas à ce qui se passait dans l'obscurité de la salle, j'étais fascinée par les cheveux de Leo qui lui tombaient sur les yeux, par la pellicule de sueur qui recouvrait son torse. Et malgré tout ce qui s'était passé cet été, cette année, les mois dévastateurs qui avaient entouré la mort de mon père… je ne pensais à rien de tout ça à ce moment-là. Je ne pensais qu'à Leo. À son long torse et à sa rudesse. À l'énergie de la foule et à la façon dont mon corps bougeait tout seul au son de la musique, indépendamment de moi.

Après, nous nous entassâmes dans l'appartement du guitariste, enveloppés par une lumière jaune et un air enfumé. Il disposait d'un balcon qui donnait sur le fleuve, et était flanqué d'une petite amie, Mia, aux cheveux bouclés et sauvages (elle prétendait ne pas les avoir brossés depuis six ans, ce que je croyais volontiers). Quand je sortis sur le balcon pour échapper à la foule, aux relents de tabac et d'alcool, Leo me rejoignit et pressa son corps contre mon dos.

— Tu as aimé le concert, hein ?

J'acquiesçai d'un murmure.

— Je le savais. C'est ton petit côté punk, Ann. Même si je ne suis pas sûr que tu en aies conscience. Mais ça me plaît. Ça me rappelle moi.

Je me laissai aller contre lui. Sa joue effleura mon cou et il me chuchota :

— J'ai quelque chose pour toi.

— Qu'est-ce que c'est ? demandai-je en me retournant.

Nos corps étaient si proches que je dus pencher la tête pour voir ce qu'il tenait au-dessus de ma tête : un jeu de cartes usagé.

— Le tarot de Mia. Allez, tire une carte.

Je fronçai les sourcils.

— Ce n'est pas comme ça qu'on est censé faire.

Mais il me présenta le jeu en éventail avec une carte qui dépassait des autres. Je la saisis et la pressai sur ma poitrine.

— C'est quoi ? interrogea-t-il, un sourire aux lèvres.

Je baissai les yeux sur la carte, moite après à peine une minute sur ma peau. L'Amoureux. Quand je relevai les yeux sur Leo, il riait. Il se pencha et murmura à mon oreille :

— J'aime te prédire ton destin.

Je me réveillai le lendemain matin dans le Bronx, un gobelet de café en carton et un bagel sur la table de nuit. Leo partageait son appartement avec le batteur – un artiste multimédia en devenir, diplômé de la prestigieuse université Brown. Quand je passai la tête hors de la chambre, le batteur était déjà parti pour la journée, et Leo était penché sur la table de la cuisine, occupé à griffonner avec un crayon à papier. Il y avait des vêtements éparpillés, des bouts de joints, des taches collantes de résine, ainsi qu'une série de pièces de théâtre de Sam Shepard lues et relues vu leur état et, sur la table basse, des feuilles volantes tirées d'essais du dramaturge David Mamet et une série d'affichettes pour des pièces de théâtre avec des dates griffonnées dessus.

— Merci pour le café, dis-je.

— Service à domicile, répondit-il sans me regarder.

— J'ai passé un bon moment…

— Dîner dans la semaine ? lança-t-il en continuant à écrire.

— Je n'ai pas ton numéro.

Je parcourus l'appartement du regard en quête de mon portable ou d'un morceau de papier, pendant que Leo restait concentré sur sa tâche. Enfin, il leva les yeux et pointa du doigt l'autre bout de la pièce.

— Donne-moi un stylo. Je vais te l'écrire.

Je m'approchai de l'étagère en coin, sur laquelle se trouvaient pêle-mêle stylos à plume et calepins. Je cherchai un crayon tout simple quand je tombai sur une paire de dés. Pas n'importe lesquels, des *astralagi*, comme ceux que Patrick avait dans sa bibliothèque. Je résistai à la tentation de les prendre dans ma main, de demander à Leo où il les avait trouvés et s'il s'agissait d'une pièce originale ou d'une copie.

— Donne-moi ton bras, dit Leo.

Je lui obéis, et il prit un plaisir évident à inscrire son numéro sur la partie la plus tendre de ma peau.

— Voilà, dit-il en levant les yeux sur moi. Maintenant, tu l'as.

12

Même si l'encre s'était estompée, je sentais encore les chiffres gravés par Leo sur ma peau. La haute saison au musée se révélait une distraction : chaque jour, je me retrouvais entourée d'écoliers, de touristes étrangers et de New-Yorkais qui, désireux d'échapper à la canicule, se pressaient au Cloître. Et dans les galeries, un flux régulier de corps indolents, insufflant de la vie dans l'édifice gothique. La foule était si dense que les capteurs de température grimpaient en flèche et menaçaient de défaillir. Les enfants se postaient sur les grandes grilles métalliques fixées au sol, appréciant l'air frais qui remontait le long de leurs jambes. Le bruit des pas résonnait inlassablement tandis que les visiteurs passaient devant les reliquaires ornés de bijoux, les fresques de lions, de dragons, et les peintures de martyrs.

Et tandis que le soleil se traînait lentement sur la ligne d'horizon et que la chaleur semblait ne jamais vouloir nous quitter, Patrick commença à décliner. Ses sourires avenants avaient fait place à des joues creuses ; ses chemises impeccablement repassées étaient maintenant froissées. Et lorsqu'il nous parlait, à Rachel et à moi, il y avait une irritation dans ses questions, une urgence qui couvait mais qui atteignait maintenant un niveau de fièvre identique au coup de chaud des visiteurs. Alors que jusqu'à maintenant il nous avait laissées travailler sur les mêmes matériels, je remarquai qu'il agissait désormais différemment. Il répartissait les ressources d'archives entre nous, puis, à notre grande frustration, il vérifiait notre travail, nous traitait comme deux écolières au lieu de chercheuses expérimentées et méticuleuses. Comme si le manque d'informations dans les archives était notre faute, comme si nous lui cachions ce que nous avions trouvé.

C'est pour cette raison, je suppose, qu'il décida de m'emmener seule chez l'antiquaire ce jour-là et de laisser Rachel à la bibliothèque, submergée de livres et de traductions.

— J'ai besoin que ce soit fait avant le colloque à la Morgan, dit-il à Rachel pendant que je rassemblais quelques affaires.

Je compris qu'il s'agissait d'une punition, mais je ne savais pas exactement à qui elle était destinée.

Cependant, dans le taxi qui nous menait au centre-ville, le musée désormais derrière nous, Patrick sembla redevenir celui que j'avais rencontré au début de l'été, impatient de me montrer combien j'étais impliquée dans le mystère des cartes.

— Rachel, me dit-il, fait un excellent travail. Vraiment excellent. Mais elle n'a pas toujours la foi. Pas comme moi. Ou comme vous, il me semble. Ce n'est pas quelque chose qui s'apprend, cet instinct.

Je voulus protester, dire que Rachel le partageait ou bien qu'il se trompait sur moi, que je ne le possédais pas encore. Mais je repensai à la nuit où Leo et moi étions sur le balcon alors que je tenais la carte de l'Amoureux contre ma poitrine, à la lecture des tarots dans la bibliothèque, qui m'avait avertie d'un changement, d'une transition, peut-être d'une trahison. Je jetai un coup d'œil vers Patrick assis à l'autre extrémité de la banquette, mais il regardait par la fenêtre, une main sur le rebord, ses doigts tellement crispés qu'ils en étaient devenus exsangues. Je savais qu'il espérait encore que ce jeu de tarots serait la découverte qu'il cherchait depuis longtemps.

— Vous l'avez vu, Ann, n'est-ce pas ? me demanda-t-il en se tournant vers moi. Dans le jeu, cette nuit-là. Vous avez remarqué quelque chose de différent, vous aussi. J'ai vu que vous le sentiez, vous savez.

La façon dont il me dévisagea alors, son regard désespéré et hanté, me donna envie de lui assurer qu'il ne s'agissait que de cartes, d'un tour de passe-passe. Mais il avait raison. Je l'avais senti. Et cela me poursuivait, comme le spectre de quelque chose que je ne pouvais pas expliquer, qui dépassait mes recherches et les récits.

— Oui, répondis-je, ajoutant rapidement : Néanmoins, Patrick, vous devez garder en tête que je peux me tromper. Ces cartes, c'est encore tout nouveau pour moi.

— Bien sûr. Mais cela ne le rend-il pas plus probant ? La preuve que vous, quelqu'un qui n'a pas d'expérience, pouvez le ressentir aussi ?

— Parfois, dis-je avec douceur, on ne peut pas faire confiance à ce que l'on ressent. Une intuition, une sensation, ce ne sont pas des preuves.

Je n'ajoutai pas ce qui me préoccupait, à savoir que je commençais à avoir du mal à faire la distinction entre le réel et l'imaginaire dans l'enceinte du musée. Certains jours, sous les voûtes gothiques et les sculptures funéraires, j'avais l'impression que les yeux des statues me suivaient, que l'or et toute la brillance aveuglaient ma vision et que, l'espace d'un instant, mon corps même se dissolvait dans l'espace et devenait un sentiment, une sensation, une intuition.

Je savais d'où venait la conviction que ce qui sortait de la norme était digne d'intérêt. Elle avait germé sur la table de la cuisine, dans l'État de Washington, sur des bouts de papier et des fragments de langage, sur les calepins que nous remplissions souvent ensemble, mon père et moi. Même si parfois il travaillait seul. C'était cette conviction qui m'avait conduite ici, et dans tout de ce que j'avais entrepris. Toujours. J'avais commencé à en prendre conscience un peu avant sa mort, mais une partie de ma foi était partie avec lui. Ce n'était que maintenant qu'elle commençait à revenir. Patrick n'avait pas tort de penser que ma croyance était plus forte que celle de Rachel. Parce qu'on a peut-être besoin d'un peu de magie pour rendre plus supportable une enfance étriquée.

Chez Ketch Rare Books and Antiques, rien n'avait changé. Ou plutôt, on aurait dit que les bouteilles et les livres anciens s'étaient multipliés depuis la dernière fois, comme s'ils avaient fait des petits dans l'obscurité.

Stephen nous avait ouvert la porte par l'interphone, mais il n'était pas dans la boutique. Patrick fit tinter une cloche sur le bureau dont j'entendis l'écho dans la pièce du haut.

En attendant l'antiquaire, je pris sur une étagère une première édition d'Émile Zola en français et m'assis sur une des chaises libres. J'ouvris le roman, feuilletai les premières pages jusqu'à l'incipit. Patrick fouinait dans les rayonnages, puis il s'approcha de l'endroit où je me trouvais, posa une main sur le dossier de ma chaise, le corps incliné au-dessus de moi.

— Ah, dit-il en regardant le livre sur mes genoux. « Quand on enferme la vérité sous terre, elle s'y amasse. »

Je levai les yeux pour le regarder et je me sentis, l'espace d'un instant, très jeune. Comme si je regardais mon père se pencher sur ma traduction, vérifiant que je ne m'étais pas trompée par rapport aux déclinaisons. L'image était si saisissante qu'elle me poussa à fermer le livre, à me lever, à mettre de la distance entre Patrick et moi. Un déplacement qui s'avérait extrêmement difficile dans la boutique exiguë de Stephen.

— Vous savez, dit-il en embrassant du regard les livres rares, les bijoux et les tableaux, nous trouverons. On finira par trouver. Le jeu de cartes, le document. La vérité. Ce qui nous permettra de résoudre le mystère. Nous trouverons.

Il y avait dans sa voix une sorte d'autopersuasion qui démentait tout ce que n'importe quel chercheur sait : cette chose recherchée n'existe peut-être plus. C'était la réalité des archives : elles sont toujours incomplètes malgré leur volume, car elles sont constituées de fragments.

— Homme de foi un jour, homme de foi toujours, déclara Stephen à l'autre extrémité de la pièce.

L'antiquaire était entré par la porte du fond et fouillait dans les papiers sur son bureau. Il tomba enfin sur une enveloppe qu'il passa à Patrick, lequel me la tendit distraitement.

— J'ai quelques autres choses que vous aimeriez peut-être regarder, annonça l'antiquaire en inclinant la tête vers la porte.

174

Lorsque je voulus le suivre, Patrick leva la main pour m'arrêter.

— Nous n'en avons que pour quelques minutes.

Je retournai m'asseoir parmi les objets anciens, l'enveloppe sur les genoux, me remémorant l'analogie entre Patrick et mon père qui m'était venue à l'esprit. Je compris vite que les « quelques minutes » allaient jouer les prolongations et, cherchant une distraction, je me mis debout, prenant et reposant des objets, essayant de deviner leur provenance, leur datation, leur valeur, avant de regarder leur prix sur les étiquettes. Une fois que j'eus scanné l'ensemble de ce qui pouvait l'être, je pensai que l'enveloppe que Patrick m'avait tendue était le seul article que je n'avais pas encore examiné sous toutes les coutures. Je la regardai sous la lumière chiche de la boutique et inspectai sa fermeture. Le rabat était simplement replié, je le soulevai d'un doigt et je pus faire tomber le contenu de l'enveloppe dans la paume de ma main. Il y avait trois cartes : deux numérales et une de l'arcane majeur, la Papesse.

Je posai les cartes numérales sur la chaise et retournai celle de la Papesse pour en examiner le verso. Le dos ne représentait pas seulement les étoiles sur un fond de ciel bleu, mais aussi de délicates lignes dorées reliées entre elles – les constellations. Je reconnus le Scorpion et la Balance, les Pléiades et le Cancer ainsi que des scintillements de feuilles d'or suspendues au-dessus d'un contour de la Terre, le monde aussi noir et invisible que la nuit.

Je m'étonnai du manque de flexibilité de la carte sous mes doigts. Instinctivement, je la pliai légèrement, juste pour sentir ce dont Rachel et moi avions parlé, l'étrange rigidité des cartes de ce jeu, et, ce faisant, je sentis l'un des bords se soulever. Le coin supérieur droit s'était détaché du délicat fond bleu et or. Et là, en dessous, je pouvais voir une mèche de cheveux balayée par le vent sur un fond bleu et rose pâle. Je glissai mon ongle avec précaution dans l'interstice et la carte rigide de la Papesse se détacha entièrement, révélant une autre face, celle de Diane la chasseresse, reconnaissable à l'arc qu'elle tenait et au diadème de lune dont elle était coiffée. Un cerf s'abreuvait dans un étang. Au-dessus d'elle, des putti tenaient une collection de flèches et, dans le ciel, était dessinée la constellation du Cancer – le signe astrologique associé à la Lune.

Je me rendis compte que les deux faces avaient été maintenues en place par un mélange de farine et d'eau appliqué sur chaque coin, une substance qui avait séché et qui s'effrita lorsque je l'effleurai délicatement du bout du doigt. La carte que j'avais révélée était lyrique et dramatique dans son exécution. Sa couleur était pâle mais saturée, son imagerie variée et ésotérique. Un mot écrit sur la carte – *trixcaccia* – m'était indéchiffrable. Non pas à cause du lettrage mais de la langue. Une langue qui néanmoins me semblait vaguement familière, un mélange de napolitain et de latin peut-être.

La carte avait le caractère envoûtant que dégagent certaines œuvres d'art, la capacité de vous aimanter, une qualité irrésistible. La première fois que j'avais ressenti quelque chose de semblable, c'était dans une exposition à Seattle, face à une copie soignée dans les moindres détails de la fresque *Vénus et les trois Grâces* de Botticelli, l'originale étant conservée au Louvre. J'aurais pu regarder cette fresque toute la journée, ses silhouettes gracieuses et ses couleurs pastel. La carte dans ma paume avait les mêmes qualités, comme si je m'immergeais dans un bassin de beauté.

Le bruit des pas à l'étage me ramena au présent et je m'empressai d'essayer de recoller les deux faces ensemble. J'eus un court instant l'idée d'humecter à nouveau la farine mais je me rendis compte aussitôt que je prenais le risque d'abîmer la peinture. Il n'y avait aucun moyen de réunir les deux cartes. Il ne me vint pas à l'esprit de remettre l'ensemble dans l'enveloppe ou de faire part de ma découverte à Patrick. Au lieu de cela, je pris mon sac à main, en sortis mon portefeuille que je vidai de son contenu – cartes, pièces, billets, tout ce qui pouvait rayer la surface de la lame –, puis j'y déposai délicatement la carte avant de fermer le zip.

Alors que je reposais mon sac sur le sol et que je rouvrais l'exemplaire de Zola de manière aléatoire, un peu plus loin que la première fois, la porte au fond de la boutique s'ouvrit pour laisser entrer Patrick et Stephen toujours en conciliabule.

— Vous me ferez savoir si vous entendez parler de quelque chose de nouveau ? demanda Patrick.

— Bien sûr, bien sûr, répondit l'antiquaire. Vous serez le premier averti.

Je vis Patrick lui remettre une enveloppe et Stephen lui passer un bout de papier.

— Ne le gardez pas, il vaut mieux ne pas avoir de reçus à portée de main si quelqu'un pose des questions. Mais je comprends que vous en ayez besoin pour le moment.

Patrick hocha la tête, revint vers moi, me tendit le reçu et s'empara de l'enveloppe.

Je jetai un œil sur le reçu qui indiquait : trois cartes de tarots. Je glissai le bout de papier dans mon sac, tout en me demandant combien de temps il me restait avant que Patrick ne se rende compte qu'il n'en restait plus que deux dans l'enveloppe.

Ce fut ma hantise toute la journée. Assise dans la bibliothèque, le cœur battant, je guettais le moment où, immanquablement, Patrick surgirait de son bureau, exigeant de savoir où se trouvait la troisième carte, celle de ma découverte. Il me fut impossible de me concentrer et même lorsque je marchai dans les jardins, essayant de calmer ma respiration précipitée, l'odeur de la lavande et le frôlement des herbes sur ma peau ne parvinrent pas à me calmer.

Rachel me rejoignit au cloître de Bonnefont.

— Il s'est passé quoi, en ville ? demanda-t-elle en sortant une cigarette de son paquet avant de l'allumer.

Ses gestes étaient nerveux et précis.

— Rien. Nous avons récupéré quelques cartes supplémentaires.

— C'est tout ?

— C'est tout.

Je n'étais pas prête à raconter à Rachel, ou à qui que ce soit, ce que j'avais découvert, mais je sentais dans son interrogation quelque chose du domaine de l'urgence, quelque chose qui contractait mes muscles et me faisait rougir.

— D'accord. Parce qu'il est au téléphone et il a l'air furieux, m'informa Rachel en exhalant la fumée de sa cigarette.

Que pouvais-je répondre ? Que ce qui mettait Patrick en colère se trouvait à quelques mètres de son bureau, bien à l'abri dans mon sac ? Ne voulant pas révéler mon secret, j'ai parlé de la seule chose que nous avions toutes deux remarquée sans vraiment l'évoquer :

— Il est tellement à bout de nerfs, si désespéré de trouver quelque chose afin de le montrer à la Morgan... Penses-tu que tout cela commence à lui peser ? Le fait que nous ayons trouvé si peu de choses ? Le fait d'avoir l'impression que nous n'arrivons à rien ?

Rachel me regarda du coin de l'œil brièvement avant d'acquiescer.

— Que dirais-tu de décamper pour le week-end ? dit-elle. On pourrait partir ensemble.

J'avais eu l'intention de passer mes deux jours de repos en tête à tête avec la carte. Et peut-être de dîner avec Leo. Mais Rachel insista :

— Le colloque à la Morgan commence lundi. Ça nous laisse pratiquement trois jours si on décide de partir tout de suite. C'est possible pour toi ?

— Tu as prévu d'aller où ?

— À Long Lake. Au camp.

Pour moi, le terme « camp » désignait un lieu où des enfants apprenaient à tirer à l'arc et à fabriquer des bracelets d'amitié, mais je compris qu'il avait un sens très différent pour Rachel.

— D'accord. Et Patrick ?

— Je m'en occupe. Je vais lui en parler dans deux minutes. Prépare un sac et rejoins-moi à mon appartement. Je t'envoie un SMS avec l'adresse.

— J'y vais, là, maintenant ?

— À moins que tu veuilles rester pour voir comment je vais m'y prendre.

Rachel avait raison. Je sortis mon portable et envoyai un SMS à Leo – une autre fois ? –, même s'il n'avait pas encore donné suite à son invitation lancée à la légère. Je regardai brièvement les trois points gris rebondir sur mon écran, mais je n'attendis pas sa réponse. J'avais besoin de mettre de la distance entre Patrick et moi. Si la carte était un radeau de sauvetage, je savais qu'il n'y aurait pas de place dessus pour nous trois.

Le fait que je croyais que nous irions en voiture dans les Adirondacks, la région où se situait Long Lake, montrait à quel point je n'avais aucune idée de la fortune de Rachel. Lorsque je la retrouvai devant son immeuble, une voiture nous attendait déjà. Le portier de son immeuble la suivait avec un bagage chic en cuir crème qu'il déposa cérémonieusement dans le coffre à côté de mon sac à dos, dans lequel j'avais ajouté mon ordinateur et deux livres de poche. Même s'il était hors de question de le lui avouer, c'était la première fois que je partais pour un week-end entre filles ou que je dormais chez une amie depuis l'école primaire.

On nous déposa à un héliport proche de la West Side Highway, où un autre employé récupéra nos bagages et les déposa dans l'hélicoptère. Puis les pales se mirent à tourner. Je supposai que nous allions atterrir au nord de l'État, mais, quand je fis part de cette réflexion à Rachel, elle rit et me répondit par le micro de son casque :

— Il n'a pas une autonomie suffisante.

Lorsque le pilote se retourna et me sourit, je tâchai de ne pas laisser la honte enflammer mes joues et mon cou.

Après avoir atterri à Long Island, près d'un port d'hydravions, nous montâmes à bord d'un appareil jaune doté de deux grands flotteurs et d'ailes relativement courtes. Deux petites hélices nous propulseraient jusqu'à Long Lake alors que le soleil faisait ses adieux. Rachel s'était glissée avec agilité sur le siège arrière et avait déjà bouclé sa ceinture de sécurité tandis que j'entrais, hésitante, dans la carlingue. Le pilote me tendit un casque et leva le pouce. C'était la première fois que j'embarquais dans un avion aussi petit. Une fois mon casque en place, j'entendis le pilote dire à Rachel :

— Notre temps de vol sera d'environ deux heures et quinze minutes.

Quelques instants plus tard, nous étions dans les airs. Progressivement, les gratte-ciel de Manhattan s'estompèrent dans la brume derrière nous. Lors du vol, le pilote nous indiqua des points de repère – l'immense fleuve Hudson au débit rapide, la chaîne des Catskills, l'hippodrome de Saratogas, le Lake George qui avait accueilli deux fois les Jeux olympiques d'hiver –, puis il se tut quand il entama la descente vers une langue de terre sombre qui en réalité n'était pas une zone terrestre mais l'étendue noire d'encre de Long Lake. Pendant le voyage, je m'étais imaginé à quoi pouvait ressembler le « camp » de Rachel, mais j'étais loin de la réalité.

L'hydravion avançait sur le lac. Au bout d'un long moment, une maison apparut, ainsi qu'un ponton éclairé de lumières blanches et brillantes. C'étaient le seul éclairage à des kilomètres à la ronde. Sur le quai, un homme nous fit des signaux avec un bâton lumineux vert jusqu'à ce que l'hydravion se fût rangé le long du ponton. La porte s'ouvrit et nous débarquâmes. Rachel serra l'homme dans ses bras et entama une conversation avec lui que je n'entendis pas.

Le pilote de l'hydravion me tapota le bras et me fit signe d'enlever mon casque. Après quoi, tous les bruits autour de moi revinrent en force. Je fus surprise de sentir la chair de poule sur mes bras sous l'effet de la brise. Depuis que j'avais emménagé à New York, je n'avais pas connu de nuit d'été vraiment fraîche, et je dormais généralement sans couverture, mon système d'air conditionné étant toujours en panne.

Alors qu'on déchargeait nos bagages, j'observai la maison. À chaque extrémité du toit, deux hautes cheminées au chapeau crénelé s'élevaient, noires dans la nuit. Je distinguai les courbes de la véranda et la délicatesse de sa structure qui s'enroulait tout autour de la maison. Ici et là, un lustre était visible à travers les fenêtres. Je ne comprenais pas comment Rachel pouvait parler de « camp ». C'était un manoir avec des dépendances et un hangar à bateaux. Tout était si clairement ancien que les lumières intérieures qui perçaient les fenêtres en verre flotté avaient une teinte aqueuse. Nous longeâmes le ponton et remontâmes une pente herbeuse. À mesure que nous nous rapprochions de la maison, des cerfs empaillés se dessinaient à l'intérieur sur les murs et les manteaux de cheminée. Il y avait des bois de cerf en quantité.

Quand Rachel monta les marches du perron, le bois craqua, et je distinguai, dans la faible luminosité, l'épaisseur des planches utilisées pour bâtir la demeure. Rachel ne s'arrêta pas dans l'entrée et pénétra directement dans le salon, lambrissé du sol au plafond de pin clair laqué. Les délicates lamelles de bois étaient à ce point polies qu'on avait l'impression d'être à l'intérieur d'un arbre – cela sentait même la résine de pin et la fumée de feu de camp.

Des bibliothèques regorgeaient de livres : des formats de poche à la couverture piquée comme *Conflits de famille* et *La Vallée des poupées* ; des romans de Zane Grey reliés en toile. On trouvait aussi de vieilles boîtes de jeux de dames et de société aux coins écornés, et plusieurs canapés confortables, très légèrement affaissés en leur centre, avec des plaids en cachemire, sûrement quatre fils, sur chacun d'eux. Tout semblait décontracté, en réalité extrêmement étudié, comme seule la classe aisée en a le talent et les moyens.

— Rachel ? lança une voix de femme depuis ce qui s'avéra être la cuisine.

Si le reste de la maison respirait l'ancien, la cuisine était radicalement moderne. Un îlot central et une cuisinière à dix feux ancraient l'espace. Sur la table du petit déjeuner et sur les rebords de fenêtres, des vases débordants de pivoines à différents stades de floraison accompagnés de coupes remplies de bananes et d'oignons. Il régnait une délicieuse odeur de citron et de pêches.

Une femme d'un certain âge, aux cheveux gris et aux rondeurs chaleureuses, étreignit Rachel.

— Le vol s'est bien passé ?

Rachel hocha la tête et se percha sur un tabouret au comptoir.

— Jack a pris vos bagages ?

— Mmmh.

— Je suis Ann, dis-je en lui tendant la main.

Au lieu de me serrer la main, elle m'enveloppa dans ses bras.

— Je suis tellement contente de vous avoir ici toutes les deux ! Autrefois, l'été, la maison était si animée. Mais c'est plus calme désormais. (Elle regarda Rachel et lui tapota la main.) Je suis tellement désolée, ma chérie.

Rachel balaya sa remarque d'un geste de la main.

— Cela fait longtemps, Margaret, que la maison n'est plus comme ça.

— Le temps n'adoucit rien dans certaines circonstances.

Le silence s'installa un moment, puis Margaret lança :

— Bon, je vous ai laissé de quoi grignoter dans le frigo. Mais j'imagine que vous saurez vous débrouiller toutes seules. Nous pouvons faire d'autres provisions au marché si vous voulez, mais Jack ne retourne pas en ville avant demain après-midi.

— Merci, Margaret. Je pense qu'on n'a besoin de rien d'autre.

— Alors, je vous laisse.

Elle enleva son tablier et fit le tour de l'îlot pour étreindre à nouveau Rachel et poser une main chaleureuse sur mon épaule.

— Tu sais où nous trouver.

Après son départ, je lui fis part de mon étonnement :

— J'ai cru que c'était ta mère.

Rachel secoua la tête.

— Notre gouvernante. Elle était déjà à notre service avant ma naissance. Viens, ajouta-t-elle en glissant de son tabouret. Je vais te montrer ta chambre.

Rachel m'entraîna dans le hall, puis à l'assaut d'un large escalier flanqué d'une solide balustrade en pin. Le plafond du hall, du même bois que le reste de la maison, ondulait comme une vague. Au premier étage, Rachel s'arrêta devant la troisième porte à gauche.

— On est seules dans cette partie de la maison. Il y a un escalier identique et une série de chambres dans l'aile ouest, mais on ne l'utilise que lorsqu'on organise une fête ou qu'on a beaucoup d'invités.

Je mémorisai les moindres détails de l'endroit : les panneaux de bois parfaitement imbriqués, le cuivre poli des interrupteurs, les fleurs fraîches dans toutes les pièces et dans la plupart des couloirs. Je n'avais jamais séjourné dans une aussi belle propriété. Ni même dans un hôtel de ce genre. Et Rachel se mouvait dans cet espace avec une désinvolture que je lui enviais. La chambre dans laquelle nous étions entrées était équipée d'un lit à baldaquin et d'une cheminée en brique, d'une enfilade de fenêtres et d'une baie vitrée qui donnait sur une terrasse. À l'extérieur, les environs étaient plongés dans l'obscurité, à l'exception d'un filet de lune qui éclairait le lac.

— C'est calme ici. Pas comme dans les Hamptons ou à Long Island, commenta Rachel. Vraiment très calme. Isolé. Retiré du monde. Ici, personne ne te pose de questions sur tes parents ou sur l'emplacement de ta propriété. Elle appartenait à mes arrière-arrière-grands-parents maternels. À l'époque, personne n'avait envie d'une résidence secondaire dans les Hamptons. Tout le monde venait dans le coin. Ils l'ont construite en 1903. Mon grand-père aimait faire naviguer les petits bateaux sur le lac. Chaque année était organisée une régate qu'on a baptisée de son nom : la régate Henning.

J'avais repéré, parqués dans le hangar à bateaux, de petits voiliers aux coques luisantes dans la lumière réfléchie de la lune.

— Et comme ma mère adorait ce lieu, on venait passer tous nos étés ici.

Même si l'endroit semblait isolé, j'étais reconnaissante de cette solitude, de l'espace que Rachel avait réussi à mettre entre nous et la ville. Mon sac à dos était posé sur le lit. À l'intérieur se trouvait la carte qui avait fait le long voyage du centre-ville au nord de l'État en moins de cinq heures.

Au port d'hydravions, j'avais remarqué que Rachel avait mis son téléphone en mode silencieux. Lorsqu'elle l'avait sorti, le nom de Patrick avait clignoté en haut de l'écran. À ce moment-là, je lui fus reconnaissante de faire tampon entre Patrick et moi, d'alléger la tension grandissante entre nous. Soudain, la longueur de la journée que je venais de vivre me frappa de plein fouet et je ne pus m'empêcher de regarder avec envie le lit, sa courtepointe soigneusement pliée et ses oreillers moelleux.

— Je suis dans la chambre d'à côté, me précisa Rachel, lisant l'épuisement sur mon visage comme si c'était le sien.

Elle referma la porte derrière elle. Je m'assis sur le lit et tentai de discerner le lac plongé dans l'obscurité. L'immense maison était silencieuse, en dehors des craquements du bois qui relâchait la chaleur de la journée.

13

Malgré tout le temps que Rachel et moi avions passé ensemble, nous n'avions jamais été seules avec de longues heures devant nous. Toute notre énergie avait été consacrée à nos recherches. Nous n'étions jamais sorties dîner ou déjeuner, comme le font de vraies amies, si ce n'est pour prendre un cappuccino, une bière, ou pour « emprunter » un voilier. Pourtant, tous ces moments partagés avaient fait naître une amitié. Ainsi, le lendemain matin, nous nous installâmes au comptoir de la cuisine pour boire chacune un café noir, nos pieds nus repliés sous nos cuisses. Rachel se lança dans l'inventaire des célébrités qui avaient séjourné dans la demeure.

— Dans les années 1920, le ministre des Affaires étrangères venait d'Albany en avion pour les week-ends pendant l'été. À plusieurs reprises, mes parents ont prêté la propriété au directeur du MoMA pour la fête du 4 Juillet. Je crois que Dorothy Parker a séjourné ici une fois, parce que j'ai retrouvé un livre de Nancy Mitford, *L'Amour dans un climat froid*, avec son nom inscrit à l'intérieur. En tout cas, j'ai décidé qu'elle était venue ici pour un week-end ou quelque chose comme ça. Et elle a oublié son livre, conclut Rachel en buvant une gorgée de café.

L'idée de cette bâtisse animée par les soirées et les rires m'emplit d'un sentiment nostalgique : quels jeux inhabituels s'étaient-ils joués dans l'ombre des Adirondacks ? Hormis notre discussion et le doux clapotis du lac contre la berge, la cuisine était silencieuse. On pouvait facilement imaginer les invités rassemblés dans la véranda par une fraîche nuit d'été, la musique se perdant dans les bois alentour.

— Tu as souvent amené des amis ici ?

J'imaginais des grappes de filles regroupées autour du comptoir où nous étions assises, tandis que des tranches de bacon crépitaient sur la cuisinière.

Rachel secoua la tête.

— Tu es la première. Je n'ai pas beaucoup d'amies.

Sur ce point, Rachel et moi étions pareilles.

— Et Patrick...

J'avais à peine prononcé son prénom que Rachel se leva pour se diriger vers le réfrigérateur dont elle ouvrit grand la porte.

— Tu veux petit-déjeuner ? demanda-t-elle, changeant de sujet.

— En fait, je n'ai pas très faim.

— Moi non plus. On va au lac ?

Je n'avais pas vu les berges la nuit précédente lorsque nous avions atterri dans l'obscurité, mais j'avais hâte de sentir le soleil sur mes jambes, un livre à la main.

— Ça a l'air super.

On enfila un maillot de bain avant de porter serviettes, livres et parasol coincés sous le bras jusqu'à la bande de sable qui s'étalait le long de la pelouse. De l'autre côté du lac, des grappes de nuages blancs flottaient dans le ciel. On somnola, on lit, on se prélassa. Soudain, Rachel se mit sur le côté pour me regarder, la tête appuyée sur la main, un peu de sable sur la joue. La question qu'elle me posa ensuite donna réalité à ce que je sentais dans mes os depuis le dîner chez Patrick.

— Patrick est-il arrivé à te convaincre de la cartomancie ?

Je ne voulais pas reposer mon livre qui servait d'écran entre le soleil et moi depuis près d'une heure. Une distraction bienvenue, alors que je voulais oublier ce qui m'attendait à mon retour au musée ou même ici dans ma chambre.

— J'aimerais te répondre que non.

Je laissai l'ambiguïté de cette réponse s'installer entre nous.

— Ma mère a eu recours une fois à une diseuse de bonne aventure. Elle est allée dans une échoppe dans Lexington Avenue où on pratiquait la tasséomancie. La femme qui a lu dans les feuilles de thé a refusé de lui révéler ce qu'elle avait vu. C'était trop sombre et trop triste. Ma mère disait toujours qu'elle en avait ri, mais je pense que la peur engendrée par cette prédiction ne l'a jamais quittée.

— Je ne sais pas ce qu'il adviendra de mon existence, répondis-je, et c'est moi qui la vis.

— Je crois que si cela existait, les femmes seraient plus fortes que les hommes sur ce point, commenta Rachel en regardant le lac. Pas parce que les femmes sont intrinsèquement plus intuitives – nous sommes tellement obsédées par l'idée de l'intuition féminine ! Non. Parce que les femmes voient mieux les nouvelles directions que les hommes. Pense par exemple aux textiles. Pendant des siècles, les femmes ont été tisseuses. Elles étaient capables de voir des motifs et de créer à partir de cela de magnifiques compositions. En fait, c'est ce que nous faisons tous les jours : nous tissons notre propre vie. Et nous cherchons où les différents fils nous mènent.

Je songeai aux trois Moires, les divinités grecques censées nous assigner un destin à la naissance. Clotho tisse la toile de notre vie pendant que Lachésis en déroule le fil et qu'Atropos un jour le tranche. Toutes trois décident du destin d'un enfant dès ses premiers jours dans le monde.

— Savais-tu que mes parents étaient morts ici ? lâcha Rachel sans détourner son regard de l'endroit où le vent faisait onduler doucement la surface du lac.

— Non.

L'image de Rachel, seule, orpheline, ne me surprenait pas tant que ça. Il y avait chez elle une totale autonomie et parfois une sorte d'abattement qui confortaient cette révélation.

— Je me demande souvent si la femme l'avait vu dans les feuilles de thé. J'ai essayé de la retrouver. En vain. J'ai demandé à des dizaines d'autres dans le même quartier de me lire l'avenir. Aucune n'avait croisé ma mère. J'apportais une photo d'elle à chaque séance. Maintenant, je n'ai plus de photo d'elle avec moi.

— C'était il y a combien de temps ?

Cette question en valait bien une autre, car aucune n'était appropriée dans cette situation.

— Trois ans.

— Je suis désolée. (Encore un commentaire inepte.) Mon père est décédé l'année dernière.

Rachel se redressa pour me regarder.

— Alors, tu sais, dit-elle.

Je hochai la tête. Les nuages étaient désormais bas dans le ciel, embrassant le sommet des Adirondacks au loin.

— Je crois que certaines personnes sont capables de prédire l'avenir, murmurai-je.

— Je ne sais pas pourquoi quelqu'un voudrait savoir comment son histoire se termine, répondit Rachel.

En fin d'après-midi, un orage traversa le lac, effaçant toute trace de chaleur qui avait donné au haut de mes cuisses un rose intense et brûlant. La fraîcheur, qui traversait désormais les moustiquaires aux fenêtres et qui me fit chercher un pull, me donna envie d'être dehors, dans l'air vivifiant de l'été, loin de tout ce qui se trouvait dans la maison – Rachel, la carte, et même moi.

J'enfilai la paire de chaussures de running que j'avais apportée et j'entendis les charnières de la porte moustiquaire grincer lorsqu'elles se refermèrent dans mon dos. Je l'avais vu depuis la berge du lac – un sentier étroit, peut-être une piste pour le gibier, qui serpentait en direction du nord, loin de la maison qui occupait le bord le plus méridional du lac. Le chemin était envahi d'un entrelacs de feuilles vertes dentelées et de fleurs blanches délicates. Des racines noueuses saillaient du sol, me faisant parfois trébucher. Tout était mouillé par la pluie, et la mousse humide, d'un vert éclatant, faisait briller les pierres du sentier. Je me fis la remarque que je me trouvais bien loin des voies larges, sèches et herbeuses que j'empruntais dans mon enfance, qui ouvraient sur des panoramas vous permettant de suivre votre progression à l'aide de points de repère distincts.

Ici, il n'y en avait aucun, juste un hallier compact de feuillus et une canopée si dense que je perdis rapidement toute possibilité de voir le ciel. Plus j'avançais, plus le chemin s'éloignait de la rive du lac pour s'enfoncer dans la forêt où le sol passait de sec et praticable à gorgé d'eau et marécageux selon les endroits. Malgré tout, je continuai à courir. Je sentais dans ma solitude et les mouvements réguliers de mon corps la distance dont j'avais besoin par rapport à cette journée, par rapport même à l'été.

Rien ne servait de me voiler la face : en cachant la carte à Patrick, je m'étais mise dans une situation délicate ; les risques pour mon travail et mon avenir étaient énormes. Néanmoins, je n'étais pas sûre que ce fût moi qui avais consciemment fait ce choix. Dans la boutique de l'antiquaire, j'avais eu l'impression d'être possédée par quelque chose d'extérieur, comme si l'instinct avait pris le pas sur la logique. Je me rendis compte, alors qu'un autre amas de racines entravait ma progression, que je n'avais ressenti ce même sentiment qu'une seule fois auparavant. Le jour où, en rentrant du campus, j'avais entendu le téléphone dans la cuisine sonner, sonner, sonner encore (ma mère n'ayant jamais branché le répondeur) jusqu'à ce que je réponde et entende une voix à l'autre bout du fil déclarer : « Je suis vraiment désolé de devoir vous annoncer que Jonathan Stilwell est mort. »

Rien d'autre de cette journée ne me revint par la suite, juste le sentiment d'avoir agi d'instinct, d'avoir été incapable de faire la différence entre ce qui s'était réellement passé et la réalité onirique dans laquelle j'étais entrée. Je pouvais me souvenir du bruit sourd lorsque j'avais mis ma voiture au point mort, de la faible sonnerie du téléphone audible depuis l'extérieur, de la sensation du combiné dans ma main. Rien de plus, si ce n'est le caractère inévitable de tout cela.

À cet endroit du chemin, les feuillus se regroupaient en taillis épais, ce qui me fit trébucher et tomber. Je me retrouvai, les genoux éraflés, les paumes couvertes de boue, face à la terre humide et au schiste dur. Je n'aurais su évaluer depuis combien de temps j'étais partie. Suffisamment longtemps pour me rendre compte que je ne savais plus où j'étais ni même quel itinéraire j'avais suivi. Sous la canopée, il m'était impossible de savoir à quelle vitesse le ciel s'était assombri, ou s'il était encore clair.

Je me relevai, brossai les brindilles et la terre sur mes mains et mes genoux et décidai qu'il était temps de revenir en direction de la maison. Tout en marchant, je pensais à la carte qui était dans mon sac, à l'étrange inscription, *trixcaccia*, peinte au recto.

Je cherchai dans ma mémoire – ces archives dispersées et imparfaites – où j'avais pu le voir auparavant. Pendant que je réfléchissais sur le sujet, je me rendis compte que la température baissait et que la lumière diminuait. J'aurais déjà dû atteindre la rive du lac, mais tout ce que je voyais devant moi, c'était le même enchevêtrement d'arbres, la même ondulation de pierres et de sol limoneux, la même mare où le bruit des castors, dont les queues frappaient la surface en signe d'avertissement, résonnait entre les troncs.

Je n'avais jamais eu peur de la nature sauvage, du moins dans l'Ouest où je pouvais marcher à travers champs et apercevoir ma destination. Mais ici la forêt était si dense que je ne voyais qu'à trois mètres, où que mon regard se porte. Les arbres étaient comme une galerie de miroirs, reculant sans cesse dans une similitude parfaite. Je m'arrêtai et pris le temps d'écouter, espérant entendre le rugissement d'un moteur de bateau ou de voiture. Mais le seul son était celui de l'eau qui dégouttait des feuilles des arbres, un bruit intermittent et exaspérant. Devant moi, le sentier continuait, immuable, aucune bifurcation ou possibilité de faire une boucle. Je continuai donc à avancer, escomptant l'étendue de pelouse devant la maison, le hangar à bateaux, le lac, n'importe quoi.

Rapidement, la nuit tomba. Pas de doute : la fraîcheur nocturne se frayait un chemin à travers les arbres. Et même si mes yeux s'adaptaient un peu à l'obscurité, je me retrouvais néanmoins à trébucher souvent et à tendre la main pour me rattraper à un rocher, à un arbuste, à tout ce qui pouvait m'aider à garder l'équilibre. Le froid et l'obscurité n'étaient pas le pire. Le pire, c'étaient les ombres, la puissance des ténèbres qui se déplaçaient comme des apparitions, si rapidement que je ne pouvais être sûre de leur réalité. Et avec elles, la peur. Pas seulement celle apportée par la nuit et tout ce qui se trouvait dans la forêt avec moi, mais aussi la peur de mes décisions – cacher la carte de tarot, laisser derrière moi l'État de Washington et ses prairies herbeuses à perte de vue, même avoir accepté de venir travailler au musée. Et, derrière tout cela, la peur que toutes ces décisions n'aient pas été prises par moi en premier lieu.

Je m'arrêtai une fois encore, comprenant que j'avais perdu mon chemin. Je ne pouvais pas continuer jusqu'au matin, jusqu'au lever du soleil, qui me permettrait de m'orienter. Je n'avais plus d'autre choix. Je me suis assise sur le sol humide, les genoux serrés contre la poitrine, adossée à un tronc à l'écorce rugueuse qui se détachait en lambeaux. L'humidité s'infiltra dans mes os, je claquai des dents à intervalles réguliers et incontrôlables. Seule la nécessité de résister au froid jusqu'au lendemain matin occupait mes pensées.

Jamais je ne sus le temps qu'il lui fallut pour me retrouver, mais, lorsque Rachel apparut au loin, j'avais tellement froid que je n'arrivai pas à articuler le moindre mot pour attirer son attention. Cela n'eut aucune importance. Elle vit immédiatement avec sa lampe torche mes chaussures blanches désormais recouvertes de boue et de taches vertes.

— Oh, mon Dieu, Ann.

Lorsqu'elle m'eut rejointe, Rachel entoura mes épaules de la veste qu'elle avait apportée, s'accroupit à côté de moi et entoura ma taille de son bras.

— Tu peux te tenir debout ?

Il s'avéra que j'en étais capable, même si je vacillais. La veste était un réconfort bienvenu, mais c'était la chaleur corporelle que Rachel dégageait qui me réchauffa le plus alors que nous prenions le chemin du retour. Au bout de quelques minutes, mon pas se fit un peu plus assuré du moment que Rachel restait à côté de moi.

— Tout va bien, me dit-elle alors que la lampe torche éclairait le sentier devant nous. C'est le bon chemin. Tu peux me faire confiance.

Même lorsque je me sentis mieux, réchauffée et assez stable pour marcher seule, je ne voulus pas la lâcher. Comme si elle était un fantôme qui aurait disparu si nos corps cessaient de se toucher. Au bout d'une trentaine de minutes, je vis les lumières de la maison, les courbes de la véranda, et surtout je perçus la différence entre ce qui était réel – nos corps, la carte de tarot, la maison – et ce qui ne l'était pas : mon souvenir des ombres de la nuit, peut-être même mes souvenirs des nuits d'antan.

*

— Il faut que je te montre quelque chose, dis-je.

J'essorais mes cheveux à l'aide d'une serviette après avoir passé ce qui m'avait semblé une heure sous la douche à frotter la saleté et les gravillons incrustés dans mes mains et mes genoux.

Rachel était assise sur mon lit. Elle avait allumé un feu dans la cheminée pendant que je me trouvais dans la salle de bains. Il était bien plus que minuit et le seul bruit dans la maison provenait du crépitement de la sève léchée par les flammes.

Si je devais mettre précisément le doigt sur le moment où ma loyauté pour Rachel surpassa celle que j'éprouvais pour Patrick, ce serait cette nuit-là. Cet instant où je décidai que j'avais besoin d'elle pour confirmer ce que j'avais déjà commencé à élaborer dans la forêt. Je sortis la carte de mon sac et sa face trompeuse. Je les posai sur le lit à côté d'elle avec le mot *trixcaccia* qui sautait aux yeux. Il semblait, à bien des égards, être inventé de toutes pièces. Un simple assemblage de consonnes et de voyelles. Pourtant, j'avais déjà compris que le suffixe avait été transformé en préfixe, le mot découpé et réassemblé. C'était un code. Un code que j'avais déjà vu. Je repris mon sac et fouillai à l'intérieur jusqu'à ce que je trouve le dossier qui contenait la transcription de Richard Lingraf, le passage que ni mon père ni moi n'avions pu déchiffrer, et je le posai à côté des deux cartes.

Rachel ne prononça pas un mot, elle se saisit de la carte et en regarda le dos avant de se tourner vers moi.

— C'est ce que Patrick est allé chercher l'autre jour ?

Je ne pouvais pas ignorer l'accusation et le sous-entendu dans sa question. À savoir que Patrick ne lui avait pas dit ce que nous avions récupéré chez l'antiquaire et que c'était peut-être la raison pour laquelle il était tellement en colère.

— Pas exactement, dis-je en replaçant la face trompeuse sur celle que j'avais mise au jour. Les autres tarots que Patrick a récupérés ressemblaient à celui-ci. Pendant qu'il se trouvait avec Stephen dans la pièce du haut, j'ai examiné cette carte, celle de la Papesse. En la palpant, même si j'aurais dû m'en abstenir de crainte de craqueler la peinture, la rigidité m'a paru suspecte. Ce faisant, l'un des coins supérieurs s'est décollé, c'est comme cela que j'ai vu qu'il y avait une autre carte. Précautionneusement, j'ai utilisé mon ongle pour séparer les deux lames maintenues ensemble par une colle composée de farine mélangée à de l'eau. Et voilà ce qui est apparu, conclus-je en déplaçant la face trompeuse.

— Diane, dit Rachel en regardant la carte. La chasseresse.

J'ai acquiescé d'un simple hochement de tête.

— Et les autres cartes ?

— Je n'ai pas eu le temps de les regarder.

Rachel garda les yeux fixés sur le tarot, comme si elle le mémorisait.

— Est-ce qu'il le sait ? demanda-t-elle en levant enfin les yeux pour croiser mon regard.

— Non. Il n'y a que toi.

— Parfait. À moins qu'il n'ait déjà compris…, ajouta Rachel en secouant la tête. Il ne t'a fallu que quelques minutes pour te rendre compte de cette anomalie. Comment aurait-il pu les avoir depuis si longtemps et ne pas avoir fait cette même découverte ?

— Tu penses qu'il sait déjà qu'une des cartes de Stephen a disparu ?

Rachel haussa les épaules.

— Il m'a dit que Stephen s'efforçait de lui procurer un jeu complet. Que celui-ci avait trouvé quelques lames supplémentaires qu'il recevrait dans les prochains jours et qui correspondaient à la même série qu'il nous avait déjà vendue. Je ne sais donc pas si ces cartes vont finir de la compléter ou bien s'il y en aura encore d'autres. Lorsque je suis allée dans son bureau vendredi pour l'informer de notre départ en week-end, je n'ai pas eu l'impression que Patrick parlait au téléphone avec Stephen.

Je me sentais soulagée que Patrick m'eût confié le reçu. Il n'avait aucune trace de ce que Stephen lui avait vendu, même si l'antiquaire avait sans aucun doute consigné cette vente dans son registre ou ses dossiers.

— La chasseresse, répéta Rachel, cette fois plus doucement. *Diana Venatrix.*

Je baissai les yeux sur la carte alors que les mots de Rachel résonnaient à mes oreilles. *Venatrix* était le mot latin pour chasseresse ; en italien, on disait *cacciatrice*. Lorsque j'avais regardé la transcription faite par mon tuteur, j'avais pensé reconnaître des bribes de latin, ici ou là. Mais traduire sans avoir de clé était impossible. Je compris que cette carte de tarot allait être notre sésame : une image de Diane en tant que chasseresse accompagnée d'un mot à l'orthographe étrange.

Je sortis de mon sac un bloc-notes sur lequel j'écrivis *trixcaccia*, puis *venatrix* et enfin *cacciatrice*. Je pouvais voir la façon dont le suffixe latin (trix) avait été combiné avec le préfixe italien (caccia). Pour traduire la transcription de Richard Lingraf, il me suffisait de repérer les préfixes et les suffixes italiens et latins standard.

Cette manière de procéder, cette analyse grammaticale particulière n'était pas la mienne mais celle de mon père. C'est ainsi qu'il avait reconstitué d'autres langues pendant des années. Partant d'un texte original, il commençait par un seul mot qu'il déchiffrait, construisant ensuite laborieusement le texte, phrase après phrase. Et voilà que j'utilisais la même méthode pour traduire une langue qui lui avait échappé, qui avait échappé aussi à Lingraf.

— La chasseresse, répéta Rachel en lisant ce que j'avais écrit sur mon bloc-notes.

Je repris la transcription de Lingraf et je me mis au travail. À nous deux, il nous fallut la nuit pour traduire juste cette page.

Assises l'une à côté de l'autre sur le sol, nous progressions mot à mot, comme mon père et moi autrefois. Nous prîmes comme hypothèse que la grammaire était d'origine romane et que le code avait été élaboré par un aristocrate de la Renaissance, soucieux de garder le secret. Notre hypothèse se révéla juste. Grâce aux compétences approfondies de Rachel en latin et à ma maîtrise de l'italien, nous pûmes mettre au jour la teneur du document – une brève lettre d'un père, probablement un membre d'une famille dirigeante, adressée à sa fille. Le contenu en était le suivant :

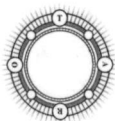

Ma très chère fille. Je vous ai envoyé un jeu de cartes que j'ai en ma possession depuis un certain temps. Elles vous apporteront, je l'espère, la lumière qu'elles m'ont permis de recevoir. Avec ces cartes, vous en saurez peut-être plus que vous ne le souhaitez. Vous croyez peut-être que le libre arbitre nous a été accordé, mais ces cartes vous rappelleront que nos destins sont écrits dans les étoiles. Sachez, ma fille, que je vous envoie ces cartes en craignant non seulement qu'elles ne vous montrent l'avenir, mais encore qu'elles veillent à ce qu'il se déroule ainsi. Vous devez y être préparée, l'accepter. Et que vos désirs se conforment à la volonté des cartes, car seule celle-ci régnera.

14

Nous étions tellement épuisées après la nuit que nous venions de passer que nous ouvrîmes un œil au moment où le soleil parvenait au zénith. On finit par s'extirper de mon lit dans lequel nous nous étions endormies, entourées de notes et de livres. À peine debout, on repassa à la position allongée sur des transats disposés sur la pelouse, laissant les rayons du soleil réchauffer nos membres, tout en regardant la brise transformer la surface du lac en crêtes moutonnantes.

Nous étions heureuses de nous trouver dans un endroit où nous pouvions parler librement de notre découverte. Où personne, ni Moira, ni Patrick, ni même Leo, ne pouvait entendre nos théories les plus folles sur la carte et son origine. Ce qui était clair, c'est que nous avions trouvé – j'avais trouvé – la lame qui prouvait que la divination avait été un des objectifs initiaux de ce jeu de cartes. Nous ne connaissions pas, en revanche, son origine et son époque. Le document que possédait Lingraf ne mentionnait aucune attribution, aucune note qui aurait pu nous éclairer. L'illustration datait presque certainement de la Renaissance – tout, du sujet à son exécution, en témoignait. Mais elle pouvait provenir de Milan, Rome,

Florence, Venise, voire d'ailleurs. Le seul indice que nous avions était une photocopie en noir et blanc d'un sceau partiel : l'aile et le bec d'un aigle. Même l'affirmation de Stephen selon laquelle les cartes provenaient de Mantoue n'avait pas grande valeur historique, tant de siècles plus tard.

Ce n'était pas grave. Nous fûmes, pendant un moment, délicieusement heureuses de notre découverte. Et pour moi, il y avait une certaine sécurité à la partager avec Rachel, une diminution de ma vulnérabilité : nous avions un secret en commun.

Je me levai et m'étirai.

— Je vais aller chercher un en-cas, tu veux quelque chose ?

Rachel secoua la tête sans lever les yeux de son livre, qui projetait une longue ombre sur son visage et dans l'herbe. La bague qu'elle portait, le bélier qui correspondait au mien, brillait au soleil.

Rachel était plus insouciante, plus détendue, ici. Ces deux derniers jours avaient été les seules fois où je l'avais vue vraiment s'amuser, sauf peut-être le jour de notre escapade en voilier sur le fleuve. Quand Patrick était dans les parages, elle restait professionnelle, toujours sur la réserve.

Je traversai la bibliothèque lambrissée pour gagner la cuisine où Margaret disposait des hortensias blancs dans un vase en céramique.

— Elles viennent du marché, expliqua-t-elle en enlevant des feuilles avec un couteau de cuisine. Je peux vous aider ?

Quand j'étais adolescente, personne ne m'avait appris à cuisiner. Je mangeais juste les restes de la cantine que

ma mère rapportait chez nous recouverts de papier alumi-
nium, après ses heures de service à Whitman. Sinon, j'ou-
vrais les placards et les tiroirs pour me préparer tant bien
que mal un petit déjeuner ou un dîner. Il n'y avait jamais
eu dans le réfrigérateur de barquettes étiquetées et remplies de fruits coupés en dés ou de légumes émincés. Et il
n'y avait jamais eu de Margaret, une figure maternelle, qui
aurait mis de côté son travail pour vous proposer son aide.

— Je ne veux pas vous déranger, je voulais juste manger un morceau.

Depuis notre lever, ni Rachel ni moi n'avions eu le
courage de nous arracher à la pelouse pour avaler quelque
chose. Rachel avait allumé une cigarette en déclarant que
ça lui suffisait.

— Que diriez-vous d'un sandwich ? suggéra Margaret
en étudiant le contenu du réfrigérateur. Je suis allée chercher du pain au marché ce matin.

Elle sortit plusieurs ingrédients et les posa sur le
comptoir.

— Vous avez du travail, je peux m'en occuper.

— Je le sais bien. Mais ne préférez-vous pas que je
m'en charge ?

Déjà, elle tranchait en deux la miche de pain d'une
main ferme et assurée, un geste qui me fit comprendre
qu'elle avait raison. Mieux valait la laisser faire.

— Merci, dis-je en me perchant sur un tabouret.

— On dirait que vous vous amusez bien toutes les
deux, à bronzer et à lire, dit Margaret en plantant son couteau dans un pot en grès vernissé qui contenait de la moutarde. C'est agréable de voir Rachel s'amuser à nouveau.

J'hésitai à mentionner ce qui s'était passé entre nous
depuis mon arrivée. Que Rachel m'avait sauvée et que

203

j'étais au courant du décès de ses parents. Mais quelque chose chez Margaret m'incitait à me confier. Peut-être sa manière de parler, comme si chaque phrase était confidentielle et donnait l'impression d'une conversation privilégiée entre nous.

— Elle m'a raconté pour ses parents, me risquai-je à dire.

— Ah oui ? (Margaret parut surprise, puis poussa un soupir résigné.) Je pensais qu'elle ne reviendrait plus jamais dans cette maison après ce qui s'y était passé.

Je voulais en connaître davantage. J'avais constaté que les détails contribuent à donner à un événement une épaisseur, et à l'horreur une réalité. Même si, personnellement, certains détails de mes pires journées restaient insaisissables. Margaret me regarda de l'autre côté du comptoir, puis s'essuya les mains sur son tablier avant d'arracher plusieurs feuilles d'un cœur de laitue.

— Les parents de Rachel aimaient naviguer vers le nord du lac le soir, reprit-elle. Et dîner dans un petit restaurant les pieds dans l'eau. Il est encore ouvert aujourd'hui. Après, ils rentraient par le même chemin. Dans un de ces minuscules voiliers. (Elle secoua la tête.) À peine assez grand pour deux personnes et, ce soir-là, ils avaient décidé de s'y entasser à trois et de traverser le lac. Le vent n'était pas particulièrement fort. Je les ai même vus tirer des bords, mais c'était habituel avant l'orage. Dans la soirée, le vent a forci. Pourquoi ont-ils rembarqué dans ce petit bateau après le dîner ? Je ne sais pas, mais c'est ce qu'ils ont fait. Pour retraverser le lac. Comme à 22 heures je ne les voyais pas revenir, j'ai envoyé Jack à leur recherche avec le bateau à moteur. Au bout de quelques heures, il a trouvé le voilier. Retourné au milieu du lac. Aucune trace de Rachel ou de ses parents. Jack a aussitôt contacté le shérif du comté de Hamilton par radio…

— Rachel était avec ses parents ?

— Oui. Ils ont organisé des fouilles de grande ampleur et l'ont découverte le lendemain matin, inconsciente sur le rivage. Pour les parents, les recherches ont duré plusieurs jours. Ils ont bouclé la zone du lac et dragué le fond. Enfin on les a retrouvés dans une crique. Le vent cette nuit-là… (Elle marqua une pause.) La tempête était si violente que les vagues ont submergé le voilier. Il n'y avait qu'un seul gilet de sauvetage à bord. Celui que portait Rachel. Certains pensent que ses parents avaient enlevé les deux autres pour pouvoir tenir à trois dans le cockpit. Rachel, apparemment, ne se souvient de rien ou presque. Seulement que le voilier s'est retourné. Le shérif pense qu'elle a été frappée par le mât et qu'ils se trouvaient près de la berge quand elle a été éjectée par-dessus bord. Personne ne sait vraiment ce qui s'est passé. C'était la première noyade à Long Lake en près de cinq ans.

Je songeai que les eaux étaient sombres et la propriété isolée – à l'extrémité du lac, à des kilomètres des autres habitations. Bien sûr, ce ne pouvait être qu'un accident : Rachel avait perdu ses deux parents en même temps. Mais je me rappelais son expression le jour où nous avions volé le bateau, la maîtrise avec laquelle elle avait manié les bouts et manœuvré sur l'Hudson, les cheveux au vent, les joues rougies par le soleil, le sourire aux lèvres. Je me demandai si j'aurais pu continuer à pratiquer le sport qui avait coûté la vie à mes parents.

— C'est la première fois qu'elle est de retour depuis le drame ?

— Non. Au début, c'était uniquement pour gérer la situation avec la police locale. Ensuite, elle n'est pas revenue pendant un long moment. L'été dernier, elle a amené un homme plus âgé avec qui elle travaillait.

— Patrick.

— Oui, Patrick. Un homme charmant. Un peu vieux pour elle. Mais évidemment, avec la perte de ses parents et tout le reste, qui serait-on pour la juger ?

Je hochai la tête. La relation de Rachel avec Patrick semblait soudain plus logique. Il lui avait apporté la sécurité qu'elle avait brutalement perdue.

Margaret se pencha par-dessus le comptoir et baissa la voix.

— Et tout est en fidéicommis, vous savez. Rachel ne touchera rien avant ses trente ans. Ça a été une surprise. Même si elle n'était pas très proche de ses parents. Elle s'est disputée avec eux le fameux soir et je crois que ce souvenir la hante. Son trentième anniversaire n'est que dans quelques années, et nous nous demandons ce qu'elle va faire de la maison. Va-t-elle la garder ? Même chose pour l'appartement de ses parents. Elle ne peut pas non plus le vendre avant ses trente ans. Alors il reste vide, quelques étages au-dessus d'elle à Manhattan. Pauvre petite. À sa place, j'aurais déménagé, ajouta Margaret sur le ton de la confidence. Tout ça, c'est beaucoup d'argent, vous savez. Sa mère était ce qu'on appelait communément une héritière, et son père, eh bien, il avait aussi une très belle situation. En ce moment, elle vit grâce à une allocation qui est administrée par l'avocat de la famille. C'est lui qui nous verse nos salaires et qui règle toutes les factures pour la propriété. Nous attendons de savoir ce que Rachel va décider, de connaître ses intentions.

Margaret poussa le sandwich vers moi. Il était plus gros que je l'avais imaginé, plein de laitue fraîche et craquante, garni de poulet rôti et de rondelles de tomates anciennes.

— Merci.

Sur la pelouse, Rachel regardait l'eau. Des nuages s'amoncelaient au bord du lac.

— Encore un orage d'été qui s'annonce, dis-je en m'asseyant en face d'elle pour poser l'assiette devant moi.

— Ça a l'air bon, commenta-t-elle.

Et soudain, elle coupa le sandwich en deux sans me demander mon avis et mordit dans sa moitié – une traînée de moutarde macula sa joue.

Nous mangeâmes en silence jusqu'à ce qu'un coup de tonnerre fracasse le ciel. Les nuages noirs formaient un voile sombre qui s'étirait vers nous.

— Ça me manque, ces changements brusques de temps quand je suis à New York.

— Ce n'est pas trop dur ?

La question m'avait échappé.

— Margaret t'a tout raconté, n'est-ce pas ? soupira Rachel. Je préfère ne pas entrer dans les détails. Je n'aime pas ça. Chaque fois, c'est comme si je revivais la scène. Je sens encore le froid glacial qui m'a envahie cette nuit-là.

Je lui pressai le bras pour lui apporter un peu de réconfort. Les mots ne pouvaient pas colmater l'absence. Mais je savais ce que signifiait perdre un parent. Et, depuis hier, de ressentir un tel froid.

— C'est la seule chose dont je me souvienne. Le froid. Les gens me demandent toujours des détails, mais notre mémoire nous protège de nos pires souvenirs.

Je hochai la tête. Moi aussi, je ne me souvenais que de quelques détails concernant le jour où mon père mourut.

— Vous étiez proches, ton père et toi ? me demanda Rachel.

— Il me ressemblait. Je lui ressemblais. Parfois, je crois que ma mère était frustrée de notre complicité. Elle ne nous comprenait pas toujours.

— Mes parents non plus ne me comprenaient pas toujours. J'ai longtemps cru qu'on finirait par s'entendre pourtant. Mais je pense que je ne répondais pas à leurs critères. Ils voulaient une fille plus insouciante, plus drôle. Moins sérieuse.

— Je crois que ma mère aurait voulu une fille moins ambitieuse, dis-je.

C'était vrai. J'avais toujours eu l'impression qu'elle voyait mon ambition comme un reproche à son égard. C'était peut-être le cas.

— Ces attentes parentales sont lourdes à porter, ajouta Rachel. Les miens ont toujours pensé que je sortirais du tarot, du monde universitaire. Ils ont essayé de me motiver – c'était le verbe qu'ils utilisaient – pour que je démissionne, et que je me mette à collecter des fonds pour une organisation caritative. Ils souhaitaient que je me marie jeune et que j'entreprenne ce qu'ils ne pouvaient pas faire : avoir plus d'enfants.

— Ils voulaient financer cette nouvelle vie ?

— C'était plutôt qu'ils comptaient me soutenir moins financièrement si je continuais dans la voie que je m'étais choisie. La vie, une fois les parents partis, c'est comme passer l'éponge.

— Mais à quel prix !

Rachel hocha la tête et se perdit dans la contemplation du lac. Lorsqu'elle regardait ce paysage, voyait-elle chaque fois le bateau brisé, la tempête qui avait bouleversé son existence ?

Mais je savais qu'avec le temps, on pouvait revenir sur les lieux d'un drame.

Au moment où nous finissions la dernière bouchée du sandwich, la pluie se rapprocha. Des rafales fouettèrent les pages de nos livres. L'orage s'abattit sur nous, les branches des plus grands ormes raclaient le toit en bardeaux de la maison. Nous nous réfugiâmes à l'intérieur, sachant que l'orage passerait suffisamment rapidement pour qu'il n'y ait aucun problème lorsque notre hydravion atterrirait dans une heure pour nous ramener en ville dans un ciel orangé, celui du coucher de soleil.

Avec le recul, il aurait été sage de mettre fin à mon emploi au musée à ce moment-là. De ne jamais retourner à New York, de simplement faire mon sac et de laisser le reste dans le studio que je sous-louais. Mais aujourd'hui, je sais que le choix ne m'appartenait pas.

Lorsqu'on atterrit à Long Island, Rachel se tourna vers moi et me dit :

— Pourquoi ne resterais-tu pas le reste de l'été chez moi ?

Et parce qu'il me semblait que nous n'étions pas seulement liées par l'affaire qui nous occupait, mais aussi par tout le reste, je répondis oui sans hésiter. Après tout, pourquoi aurais-je refusé ? Pour rester dans mon appartement exigu alors que Rachel m'offrait une sortie de secours ?

— J'ai largement la place, précisa Rachel tandis que nous montions dans la voiture qui nous attendait. Et nous allons tous les jours travailler au même endroit. J'ai vu ton immeuble. On dirait que l'air conditionné est en option. Je sais que nous sommes déjà en août et que j'aurais dû te le proposer plus tôt, mais…

Elle n'avait pas besoin de me convaincre de sa décision. À bien des égards, nous nous sentions déjà comme des colocataires, comme des jumelles qui auraient vécu la même expérience à des milliers de kilomètres de distance.

— Prends la voiture et rapporte les affaires dont tu as besoin, précisa-t-elle en me regardant alors que nous étions sur la 12e Avenue. Je vais demander à notre concierge de te faire un double des clés.

Même si nous ne nous connaissions que depuis un peu plus de deux mois, j'avais été frappée de me rendre compte que j'avais passé davantage de temps avec Rachel qu'avec n'importe qui d'autre en dehors de ma propre famille. Une famille avec laquelle j'aurais volontiers coupé un peu le cordon si j'avais eu les moyens de vivre sur le campus. Et les amitiés tout au long de mes études avaient été difficiles à construire, en particulier lorsqu'il était devenu évident que je préférais apprendre des langues qui ne servaient pas à grand-chose plutôt qu'aller à des fêtes ou m'entasser avec dix filles sur un seul lit dans une même chambre – de quoi rendre claustrophobe. Rachel s'en moquait. Car nous étions semblables. Même si nous étions différentes à bien des égards, les mêmes passions nous animaient.

Arrivée dans mon studio, je rangeai mes vêtements et mes livres dans le sac que j'avais apporté de Walla Walla et le reste des traductions de mon père dans une chemise en carton. La nourriture qui restait dans le minuscule frigo finit à la poubelle. Je glissai la clé dans ma poche et je restai un moment dans le hall d'entrée sous la lumière vacillante des néons, me demandant si j'y reviendrais un jour.

Lorsque le chauffeur me déposa à l'appartement de Rachel, un trois pièces dans le quartier chic de l'Upper West Side, je me remémorai l'expérience que je venais de vivre à Long Lake. Rachel était riche. L'appartement avait une vue imprenable sur Central Park, une terrasse avec des jardinières débordantes de fleurs, du parquet dans toutes les pièces et il y avait un réfrigérateur bleu ciel laqué avec une poignée vintage. L'endroit n'était pas gigantesque mais suffisamment spacieux. Et elle y vivait seule.

J'appréciai qu'elle n'ait pas cherché à minimiser ou à justifier le charme de son appartement. Ou qu'elle n'ait pas dit : « Ne fais pas attention au désordre, je n'ai pas eu le temps de faire le ménage. » Ou encore : « Ce n'est pas moi qui l'ai choisi, c'était celui de ma grand-mère. » Elle me fit simplement entrer, m'indiqua le vide-poches où déposer mes clés, me montra la chambre d'amis, où je laissai mon sac.

La cuisine et le salon étaient un vaste espace ouvert, que séparait une table à manger en marqueterie ancienne agrémentée d'éraflures en grand nombre. J'appréciai le fait que les imperfections étaient bienvenues, même si l'ensemble de l'appartement était par ailleurs impeccable. Je me surpris à laisser ma main s'attarder sur les matériaux : le bois lisse, le cuir souple, l'argent raffiné des cadres photographiques – tout était frais au toucher. Je me dirigeai ensuite vers les baies vitrées qui donnaient sur Central Park. Je vis en contrebas la file ininterrompue de taxis et de gens qui entraient et sortaient du parc verdoyant. Dans l'appartement de Rachel, l'air conditionné émettait un doux ronronnement.

— Avant que tu te poses la question, m'annonça Rachel, mes parents vivaient dans le même immeuble. Au dernier étage. C'est là où j'ai grandi. Et, non, je n'ai pas acheté ce trois pièces moi-même. Mes parents en ont fait l'acquisition quand j'étais encore à l'école primaire. C'était un investissement.

— Je n'allais rien te demander.

— D'habitude, les gens veulent savoir.

— C'est à toi, Rachel, de décider ce que tu veux partager.

— Je sais, a-t-elle a répondu en franchissant l'espace qui nous séparait pour me serrer dans ses bras, plus fort encore qu'elle ne l'avait fait à notre première rencontre. Je ne veux pas que nous ayons des secrets l'une pour l'autre, a-t-elle conclu.

15

Le lendemain matin, je me rendis pour la première fois à la Morgan Library, une bibliothèque et un musée prestigieux nichés dans un hôtel particulier en grès brun datant du XIXᵉ siècle situé dans Madison Avenue, qui abritait, dans ses salles à dorures, des manuscrits rares, des ébauches originales de symphonies de Mozart et des dessins de Rubens. En 2006, une importante campagne de collecte de fonds avait permis l'ajout d'une annexe moderne, comprenant un atrium en verre et un auditorium. Ce jour-là, l'atrium était bondé d'universitaires et d'éminentes figures du monde de l'art, venus pour le colloque annuel de la Morgan, intitulé cette année : « L'art et l'occulte : la divination dans l'Europe du début de l'ère moderne ». Rachel et moi étions arrivées ensemble. Patrick nous avait dit qu'il nous retrouverait sur place.

La Morgan Library était fermée au public et l'atmosphère s'avérait celle d'un entre-soi – tout le monde se saluait d'un signe de main ou en levant son mug de café. Des groupes de femmes élégantes en jupes crayons noires, le cou orné de colliers, des hommes arborant un nœud papillon et d'autres en tenues savamment négligées. Partout, des gens qui se connaissaient échangeaient les derniers potins sur des gens qu'ils ne connaissaient pas. Si j'avais pu écouter une seule conversation, j'aurais été sûre de découvrir un dialecte singulier, une liste très fermée de noms, de lieux et de conférences destinée à exclure tout individu assez effronté pour essayer d'entrer dans leur cercle. Depuis le bar à café, on entendait le ronronnement d'un mousseur à lait La Marzocco.

Je reconnus plusieurs visages et me rendis rapidement compte que ma candidature pour un doctorat avait été refusée par au moins dix des personnes présentes. Les refus s'avéraient plutôt subjectifs, aussi me demandai-je combien seraient prêtes à revoir leur opinion sur moi, sur mon travail, à la fin de l'été, après que Rachel et moi aurons trouvé la meilleure manière d'annoncer la nouvelle de notre découverte.

La liste des intervenants de la journée comprenait des sommités et de futures stars de l'université. Une invitation à la Morgan était une preuve de réussite. Des professeurs de Chicago et de Duke allaient discourir sur la prophétie dans les évangiles carolingiens et le culte féminin dans le mysticisme médiéval. Des exposés étaient prévus sur l'histoire des dés et l'horoscope pour enfants d'Isabelle d'Este ; le rôle de l'astrologie et de la géomancie ; les présages et les superstitions ; l'interprétation des rêves. Nous étions surtout venues écouter le discours de Herb Diebold sur le tarot et la séance de questions-réponses que Patrick devait animer.

Aruna était présente, elle aussi. Elle nous rejoignit et nous murmura avec un air conspirateur :

— Je pensais bien vous trouver ici, toutes les deux.

— Oui, nous ne l'aurions manqué pour rien au monde, dis-je.

— Et Patrick ne nous aurait pas laissées faire, ajouta Rachel si doucement que je ne fus pas sûre qu'Aruna l'ait entendue.

Aruna lissa sa robe en crêpe de soie blanche, agrémentée de larges poches carrées sur le devant. Le genre de tenue qui aurait fait négligé sur n'importe quelle autre femme, mais qui sur elle représentait le summum de l'élégance.

— Avez-vous eu l'occasion depuis votre arrivée de parler à une autre de ces commères de ce qui nous attend aujourd'hui ? demanda Aruna.

— Je crois qu'elles préfèrent qu'on les qualifie de savantes, répondit Rachel.

Avant qu'Aruna puisse répondre, nous avons été interrompues par un homme de grande taille au teint olivâtre très hâlé, qui embrassa Rachel sur les deux joues.

— Elle a raison, tu sais, dit-il. Nous préférons le terme de savants, bien que le qualificatif de « commères » soit peut-être plus juste.

— Je pensais que tu passais l'été à Berlin ? demanda Rachel, ses mots étouffés contre la joue de son interlocuteur.

Je savais qu'il s'agissait de Marcel Lyonnais, professeur à Harvard, reconnu notamment pour sa typologie novatrice des symboles au début de l'ère moderne italienne. Et réputé aussi pour avoir abandonné sa femme et trois enfants pour une de ses étudiantes de maîtrise, Lizzy, de plusieurs décennies sa cadette.

— En effet. C'est le cas. Je suis juste ici pour quelques jours. Je passe du temps avec Lizzy. Elle se sent un peu délaissée…, ajouta-t-il sans finir sa phrase.

Marcel reporta son attention sur moi à contrecœur.

— J'imagine que vous êtes ?...

Je lui tendis une main, qu'il serra dans sa paume douce.

— Ann.

Je voulais développer, lui faire comprendre que moi aussi, j'appartenais à l'élite, que j'étais un atout précieux, mais, autour de nous, la mer d'invités se dirigeait vers l'escalier, signe que le temps de la socialisation reprendrait à la fin des conférences. Et alors que les épaules se bousculaient devant moi, une silhouette me sembla familière. Au début, je ne la reconnus pas, comme on peine à identifier un visage sorti de son environnement habituel, mais, soudain, je tendis la main vers son bras.

— Laure ?

Laure était entrée à Whitman deux ans avant moi et elle était la personne qui se rapprochait le plus d'une amie. Et parfois d'un mentor. J'imaginais qu'elle avait sans doute eu la même influence sur d'autres élèves. Étudiante en art contemporain, son style très personnel et son intelligence vive faisaient bien comprendre à tout le monde qu'elle ne s'enterrerait pas à Walla Walla ni même à Seattle, d'où elle était originaire. À l'époque, elle laissait dans son sillage une légère odeur de marijuana et traînait derrière elle une cour de garçons punk qui ne la lâchaient pas d'une semelle.

— Ann ! Tu es à New York ?

Elle se jeta à mon cou, même si on nous poussait du coude et que nous étions serrées comme des sardines dans l'escalier.

— Au Cloître, dis-je en la suivant.

— C'est génial. Je n'en avais aucune idée. Il faut qu'on prenne un verre. Et l'année prochaine, tu fais quoi ?

Je secouai la tête.

— Ne t'inquiète pas. Ton tour viendra, j'en suis sûre.

Nous avions descendu l'escalier en bavardant et perdu Aruna de vue. Rachel se trouvait derrière moi, blottie contre Marcel. Les adultes semblaient toujours désireux de l'impressionner, tandis que pour le reste d'entre nous, la dynamique était souvent inversée.

— Tu veux t'asseoir avec moi ? demanda Laure alors que nous pénétrions dans l'auditorium.

— En fait, je suis avec…

— Nous sommes ensemble, intervint Rachel en s'approchant.

Elle avait parlé froidement à Laure, qui se tourna vers moi et me dévisagea avec un air étrange.

— Je vous retrouve à la pause, dit-elle en me pressant le bras avant de se faufiler dans une rangée de sièges.

L'auditorium avait une acoustique parfaite. Les panneaux incurvés en bois de cerisier créaient une ambiance chaleureuse, encadrant les rangées de sièges rouges en gradins, qui s'élevaient progressivement et en majesté jusqu'en haut de la salle. Déjà, plusieurs conférenciers avaient pris place sur l'estrade, avec Patrick au centre. Rachel et moi avions choisi une rangée à mi-hauteur.

L'université était un petit monde peuplé d'amis et d'ennemis, de querelles larvées, alimentées par des années de commentaires désinvoltes sur le travail d'un individu, parfois sur sa personnalité. Un simple coup d'œil à la salle permettait d'identifier les diverses cabales : les professeurs titulaires toujours assis avec leurs vieux directeurs de thèse d'il y avait dix, vingt, trente ans, entourés d'une cour de leurs propres étudiants qui se rêvaient à leur place un jour. Chaque groupe était comme une constellation, des entités qui s'entremêlaient mais aussi tournaient autour des autres pour mesurer la taille des orbites et la puissance des attractions gravitationnelles individuelles.

Contrairement à moi, Rachel aurait facilement pu se fondre dans la nuée et s'intégrer à ces constellations – une étoile brillante dans le ciel universitaire. Mais au lieu de rejoindre l'un des cercles, nous restâmes assises côte à côte pendant quc les lumières se tamisaient, et je ne pus m'empêcher d'apprécier le petit groupe exclusif que nous formions toutes les deux. Au fond de la scène, l'écran s'alluma et une image provenant d'un jeu de tarots datant de la Renaissance apparut, l'un des nombreux exemples de jeux incomplets auxquels il ne manquait qu'une carte ou deux. Il s'agissait de la carte du Monde. Sur un fond de feuilles d'or, une peinture miniature de la vie du bas Moyen Âge – avec un bateau et des rameurs, un chevalier chevauchant entre deux châteaux – en forme de sphère. Au-dessus de ce petit univers régnait une femme, un sceptre dans une main, un orbe dans l'autre.

Diebold prit place derrière le pupitre. Il était plus âgé et plus petit que je ne le pensais, mais élégamment habillé d'un costume à carreaux. Une moustache grise savamment entretenue mettait en valeur ses joues rondes et son crâne entièrement chauve.

— L'été dernier, je me suis rendu à Pontegradella, déclara-t-il après s'être éclairci la gorge. Je suis allé dans l'étouffante petite salle des archives municipales pour consulter le dossier judiciaire d'Alfonso, le neveu d'Ercole d'Este, que beaucoup pensent être un enfant illégitime, et je suis tombé sur une information étonnante. Dans le mandat d'arrêt d'Alfonso, un détail m'a interpellé.

Diebold fit une pause pour déclencher la diapositive suivante, une photographie du registre d'arrestation. Et là, dans le coin supérieur, se trouvait une image, du moins un fragment, que je connaissais bien, ne serait-ce que parce que je l'avais vue avant de quitter l'appartement ce matin, dans les documents de Lingraf. L'image montrée ici était complète : un aigle aux ailes déployées, le filigrane des archives municipales de Pontegradella, une commune de Ferrare.

J'allais poser la main sur le bras de Rachel lorsqu'elle me chuchota à l'oreille :

— Le filigrane.

Je hochai la tête tandis que Diebold poursuivait :

— Il était précisé que Mino della Priscia avait été arrêté pour avoir parlé de l'*oraculum* de la duchesse de Ferrare à une personne hors de la cour. Au début, j'ai pensé que c'était impossible, alors j'ai dégagé ma table de travail et j'ai repris mon dictionnaire de latin toujours à portée de main. Même après toutes ces années, j'ai besoin d'aide pour traduire.

Des rires polis parcoururent l'auditoire. Tout le monde savait que Diebold n'avait besoin d'aucune aide pour traduire le latin.

— Bien sûr, *oraculum* est très proche d'oracle. Mais je ne pouvais le croire, car d'après mes connaissances – et je connais assez bien le début de la Renaissance à Ferrare – la duchesse de Ferrare, Éléonore de Naples, était extrêmement pieuse.

Je croisai le regard de Rachel. Éclairés par l'écran, les visages des auditeurs, tout autour de nous, étaient manifestement captivés.

— Alors, que penser de tout ça ?

Diebold laissa la question en suspens pendant qu'il buvait une gorgée d'eau.

— Que la mère d'Isabelle d'Este, la mécène la plus puissante de la Renaissance, consultait des oracles ? J'ai ouvert mon dictionnaire une deuxième fois, mais l'étymologie était sans équivoque. C'est de cela que nous sommes venus vous parler aujourd'hui – des oracles et des voyants, des cartes et des dés, pour déterminer le rôle qu'ils ont joué à cette époque.

Diebold marqua une pause, parcourut la salle du regard, puis ajusta ses lunettes et reporta son attention sur ses notes.

Je me tournai vers Rachel et je prononçai silencieusement la première phrase du document que nous avions traduit : « Ma très chère fille. »

— La question n'est pas : la divination était-elle pratiquée ? Bien sûr que oui. L'astrologie, nous le savons, était omniprésente. Nous savons également que les aristocrates de la Renaissance étaient obsédés par la question de savoir si leur destin était écrit ou non. Pouvaient-ils changer le cours de leur existence ? Quelle part de leur vie était laissée au hasard ? À quoi était-il possible d'échapper ? Cette fascination leur venait des Grecs et des Romains, qui se tournaient sans cesse vers les oracles pour décrypter le destin des hommes. Et si le monde chrétien médiéval avait refusé de consulter les oracles, c'est uniquement parce que c'était une période qui s'était entichée de pensées apocalyptiques, une tendance alimentée par le plus grand oracle entre tous – le Christ.

Et même si je savais que nous devions rester ; que nous devions assister à la séance de questions-réponses modérée par Patrick, pour qui cette prestation serait sans doute un supplice ; qu'il faudrait continuer à discuter et à boire des cafés, j'avais envie de quitter l'auditorium et de reporter mon attention sur les documents que je gardais à côté de mon lit. Pour revoir de mes propres yeux, même si je savais que c'était le cas, que le fragment de filigrane était identique à celui qui nous était montré en entier sur grand écran.

Herb tourna une page sur son pupitre et poursuivit :

— Alors, la question qui se pose est la suivante : comment le savoir ? Comment savoir ce qui nous attend ? Cette interrogation a beaucoup préoccupé les femmes et les hommes de lettres tout au long de la Renaissance. Ils voulaient connaître l'avenir – les événements fastes mais surtout néfastes. Car la question était immuable : pouvait-on modifier l'avenir ou était-il déjà gravé dans le marbre ? Le destin guide-t-il nos pas ? C'est la question qui sous-tend ce qui nous rassemble aujourd'hui.

Rachel se pencha au-dessus de l'accoudoir pour chuchoter quelque chose, mais elle s'arrêta lorsque Diebold reprit :

— Évidemment, j'ai cherché cet oracle à Ferrare, mais je n'ai trouvé aucune autre mention de lui. J'ai interrogé des chercheurs de l'université de Bologne à ce sujet et ils ont tous haussé les épaules, me demandant ce que, moi, j'imaginais. Peut-être un temple, ai-je dit. Ou une pièce du palais Schifanoia… Un tableau, un… (Il s'interrompit et pointa du doigt l'écran derrière lui.) … un jeu de tarots ?

Les auditeurs retenaient leur souffle, mais Diebold secoua la tête et coupa court au suspense.

— Hélas, je n'ai trouvé aucune référence à des lectures de tarot dans les archives municipales de Ferrare cet été. Rien non plus dans les villes alentour. Alors j'ai repris mon fidèle dictionnaire de latin et j'ai cherché l'étymologie du mot *oraculum*. Il s'avère que ce terme vient du verbe *orare*, qui signifie aussi « prier » et « supplier ». Et en relisant le procès-verbal qui, selon moi, pouvait indiquer que la duchesse de Ferrare avait un oracle, je me suis rendu compte que l'on pouvait également comprendre qu'une personne extérieure à la cour avait entendu, ou été informée, des *prières* de la duchesse. C'est alors que j'ai compris combien la frontière était mince entre ce que nous savons être le destin et ce que nous pensons relever de nos choix – tout cela n'est qu'une question d'interprétation. Rien de plus.

Herb Diebold continua à discourir pendant trente minutes, expliquant que même si les historiens n'avaient pas l'habitude de la divination, il était temps qu'ils rendent justice à l'iconographie des cartes de tarots. Il compara les cartes du XVe siècle à des exemples de statues grecques et romaines, à des fresques et à des mosaïques de Ravenne. Quand il eut terminé sous les applaudissements et que les lumières se rallumèrent, Rachel et moi nous contentâmes de nous regarder, suffisamment longtemps pour que nos voisins de fauteuil nous pressent de nous lever pour pouvoir sortir.

Nous reprîmes l'escalier pour gagner l'atrium, mais la foule nous sépara. La pause-café prévue comportait de petits sandwichs triangulaires et des macarons, mais je n'avais pas faim. Je voulais tenir la carte dans mes mains pour m'assurer, à son contact, que Herb Diebold se trompait du tout au tout. Non seulement la duchesse avait un *oraculum*, non seulement elle l'avait transmis à sa fille, mais nous l'avions trouvé : le jeu de tarots était son oracle.

Laure me rejoignit.

— On sort fumer une cigarette ?

— Je ne fume pas.

— Alors, viens juste prendre l'air.

Je regardai en direction de Patrick et de Diebold qui se tenaient ensemble près de l'escalier. Patrick faisait des gestes démonstratifs et frénétiques pendant que Diebold se frottait la nuque d'une main.

— Oui, dis-je, prendre l'air me fera du bien.

Nous sortîmes dans Madison Avenue, où les érables devant la Morgan Library étaient chargés de feuilles vertes et cireuses. L'air était si étouffant que même le passage des voitures donnait l'impression d'une brise rafraîchissante. Comme dans tous les colloques universitaires, plusieurs dizaines de personnes fumaient dehors. Laure sortit un paquet de cigarettes biddies de son sac et en tira une. Même non allumée, son odeur douceureuse était écœurante dans la moiteur de l'atmosphère.

— Bon, dit-elle en vrillant son regard dans le mien. Comment connais-tu Rachel Mondray ?

J'espérais que nous rattraperions le temps perdu, voire que nous discuterions de mes candidatures, nous plaindrions de la chaleur, mais je ne pensais certainement pas évoquer Rachel. Laure ne l'avait même pas saluée dans l'amphithéâtre.

— Je travaille avec elle au Cloître.

— Rien que toutes les deux ?

— Et Patrick.

— Mmmh.

Elle protégea sa cigarette de sa main et l'alluma.

— Depuis combien de temps es-tu en binôme avec Rachel ?

— Depuis juin.

Laure tira une bouffée de sa cigarette, puis laissa son bras retomber. Elle replia l'autre sur sa poitrine. On aurait dit un personnage d'un tableau de Balthus, pâle et très maigre.

— Et qu'est-ce qui s'est passé ? Je veux dire… Qu'est-ce qui s'est passé au Cloître depuis que tu côtoies Rachel ?

— Rien. On travaille ensemble, c'est tout. Et toi, comment tu la connais ?

Dans une vie antérieure, je me serais confiée à Laure. Je lui aurais parlé de la carte. De mon emménagement dans l'appartement de Rachel. De la boutique de Stephen. Du fait qu'il était troublant de se déplacer parmi des squelettes vieillissants et d'œuvrer avec des gens qui croyaient en la persistance de l'occulte. Mais j'étais une personne différente à présent, qui avait appris l'importance de garder un secret, qui mesurait la valeur des informations.

— Je l'ai rencontrée l'année dernière. Elle assistait à un séminaire normalement réservé aux étudiants de troisième cycle comme moi. Les autres étudiants ont trouvé la présence de Rachel contrariante, mais le professeur a fait tout un plat de ses qualités. Il était clair que Rachel avait un truc à ses yeux – elle avait du talent, c'est sûr.

Elle décrivit un cercle de la main, laissant une traînée de fumée dans son sillage.

Je hochai la tête parce que je savais exactement ce qu'elle voulait dire.

— Et elle était plutôt sympa. Manifestement, Yale voulait la garder, mais elle a préféré Harvard.

— C'est ce qu'elle m'a expliqué.

Laure me jeta un regard interrogateur.

— Elle a dit autre chose ?

— Comment ça ?

Autour de nous, les gens retournaient dans le bâtiment.

— Ça te dirait qu'on brunche ensemble ? me demanda-t-elle avec une sorte d'urgence dans la voix.

Elle écrasa sa cigarette sous la semelle de ses chaussures, une paire de ballerines élégantes en cuir.

— Avec grand plaisir.

— Super.

Elle passa un bras autour de mes épaules alors que nous pénétrions dans l'atrium.

— Je veux que tu fasses attention à toi, d'accord ?

Je levai les yeux sur l'édifice devant nous – des siècles de trésors rassemblés et préservés entre ses murs.

— D'accord, répondis-je, même si j'étais persuadée que je prenais déjà mieux soin de moi que Laure aurait pu le faire.

À la fin du colloque, j'attendis Rachel sur les marches de la Morgan, adossée à l'une des urnes en béton du XIXe siècle débordantes des fleurs blanches retombantes. Elle avait été retenue à l'intérieur par Marcel, qui voulait s'assurer qu'elle rencontre certains conférenciers. J'avais envie d'être le genre d'universitaire que les gens coincent à la fin d'un événement pour la présenter à leurs étudiants, ne serait-ce que pour trouver une excuse pour m'éclipser : un déjeuner avec le directeur de la Frick Collection, une voiture avec chauffeur qui patientait, une bibliothèque remplie de livres en attente d'être lus. Rachel, à l'évidence, deviendrait l'une de ces personnes.

— Ça t'a plu ?

Aruna venait de se matérialiser à côté de moi.

— Oui.

— Je trouve ce genre de choses épuisantes maintenant, commenta-t-elle. Presque tristes. Tous ces universitaires obsessionnels et vieillissants qui s'acharnent sur
les mêmes sujets que leurs prédécesseurs n'ont pas réussi
à boucler. T'es-tu déjà demandé pourquoi tu voulais être
là et pas... (Elle prit une cigarette dans son paquet et me
la tendit.) ... à Wall Street en train de gagner beaucoup
d'argent ?

Je refusai la cigarette, me demandant si, un jour, je
pourrais simplement accepter. Devenir une fumeuse moi
aussi. Certains jours, cela me semblait inéluctable.

— N'idéalise pas ce milieu, ajouta-t-elle.

— Ce n'est pas le cas.

— Ne mens pas non plus.

Elle tapota la cendre de sa cigarette et j'éclatai de rire.

— La plupart d'entre nous veulent juste passer leur
vie à creuser un sujet. Étudier en bibliothèque, se trouver dans un amphi, aux archives et dans les musées, sentir l'Histoire vibrer à travers les choses qu'elle a laissées
derrière elle. Mais ça, ce n'est pas faire partie des vivants,
Ann. Ne l'oublie pas. Et certains d'entre nous survivent
mieux que d'autres à toute cette activité funeste.

— Pour moi, cela semble très vivant.

— Oui. Mais c'est une fiction. C'est du passé. Tout
est mort. Telle est la vraie mission d'un chercheur, devenir un nécromancien. Tu comprends ce que je veux dire,
Ann ?

— Oui.

Mais je n'en étais pas sûre.

— Bien. Parce que beaucoup oublient que le vrai but
est de raviver la flamme, parfois au risque de se brûler.

Ici sur les marches du perron, il était difficile de ne pas sentir le poids de la mort autour de nous. Après tout, les musées ne sont-ils pas de simples mausolées ? Au sens littéral dans le cas du Cloître.

— As-tu envisagé de faire du droit ? interrogea Aruna.

Je me tournai vers elle, mais elle se contenta de rire.

— Il n'est peut-être pas trop tard, répondis-je.

— Eh bien, si cet été ne te fait pas définitivement fuir de ce monde-là, n'hésite pas à venir me demander des conseils cet automne. Ça aide d'avoir quelqu'un à l'intérieur.

— Merci, répondis-je avec sincérité.

— Je suis contente que tu ne te sois pas ridiculisée en voulant plaire à tous les membres de la faculté présents. Le désespoir, ça a toujours très mauvaise presse. Surtout dans le milieu universitaire, où on récompense la réussite sans effort, pas les années de lutte. (Elle écrasa son mégot et posa une main fraîche sur mon bras.) Ce que Rachel a appris plus rapidement que la plupart des gens, murmura-t-elle.

Après une légère pression de la main, elle se fraya un chemin entre les derniers groupes, puis se dirigea vers Madison Avenue, où elle se glissa dans un taxi et me fit un signe d'adieu. Je voulus lever la main en retour, puis je remarquai que de nombreuses personnes le faisaient, alors, à la place, j'inclinai la tête, un petit geste qui me distinguait des autres.

J'attendis d'être seule, debout sur les marches, pour m'imprégner des bruits des voitures dans la rue, un flot constant d'activité – le bourdonnement de la vie.

16

Arriver au musée en voiture était incomparable. J'oubliais vite la bousculade dans le métro, un café à la main et l'œil sur la montre afin de ne pas rater la navette. Vivre ensemble nous ouvrit, à Rachel et à moi, des plages de temps que nous n'avions pas auparavant : les trajets, les petits déjeuners, les soirées après le dîner. Et, dans ces moments-là, je pus m'épanouir, laisser Rachel découvrir pleinement ma personnalité. J'aimais croire qu'elle ressentait la même chose.

Patrick, de toute évidence, n'était pas de cet avis.

Le premier jour où nous sommes retournées à la bibliothèque après le colloque à la Morgan Library, il nous a déclaré :

— Vivre et travailler ensemble peut mettre une amitié à rude épreuve. Mieux vaut ne pas tenter le diable, si ?

— C'est différent entre filles, lui rétorqua Rachel d'un ton définitif.

Son malaise depuis qu'il savait qu'on passait tout notre temps ensemble était visible à la manière dont il nous observait, espérant sans cesse repérer sur nos visages le vestige d'une plaisanterie que nous aurions été les seules à partager.

Ce jour-là, les jardins vibraient de l'énergie des visiteurs et du bourdonnement des pollinisateurs. De mon côté, incapable d'oublier le secret détenu par moi et par Rachel aussi désormais, je fis le tour des jardins jusqu'au cloître de Bonnefont, avec ses magnifiques cognassiers aux branches noueuses et aux feuilles d'un vert éclatant. Je n'avais pas envie de m'asseoir, aussi m'approchai-je des remparts en pierre qui plongeaient dans le vide.

Les paumes sur le parapet, je me penchai et regardai le sol trente mètres plus bas, jusqu'à sentir la fragilité de mon existence et l'adrénaline envahir mon corps. Retrouver la même sensation que j'avais eue en découvrant la carte de la Chasseresse, le cœur battant, la morsure de l'urgence. Ne serait-ce que pour pouvoir profiter de la vague de soulagement qui m'avait envahie ensuite. Ce moment où rien ne se passe, où l'on ne tombe pas, où Patrick ne vous prend pas la main dans le sac, où Rachel et moi ne serions pas inquiétées à la fin.

New York m'avait montré combien j'étais affamée. Affamée de bonheur, de danger, et impatiente de clamer, haut et fort, mes ambitions. Assoiffée de les réaliser aussi. Au lieu d'être tétanisée par la peur, j'étais animée d'une sorte de joie étourdissante. Et de savoir que dans une ville comme celle-ci, il était possible de repartir de zéro, de faire du souvenir de mon père un épisode qui me poussait à aller de l'avant et non qui me retenait. L'emporter sur Patrick dans cette bataille pour la découverte du jeu de tarots serait mon plus grand fait d'armes. Je n'étais pas immorale. Simplement, j'avais compris la leçon que cette ville cherchait à m'inculquer.

Alors que je me penchais de nouveau pour voir la route pavée en contrebas, deux mains m'enserrèrent la taille et me donnèrent une impulsion. Je poussai un cri perçant et me retournai. Leo ! Un gardien et plusieurs visiteurs nous lancèrent des regards inquiets, se demandant s'ils devaient intervenir.

Je tapai sur ses bras, Leo se contenta de sourire tout en gardant les mains serrées autour de ma taille.

— Je t'ai eue !

— Tu m'as fait une peur bleue, grondai-je en souriant aux gens alentour.

— Tu ne devrais pas te pencher comme ça. Et s'il t'arrivait quelque chose ?

— Tu veux dire si quelqu'un s'approchait derrière moi et me poussait ?

— Ça, ou bien si tu trébuchais ? C'est pour cette raison que les gens ne sont pas autorisés à s'asseoir sur le parapet.

— Ah oui ?

Il pointa du doigt la pancarte que, curieusement, je n'avais jamais vue : « Interdiction de s'asseoir ou de se pencher. »

— Viens, j'ai quelque chose pour toi.

Il me prit par la main et me fit traverser le cloître de Bonnefont jusqu'à un portail indiqué « Réservé au personnel ». Je n'étais jamais allée dans cette section herbeuse du cloître, séparée du reste du musée par un mur. Elle abritait deux petites remises et une longue serre remplie de plantations. Il y avait du matériel de jardinage, des coupe-bordures, des tas de cisailles, des piles de pots vides et des fragments de pierre entassés hors de la vue des curieux. Les poubelles débordaient de déchets verts et une couche de feuilles avait été étalée sur une plate-bande de compost.

Leo m'entraîna dans l'une des remises dont les murs étaient garnis de larges étagères de rempotage et de jarres en verre remplies de graines séchées. Je m'approchai de l'une d'elles.

— De l'hysope, précisa Leo. J'ai fait sécher des fleurs de l'année dernière pour en récupérer les graines.

Le soin avec lequel la remise était rangée témoignait d'une certaine tendresse pour ce qui s'y trouvait, avec des bouquets de fleurs en train de sécher sur des crochets fixés au mur, des cisailles soigneusement alignées, pointes fichées dans un pot en terre cuite. Et l'air était imprégné de l'odeur de Leo, ou peut-être était-ce Leo qui avait pris cette senteur terreuse et herbeuse, avec une pointe de sueur.

Il saisit une brassée de lavande séchée et me la tendit.

— C'est pour toi.

Le parfum submergea mes narines – herbacé, ensoleillé, composite.

— Je les ai coupées après notre première rencontre dans le jardin et je les ai fait sécher. Elles tiendront plus longtemps que les fraîches. Et quand tu en auras marre de les regarder, tu pourras couper les inflorescences et les déposer dans les tiroirs de ta commode.

Il fit rouler entre ses doigts un des épis dont les fleurs tombèrent en pluie à nos pieds.

Je n'avais pas remarqué à quel point l'abri de jardin était petit quand nous étions entrés. Nous avions à peine la place de nous retourner, si bien que nos corps étaient déjà serrés l'un contre l'autre quand Léo mit la main sur ma nuque et m'embrassa. En y repensant, ce n'est pas lui qui me souleva pour me déposer sur l'étagère, mais moi qui me hissai dessus, enroulant mes jambes autour de sa taille et l'attirant pour le sentir contre moi. Il se pressa contre mon corps, glissa une main rugueuse sous mon chemisier, mon soutien-gorge, puis il passa mon chemisier par-dessus mes bras que j'avais levés.

Il y avait dans mes mouvements une confiance et une fluidité. Comme si, pour la première fois, je menais la danse et Leo me suivait. Je n'attendais plus que les autres me fassent une place ou approuvent ma conduite. Cette sensation m'enthousiasmait. À tel point que j'attrapai Leo par son jean et que j'entrepris de déboutonner sa braguette. Malgré le bruissement de nos vêtements et de nos corps, on entendit sans problème une toux à l'extérieur de la remise.

— Désolée de vous interrompre, dit Rachel.

Une bretelle de mon soutien-gorge était descendue. Leo ne se retourna pas. Je me laissai glisser de l'étagère, je marchai jusqu'au seuil inondé de soleil, remis en place mon soutien-gorge et renfilai mon chemisier. Puis je rejoignis Rachel à l'extérieur.

— Tu peux terminer, dit-elle. Je t'attendrai un peu plus loin.

— C'est bon, lança Leo du fond de la remise. Je t'appelle, Ann.

En m'éloignant avec Rachel sans prononcer un mot, je ne pris même pas la peine de lisser mon chemisier froissé ou de sécher ma peau humide de sueur et de désir.

— Je n'avais pas compris que c'était devenu aussi sérieux entre vous, dit Rachel en me regardant alors que nous retournions vers la bibliothèque.

— Je ne sais pas si je qualifierais notre relation de sérieuse.

— Prendre ce genre de risques au travail ? Ça ne peut être que le cas.

— Comment savais-tu qu'on serait là ?

Je n'étais pas sûre de vouloir connaître la réponse. Rachel haussa les épaules.

— J'ai cherché partout ailleurs.

Alors qu'on entrait dans les galeries, elle ouvrit une porte et me lança :

— Ne laisse pas Leo gâcher notre découverte.

Je m'arrêtai sur le seuil. Nous étions dans la salle des tapisseries, entourées de scènes idylliques de la vie médiévale, de parterres de fleurs plus vraies que nature, d'une licorne au repos.

— Pourquoi tu dis ça ? Leo n'a rien à voir avec notre projet.

— En ce moment, tu compartimentes. Mais que se passera-t-il quand la situation va devenir plus compliquée ? Quand au lieu de te concentrer, tu voudras aller à des concerts punks merdiques et boire de la bière tiède dans le Bronx ?

Les paroles de Rachel me firent l'effet d'une gifle. Pas simplement à cause de leur justesse, mais parce que je n'avais donné aucune raison à Rachel de croire que je faisais passer Leo avant elle, avant notre entreprise. Si le travail m'avait amenée ici, le tarot m'avait permis de rester, pas Leo. Même si j'avais parfois du mal à dissocier les relations que j'avais au musée avec le musée lui-même, comme si mes relations personnelles et ma passion pour mes recherches s'enchevêtraient, à l'instar des pieds de vigne qui poussaient dans les jardins.

— Leo n'est pas ma priorité.

— Alors, agis en conséquence. C'est énorme, Ann. Ce que nous avons trouvé, ce que tu as trouvé, c'est incroyable. Et maintenant que nous savons d'où viennent les cartes, nous pouvons accomplir tant de choses avec cette preuve. Il nous faut les accomplir.

— C'est ce que je fais.

Rachel commençait à s'éloigner, mais je la retins par le bras. Une poignée de visiteurs nous observaient et, même si nous parlions à voix basse, nos voix résonnaient dans les galeries du Cloître normalement plus calmes.

— J'agis en conséquence, sifflai-je. Je ne suis sortie avec lui qu'une seule fois. Chaque minute libre, je la passe avec toi. Je t'ai tout raconté. Ce n'est pas clair que nous sommes ensemble dans cette aventure ?

Je ne m'étais jamais considérée comme une personne conflictuelle, mais, en me défendant face à Rachel à cet instant, je ressentis la même poussée d'adrénaline que lorsque je m'étais penchée dans le vide au-dessus des remparts.

Rachel leva les mains en manière d'apaisement.

— D'accord, d'accord. J'ai compris. Peut-être que je n'ai pas très envie de te partager en ce moment. J'ai vraiment besoin de toi. Nous devons rester concentrées. Je ne veux pas que Leo t'éloigne de moi.

— Je ne vais pas te quitter.

À ma grande surprise, je l'étreignis, et je sentis son corps frêle se détendre contre le mien.

— Je veux juste qu'on reste en tête par rapport à Patrick, précisa-t-elle avant de se dégager.

Je hochai la tête.

— C'est ce que je veux aussi. Cela m'est tout autant nécessaire que pour toi.

— Je sais.

— Il va nous le demander bientôt, me dit Rachel le lendemain alors que nous étions assises dans la bibliothèque, entourées de feuilles volantes et de notes, un apparent chaos qui était en réalité une organisation savamment orchestrée.

— Il a parlé de faire une autre lecture, ici, en soirée, maintenant que le jeu est presque complet. On aura une opportunité à ce moment-là.

Rachel et moi avions besoin d'une occasion de voir le reste des cartes nous-mêmes, une occasion au moins de les photographier pour pouvoir commencer nos recherches. Nous savions toutes les deux que cette découverte cimenterait nos carrières, scellerait notre envergure au sein du monde universitaire. C'était une opportunité qu'aucune de nous ne voulait mettre en péril en partageant ce que nous avions appris avec Patrick. Sachant pertinemment que ce trésor pouvait facilement et rapidement nous échapper – deux jeunes femmes au début de leur carrière face à Patrick, un chercheur reconnu dans le domaine de l'occultisme. Nous avions donc décidé de nous taire et d'attendre notre heure.

Lorsque Patrick, deux jours plus tard, nous demanda de rester un peu plus longtemps, Rachel et moi étions dans les jardins, assises sur le mur du fond où nous profitions du soleil déclinant de l'après-midi. Rachel fumait, quant à moi, je laissais l'herbe chatouiller mes chevilles et les pierres moussues caresser mes paumes. Les visiteurs qui déambulaient en nombre dans les allées admiraient les chapiteaux sculptés, les statues des moines en froc dans les niches. Rachel et moi, en revanche, passions inaperçues. Apparemment, nous faisions partie du décor.

C'est Leo que je guettais lorsque je vis Patrick traverser le cloître, lentement, inhalant les odeurs de mélisse et de lavande, trempant nonchalamment une main dans la fontaine avant de la secouer, laissant échapper les gouttes d'eau comme autant de perles translucides dans les rayons du soleil.

— Vous n'êtes pas en train de fumer, j'espère ? demanda Patrick en arrivant, les mains dans les poches.

Je ne pris pas la peine de regarder Rachel, mais je la sentis lâcher sa cigarette au-delà du rempart pour la laisser tomber dans l'herbe en contrebas.

— Jamais, répondit-elle.

Je réprimai un sourire.

— C'est strictement interdit dans les jardins. Mais c'est permis de l'autre côté du portail arrière.

— C'est généralement là que je me rends, renchérit Rachel.

Patrick porta le regard au-dessus de nos têtes, en direction du fleuve, et demanda :

— Avez-vous des projets pour la soirée ?

Rachel et moi fîmes de notre mieux pour ne pas nous regarder. Je sentis mon sang circuler plus vite dans mes doigts qui agrippèrent le rebord du muret.

— Non, répondis-je, la bouche sèche.

— Pas grand-chose, ajouta Rachel.

— Ça vous dérangerait de rester tard ?

— Pas du tout, répondis-je. Y a-t-il quelque chose en particulier que vous voudriez que nous préparions ?

Patrick secoua la tête.

— Venez juste avec un esprit ouvert.

Nous acquiesçâmes d'un signe de tête et Patrick prit congé, retraversant cette fois-ci les jardins en quelques pas rapides.

La fin de la journée sembla s'éterniser, mais nous continuâmes à exécuter les recherches que Patrick nous avait assignées, tâches qui nous semblaient désormais futiles à la lumière de ce que nous savions. À un moment, Louis fit son apparition pour effectuer sa ronde classique au coucher du soleil.

— Nous allons travailler tard ce soir, l'informa Rachel.

Louis hocha la tête et dit :

— Nous manquons de personnel à la sécurité, alors, si le cœur vous en dit, pourquoi ne pas assurer la suite à la fin de notre service ?…

Nous rîmes et je me fis une nouvelle fois la réflexion que nous étions rarement dérangées par les agents de la sécurité, que nous étions autorisées à travailler, à déambuler dans tous les endroits du musée quand et comme nous le voulions, malgré la valeur des objets exposés.

Moins d'une heure plus tard, Patrick sortit de son bureau, la boîte de cartes de tarots dans les mains. Dehors, les toits de tuiles avaient pris une couleur pain d'épice brûlé alors que la lumière du soleil avait cédé la place aux lumières de la ville. Les lanternes suspendues qui éclairaient les jardins à la nuit tombée se balançaient sous l'effet de la brise légère qui montait de l'Hudson.

Patrick étala les cartes sur la table et consulta sa montre.

— Il ne devrait pas tarder à arriver, dit-il.

— Qui ? demanda Rachel.

Elle aurait pu s'abstenir de poser la question, car Leo apparut, son jean sali après un après-midi passé à travailler dans les jardins.

— Qu'est-ce qu'il fait ici ? interrogea Rachel.

— Leo va nous apporter son concours pour une expérience très importante.

Leo me décocha un rapide sourire avant de sortir de sa poche plusieurs sachets en plastique. Il les jeta sur la table.

Ils étaient identiques à ceux qu'il vendait sous le manteau au marché de produits naturels – mélanges d'herbes soigneusement préparés dans la serre du musée.

— Je me suis dit, déclara Patrick en se saisissant d'un des sachets, que nous avions peut-être pris le problème à l'envers. Je pense que nous devrions envisager d'aborder les cartes différemment, dans un état d'esprit entièrement nouveau, si vous êtes d'accord.

— Tu penses que nous devrions nous droguer, dit Rachel, sans ambages ni émotion apparente, comme s'il s'agissait d'une demande pour que nous sortions un livre ancien des rayonnages.

J'eus l'impression qu'elle savait ce qu'il y avait dans les sachets de Leo et qu'elle avait peut-être déjà eu l'occasion d'essayer leur contenu.

— Non, pas de drogue. Pas au sens strict du terme. Pas au sens où nous l'entendons aujourd'hui, protesta Patrick.

À l'écouter à cet instant, il semblait être lui-même, le conservateur qui m'avait engagée, qui ressentait une profonde curiosité pour les choses qui nous avaient précédés, et non le conservateur frustré par son manque de progrès, par la lente érosion de sa propre passion.

— Comme vous le savez toutes les deux, poursuivit-il, la mystique médiévale a été largement étudiée. Et nous savons que ceux qui ont eu des visions ont été aidés dans leur entreprise. La jusquiame et la mandragore ont peut-être joué un rôle important en facilitant ces visions. Mais il ne s'agit pas – pas plus que dans le passé – d'une consommation de drogues à des fins récréatives. Il s'agit de nous aider dans nos recherches, notre compréhension. Afin de nous rapprocher de notre intuition, de notre instinct. C'est un processus de lucidité, pas d'exaltation. Cela fait un moment que j'y songe et Leo a été d'une grande aide.

Leo prit un des sachets et le secoua.

— Trente pour cent de jusquiame noire, soixante-cinq pour cent de mandragore et une très petite quantité de belladone et de stramoine. Rien dans le dosage qui soit dangereux pour vous. La jusquiame noire et la mandragore contiennent de l'hyoscine, un hallucinogène, un psychotrope. La belladone et la stramoine renferment de l'atropine qui agit comme relaxant musculaire. Cela aidera à équilibrer le tout.

Rachel regarda Patrick.

— Tu plaisantes, n'est-ce pas ? Tu veux qu'on prenne des poisons que Leo a préparés ?

Leo mélangea les sachets, sortit une flasque de sa poche arrière et la déposa sur la table.

— Nous avons pensé à votre inquiétude, alors, sélectionnez un des sachets – comme vous le voyez, ils sont tous pareils – et je le prends tout de suite.

Rachel s'exécuta et tendit un sachet à Leo qui en vida le contenu dans la flasque remplie d'eau. Il fit tourner le liquide pour dissoudre la poudre, puis il but, tête renversée en arrière, et montra à Rachel la thermos désormais vide.

— C'est sans danger, insista-t-il. Tout ce qu'il y a là-dedans ne cause aucun problème en petite quantité.

J'avais vu Leo vendre ces mélanges à des femmes des quartiers chic, des clientes qui espéraient à s'évader de leur vie, qui cherchaient leurs propres révélations. C'est peut-être pour cette raison que je me sentis en sécurité en buvant le mélange d'herbes que Leo avait préparé. Ou peut-être était-ce mon désir, comme celui de Patrick, d'aller plus loin. Pour voir ce que nous pourrions dévoiler d'autre dans les cartes, en nous-mêmes aussi, avec un peu d'aide. Patrick fournit les gobelets et une thermos d'eau chaude. Il versa l'eau dans chaque gobelet et nous en tendit un à chacune avec un sachet.

— Combien de temps cela prendra-t-il pour faire effet ? demandai-je à Leo.

— Vingt à quarante minutes environ. Le mélange doit passer dans le sang. La diffusion est donc lente. Vous ne vous en apercevrez que de manière fortuite.

— C'est vraiment infect, dit Rachel après avoir ingurgité une gorgée du breuvage.

— C'est amer, pas infect, rétorqua Leo.

Je pris à mon tour une gorgée. C'était… raide, avec un côté vivifiant. Une partie de moi aurait souhaité qu'il y ait une option pour avaler d'un trait ce liquide boueux, noir, âcre et granuleux, à la forte odeur.

— Merci, Leo, ajouta Patrick en sirotant sa tasse.

— Je serai dans la remise si vous avez besoin de moi, précisa Leo qui se leva pour quitter la bibliothèque.

— Pourquoi ne reviendrais-tu pas dans deux heures, juste pour t'assurer que tout se passe bien ?

— Je suis sûr que vous n'aurez aucun problème. Mais, d'accord, je repasserai.

En attendant que la potion agisse, nous fîmes place nette sur la table de travail et ouvrîmes les fenêtres. Patrick rapporta les deux candélabres de son bureau et alluma les bougies. Leurs flammes vacillaient dans le léger courant d'air. Un silence s'installa et personne d'entre nous n'osa le rompre. Peut-être par crainte que les mots que nous prononcerions ne puissent être repris. La cire rouge s'égouttait tranquillement sur le plateau en chêne.

Ce sont ces flaques de cire liquide qui les premières me firent comprendre qu'il se passait quelque chose d'inhabituel. Au début, elles semblèrent scintiller et trembler, tourbillonner sur la table sans aucune intervention de notre part. Je n'arrêtais pas de cligner des yeux, de les frotter pour tenter de faire disparaître ce qui rendait ma vision floue et instable. Alors que je n'arrivais pas à arrêter les mouvements de la cire, je remarquai que les objets et toute l'architecture de la pièce – livres, lampes, fenêtres gothiques et poutres incurvées – semblaient prendre aussi un aspect plus lumineux, comme s'ils étaient éclairés de l'intérieur.

Rachel commençait à ressentir, elle aussi, les effets de la concoction et, lorsqu'elle m'attrapa le poignet, je le vis dans ses yeux – la belladone dilatait ses pupilles qui prirent l'aspect de deux pièces de monnaie noires et brillantes.

— Pourquoi n'étalerais-tu pas les cartes ? dit-elle à Patrick.

Et même si sa voix semblait très lointaine, comme si Rachel se trouvait au bout d'un long couloir, Patrick obtempéra. Une carte après l'autre sur la table. Au fur et à mesure qu'elles étaient posées, c'était comme si mon esprit exécutait le travail que mes doigts auraient voulu faire : chaque face se dissolvait pour en révéler une autre – le Magicien pour Mercure, l'Amoureux pour Vénus accompagnée de la constellation du Taureau, la Reine de Coupes pour une femme qui ressemblait à Rachel, ses longs cheveux blonds couronnés de feuilles d'olivier dorées, habillée d'une toge attachée à la taille.

Paniquée, je regardai Rachel puis Patrick pour essayer de savoir s'ils apercevaient la même chose. Manifestement, ce n'était pas le cas. Lorsque je regardai de nouveau la table, les cartes, comme le reste de la pièce, avaient commencé à projeter leur propre lueur d'un autre monde. Et quand les marques de Patrick en traçaient les contours, ceux-ci laissaient des traces dorées sur la table, comme si une partie de lui était restée à l'endroit où son doigt s'était posé – des centaines d'empreintes de doigts.

Et même si nous étions éclairés à la bougie, la pièce elle-même se mit à m'apparaître plus sombre encore. Comme si nous trois, comme si la bibliothèque elle-même, étions entraînés plus profondément dans les entrailles du musée. Et que le plafond avec ses voûtes en ogive et ses poutres entrecroisées se rabattait lentement sur nous. Au lieu d'être terrifiante, cette sensation avait quelque chose de délicieux, et me donnait le sentiment de ne faire plus qu'un avec le bâtiment. Comme si nous avions toujours été destinés à être écrasés par la puissance de l'ouvrage lui-même.

Je ne me souviens toujours pas de la séquence exacte des cartes qu'effectua Patrick, mais je sais qu'il a fait plus d'une lecture, qu'il n'a cessé de recommencer pour tenter de parvenir à une résolution qui lui échappait toujours. En fait, tout ce que je croyais voir dans les cartes semblait se dissoudre dans un brouillard avant que je puisse le saisir. Je me rendis compte qu'au lieu de renforcer mon intuition, la potion l'avait émoussée, embrouillée, de sorte que je ne pouvais plus voir ni ressentir aussi clairement.

Néanmoins, à travers les ténèbres qui valsaient autour de moi, il y avait toujours une sensation électrisante. Une lueur qui émanait des cartes que Patrick abattait sur la table, des manifestations soudaines et passagères d'un avenir lourd, sombre, que je ne pouvais expliquer mais qui me paraissait toutefois certain. Plus j'essayais d'exploiter ces flashs, plus ils devenaient envahissants. Ils déferlaient sur moi comme un nuage vertigineux qui repartait aussi vite qu'il était arrivé. Je ne me rendais pas compte que j'étais en apnée, que mon étourdissement progressait rapidement vers l'inconscience.

Même s'il m'avait semblé que seulement quelques minutes s'étaient écoulées, Leo apparut sur le seuil de la bibliothèque, me demandant si j'allais bien. Il franchit en quelques pas la distance entre la porte et la table, posa une main sur mon épaule et me regarda fixement. Je voulus lui dire que je n'arrivais pas à voir ce qu'il fallait dans les cartes, que les herbes que nous avions prises avaient jeté un voile sur mes yeux. Mais, lorsque je levai la tête pour croiser son regard, le mouvement se révéla trop rapide et la pièce autour de moi se mit à tourner brutalement, me projetant hors de l'obscurité dans une lumière aveuglante. Et tandis que Leo me parlait tout en me rattrapant juste avant que je ne m'écroule, que je voyais les lèvres de Rachel et de Patrick bouger, c'était comme si mes oreilles avaient été bourrées de coton, ou que j'étais sous l'eau et que je les regardais tous d'une distance que je ne pouvais pas réduire.

Alors que je pensais que mes jambes n'allaient pas m'obéir, Leo réussit à m'entraîner dans les jardins. Avant de partir, je jetai un dernier coup d'œil dans la bibliothèque. Et je vis Patrick et Rachel, tous deux penchés sur la table, la main de mon amie cherchant une carte, chaque mouvement ralenti par la lumière des bougies.

Les jardins, cependant, ne furent pas une amélioration par rapport à la bibliothèque. Les chapiteaux sculptés et les statuettes, la vigne qui s'enroulait autour de la croix celtique qui ornait le centre du cloître, les ombres et les poches d'obscurité, tout semblait vouloir m'atteindre, m'attraper, m'attirer en son sein. Lorsque Leo m'accompagna le long des galeries, les pierres scintillantes m'aveuglèrent et le lion sur la fresque s'anima tandis qu'il nous suivait du regard. Chaque élément cherchait à nous nuire.

— Je veux y retourner, m'entendis-je dire.

Ma voix était méconnaissable.

— Il faut d'abord que tu dégrises un peu, me dit Leo, m'entraînant dans le couloir réservé au personnel, en direction de la cuisine. Tu vas avaler quelque chose de solide avant que je te laisse reprendre la séance.

Il ne me regarda pas, mais continuait à me soutenir d'un bras solide.

— Tu as mangé quoi, aujourd'hui ? demanda-t-il.

— Je ne mange plus beaucoup.

C'était la vérité. Dans mon esprit, une image de Rachel squelettique, dont la chair fondait lentement pour révéler chacun des os, s'imposa à moi.

— Il va falloir songer à y remédier.

Leo me posa sur une chaise dans la cuisine et me proposa une part de gâteau qu'il avait sortie du réfrigérateur. Je la repoussai loin de moi.

— Il faut manger, m'admonesta Leo.

— Je sens que je vais être malade.

— Non, ça n'arrivera pas.

Leo était près de moi maintenant, je sentais ses mains sur ma tête, caressantes, les doigts passant dans mes cheveux. M'apaisant, me cajolant.

— Je veux y retourner, répétai-je.

Leo remit l'assiette devant moi. Je secouai la tête.

— Je vais vomir.

Il m'apporta un verre d'eau que je bus lentement, j'eus l'impression de sentir chaque molécule d'eau passer dans ma gorge jusqu'à mon estomac. Même la lumière horriblement artificielle de la cuisine ne réussit pas à me faire redescendre. Mon organisme semblait agir à sa guise, selon des modalités inédites.

J'essayai de calculer à quel moment j'avais ingurgité la potion.

— Ça va durer combien de temps ?

— Plus longtemps si tu ne manges rien.

Je pris à contrecœur une bouchée de gâteau. Mais ni la nourriture ni l'eau n'étaient d'aucune aide. Les drogues devenaient de plus en plus percutantes, comme si elles rassemblaient leurs forces pour une course entière et définitive. Et tandis que Leo me faisait retraverser les galeries, la lumière cette fois se referma sur ma personne et je ne vis que les ténèbres. Elles provenaient aussi de l'intérieur de moi, une obscurité dont je voyais l'écho dans les reliques des saints – ossements de doigts et de chevilles –, dans la nature sauvage des tapisseries à la licorne et dans les bouches ouvertes des gargouilles qui prenaient leurs aises le long des cloîtres. Je compris alors que l'ensemble du musée, comme je l'avais toujours su ou voulais le croire, luttait pour revenir à la vie.

17

Je n'oublierai jamais ma première impression ce matin-là, combien l'appartement de Leo était sombre à cause de l'épaisse couche de nuages bas. J'espérais un coup de tonnerre, le déclenchement de la pluie. Rien de tout cela : le ciel meurtri obscurcissait tout. Quand je me réveillai, Leo était déjà parti, mais il avait laissé un mot – « on se voit là-bas » –, alors je pris le métro pour un trajet poisseux en compagnie d'un café amer. J'étais en avance, car les drogues dans mon système avaient rendu mon sommeil agité et irrégulier, et je réussis donc à attraper la première navette pour le musée. Je changeai mon sac à dos d'épaule lorsque j'arrivai vers la porte d'entrée réservée au personnel. À l'intérieur, les couloirs étaient vides d'employés, mais pleins des événements de la nuit précédente dont je ne me souvenais qu'à moitié – des réminiscenses fantomatiques. Ce que j'avais ingéré avait, semblait-il, provoqué un effacement des faits réels et les avait remplacés par des sensations, des fragments de souvenirs auxquels je ne pouvais me fier.

Lorsque je pénétrai dans la bibliothèque, il n'y avait plus de candélabres, plus de gouttes de cire, plus de cartes. À la place, le sac de Rachel était posé sur la table, son contenu en vrac, comme s'il avait été jeté à la hâte. La porte du bureau de Patrick était entrouverte et je distinguai un pied qui tressautait à un rythme régulier. Le silence était rompu par une respiration saccadée et un bruit sourd et répété, semblable au battement d'un tambour creux.

Pourquoi n'appelai-je pas Rachel ? Pourquoi ne courus-je pas chercher la sécurité ? Aucune idée. Peut-être fus-je incapable d'accepter les indices sous mes yeux – le pied, le sac, les tremblements. À la place, irrésistiblement attirée par le bureau, je découvris que tout aurait semblé en ordre s'il n'y avait eu un mug de café tombé au sol, qui avait laissé une flaque foncée sur le tapis. Et aussi, à proximité, gisait le corps désormais sans vie de Patrick, dans le costume qu'il portait la veille. Et Rachel en train de pratiquer un massage cardiaque et de souffler de l'air dans ses poumons, qui ne se soulevaient pas malgré tous ses efforts. Le visage de Patrick était cireux.

Pétrifiée sur le seuil, j'observai Rachel, son visage dur et impassible, ses compressions mécaniques et laborieuses, comme un cric hydraulique. Elle était si concentrée qu'elle ne m'avait pas vue. Quand elle leva enfin les yeux, les deux mains sur la poitrine de Patrick, elle se contenta de dire :

— Je n'ai pas eu le temps d'appeler les secours. Tu peux le faire ? J'ai peur que si j'arrête, il…

Elle ralentit le rythme de son massage, le visage en sueur, pâle en dépit de son effort, et baissa les yeux sur le corps.

— Rachel. Il est mort.

On pouvait sentir dans la pièce l'odeur douceâtre et âcre de la mort – une odeur de raisin pourri. Je réussis à m'approcher et à poser les doigts sur son cou. Il était froid, et ce, depuis des heures.

— J'ai entendu dire que si on continuait à faire circuler le sang, il y avait une chance…, murmura-t-elle presque pour elle-même, sans croiser mon regard.

Je m'agenouillai près d'elle et lui saisis les bras.

— Rachel. C'est fini.

Enfin, elle releva les yeux. Son regard était vitreux, comme aveugle. Elle était telle une apparition sous l'emprise d'un sortilège dans l'attente d'être brisé. Je me demandai si j'avais le même air, mes pupilles encore agrandies par la belladone.

— Non, dit-elle en me repoussant. Appelle une ambulance, m'ordonna-t-elle en retenant un sanglot.

Je sortis mon téléphone de mon sac à dos, composai le 911, et décrivis la situation à un opérateur qui me demanda plusieurs fois si j'étais sûre que Patrick était décédé. Je répondis oui chaque fois.

Rachel, qui écoutait la conversation, finit par cesser les compressions. Elle s'assit à côté de Patrick, le visage mouillé, les genoux repliés sous le menton, le corps secoué de tremblements.

Les bras de Rachel, habituellement souples et forts, semblaient soudain maigres et faibles. Où avait-elle puisé l'énergie nécessaire pour continuer le massage cardiaque ? J'aurais voulu lui demander ce qui s'était passé, comment elle l'avait trouvé, depuis combien de temps elle était là à tenter de ressusciter un mort, au lieu de quoi, je m'assis près d'elle, nos jambes se touchant, serrées l'une contre l'autre en espérant que personne ne nous trouverait avant un bon moment, le temps pour nous d'accepter un monde où Patrick n'était plus.

Nous ne savions pas quand la police arriverait sur les lieux, ou même les autres membres du personnel, mais nous restâmes par terre pendant ce qui me sembla une éternité, alors qu'il ne s'agissait peut-être que de quelques minutes, à regarder Patrick sans vie, jusqu'à ce que Rachel se lève et se dirige vers le bureau. Je me retournai et la vis ouvrir les tiroirs un par un, et soulever des documents et des carnets.

— Rachel, que… ?

Je m'arrêtai. Son visage avait pris une expression inflexible et déterminée qui m'empêcha de terminer ma phrase. À la place, je me levai, et ce mouvement soudain contraria ma vision. Le surréalisme de la scène – le corps sur le sol, la fébrilité avec laquelle Rachel fouillait les tiroirs – m'incita à guetter les mouvements du côté de la porte de la bibliothèque et à tendre l'oreille pour des sirènes à l'approche. Puis Rachel s'empara de la sacoche de Patrick et en renversa sur le sol le contenu, qui s'éparpilla. Le carnet d'adresses glissa jusqu'à la chaussure vernie de son propriétaire.

À présent accroupie, Rachel examinait chaque objet avant de les remettre un à un dans le cartable, manifestement à la recherche de quelque chose, mais quoi ? Soudain, je compris. Elle avait glissé sur le sol, ornée d'un ruban vert effiloché et décoloré. Je me dirigeai vers l'endroit où elle était tombée, ce qui laissa le temps à Moira d'arriver à la porte. Elle poussa un cri – un hurlement strident. Profitant de l'agitation, Rachel reposa l'attaché-case sur son fauteuil et ses yeux croisèrent les miens. Je glissai discrètement la boîte dans mon sac à dos pendant que Moira, à présent accroupie près du corps, se mettait à pleurer, répétant la même question en boucle, celle que je me posais depuis mon arrivée : que s'était-il passé ?

La police prit nos dépositions et le légiste emporta le corps. Moira fut mise sous sédatif. Devant le musée, les gyrophares bleus des voitures de police illuminaient les pierres grises du Cloître. Le musée était anormalement calme. Je me tenais parmi les employés et aucun de nous ne savait quoi faire. Je n'avais jamais été confrontée à la mort, seulement à ses conséquences. Je me sentais à la dérive, sachant qu'il n'y avait aucune bonne décision, aucune bonne mesure à prendre, seulement la terrible certitude que la vie continuerait, même si je voulais désespérément arrêter le temps et revenir en arrière. La seule chose qui m'aidait à tenir pesait dans mon sac à dos : la boîte en cuir nouée d'un ruban vert.

Je n'eus donc pas l'occasion de demander à Rachel comment elle l'avait découvert, ou comment s'était terminée sa nuit. Mais j'étais soulagée de savoir qu'elle l'avait trouvé avant l'ouverture du musée, évitant que les visiteurs ne déambulent dans les galeries à la recherche du retable de Mérode ou de la sortie, pendant que Patrick, désormais sourd à son environnement, gisait de l'autre côté du mur de pierre, invisible.

Une crise cardiaque, apparemment. « Au moins, il est parti rapidement. Et dans un lieu qu'il aimait. » Des platitudes bien sûr et, chaque fois que j'entendais un commentaire similaire, le bourdonnement dans mes oreilles s'accentuait.

— Il faut appeler Michelle, dit Rachel à voix basse, se matérialisant à côté de moi.

J'étais près de l'entrée du musée, d'où je regardais le ballet de la police scientifique et des gardiens. Des curieux s'étaient déjà rassemblés.

Elle avait raison, bien sûr, mais je savais aussi que partager la nouvelle la rendrait réelle. En perdant Patrick, j'avais également perdu mon bienfaiteur, celui qui m'avait offert un poste au musée. Rachel était déjà au téléphone, et je me rendis compte que même si je craignais la réaction de Michelle, j'avais désespérément besoin que quelqu'un me procure une feuille de route. Mais quand Rachel raccrocha, je compris que, malgré les apparences, c'était à nous de trouver notre propre voie.

— Qu'est-ce qu'elle a dit ?

— Elle va me rappeler dans un moment avec des instructions. Elle voudrait qu'on ferme le bâtiment aux visiteurs pour la journée et que le personnel rentre chez lui.

— Tu penses qu'elle va me renvoyer ? eus-je enfin le courage de demander.

Les yeux de Rachel se plissèrent.

— Pourquoi tu dis ça ?

— Parce qu'avec Patrick parti…

— Avec Patrick parti…

Les mots moururent sur ses lèvres. L'épuisement de Rachel était palpable, l'effort de parler lui coûtait. Une sensation dont j'aurais préféré ne pas me souvenir. Elle déglutit et se reprit.

— Avec le départ de Patrick, il y a encore plus de travail. Tout ira bien, Ann. Nous allons toutes les deux nous en sortir.

Puis elle m'a serré le bras si fort que je sentis ses ongles s'enfoncer dans ma peau et elle murmura d'un ton qui n'admettait pas de discussion :

— Maintenant, oui, maintenant, certaines choses seront plus faciles.

Je souhaitai alors que nous puissions être seules. Mais autour de nous il y avait des groupes d'employés rassemblés, leurs visages éclairés de temps à autre par les gyrophares. Une intrusion soudaine et malvenue – le monde moderne brisait la paix du Cloître.

Sur le chemin du retour, nous restâmes silencieuses. La boîte dans mon sac à dos me semblait bien plus lourde qu'auparavant. J'avais désespérément besoin d'une douche, car j'arrivais directement de chez Leo, avec sur ma peau la sueur de la veille, salée et poisseuse. Je ne me souvenais pas de l'avoir vu après qu'il m'eut sortie de la bibliothèque, même s'il m'avait ramenée chez lui. Excepté la tranche de gâteau et les lumières crues de la cuisine du personnel, je n'avais aucun autre souvenir de la nuit précédente. Et Leo, où était-il ? Je ne l'avais pas vu au musée.

Une fois arrivée dans l'appartement de Rachel, je jetai mon sac sur la table et disparus dans la salle de bains, autant pour me laver que pour réfléchir. J'avais besoin d'eau chaude pour gommer la scène de la matinée. Ce n'est qu'en sortant de la douche que je compris que je me leurrais : ce que j'avais vu était imprimé dans ma peau beaucoup plus profondément que je ne l'avais cru – jusqu'aux os même.

Le temps que je revienne au salon, mes cheveux encore mouillés, Rachel avait déjà décollé chaque carte de celle d'en dessous et posé les deux côte à côte. Sous tous les arcanes majeurs se trouvaient des représentations à l'iconographie sophistiquée des divinités romaines et des signes et symboles astrologiques.

Déjà, je voyais des motifs émerger, un symbolisme puissant semblait relier chaque arcane à sa constellation éponyme. Au-dessus de Vénus et de la carte de l'Amoureux, la constellation du Taureau ; le Pape était associé à la constellation du Sagittaire, avec au premier plan Jupiter, sa planète.

À peine avais-je établi une connexion qu'une autre série apparaissait. Je les comptai en silence – soixante-dix-sept cartes. Le jeu était complet, à une exception près : il manquait le Diable. Il représenterait sûrement Hadès, avec le Scorpion. Après tout, Pluton était le nom romain d'Hadès et régnait également sur ce signe.

Même si j'étais attirée par les cartes, que j'avais une folle envie de les tenir entre les mains, de les disposer sur la table pour voir ce qu'elles pouvaient m'apprendre, j'avais autant besoin de savoir ce qui s'était passé hier soir et ce matin, pour moi, pour Rachel, pour Leo, pour Patrick – pour nous tous. Pour le monde du Cloître.

— Tu y crois ? dit Rachel en regardant les cartes. Tu as vu ?

— Rachel, que s'est-il passé hier soir ?

— Viens d'abord les regarder.

J'obtempérai, m'approchai pour observer en détail les arabesques de peinture raffinées et les traits de plume utilisés pour les personnages. Dans les coins de chaque carte se trouvait un aigle blanc couronné d'or. L'imprimatur de la famille d'Este. Le même aigle qui apparaissait sur les documents d'archives que nous avions vus lors du colloque à la Morgan Library et auparavant, même si fragmenté, dans les papiers de Lingraf, mon tuteur.

J'avais beau vouloir parler de ce qui s'était passé hier soir, je ne pouvais détourner le regard des cartes disposées sur la table. Rien n'était aussi puissant que la curiosité. Je l'avais toujours considérée comme plus puissante que la luxure. Après tout, n'était-ce pas pour cette raison qu'Adam avait croqué la pomme ? Parce qu'il était curieux ? Parce qu'il avait besoin de savoir ? Pour la *quête*. Je pris la carte du Monde, qui montrait les cieux complets avec Saturne au centre, bouche ouverte, un enfant dans la paume de sa main.

— Elles sont incroyables, dis-je.

— Tu te rends compte de ce qu'on va pouvoir faire avec tout ça ? renchérit Rachel.

Je croisai les bras et reposai ma question :

— Que s'est-il passé hier soir ?

Rachel continuait à regarder les lames de tarots d'un air rêveur. Il lui fallut une minute pour redescendre sur terre.

— Je ne sais pas. Je me suis réveillée ici. Je ne me souviens plus de grand-chose après la deuxième lecture. C'est comme s'il y avait un grand trou noir dans mon cerveau entre minuit et six heures du matin.

C'était le même laps de temps qui me manquait aussi.

— Mais quand tu es partie ?

— Quand je suis partie, Patrick allait bien. Leo et toi aussi.

— On était toujours présents, Leo et moi ?

Rachel secoua la tête et tira une des chaises.

— Je crois que oui. Honnêtement, je n'en suis pas sûre à cent pour cent. Tout ce que je sais, c'est que Patrick était vivant dans le dernier souvenir que j'ai de lui. Et je me suis réveillée ici ce matin. Et tu n'étais pas là…

Rachel laissa sa dernière phrase en suspens. Ce n'était pas une accusation en soi, mais une façon de tempérer son rôle par rapport au mien. Une affirmation, encore une fois, que, quoi qu'il se soit passé, nous y avions participé ensemble – et de notre plein gré.

— Je me suis réveillée chez Leo, précisai-je.

— Et de quoi te souviens-tu ?

— À peu près autant que toi. La lecture des tarots. Puis je me suis sentie mal et Leo a voulu que je mange quelque chose. Apparemment, ce que j'ai bu était plus puissant que je ne l'imaginais. Mais Leo, lui, n'avait pas l'air plus confus que ça.

— Question de tolérance. Une tolérance acquise.

Je n'avais pas envisagé que Leo ait pu prendre de la drogue auparavant, mais c'était logique.

— Tu penses que c'était une overdose ? demandai-je tout en tâchant de me souvenir de ce qui était arrivé aux gobelets que nous avions utilisés et de ce que nous avions fait des sachets en plastique.

— Une réaction allergique peut-être ?

— Mais nous avons tous pris la même dose du même mélange.

— C'est peut-être juste la fatalité.

Je ne répondis pas. Je ne savais pas comment lui décrire les ténèbres qui m'avaient engloutie hier et j'étais certaine qu'il y avait plus que la fatalité.

J'aurais voulu que les jours suivant la mort de Patrick soient différents, mais le Cloître ouvrit ses portes comme d'habitude à 10 heures, et les visiteurs qui arpentaient les galeries n'avaient sûrement pas lu le petit article publié dans le *New York Times* qui faisait l'éloge d'un conservateur d'art médiéval estimé et décédé prématurément. Personne n'utilisait la bibliothèque en ces jours d'été radieux, préférant l'éclat du soleil sur leur peau, l'humidité de l'herbe sous leurs cuisses. Mais Rachel et moi restâmes dans les chaises en cuir vert, à la grande table de travail en chêne, où s'entassaient des volumes sur l'art et l'architecture.

— Poursuivez votre travail, déclara Michelle de Forte lorsqu'elle vint nous rendre visite au musée la semaine suivante. Il se peut que le nouveau conservateur veuille poursuivre le travail de Patrick. Continuez avec cette hypothèse en tête.

— Combien de temps avant de trouver un remplaçant ?

Nous étions dans la bibliothèque, entourées de livres dont certains avaient été ouverts par Rachel. L'un montrait un manuscrit médiéval illustrant les signes du zodiaque et les fonctions corporelles qu'ils régissent – Balance, l'intestin grêle ; Scorpion, l'appareil génital.

Michelle jeta un coup d'œil à la porte du bureau de Patrick.

— Nous faisons notre possible, mais nous ne voulons pas engager quelqu'un dans la précipitation et nous apercevoir que nous avons fait une erreur. En attendant…

Ce fut tout. Jusqu'à ce que le téléphone de Rachel sonne le lendemain.

— C'est de la belladone, le légiste en est certain, nous annonça Michelle.

La responsable des ressources humaines parlait d'une voix fébrile, comme si elle se retenait d'exploser. Nous étions assises en limite des jardins, le téléphone posé entre nous, le volume du haut-parleur aussi bas que possible.

— L'autopsie a montré une quantité importante de belladone dans les tissus et le sang, détailla Michelle. Une quantité importante. Une dose puissante de poison.

— Un suicide ? avança Rachel.

— Bien sûr que non, répliqua Michelle. Comment peux-tu dire ça ?

Parce que l'alternative était pire, songeai-je. J'étudiai le profil de Rachel, en quête d'un indice – surprise, culpabilité –, mais elle semblait seulement sous le choc.

— Qu'est-ce qu'on peut faire ? demandai-je pour combler le silence.

— Eh bien, une enquête est en cours. La police va vous contacter. Ils m'ont déjà appelée et ils vont interroger tous les employés du Cloître.

— Est-ce que ça pourrait être un accident ? demanda Rachel.

C'est là que je sentis dans sa voix une pointe de désespoir. La perspective d'une nouvelle perte violente à accepter. Que nous aurions toutes les deux à surmonter.

— Ils envisagent un homicide. (Michelle marqua une pause avant d'ajouter :) Vu les circonstances, nous recommandons aux membres du personnel de coopérer avec les enquêteurs, mais si vous souhaitez la présence d'un avocat, libre à vous, bien sûr.

Deux jours plus tard, les enquêteurs du 34e district d'Inwood voulurent nous parler. Je n'avais toujours pas eu de nouvelles de Leo.

C'est une inspectrice dénommée Murphy qui nous accueillit à la réception du poste de police. Elle déclara en regardant Rachel :

— Nous vous enverrons une voiture vous chercher au musée quand nous en aurons terminé avec Ann.

Rachel hocha la tête et me jeta un dernier regard avant de se diriger vers la sortie, me laissant dans la lumière blafarde du commissariat.

J'avais imaginé que l'entretien aurait lieu dans une pièce spartiate, avec une table en métal et des chaises inconfortables, peut-être même un miroir sans tain. Mais on me conduisit dans une pièce agréable, le bureau de l'inspectrice, qui me rappela ceux de l'université, avec des piles de documents et des photos de famille défraîchies dans des cadres légèrement ternis. Elle désigna un fauteuil en cuir et s'assit en face de moi, à son bureau. Puis elle me présenta son collègue. Un homme chauve adossé à une armoire de classement, qui de temps à autre jetait un coup d'œil à l'horloge au-dessus de la porte.

— Je suis bien consciente que de parler de votre patron doit être difficile pour vous, vu les circonstances, mais nous interrogeons tous les employés qui étaient présents au musée ce jour-là. C'est la procédure.

Je me demandai un court instant si elle s'était rendue au Cloître avant cette affaire, si pendant ses pauses déjeuner elle aimait se promener dans les galeries et penser aux corps momifiés qui reposaient dans leurs sarcophages.

— Venons-en tout de suite à l'essentiel. Vous avez vu Patrick le jour précédant sa mort, c'est bien ça ?

— Oui.

— Comment vous a-t-il paru ce jour-là ? Et comment se comportait-il en général ?

— Il avait l'air d'aller bien. Un peu stressé. C'était une période un peu chargée pour lui. Pour nous.

— Bien, il était donc stressé. Plus précisément, vous a-t-il semblé en colère ou agacé ?

— Je n'ai pas remarqué, non.

— Avez-vous observé des visites inhabituelles au Cloître ces derniers temps ? Une personne que vous ne connaîtriez pas ?

— Il est difficile de passer inaperçu au sein de la zone réservée au personnel. Et la bibliothèque n'a pratiquement pas été fréquentée cet été. Ces visiteurs-là doivent signer le registre, vous pourrez donc les contacter sans problème. Quant aux touristes... (Je haussai les épaules.) ... on en voit des milliers chaque jour.

— Et qu'en était-il de ses... (L'inspectrice consulta ses notes.) ... relations ? Avait-il une petite amie ? Un petit ami ?

L'image de Patrick saisissant le poignet de Rachel me traversa rapidement l'esprit, leurs corps se découpant dans l'encadrement de la porte de sa maison, la façon dont Margaret, la gouvernante, avait parlé de leur temps passé ensemble à Long Lake.

— Pas à ma connaissance, mentis-je.

— Ce que nous nous efforçons d'établir, intervint le second enquêteur, c'est le mobile. À l'heure qu'il est, nous n'avons aucune idée de la raison qui aurait pu pousser quelqu'un à tuer le conservateur.

— Je n'en ai aucune idée. Vraiment. Tout le monde l'adorait – le personnel du musée, celui du Met. Il était très respecté. Parfois, les choses se produisent sans raison, sans motif. Parfois, c'est juste la fatalité.

— En général, un empoisonnement n'a rien à voir avec la fatalité, rétorqua Murphy.

— Les empoisonnements accidentels sont un vrai sujet d'inquiétude au Cloître.

Je ne savais pas si mon affirmation était véridique, mais elle était plausible, étant donné le nombre d'enfants qui arpentaient les jardins et la pléthore de plantes vénéneuses que nous cultivions.

— Donc, vous ne voyez personne qui aurait eu des raisons d'assassiner Patrick ? Pas de jalousies ? de conflits au travail ?

— Aucun.

— Quand on a fait venir Leo Bitburg pour l'interroger, intervint le collègue de Murphy, il a mentionné que Rachel et Patrick avaient une liaison. Auriez-vous noté quoi que ce soit qui pourrait l'indiquer ?

J'essayai d'avoir l'air le plus décontracté possible pour masquer mon inquiétude d'apprendre que Leo était déjà venu au poste de police et qu'il avait négligé de m'en parler.

— Je ne travaille au musée que depuis quelques semaines. Alors, je ne sais pas.

— Leo Bitburg a déclaré, je cite : « Rachel et Patrick sortent ensemble depuis plus d'un an. C'était de notoriété publique au musée. Ils étaient tout le temps fourrés ensemble. » Mais vous n'avez rien remarqué ?

Les deux inspecteurs m'observaient attentivement. Je haussai les épaules.

— Je viens d'arriver.

— Considérez-vous Rachel comme une amie proche ? demanda Murphy.

— Oui, je crois.

— Et elle ne vous a jamais parlé de Patrick ?

— Non.

— D'accord. (Elle reprit ses notes.) Et vous ? Patrick et vous aviez-vous une relation en dehors des heures de travail ?

Je repensai au jour où nous étions allés ensemble chez l'antiquaire, à la façon dont il s'était tenu derrière moi, regardant par-dessus mon épaule comme le faisait mon père lorsqu'il examinait mon travail.

Je secouai la tête.

— Non.

— Et que savez-vous de la belladone ?

— C'est un poison. Le Cloître en fait pousser depuis son ouverture dans les années 1930.

— Savez-vous que la partie la plus toxique de la plante, c'est la racine ?

Je répondis par la négative.

— Pour l'instant, reprit Murphy en tapotant un crayon sur le bureau, nous pensons que Patrick a ingéré une forte dose de racine de belladone, certainement réduite en poudre ultrafine. Facile à ajouter à un plat ou à une boisson. Elle n'a pratiquement pas de saveur, si bien que Patrick n'a probablement rien senti. Avez-vous déjà vu quelqu'un lui apporter à manger ? Ou une personne traîner dans la cuisine avec un comportement suspect ?

Je me demandai si cela avait vraiment pu se passer dans la cuisine ou bien si Patrick était parti récupérer un complément de la potion que nous avions prise tous les trois, quatre si on comptait Leo. Lorsque Leo avait pris soin de moi, Patrick aurait-il pu s'administrer cette dose supplémentaire ? Nous savions de manière tacite que nous ne pouvions pas raconter à la police les événements de cette nuit-là.

— C'est une cuisine commune. Nous partageons l'espace. Comme dans n'importe quel bureau, les employés ont

tendance à mélanger leurs affaires – certains mangent accidentellement le déjeuner d'un collègue, boivent son café...
répondis-je, laissant le sous-entendu faire son chemin.

Je me remémorai la tranche de gâteau que m'avait présentée Leo. Je me demandai soudain à qui elle était...

— Il est possible d'après vous que Patrick n'ait pas été
la cible du tueur ?

La vie pouvait si facilement dérailler, songeai-je, des
erreurs, des accidents se produisaient. Mon renvoi du Met,
la mort de mon père... toute notre vie, toujours sur le fil
du rasoir, que le destin pouvait en un instant faire basculer
d'un côté ou de l'autre. Le succès ou l'échec, la vie ou la
mort. Tels étaient les caprices que les Romains de l'Antiquité tentaient de rationaliser avec leurs philosophies et
leurs dieux mais, au fond d'eux, ils ne se faisaient aucune
illusion : le destin était aussi brutal que providentiel.

— Je vous explique juste le fonctionnement de la cuisine.

— Et vous ? demanda l'inspecteur. Avez-vous une
relation personnelle avec un employé du musée ?

— Intime, clarifia Murphy.

— Quel rapport avec votre enquête ?

— Nous essayons de nous faire une idée précise de
votre environnement dc travail.

— Eh bien, Rachel et moi, on est amies. Et je suis sortie plusieurs fois avec Leo, mais je ne dirais pas que c'est
une relation sérieuse.

Les deux inspecteurs prenaient des notes.

— Et Rachel ? Quelles sont vos impressions sur elle.
En général ? demanda l'inspectrice en faisant un vague
geste de la main.

— Eh bien, elle a été très accueillante et s'est toujours montrée totalement professionnelle. Pour être franche, je ne la crois pas capable d'un tel acte.

— Et vous êtes sûre que, puisque vous êtes encore nouvelle, vous la connaissez suffisamment pour faire ce genre d'assertion ?

— Je la connais ni plus ni moins que je connais les autres.

Je ne voyais pas l'intérêt de les informer que nous habitions ensemble, que nous passions tout notre temps ensemble. Je voulais rester en dehors de cette histoire, un instinct de préservation naturel chez moi.

— Bien, répondit Murphy en se levant, m'indiquant par là que l'entrevue était terminée. Nous aurons peut-être d'autres questions plus tard. Pourriez-vous demander à Rachel Mondray quand elle sera prête afin qu'on lui envoie un véhicule à votre retour au musée ? conclut-elle en me raccompagnant à la porte de son bureau.

Ils proposèrent de me ramener en voiture, mais je voulais marcher. J'empruntai le chemin sinueux bétonné en direction du musée. Je dépassai des groupes de personnes étendues sur des couvertures de pique-nique, et des filles aux genoux cagneux qui lisaient allongées sur le dos. Une scène pastorale urbaine. Et à cet instant, j'aurais voulu me trouver parmi eux, une sandale pendue à mon orteil, l'esprit ailleurs. Je n'aurais à m'inquiéter que des fourmis qui chercheraient à se régaler de mon sandwich acheté à l'épicerie fine de la 24e Rue. Et non pas de la mort de Patrick et de ma possible implication dans une affaire de meurtre. Peut-être s'agissait-il d'un accident ; peut-être avait-il pris une dose qu'il n'aurait pas dû après le départ de Leo ; peut-être le médecin légiste, certain que le poison était la cause du décès, était-il passé à côté de quelque chose.

Je savais pourquoi je n'avais pas tout dit à l'inspectrice Murphy. Ce que Rachel et moi avions découvert était si rare que cela en valait la peine. Cela justifiait nos choix. N'était-ce pas ce que nous enseignait cette ville ? À grimper au sommet, à se battre, à prendre des risques. Quand j'étais arrivée à New York, j'étais impatiente de m'oublier, de faire peau neuve, de devenir le genre de personne qui croit aux enseignements du tarot. Qui est heureuse de se laisser entraîner dans l'univers étrange et envoûtant du Cloître. Un univers où il était possible d'agir en toute impunité. Et Rachel m'avait aidée à devenir cette personne.

Parvenue au musée, je remontai l'allée et poussai la grille. Je savourai la sensation du métal froid sous mes doigts avant de laisser le portail se refermer derrière moi. Rachel était assise à notre table habituelle dans la bibliothèque, la tête penchée sur un ouvrage.

Je pris place en face d'elle, les joues brûlantes après l'ascension de la colline, le corps encore tendu à la suite de l'interrogatoire de la police. Rachel leva les yeux et nos regards se croisèrent entre les piles de livres et de documents.

— Je ne leur ai rien dit.

— Je n'en doutais pas.

18

L'hommage rendu à Patrick eut lieu un samedi après-midi nuageux, une heure après la fermeture des portes du musée aux visiteurs. Je ne savais pas qui l'avait organisé, mais tout le monde était présent : non seulement le personnel, mais aussi le conservateur de la Morgan Library, les employés de la Frick Collection, des professeurs de la faculté de Columbia, de Yale, Princeton et Penn. Les tables étaient chargées de plats de charcuterie raffinée et de flûtes de champagne, et des chaises supplémentaires avaient été disposées sous les cognassiers. J'entendis Moira dire qu'ils avaient planifié la cérémonie avant d'apprendre qu'il s'agissait d'un meurtre, une information qui ne s'était pas encore répandue – un administrateur du Metropolitan avait réussi à tenir la presse à l'écart. Du moins pour le moment.

Les invités flânaient dans les jardins ou emportaient leur flûte de champagne dans les galeries pour échapper aux rayons du soleil qui avait finalement décidé de faire son apparition. Je m'étonnai de l'absence de service de sécurité, aucun gardien pour rappeler aux visiteurs de ne pas éclabousser les fresques et les autels, de ne pas laisser de nourriture sur les rebords de fenêtres. Plus tard, en parcourant les galeries, je ramassai des serviettes en papier garnies de restes de charcuterie et allai les jeter dans la poubelle de la cuisine du personnel.

Rachel était habillée en noir. Une robe droite ajustée, sans manches, agrémentée d'un bijou qu'elle portait autour du cou, une longue chaîne en or terminée par un pendentif en émail peint, dans les tons vert et rouge. Je lui avais emprunté une tenue sobre, appropriée pour la circonstance, mais il était clair, vu les vêtements des autres personnes présentes, que j'aurais pu opter pour quelque chose de plus original. Partout, des taches de couleur et des échantillons de différentes textures.

Nous nous étions changées dans le bureau de Patrick, enfilant nos tenues ensemble comme si nous étions dans le vestiaire du lycée, et non dans la pièce où son corps gisait quelques semaines plus tôt.

— Je ne suis pas sûre d'y arriver, dit Rachel en se tournant pour que je remonte la fermeture Éclair le long de son dos.

— Aucun d'entre nous n'en a envie.

— Je m'attends toujours à le trouver ici.

— Je sais.

— Je le pense vraiment. Un peu comme s'il n'était jamais parti. Que seul son corps nous avait quittés.

Elle me serra fermement les doigts, puis nous rangeâmes nos vêtements de travail dans nos sacs avant de sortir dans la lumière déclinante de l'été. Pendant la cérémonie, je compris que le musée, et peut-être même Rachel m'avaient apporté un nouveau départ loin de Walla Walla, loin du souvenir de l'enterrement de mon père et également des vieilles insécurités auxquelles j'avais été confrontée l'année dernière. Cela me procura un certain réconfort.

Sous l'une des architraves du fond du cloître de Bonnefont, je repérai Léo debout, le torse dans l'ombre, les jambes au soleil. Son jean élimé et maculé de terre était en pleine lumière, mais son visage était caché. Il n'avait pas pris la peine de se changer pour l'occasion. J'aurais aimé le rejoindre, me mettre en retrait moi aussi, mais, quand je fis un pas de côté, Rachel m'attrapa par le bras, une main en visière pour se protéger du soleil.

— Ne me laisse pas, murmura-t-elle.

Ainsi nous restâmes côte à côte près de l'achillée fleurie pour écouter le discours de Michelle de Forte, puis celui du conservateur de la Morgan Library. Aruna raconta des anecdotes sur Patrick, le regard presque tout le temps fixé sur Rachel et moi. Quand le dernier orateur eut terminé, un quatuor à cordes se mit à jouer sous la loggia et, pour la première fois, je me rendis compte à quel point l'acoustique du Cloître était extraordinaire, même à l'extérieur.

Avant la cérémonie, Michelle nous avait informées que le remplaçant de Patrick arriverait d'ici à la fin août, ce qui n'était que dans une semaine, et, en regardant les silhouettes se déplacer dans les allées des jardins, je me demandai qui, parmi eux, était déjà en train de planifier le lieu du prochain dîner « de la ferme à la table » des administrateurs, d'imaginer comment concevoir une meilleure signalétique pour les galeries, et d'échafauder ses propres expositions après, bien sûr, avoir vu si les financements de Patrick pouvaient être annulés et nos recherches utilisées à d'autres fins. Nul doute que ce poste suscitait beaucoup d'intérêt.

Aruna nous rejoignit, une flûte de champagne à la main.

— Dieu maintient l'ordre du monde, lança-t-elle.

— Patrick aurait trouvé cette citation de Boèce appropriée, dis-je.

— Mon destin tourne sur la roue, comme la face pâle de la lune qui ne peut rester, récita Rachel à son tour. Stewart Headlam.

— Je crois que le destin de Patrick ne tourne plus, Rachel. Il s'est brisé.

— Le nôtre tourne encore, répliqua-t-elle en observant les conservateurs rassemblés autour d'un parterre d'herbes comprenant de la jusquiame noire et de la mandragore.

— Nous sommes tous obsédés par notre destin, déclara pensivement Aruna. Car c'est la seule chose que l'on ne peut contrôler. La seule chose qui fait de nous des aveugles. Tu n'es pas d'accord, Rachel ?

Je regardai Rachel, qui avait reporté son attention sur Aruna.

— Il existe des manières de voir, dit Rachel.

Aruna haussa un sourcil.

— Penses-tu qu'il existe des moyens de savoir comment pourrait tourner la roue de la fortune ? (Aruna remua l'olive au fond de son verre et inclina la tête.) Peut-être as-tu déjà trouvé un moyen ?

— Je ne sais pas ce que vous voulez dire, Aruna.

— Fais attention où tu mets les pieds. Les humains ont tendance à se laisser séduire par la promesse du savoir.

Aruna n'attendit pas que j'ajoute mon grain de sel à la conversation, mais leva une main en guise d'au revoir.

— Excusez-moi, je dois aller saluer quelqu'un.

Elle quitta notre petit cercle.

— Elle fait tellement d'efforts pour être mystérieuse, commenta Rachel.

Mais, pour la première fois, je fus frappée par l'idée qu'Aruna n'avait rien de mystérieux, mais qu'elle était un oracle. Après tout, qui étaient les oracles sinon des femmes qui gardaient les temples de la connaissance ?

Je secouai la tête.

— Nous savons mieux que quiconque combien il est facile d'être séduit par les secrets du passé.

— Ne tombe pas dans ce piège, Ann. Parfois, il vaut mieux ne pas savoir ce que l'avenir nous réserve.

Je songeai au sauvetage miraculeux de Rachel, à la mort de ses parents, à celle de Patrick. Je comprenais pourquoi elle ne voulait pas connaître ce que l'avenir lui réservait, pourquoi elle préférait croire que Patrick était toujours là, parmi les fleurs, d'une manière ou d'une autre. Assises sur le muret entourant les jardins, nous observâmes le flot de la foule, les groupes qui se formaient et se scindaient – la division cellulaire sociale.

Le champagne avait tiédi dans nos flûtes. J'avais l'impression d'être une cousine éloignée qu'on avait invitée à un mariage par obligation, qu'on négligeait pendant la fête, mais qui était pourtant nécessaire à l'événement. Les derniers rayons du soleil, qui se couchait chaque jour un peu plus tôt, réchauffaient notre peau, même si, certains jours, on sentait de la fraîcheur dans la brise.

— Je suis heureuse que tu sois venue ici cet été, déclara soudain Rachel.

— Moi aussi.

— Au milieu de toute cette tragédie, au moins on aura ça. Si tu veux, tu peux venir à Cambridge avec moi. Tu pourrais peut-être trouver un boulot au Fogg Art Museum.

Nous n'avions pas évoqué ce qui se passerait à la fin du mois, et j'avais déjà dans ma boîte de réception un mail du restaurant où j'avais travaillé à Walla Walla qui me demandait si je comptais revenir en septembre. Voir le nom du restaurant s'afficher comme expéditeur avait suffi à me serrer la poitrine, puis la panique m'avait coupé le souffle.

— Je crois que j'ai envie de rester ici, répondis-je en finissant mon champagne éventé.

Rachel hocha la tête.

— Tu pourrais demander à Aruna s'il y a un poste disponible à la Beinecke.

Nous avions prévu de rédiger un article qui révélerait la découverte des cartes et une traduction complète des documents que Richard Lingraf avait retranscrits. Un article qui exposerait les origines occultes du tarot, l'intérêt de la Renaissance pour l'analyse du destin et la connaissance de l'avenir. Une fois publié, il ne faisait aucun doute que nous pourrions toutes les deux choisir la direction que nous voulions emprunter. Une récompense pour les risques que j'avais pris cet été.

Rachel fit un petit signe au conservateur de la Morgan Library.

— Je ferais bien d'aller lui dire bonjour. Tu veux que je te le présente ?

— Non. Ça va, merci.

Je n'avais rien à faire d'autre qu'attendre la fin de la cérémonie. Je retournai dans les galeries, espérant me perdre dans les tableaux et les sculptures. À l'intérieur, je fus reconnaissante du silence. Je m'assis devant mon œuvre préférée – une immense fresque représentant un lion –, et j'admirai la courbe de sa queue. Leo et moi n'avions pas pu nous parler depuis cette nuit-là, et les quelques SMS que nous avions échangés m'avaient apporté moins de réponses que de questions. Mais ce n'était pas faute d'avoir essayé. Rachel avait encore eu plus besoin d'attention que d'habitude depuis la mort de Patrick.

— Tu fuis ?

C'était Leo.

— Je fais une pause, répliquai-je en lui faisant face.

— T'es pas d'humeur à te servir d'un mort pour faire avancer ta carrière ? Bravo.

— Tu es injuste.

— Vraiment ? Tu as bien regardé les gens dans les jardins ?

— Que sommes-nous censés faire d'autre ? Il faut bien se réunir d'une manière ou d'une autre.

Leo s'approcha de la fenêtre de la galerie – sous une arche gothique, étroite, un verre épais et ondulé. En contre-jour, il n'était qu'une silhouette obscure, le visage noyé dans l'ombre.

— Se recueillir avec de beaux habits sur le dos et se taper sur l'épaule alors que le lieu où un homme a été assassiné se trouve à deux pas d'ici.

— Leo…

— Tu vas en retirer quoi de sa mort, finalement, Ann ? Tu t'es posé la question, franchement ?

Je l'avais fait, même si je ne supportais pas les réponses.

— Je pourrais te retourner la même question, répondis-je à voix basse.

— Tu sais pourquoi je l'ai fait, déclara Leo en passant une main aux ongles noirs de terre sur sa nuque. Il me l'a demandé, ajouta-t-il d'une voix cassée. (Il avait les traits tirés et sa peau bronzée ne camouflait pas sa fatigue.)

Ann, fie-toi à ton instinct. Il y a une raison à ta présence ici et non pas à l'extérieur.

Mais mon intuition ne fonctionnait pas comme celle de Leo – vive et incisive, presque une seconde nature. Alors que je comptais de plus en plus sur les cartes pour me guider, Leo se tenait toujours à distance, pas parce qu'il se méfiait ou qu'il avait peur, mais parce qu'il aimait analyser les situations, disséquer les gens. Il était dans le calcul.

— Chacun fait son deuil à sa manière.

— Ne lui trouve pas d'excuses.

— C'est à moi que je cherche des excuses, répondis-je avec sincérité.

— Alors, n'en trouve pas à Rachel. Elle ne le mérite pas.

— On est amies.

Il éclata de rire.

— Tu n'as pas encore remarqué que Rachel n'avait pas d'amis, seulement des admirateurs ? Tu es venue à des fêtes pleines de gens que je considère comme des amis, mais as-tu rencontré une seule personne que Rachel estime vraiment ?

Je le fusillai du regard, furieuse qu'en un sens, il eût raison. Les murs que j'avais soigneusement érigés autour de moi se fissuraient déjà.

— Tu n'avais rien remarqué, hein ? Mais maintenant que tu y réfléchis, à qui t'a-t-elle présentée ? Personne, hein ?

— En quoi est-ce important ?

— Parce que…, dit-il, les mains écartées, parce que quelqu'un l'a fait. Quelqu'un a tué Patrick. Une personne qui se balade dans le musée en ce moment même. Toi, moi, Rachel, Moira. Et tu t'obstines à ne pas le voir.

C'était vrai. C'était une réalité que je n'étais pas prête à affronter car, dans le cas contraire, cela ne signifierait qu'une chose : une nouvelle perte. J'avais donc rationnalisé la situation. Compartimenté. Je n'avais pas voulu, au moins jusqu'à maintenant, considérer la mort de Patrick comme un meurtre. Malgré les interrogatoires et les preuves, j'avais continué à croire qu'il y avait une autre explication, un autre destin que Patrick avait rencontré. Je me levai du banc pour rejoindre Leo devant la fenêtre.

— Je dois aller jusqu'au bout, dis-je à voix basse. Je ne peux pas renoncer. Pas maintenant.

Leo caressa une mèche de mes cheveux, sa main calleuse effleurant mon cou.

Je levai les yeux sur lui, désireuse qu'il m'embrasse. Je voulais trouver du réconfort auprès de lui qui me semblait si stable dans ce monde en train de s'effriter sous mes pieds. Un monde que je ne voyais pas aussi bien que je le voulais, Leo avait raison.

— Ann, j'espère que tu es assez intelligente pour survivre à tout ça.

Derrière nous, la porte de la galerie s'ouvrit dans un grincement. Je reconnus ses pas avant sa voix.

— On y va ? lança Rachel. Ann ?

— Ann et moi, on parlait d'aller dîner. N'est-ce pas ?

Le dos tourné à Rachel, je hochai la tête en regardant Leo. Le silence était tendu. Je fis tourner les mots dans ma bouche jusqu'à ce que je sois sûre de pouvoir les prononcer.

— Je crois que je vais passer la nuit avec Leo, dis-je sans le quitter des yeux.

— Quoi ?

Je me retournai vers Rachel. Elle semblait soudain fragile et lessivée. Pour la première fois, je remarquai que sa robe tombait curieusement sur son corps osseux, ses épaules, ses clavicules, ses hanches. Elle incarnait l'image même du chagrin. Je n'avais pas vu qu'elle avait encore minci, mais cela me sautait aux yeux à présent alors que son corps frêle était encadré par les statues en bois de Jeanne d'Arc et de sainte Ursule.

— Je vais dîner avec Leo, répétai-je. Si cela ne te dérange pas, bien sûr.

— Bien sûr que non. (Elle avait les bras croisés.) Chacun fait ses choix.

Une minute, j'hésitai sur la marche à suivre, puis déclarai :

— Est-ce que tu veux que je vienne… ?

— Non, me coupa-t-elle. Je ne veux pas.

Elle tourna les talons mais, quand elle arriva à la porte qui donnait sur le cloître de Bonnefont, baigné de la lumière du soleil couchant, elle me fit face.

— Méfie-toi, Ann. Le sommet de la roue est dangereux.

La porte se referma derrière elle.

— Qu'est-ce qu'elle veut dire par là ? demanda Leo.

— Rien.

Mais tandis que nous traversions les galeries, je ne pus m'empêcher de jeter un dernier regard à la roue de la fortune et aux personnages attachés à ses rayons. Les mots de Rachel avaient marqué mon esprit au fer rouge.

19

Je retrouvai Laure en centre-ville, dans une ruelle bondée où les immeubles en brique masquaient le soleil du matin. Le comptoir du petit déjeuner était aménagé avec goût : des carreaux hexagonaux noirs et blancs et des miroirs au cadre en bronze patiné, des tables en bois brillant et des chaises tapissées de cuir. Tandis que les serveurs déposaient des assiettes garnies d'épaisses tranches de pain grillé accompagnées d'œufs au plat, je scrutai la pièce à la recherche de Laure, que je repérai sur un tabouret au bar qui donnait sur la rue, où les voitures et les piétons se mêlaient pour créer le tissu urbain.

Après un concert à Red Hook, Leo m'avait invité à passer la nuit chez lui, mais ce matin je n'avais pas eu le temps de me laver les cheveux. Mes vêtements empestaient le tabac – c'étaient les vêtements que je portais dans les coulisses, où j'avais vu les autres groupes se préparer avant leur passage sur scène. En me précipitant hors de chez Leo pour aller retrouver Laure, j'avais ramené mes cheveux en queue-de-cheval. Je n'avais pas envie de les brosser. Je voulais me rappeler la manière dont Leo avait enroulé mes boucles autour de son doigt avant de me dire que je rentrais avec lui – ce qui n'avait rien d'une question.

Leo et moi n'avions pas discuté de ce qui se passait entre nous, et parfois je me demandais s'il y avait d'autres femmes, les autres nuits, dans le même lit. Mais il était facile de repousser ces pensées. Il n'était pas question non plus de le voir tous les soirs. Rachel ne l'aurait pas permis.

Laure but une gorgée de son café.

— Tu as l'air… chiffonnée ?

Je jetai un coup d'œil à ma robe qui avait passé la nuit en boule par terre. Il n'y avait qu'un petit miroir au-dessus du lavabo de la salle de bains dans l'appartement de Leo, mais je savais que Laure avait raison. Je lissai le devant de ma robe avec ma main, comme si cela suffisait.

— Au moins, tu profites de New York !

— Le jardinier du Cloître, on a…

Laure hocha la tête.

— J'avais aussi un « jardinier du cloître » quand j'ai emménagé ici.

Je consultai le menu. Laure ne m'avait sûrement pas fait venir ici pour me parler de ma vie amoureuse ou de la sienne. Même si je me souvenais bien de son petit copain à Whitman – un joueur de foot qui fumait systématiquement entre les cours et qui se baladait avec une version écornée de *Howl*[1] dans sa poche arrière. Qu'était-il devenu ? Impossible de me rappeler son prénom.

---

1. Long poème écrit en 1955 par Allen Ginsberg, étendard de la Beat generation.

— Alors…, dis-je après avoir commandé la même montagne de pancakes que j'avais vue passer une minute plus tôt. Comment ça se passe à Yale ?

— Tout va bien, dit Laure pour combler le silence, son épaule contre la mienne. Je suis désolée pour Patrick, dit-elle en scrutant mon visage. Si j'avais su que tu étais là, j'aurais…

Elle haussa les épaules sans finir sa phrase.

Je lui en voulais de vouloir jouer à la grande sœur, alors que durant mes deux dernières années à Walla Walla, je m'étais débrouillée seule, sans aucune nouvelle de sa part. Je lui avais même envoyé un mail pour avoir des conseils quand Yale avait rejeté ma candidature, mais elle ne m'avait jamais répondu. Cela m'avait blessée, bien sûr. Elle n'avait pas mis longtemps à m'oublier. Mais à présent que j'avais réussi, à la force du poignet, à revenir dans son monde, nous brunchions ensemble et elle faisait comme si de rien n'était.

— C'est nous qui l'avons trouvé, Rachel et moi, dis-je, lui laissant le temps de digérer l'information.

— Ann…

Mais je secouai la tête, repoussant Laure en même temps que le souvenir.

— On va s'en remettre. *Je* vais m'en remettre. C'est bien plus dur pour Rachel, je pense. Elle le connaissait depuis très longtemps.

— Et comment ça se passe avec elle ?

— Qu'est-ce que tu veux dire ?

Sans doute le ton de ma voix était-il défensif, car Laure leva une main, qu'elle voulut poser sur mon bras, avant de se raviser et de la laisser retomber sur ses genoux.

— Je voulais juste savoir... (Elle prit une grande inspiration.) Est-ce une collègue agréable ? un soutien ?

— Elle est plus qu'une collègue, c'est une amie.

J'avais attribué la méchanceté de Rachel dans la galerie la nuit dernière au fait que nous étions – elle, Leo, moi – soumis à un stress incroyable. Sa réaction, ce moment désagréable, ne pouvait pas résumer ni défaire l'été que nous avions passé ensemble.

— Et tu n'as rien remarqué de... d'étrange ? me demanda Laure en agitant la main de manière vague.

— Autre que la mort de notre mentor ?

Je ne voulais pas paraître narquoise, mais Laure me portait sur les nerfs.

— Je te pose la question à cause de ce qui s'est passé quand Rachel était à Yale.

Je songeai au décès de ses parents. Je savais à quel point une telle perte pouvait déplacer le centre de gravité de son monde.

— Peu après mon arrivée à Yale, quand Rachel était en troisième année, sa colocataire est morte. Elle est tombée de la fenêtre. Elles habitaient au deuxième étage de Branford, un vieux bâtiment historique. Tout le monde a été choqué, car la plupart des fenêtres de cet édifice étaient scellées depuis des années. C'était impensable que quelqu'un puisse en ouvrir une, mais Rachel y est parvenue. Et juste après les vacances de Noël, sa colocataire a sauté. Ou est tombée. (Laure reprit une gorgée de café et me regarda.) Ou a été poussée.

— Oh, mon Dieu ! Pauvre Rachel.

— Elles habitaient ensemble depuis le début de leurs études, reprit Laure. Elles étaient proches. Pourtant, le lendemain de sa mort, Rachel...

— Chacun fait son deuil à sa manière, la coupai-je, voulant éviter la suite que je prévoyais être une critique du comportement de Rachel à la suite de ce drame.

— C'est bien ça, le problème, Ann. Je ne crois pas qu'elle était en deuil. On aurait dit que... qu'elle se réjouissait !

Qui était Laure pour la juger ? Il était impossible à une personne qui n'avait pas perdu un proche de comprendre combien cela bouleversait votre univers, et le rendait terrible, étrange. Ne pas juger le deuil d'autrui était un principe que Rachel et moi défendions.

— Elle avait un alibi ?

Laure hocha la tête.

— Elle était à New York.

— Alors pourquoi suggères-tu qu'elle l'a poussée ?

— Il y a plus d'une façon de pousser quelqu'un.

J'allais lui rétorquer que je n'avais constaté aucun comportement de ce genre chez Rachel, quand Laure renchérit :

— Ce n'est pas seulement ça. Elle a la réputation de ne pas bien traiter les gens. Une fois, je l'ai vue crier sur un étudiant. Elle était tellement hystérique que je n'ai compris qu'une phrase qu'elle répétait en boucle : « Tu ne sais rien ! Tu ne sais rien ! » J'ai interrogé un autre étudiant qui était à Yale depuis longtemps, et il m'a confirmé que Rachel était connue pour ses sautes d'humeur. Apparemment, quand elle était en première année, elle a accusé un chargé de TD de l'avoir saquée parce qu'elle avait refusé de coucher avec lui. Elle n'avait aucune preuve, c'était sa parole contre la sienne. Le chargé de TD a fini par quitter Yale. Et, au printemps dernier, à une soirée du département, elle a dénoncé un professeur marié qui avait une aventure avec une étudiante. (Laure but une gorgée de café.) Tout le monde à Yale la trouve intelligente – brillante en réalité –, mais elle… elle est pas mal déséquilibrée.

— On vit ensemble, dis-je, autant pour réfuter les accusations de Laure que pour affirmer mon propre courage.

— Ann…

— Et on travaille en binôme depuis mon arrivée.

— Rachel ne collabore avec personne.

— Si, elle le fait.

— Non, tu penses qu'elle fait équipe avec toi, mais je t'assure que ce n'est pas du tout sa vision des choses.

La serveuse arriva avec nos petits déjeuners, mais la faim que j'avais en quittant l'appartement de Leo avait disparu.

— Ann, dit doucement Laure, tu ne te demandes jamais pourquoi Rachel t'a choisie ?

— Que veux-tu dire ?

— Eh bien, tu es gentille. Tu viens d'arriver, tu as envie de faire plaisir. Tu veux te faire un nom. Mais tu ne sais pas à qui tu as affaire. Le monde dans lequel elle évolue. Le genre de personne qu'elle est. Rachel est prête à tout pour parvenir à ses fins.

Dans mes périodes les plus sombres, je me faisais souvent cette réflexion. Laure n'était pas la première à me prouver qu'on pouvait facilement me laisser pour compte, qu'il serait facile pour Rachel de m'abandonner si la situation devait se compliquer. Après tout, j'étais la nouvelle, l'outsider. Je me demandais souvent si je serais un jour considérée autrement. Mais j'avais aussi compris qu'il n'était pas trop tard pour tirer mon épingle du jeu. Rachel et moi étions amies, conspiratrices et collaboratrices. Mais Laure me rappelait une chose que je savais déjà : il me fallait un plan B.

J'étudiai les couverts et les serviettes blanches qui venaient d'arriver avec nos petits déjeuners.

— Est-ce que les gens pensent qu'elle est impliquée dans la mort de Patrick ?

— Je ne sais pas. Mais moi, je le pense. Et je te le dis franchement : je crois qu'elle l'a fait. (Laure fit une pause.) Et toi ?

— Non.

Rachel n'était pas désorganisée – bien au contraire, elle était méticuleuse, méthodique. Tuer Patrick devant moi, devant tout un musée, n'était pas son style.

— Elle n'est pas la personne que tu crois, insista Laure.

— Qu'est-ce que tu en sais ?

Je fus surprise de m'entendre hausser la voix, avec une certaine véhémence, presque comme un aboiement.

Elle posa une main sur mon bras.

— Tu devrais quitter le musée.

— Comment ça ?

— Eh bien, travailler avec Rachel Mondray ne s'est pas bien terminé pour les gens que je connais. Si j'étais toi, je chercherais un nouveau poste. Aujourd'hui même.

Je faillis rire. C'était impossible. Abandonner les cartes, les recherches, les manuscrits du Cloître ? Laisser les traductions de mon père et les papiers de Richard Lingraf entre les seules mains de Rachel ? Mon meilleur espoir pour l'année à venir était de rester. Partir maintenant signifierait rentrer chez moi et renoncer non seulement à mes ambitions, mais aux objets eux-mêmes.

C'était hors de question. J'avais bien l'intention de ne pas bouger d'un pouce.

— Tu n'as pas remarqué un schéma récurrent, Ann ? La mort colle à la peau de Rachel, elle la suit partout. Ça ne peut pas être une coïncidence.

— Elle n'a pas eu de chance.

Mais je savais qu'il pouvait s'agir de tout autre chose, que je n'étais pas prête à confier à Laure. Alors, je continuai à la défendre.

— Tu ne crois pas que si Rachel avait systématiquement assassiné les gens de son entourage, ça se serait su ? Tu n'as jamais envisagé qu'elle puisse être une victime ?

Laure croisa les mains sur ses genoux.

— Je pense qu'il est possible qu'elle soit les deux. Peut-être que Patrick…

Elle haussa les épaules et laissa sa suggestion faire son chemin avant d'ajouter :

— Je veux juste être sûre que tout va bien se passer pour toi.

Je sortis plusieurs billets de mon portefeuille et les posai sur la table, à côté de mon assiette intacte, en la regardant droit dans les yeux. Laure semblait sincère, mais il m'était impossible de faire confiance à une personne qui m'avait abandonnée à un moment où j'en aurais eu le plus besoin.

— Rachel m'a appris à prendre soin de moi, dis-je en me levant.

— Ann, si je peux t'aider en quoi que ce soit…

Je me retournai avant d'atteindre la porte, agacée qu'elle me le propose seulement aujourd'hui alors que ce n'était plus nécessaire.

— N'est-ce pas exactement ce que tu m'as déjà dit avant de quitter Whitman ? Oui, j'avais besoin de quelque chose, Laure, bien avant d'arriver à New York. J'avais besoin de *toi*. D'une amie.

Elle ouvrit la bouche, mais je ne lui laissai pas le temps de répondre.

— J'en ai une à présent.

Dans le métro, je me trouvai près d'un groupe d'écolières rassemblées autour d'un téléphone, qui riaient et montraient du doigt ce qui se passait sur l'écran. Chacune assumait déjà son rôle au sein du groupe – l'intello, la sexy, l'inquiète. C'est peut-être pour cette raison que je n'avais jamais eu de cercle d'amis : aucun de ces rôles ne me correspondait. Et maintenant que j'étais plus âgée, je n'étais pas assez malléable pour devenir quelqu'un d'autre. New York m'avait appris que je ne devais plus chercher à m'adapter, mais plutôt à me démarquer.

Franchir l'entrée du Cloître et m'introduire dans un dédale de murs en pierre et d'arches gothiques, de voûtes en ogive et d'étroits corridors me donnait toujours l'impression de laisser le monde moderne à la porte. Il était difficile d'imaginer qu'à l'extérieur de ces murs frais, la ville vibrait sous le soleil d'été. Le mot cloître, après tout, vient du latin *claudere* qui signifie « fermer ». Ici, nous nous retranchions du reste de New York.

Les paroles de Laure me tourmentaient. Et alors que la bibliothèque me rappelait à mes recherches, j'avais beau parcourir des pages de manuscrit, je n'arrivais pas à me concentrer, mon esprit s'égarant sur des chemins de traverse. Une promenade dans les galeries me viderait la tête.

C'était un sentiment particulier de pouvoir admirer des œuvres d'art quand l'envie vous en prenait. Une série d'impressions personnelles se surimposaient pour former une vue d'ensemble. Désormais, quand je visitais un autre musée, j'étais agacée de devoir embrasser tous les détails d'une œuvre d'un seul regard. Serais-je capable de saisir les ombres délicates du Tintoret, de comprendre comment Monet avait construit sa juxtaposition de taches de couleur si je ne disposais en tant que simple visiteur que de quelques minutes avec l'œuvre ? Travailler dans un musée favorisait la familiarité au sens propre du terme – les œuvres du Cloître étaient devenues comme une famille pour moi.

En traversant les galeries, je saluai les agents de sécurité et me dirigeai vers les jardins, espérant croiser Leo. Mais la chance ne le mit pas sur mon chemin alors que je flânais dans les allées pavées et que je m'attardais près de la lavande et la mélisse, aussi décidai-je de passer sous la dernière arche gothique du cloître de Bonnefont et de me diriger vers l'abri de jardin. Après avoir tourné au coin, je les vis : les mains de Leo enfoncées dans ses poches, les bras croisés de Rachel, leurs corps sur la défensive malgré leur proximité. J'étais trop loin pour entendre leur conversation, mais je devinais à leurs visages, à la tension avec laquelle les mots sortaient de leur bouche, qu'ils se disputaient. À propos de quoi, je n'en avais aucune idée.

Je restai là pendant une minute sous l'arche gothique, les mains sur les piliers, à les observer. Le vent plaquait ma robe sur mes mollets, et ce mouvement attira sans doute leur attention, car, à cet instant, ils se retournèrent et me virent. Leo ne me fit même pas un signe et retourna dans la remise.

— Qu'est-ce qui se passe ? demandai-je quand Rachel m'eut rejointe.

— Rien. On parlait juste de l'enquête. Je ne voulais pas que Moira puisse entendre notre conversation.

Je hochai la tête et remarquai que Rachel portait encore son sac, qu'elle laissait d'habitude sur une table de la bibliothèque dès son arrivée.

— Où étais-tu passée ? interrogea-t-elle.

— Oh ! dis-je en balayant l'air de la main. J'ai pris un café avec ma copine de Whitman.

— Laure ?

— Hmm.

— Et chez Leo, la nuit dernière ?

— Je ne voulais pas rentrer tard et te réveiller.

— Ça ne m'aurait pas dérangée.

— Je m'en souviendrai.

— Je me sens seule sans toi.

Rachel se tourna vers moi pour étudier mon visage.

— Bah, je ne crois pas que Leo veuille que je reste chez lui tant que ça.

— Arrête dc te dévaloriser. Il aurait de la chance de t'avoir tous les soirs.

Son commentaire me fit plaisir et me mit mal à l'aise en même temps.

— Merci.

— Tu sais, précisa-t-elle en me tenant la porte, Leo est distrayant, mais il peut être aussi un vrai salaud. Crois-moi.

Je hochai la tête. Je le savais déjà.

— Et si tu veux prendre un café, tu n'as pas besoin de traverser tout Manhattan pour voir Laure. On peut lui donner rendez-vous sur notre trajet pour aller au Cloître, ou la faire venir à l'appartement. Je ne la connais pas bien mais…

— Ne t'inquiète pas. Je ne pense pas que je vais la revoir.

Mes paroles firent sourire Rachel.

— En tout cas, l'offre tient toujours.

De retour à la bibliothèque, Rachel sortit le paquet de cartes de son sac et les disposa sur la table.

— Ça te dérange si je fais une lecture rapide ? dis-je.

Cette activité me calmait et me donnait de la lucidité. Dans les moments les plus sombres, lorsque l'horizon me semblait bouché, j'avais l'impression que les cartes me montraient un chemin.

Rachel poussa le jeu vers moi. Je le mélangeai et tirai trois cartes. La première représentait une femme versant de l'eau d'une urne dans un bassin. Nous avions associé cette carte à la tempérance, l'une des vertus du philosophe grec Aristote, car la composition reposait sur l'équilibre et l'harmonie. Je tirai ensuite le Deux d'Épées, puis la Reine de Coupes, une figure de l'intuition.

J'avais interrogé les cartes sur Rachel, et il me semblait que chaque fois, elles me révélaient une part d'ombre. Même si c'était subtil, avec une seule carte ou une carte inversée, elle était suggérée. Mes lectures étaient de plus en plus hantées par quelque chose que je n'étais pas encore pleinement capable de saisir. Et il y avait aussi quelque chose me concernant, même si j'avais posé des questions sur Rachel

Quand je relevai les yeux, celle-ci m'observait.

— Ça dit quoi ?

— Une chose différente pour chaque personne, répondis-je en plaquant la main sur la table de chêne pour briser le sort.

Mais je confiai cette lecture à ma mémoire. La peinture écaillée et les mouchetures de feuille d'or s'étaient imprimées sur mes rétines. La dualité du Deux, la patience et la symétrie de la Tempérance, l'intuition de la Reine de Coupes à laquelle j'avais besoin de me fier mais qui ne m'apparaissait que de manière imprévisible.

20

L'appartement de Leo n'avait pas la luminosité de celui de Rachel dans l'Upper West Side. Son monde était tamisé par les rideaux fins qui filtraient la lumière du soleil et par la brume de fumée de cigarette et de joint. Des jeans sales et des bottes de travail traînaient par terre. Et dans l'air flottait une légère odeur de café amer bon marché qui, bien avant mon lever, avait trop chauffé sur la plaque. Ce matin-là, la chaleur de la journée s'insinuait déjà dans les fissures des fenêtres et des murs. Je m'écartai du chat de son colocataire roulé en boule au bout du lit, car même ce petit animal me tenait chaud.

On était samedi. J'enfilai un survêtement, en nouai le cordon à la taille et me rendis dans la cuisine.

— On peut aller se promener sur la High Line ?

La dernière fois que j'avais dormi chez lui, Leo m'avait proposé de laisser quelques affaires, si bien que, cette fois, j'avais apporté un sac que j'avais fourré en bas de son placard.

— Non. (Il était assis sur le canapé, dans une flaque de soleil.) Les vrais New-Yorkais ne vont pas se balader là-bas.

— Tu plaisantes ?

— Pas du tout. Je suis un New-Yorkais. Je peux t'assurer que j'ai raison.

Il lisait une interview de Tracy Letts publiée le mois précédent.

— Ça peut être marrant de faire du tourisme, insistai-je.

Leo ne répondit pas et but une gorgée de café.

Je décidai de relancer l'idée plus tard, une fois que nous serions sortis, voire après quelques bières au déjeuner. En attendant, je changeai de sujet.

— Comment ça s'est passé avec l'inspectrice ?

Il avait été convoqué une deuxième fois au poste de police et il semblait inévitable que Rachel et moi soyons les prochaines. Leo ne leva pas les yeux de son magazine, mais nota quelque chose dans la marge.

— Bien. Elle voulait savoir s'il manquait quelque chose dans les jardins. Si j'avais vu quelqu'un.

— Et ce n'est pas le cas, n'est-ce pas ?

Une partie de moi s'accrochait encore à l'idée que l'enquête finirait par conclure à un accident – une overdose, une réaction allergique.

Leo ferma la revue et la posa sur la table basse.

— Je lui ai dit que je n'avais vu personne dans les jardins, en dehors des milliers de visiteurs qui les traversent tous les jours. Et aucun d'eux n'aurait assassiné Patrick selon mon avis.

Assise sur le canapé usé, je repliai les genoux sur ma poitrine et l'observai. Même si Leo faisait partie du personnel, il n'appartenait pas au lieu comme Rachel et moi, ni comme les employés du service conservation ou restauration. Le plus souvent, il restait à l'écart, faisant la navette entre les jardins et la remise. Il pouvait passer des journées entières – et il ne s'en privait pas – dans les arbres à tailler des branches. Tout cela était incroyablement romantique. Être le gardien de jardins médiévaux dans l'une des villes les plus animées au monde, passer la journée à s'activer et à faire pousser des plantes pour le plaisir des visiteurs. Mais Leo pouvait se montrer susceptible à ce propos, sur le décalage entre nos rôles respectifs, nos carrières au musée.

— Je ne voulais pas insinuer…

— Je sais. Désolé. Je sais que tu veux prendre la voie verte, la High Line, mais je pense qu'on devrait explorer d'abord le vieux New York. Pourquoi ne pas aller au Village plutôt ?

— Ça me plaît bien. On pourrait se rendre au bar où Helen Frankenthaler et Lee Krasner avaient l'habitude de se retrouver ?

— La Cedar Tavern a été transformée en appartements en 2006. Ils ont vendu le bar à un gars qui l'a reconstruit à Austin.

— Ah !

Dans ce cas, je ne voyais pas pourquoi on ne pouvait pas aller sur la voie verte.

Leo se leva et se servit une autre tasse de café.

— Et si tu t'habillais, qu'on file d'ici ?

Je retournai dans la chambre et passai une robe fleurie à fines bretelles. Les affaires que je comptais laisser chez Leo, je les avais glissées entre son panier à linge et un vieil ampli au fond du placard. Sur l'étagère du haut se trouvait une pile de chapeaux de paille, comme ceux que Leo portait pour travailler. Je tendis le bras pour en attraper un, me demandant s'il irait avec ma robe. L'étagère était si haute que je dus me hisser sur la pointe des pieds pour l'atteindre. Quand je le pris, toute la pile s'écroula, entraînant un objet qui heurta le plancher avec un bruit sourd.

Je me figeai, me demandant si Leo m'avait entendue, mais il était en train de faire la vaisselle du petit déjeuner.

Une image se forma dans ma tête : je sortais de sa chambre son chapeau sur la tête, à la manière des filles qui portent les chemises de leur petit ami, un emprunt de vêtements qui renforçait l'intimité. C'était ce que je voulais, un symbole de ce que nous pourrions devenir – un couple. En remettant les chapeaux à leur place, je découvris l'objet qui avait provoqué le bruit sourd : une statuette qui, par miracle, était restée intacte malgré sa chute. Une figurine en ivoire représentant une femme vêtue d'une robe fluide, un lion endormi à ses pieds. Elle portait une couronne et, autour du cou, un crucifix finement sculpté. Mesurant à peine dix centimètres de haut, c'était sans doute un objet de dévotion que son propriétaire devait serrer dans sa paume pendant ses prières. À l'évidence, elle était ancienne. Si je ne l'avais pas trouvée dans le placard de Leo, je l'aurais bien imaginée en exposition au Cloître.

— Tu es prête ?... demanda Leo en poussant la porte, la main sur la poignée.

Il s'arrêta net en voyant la figurine entre mes doigts.

— D'où vient-elle ? interrogeai-je, l'étudiant à la lumière.

Les parties gravées étaient jaunies par le temps.

— Sainte Daria, répondit-il en s'approchant pour reprendre la statuette, qu'il posa sur la commode.

— Elle est magnifique.

— Elle appartenait à ma grand-mère.

— Tu l'as fait estimer ? Elle a de la valeur, on dirait. Tu devrais l'assurer.

— Non.

— Tu sais où ta grand-mère l'a eue ?

Pourquoi voulais-je tant de détails ? Une partie de moi avait envie de flâner au Village, bras dessus, bras dessous, le long des maisons en grès aux imposantes portes en bois décorées de vitraux. Mais une autre partie de moi avait étudié l'art depuis suffisamment longtemps pour savoir que cette statuette était authentique – et précieuse.

— Je crois que mon grand-père l'a achetée en Europe à la fin de la Seconde Guerre mondiale.

Je hochai la tête. C'était plausible.

— Ma mère voulait la présenter dans l'émission *Antiques Roadshow*, mais elle ne l'a jamais fait.

— Je connais un antiquaire dans la 56e Rue qui pourrait l'estimer.

Leo me regarda d'un drôle d'air.

— On y va ou quoi ?

Je coiffai l'un de ses chapeaux de paille, et il joua avec le rebord. Je voulais qu'il me dise que cela m'allait bien, que lui et moi allions bien ensemble.

— Tu devrais prendre tes affaires. Je ne pense pas qu'on va revenir à l'appart ce soir. J'ai un truc à faire.

Eh bien, pour une surprise, c'en était une. Je songeai au sac que je venais de mettre dans son placard, lui qui m'avait dit quelques jours plus tôt que j'avais une place chez lui.

— En fait, dit-il avant que je puisse protester, tu peux les laisser ici, finalement. Je suis sûr que tu vas revenir dans quelques jours.

Sa réponse n'était pas particulièrement romantique, pourtant, à ce moment-là, cela me fit le même effet. Je dissimulai mon sourire sous son chapeau pendant que nous nous dirigions vers l'extérieur.

*

La journée se passa comme dans un rêve. Nous flânâmes d'une librairie à l'autre, puis dans un magasin spécialisé dans les vinyles rares et un bar dont les cocktails portaient le nom d'écrivains célèbres de la Beat generation. Les rues du Village me rappelèrent à quel point New York pouvait avoir un côté presque provincial : chaque quartier constituait une petite enclave, avec son identité distinctive. Sous les arbres au feuillage épais et parmi toutes les fleurs, des enfants traînaient leurs mères jeunes et aisées jusqu'à l'aire de jeux, pendant que la nounou était en congé. Il y avait aussi l'atmosphère moite, en l'absence de vent, qui amplifiait l'odeur de la cigarette du barman pendant sa pause ; les gaz d'échappement du camion de livraison ; les effluves de curry du restaurant thaïlandais qui préparait son buffet de midi ; et par-dessus tout, les relents de bitume chaud, les senteurs métalliques et terreuses de la ville en plein été.

Je ne m'étais pas attendue à m'éprendre de New York, mais tomber amoureuse peut rendre une ville plus attrayante. Parfois, je me demandais si, hors des cinq arrondissements qui constituaient New York, Leo aurait le même éclat, et si la cité elle-même conserverait son aura, vue de loin. Mais j'aimais sa grandeur et sa petitesse, ses bizarreries et ses joies. Ce n'était pas chez moi, et je ne savais pas si cela le serait un jour, mais c'était là où j'étais censée être, à cet instant précis. Et peut-être pour toujours.

Il ne m'était jamais rien arrivé avant New York. À Walla Walla, tout était prévisible – le même café, les mêmes magasins, les mêmes personnes dans les files d'attente – et les seules trouvailles à faire avaient déjà été faites des dizaines, voire des centaines de fois auparavant par d'autres personnes, d'autres étudiants, d'autres chercheurs. Ici, on avait l'impression que tout restait à découvrir. Et quand bien même on ne les cherchait pas, les révélations vous trouvaient. La ville avait une manière de rendre tout cosmique, inévitable – magique.

Nous marchions vers l'ancienne Cedar Tavern quand le téléphone de Leo sonna. Au début, il l'ignora, mais l'appelant persista, et je vis sur l'écran l'indicatif de New York. Il finit par répondre.

— Allô ?

Pendant qu'il parlait, je me tournai pour étudier la vitrine de la boutique toute proche. Elle vendait des stylos et des articles de papeterie coûteux. Sur les présentoirs, des échantillons de papier gaufré étaient disposés en éventail, comme des cartes à jouer. « Tout peut être monogrammé », indiquait un panneau.

— Ce n'est pas vraiment le bon moment... Oui, je comprends.

Je ne voulais pas épier sa conversation, mais je crus reconnaître la voix de l'inspectrice Murphy. Son ton monocorde qui était sa marque de fabrique.

— Je pourrai passer lundi matin ? Bien sûr. Bon, ouais, d'accord, on peut se voir dans les jardins.

Un silence.

— Oui, je vous montrerai ce que nous cultivons. À 10 heures, c'est mieux.

Il ferma son téléphone, le mit dans sa poche et se tourna vers moi, avec un haussement d'épaules.

— Ils veulent t'interroger à nouveau ?

— Ouais. C'est la procédure, apparemment.

— Je suis sûre que ce n'est rien, dis-je en prenant sa grosse main dans la mienne. Aucun d'entre nous ne sait vraiment ce que Patrick a fait cette nuit-là après notre départ.

— Ils t'ont parlé de moi pendant ton interrogatoire ?

— Ils m'ont dit que tu leur avais vendu la mèche pour Patrick et Rachel.

— Tu as répondu quoi ?

— Juste que je ne les avais jamais vus ensemble.

— Ann, ça me fait passer pour un menteur.

Je reculai d'un pas.

— Non, pas du tout. Je leur ai dit la vérité. Je ne les ai jamais vus ensemble. Pas d'une façon intime, du moins.

Je savais à quelle vitesse cette discussion pouvait dégénérer en dispute. Et je ne voulais pas révéler mes lignes de faille entre Leo et Rachel. Des contours encore flous, même pour moi.

— Je n'essaie pas de te faire passer pour un menteur, insistai-je.

Leo hocha la tête et nous reprîmes notre marche côte à côte. Au bout d'un moment, il m'enlaça et me serra contre lui.

— Allez, on va se bourrer la gueule en plein jour. Comme les expressionnistes abstraits.

On n'avait pas fini ivres, du moins pas moi. Leo avait bu quatre Manhattan et fumé un paquet presque entier de cigarettes avant que nous partions chacun de son côté. Il ne m'avait pas expliqué pourquoi je ne pouvais pas dormir chez lui, mais je l'entendis dire au taxi de l'emmener vers le centre. Je pris le métro pour retourner à l'appartement de Rachel, qui me parut sombre et vide.

Rachel n'était pas là. C'était la première fois que je me retrouvais seule dans cet endroit. Je jetai mon sac sur le lit de ma chambre. Le soleil de fin d'après-midi réchauffait le parquet, les murs, la literie blanche. Je sortis la boîte de cartes de tarots et les étalai sur la table, en prenant soin de ne pas abîmer les feuilles d'or, puis je tirai trois lames les yeux fermés. Quand je les rouvris, je découvris le Huit de Bâtons, la Reine d'Épées et une figure qu'on appelait le Chariot, avec le dieu romain Mercure transporté dans un char doré par une phalange de chevaux ailés. Ce tirage annonçait une acuité, un changement soudain, un renversement, une accélération. Je gardai les mains au-dessus des cartes un moment, les imaginant en train de scintiller à la lueur d'une chandelle du XVe siècle, puis je les remis dans leur boîte.

En l'absence de Rachel, la curiosité eut raison de moi. Dans le salon, j'inspectai chaque étagère remplie de traités médiévaux et d'ouvrages d'histoire de l'art. En divers endroits se trouvaient des photos de Rachel dans des cadres argentés. Plusieurs avec ses parents. Une avec une fille portant un sweat-shirt de Yale. Je saisis le cadre et le retournai. Un nom et une date étaient inscrits au dos : « Sarah, Yale, 2012. » Mon téléphone sonna. Je l'ignorai et étudiai le cliché.

La fille avait des joues rondes et de petits yeux rapprochés. Elles souriaient toutes les deux. Je n'avais jamais vu Rachel si radieuse, avenante, enthousiaste. Il n'y avait pas d'autres photos d'elle avec des amis. Juste de ses parents, et aussi d'elle seule : Rachel admirant les mosaïques de Ravenne ; Rachel à Central Park ; Rachel à la Tavern on the Green, en train de souffler des bougies d'anniversaire.

Sa chambre se trouvait au bout du couloir. Je ne l'avais vue qu'une seule fois, quelques jours après mon emménagement, pour lui demander à quelle heure nous devions partir travailler. Elle m'avait répondu sur le seuil, puis avait rapidement refermé la porte. À présent, j'en profitai pour jeter un coup d'œil à l'intérieur. C'était une chambre semblable à la mienne, mais plus grande, avec quatre fenêtres donnant sur le parc, et non sur l'immeuble voisin. Un univers blanc, soigneusement aménagé, avec le lit impeccablement fait et des vêtements pliés sur une chaise. Ce furent surtout les bibliothèques qui attirèrent mon attention. Des étagères en bois précieux du sol au plafond, contenant non seulement des traités philosophiques, mais aussi d'innombrables œuvres de fiction.

Je saisis *The Agony and the Ecstasy*[1], d'Irving Stone, et découvris qu'il s'agissait d'une première édition signée. Ce qui s'avérait le cas d'une multitude d'autres volumes. Il y avait aussi des livres rares, des manuscrits, un livre d'heures miniature, tous dans des coffrets de plastique marron pour les protéger de la lumière du soleil. Quel effet cela faisait-il d'avoir assez d'argent pour acheter les objets mêmes de ses recherches ?

---

1. *La Vie ardente de Michel-Ange*, traduit de l'anglais par Janine Michel, Plon, 1983.

De chaque côté du lit, une table de chevet surmontée d'une lampe en verre à l'abat-jour cylindrique crème. Et au-dessus du cadre de lit, une petite gravure. Une copie d'un dessin de Dürer de la déesse Fortune. Au bout d'une minute, je ne pus m'empêcher de penser qu'il s'agissait peut-être d'un original.

J'entendis un bruit étouffé en provenance du salon et me précipitai dans le couloir pour m'assurer que Rachel ne me surprendrait pas en train de fouiner dans ses affaires. Mais c'était juste la porte de la terrasse qui s'était refermée. J'avais oublié de la maintenir ouverte avec la cale en pierre.

Je regagnai la chambre de Rachel et ouvris le tiroir d'une des tables de chevet pour en examiner le contenu : trois stylos bien alignés et un carnet relié de cuir. Je le refermai pour ne pas céder à la tentation d'ouvrir le carnet. En vérité, je cherchais quelque chose – une chose qui donnerait raison à Laure, qui expliquerait l'irritation de Leo chaque fois qu'on évoquait Rachel. Une chose qui prouverait qu'elle en savait plus qu'elle ne voulait bien l'avouer sur la mort de Patrick. Mais je découvris seulement que mon amie était étonnamment maniaque – tous ses habits étaient soigneusement pliés et ses livres rangés par ordre chronologique et thématique. Son lit était fait avec une précision militaire. Elle avait des goûts de luxe. Rachel était mesquine, ambitieuse, parfois un peu méchante, mais cela n'en faisait pas une meurtrière.

Mon téléphone sonna de nouveau. Cette fois, je décrochai en voyant le nom de ma mère sur l'écran. Cela faisait des lustres que je ne lui avais pas parlé directement, me contentant de lui envoyer un SMS rapide en réponse à ses questions de plus en plus alarmistes.

— Oui, maman ?

— Oh, mon Dieu, Ann. Cela fait des semaines que j'essaie de te joindre. Est-ce que tu vas bien ? J'ai appris ce qui s'est passé à l'endroit où tu travailles. Le décès, précisa-t-elle en chuchotant.

Je me demandai qui l'en avait informée, car ma mère ne lisait pas les journaux.

— C'est bon, dis-je avec la voix que j'utilisais quand je la sentais osciller entre l'inquiétude vertigineuse et la panique absolue, je vais bien. La police s'en occupe. Elle s'occupe de tout.

— Annie, je veux que tu reviennes à la maison. Vraiment. Je t'avais dit que la ville n'était pas un endroit sûr.

Effectivement. Lorsque le Met m'avait annoncé que ma candidature avait été retenue pour leur programme d'été, ma mère avait alors énuméré les nombreuses raisons pour lesquelles New York était dangereuse, bien plus que Walla Walla ou même Seattle. Mais si ces craintes avaient donné à ma mère une raison de ne pas bouger, jamais elles n'auraient pu m'empêcher de partir.

— New York est largement sans danger.

— Quand reviens-tu à la maison ?

C'était la question que je redoutais, la raison pour laquelle j'avais esquivé ses appels et que je me montrais brève et évasive dans mes textos. Je n'avais toujours pas de projet concret, pas plus que d'endroit où aller.

— Je ne sais pas, maman.

— Parce que, tu t'en doutes, je dois prendre des dispositions si je dois venir te chercher à Seattle. Tu ne peux pas t'attendre à ce que je laisse tout en plan quand soudain tu te retrouveras sur le carreau. Quand tu seras obligée de rentrer à la maison, car tu n'auras plus d'autre choix.

— Cela n'arrivera pas, rétorquai-je avec peut-être un peu trop de véhémence.

— Ne me crie pas dessus. Je n'y suis pour rien.

— Je suis désolée, maman.

— Tu es comme ton père. Je ne veux pas que tu finisses comme lui, perdant tout. Je veux que tu rentres à la maison avant d'en arriver là.

— Je reviendrai, maman. Je te le promets, dis-je, même si je n'en avais pas la moindre intention.

En l'entendant pleurer, je voulus la consoler, prononcer des mots qui la réconforteraient. En vérité, elle ne pouvait pas savoir à quel point ce qui était arrivé à Patrick me semblait une redite, et que je commençais à sentir, peut-être comme Rachel le ressentait aussi, que la mort me suivait partout où j'allais. Dans mes jours les plus sombres, je me demandais si c'était moi qui l'avais attirée au Cloître.

— C'est pour ça que je ne voulais pas que tu ailles là-bas dès le départ, insista ma mère, la voix brisée. Parce que c'est ce qui arrive quand tu sors de ton monde, quand nous sortons de notre monde, Ann. Nous ne pouvons pas gagner. Pour nous, les cartes sont biseautées. Toujours.

21

Au Cloître, les employés passaient le plus clair de leur temps à comparer leurs interrogatoires – divulguant les questions posées par les enquêteurs, partageant leurs théories sur les événements récents. Les corridors silencieux étaient désormais remplis de conversations à voix basse. Des chuchotements qui s'interrompaient chaque fois que Rachel et moi étions dans les parages. C'était difficile de ne pas prendre ces réactions comme une atteinte personnelle, mais comment ignorer la réalité ? Nous avions été les plus proches du drame, et de Patrick. Et tant que l'enquête était en cours, elle nous maintenait dans son ombre.

La question la plus pressante était : pourquoi n'avait-on jamais installé de caméras dans la bibliothèque ou le bureau de Patrick ? Cette interrogation irritait au plus haut point Louis, le chef de la sécurité, qui répondait que le Cloître était une communauté fondée sur la confiance et que Patrick avait toujours été fermement opposé à la surveillance des chercheurs. Ce n'était pas notre mission. Son agacement avait fini par gagner toute l'équipe des agents de sécurité, contrariés de voir leur travail remis en cause par la police.

Rachel et moi étions sur le point de terminer les grandes lignes de notre article sur les cartes, mais Michelle nous avait demandé – anticipant l'arrivée du nouveau conservateur et de son adjoint – de préparer un document interne avec les expositions à venir, les pièces phares des collections, les œuvres qui devaient être exposées dans les galeries à l'automne prochain. Une tâche fastidieuse qui requérait les numéros d'acquisition des pièces et la correspondance entre Patrick, le musée de Cluny de Paris et la National Gallery de Londres.

— La fonction « recherche » est HS, grommela Rachel en repoussant sa chaise avec un soupir.

Nous étions en train de relever les numéros des œuvres qui devaient être prêtées dans le monde entier l'année suivante. Habituellement, ce travail était effectué par le chef de service des acquisitions, mais son département manquait lui aussi de personnel cet été-là.

— Bon, on va devoir le faire manuellement.

Elle se leva et me regarda d'un air impatient, un stylo dans une main, la liste dans l'autre.

Nous parcourûmes les galeries, notant les numéros d'acquisition à côté des œuvres de notre liste, jusqu'aux pièces les plus petites, conservées dans les réserves. Grâce à nos passes magnétiques, nous pénétrâmes dans les salles où d'interminables rangées d'étagères baignaient dans une pénombre climatisée. Rachel appuya sur l'interrupteur et les néons revinrent péniblement à la vie en crachotant.

Le nombre d'objets donnés chaque année au Metropolitan était impressionnant. Et il ne s'agissait que des œuvres acceptées. À ses débuts, le musée était devenu une sorte de dépôt pour toutes les peintures, sculptures et *objets d'art** qui n'avaient pas survécu à la transition d'une génération à l'autre. De temps en temps, le musée vendait discrètement les pièces qui n'avaient jamais réussi à trouver leur place dans une des galeries, pour ménager de l'espace à ses nouvelles acquisitions.

Les réserves s'apparentaient dès lors à d'immenses poubelles soigneusement conservées et étiquetées. Dans celles du Cloître, on trouvait d'innombrables chapiteaux sculptés et tessons de poterie. Des manuscrits protégés dans des coffrets en plastique ambré, aux reliures richement ornées, des miniatures, des objets de culte en émail, des bijoux, des icônes plaquées or et même l'orteil fossilisé d'un saint. Je remarquai également, en notant sa cote, un reliquaire de saint Christophe.

J'ouvris un tiroir et examinai les sangliers et les licornes miniatures en ivoire finement ouvragés tandis que Rachel inscrivait leurs numéros sur sa feuille. Certains emplacements du tiroir étaient inoccupés.

— Où sont passées ces pièces ? demandai-je en pointant du doigt les casiers vides.

— Sûrement exposées, répondit Rachel par-dessus mon épaule. Ou prêtées.

Je fis courir mon doigt sur les étiquettes des objets manquants. Les numéros d'acquisition commençaient par les trois premières lettres de l'œuvre concernée, et je m'efforçai de deviner ce qu'elles désignaient. « BAG » pour bague peut-être, « TOU » pour Toulouse ? Mais la dénomination suivante attira mon attention. Les trois premières lettres étaient « DAR » et le titre « Sainte Daria », avec des précisions : « Ivoire, Allemagne, 1170, don du Weston Museum, 1953 ». Je notai le code et rejoignis Rachel qui était passée dans la section des manuscrits.

Le temps passait d'une manière lente et, même si je m'efforçais de me concentrer sur ce que disait Rachel – « Tu as vu la bible d'Otto III quelque part ? » –, je ne cessais de penser à la statuette que j'avais tenue dans mes mains chez Leo, à la fois lourde et délicatement sculptée. J'avais étudié l'histoire de sainte Daria en rentrant chez moi ce soir-là. C'était une obscure sainte chrétienne, une vestale dont la virginité était protégée par le lion à ses pieds, une prêtresse de la déesse Minerve. Mais en tant qu'apostat de la religion romaine, elle avait probablement subi le sort réservé aux prêtresses infidèles – enterrée vivante dans une fosse ensablée près des catacombes romaines. La vision de moi-même, piégée dans une salle du musée – sans porte, sans fenêtres, sans issue –, s'imposa à mon esprit.

— C'est bon pour toi ? demanda Rachel après avoir refermé un tiroir. Je crois qu'on a tout.

Je hochai la tête.

— Tout va bien, Ann ?

— Oui. Juste… une sensation bizarre.

— Oh, je n'aime pas ça du tout, commenta-t-elle en me tenant la porte.

De retour dans la bibliothèque, j'attendis impatiemment que la fonction recherche de notre intranet soit de nouveau opérationnelle. Quand ce fut le cas, je tapai les cotes des acquisitions et appuyai sur entrée. Bien sûr, je me doutais du résultat, mais cela ne changeait rien au fait que sur l'écran apparut l'image de la figurine que j'avais trouvée dans le placard de Leo. Je tentai en vain d'évaluer le coût de cette œuvre historique inestimable – au moins 50 000 dollars. Certes, ce n'était pas une somme importante pour le Cloître, mais cela l'était certainement pour un jardinier et aspirant dramaturge. Je fermai mon ordinateur portable et me levai sans soutenir le regard interrogateur de Rachel. J'avais besoin d'air.

Sur la pelouse du cloître de Cuxa, balayée par la brise qui montait de l'Hudson, les têtes des marguerites se balançaient gaiement tandis que je me dirigeais, résignée, vers les bureaux de la sécurité.

— Est-ce que tout le monde a accès aux réserves ? demandai-je en passant la tête par la porte.

— Vous laissez sortir tout l'air conditionné, râla Hal, l'agent de service.

J'entrai dans la petite pièce. Il était clair que le maintien de la sécurité du musée avait à sa disposition un équipement sophistiqué, mais il semblait géré avec désinvolture. Une série de moniteurs enregistraient en boucle le mouvement permanent des visiteurs et du personnel. Mais la pièce servait aussi de cuisine de fortune avec une machine à café et des cartons de pâtisseries. Et dans un coin, un tas de talkies-walkies inutilisés. Cela n'avait pas vraiment d'importance, après tout, puisque toutes les œuvres étaient protégées par des alarmes. Sauf, bien sûr, dans les réserves.

— Je pense que oui, reprit Hal. On ne les surveille pas, car seuls les employés du musée peuvent y accéder. Pourquoi ?

— Simple curiosité.

— Il y a un problème ?

— Non.

Je n'avais pas réfléchi à ce que j'allais répondre si on me posait cette question. Mais Hal reporta son attention sur ses moniteurs tandis que je restais là, à observer le flux des touristes dans la galerie, comme un banc de poissons qui se formait et se rompait sans cesse. De toute façon, je n'étais pas prête à parler de ce que j'avais découvert à qui que ce soit. Je voulais d'abord assembler toutes les pièces du puzzle.

Je décidai de faire le tour des galeries au cas où la figurine serait exposée. Mais chaque vitrine que j'étudiai confirma mes soupçons. Mon estomac se noua. Soudain, je regrettai d'avoir voulu attraper la pile de chapeaux. Quelle malchance, songeai-je. Non, je savais maintenant que ce n'était pas de la malchance – c'était le destin. La manière dont Leo m'avait encouragée à saisir les opportunités avait soudainement une résonance funeste.

Avant de repartir à la bibliothèque, je retournai dans les réserves. Après un signe de tête à l'employé, j'ouvris les tiroirs en quête des petites pièces de valeur incrustées de pierres précieuses ou faites de métaux ou de matériaux coûteux. Je repérai également les différentes caméras. Il y en avait quatre dans la salle, chacune couvrant un quart de l'espace. Il était impossible de ne pas repérer Leo ici, mais les caméras n'étaient sans doute pas assez précises pour distinguer un objet niché dans la paume d'une main.

J'identifiai bientôt une logique : un casier sur trois ou quatre était vide. L'étiquette de la cote était bien présente, mais l'objet ne s'y trouvait pas. Bien sûr, certaines œuvres pouvaient avoir été prêtées, d'autres se trouver au Met. La conservation en nettoyait peut-être quelques-unes. Je constatai par ailleurs qu'aucun objet de grande taille ne manquait. Il était plus difficile de sortir du musée un chapiteau sculpté qu'une miniature, ça, c'était sûr. Et les périodes du Moyen Âge et du début de la Renaissance recelaient un grand nombre de petites pièces.

Je refermai le dernier tiroir et regagnai la bibliothèque, où Rachel me jeta un regard agacé.

— Où étais-tu passée ?

Je n'étais pas prête à le lui dire. À lui avouer – comme à moi-même – ce que Leo avait fait. Je ne voulais pas révéler l'intimité de cette découverte, reconnaître que l'homme avec qui j'avais couché quelques jours plus tôt avait un mobile pour assassiner Patrick. Je me faisais fort de lui trouver des excuses : il n'était peut-être pas trop tard pour les rendre ; peut-être s'agissait-il d'une coïncidence. Mais c'était là toute la difficulté des recherches : elles vous donnent une impulsion, une direction, mais on peut facilement être déçu, voire désespéré, par les résultats. Je m'apprêtais à mentir et à dire à Rachel que j'étais juste partie faire une petite balade quand les portes de la bibliothèque s'ouvrirent, et que Moira entra, l'inspectrice Murphy sur les talons.

— Ah, bien, vous êtes là toutes les deux, déclara Moira. L'inspectrice souhaite vous parler.

— Merci, Moira.

Murphy attendait que la responsable de l'accueil s'en aille, mais cette dernière s'attardait. Elle finit par lancer avec un geste de la main :

— D'accord, je serai dans le hall.

Une fois le battant refermé derrière elle, Murphy feuilleta son calepin et s'adressa à Rachel :

— Nous avons reçu un appel anonyme la nuit dernière qui corrobore le fait que Patrick et vous aviez une relation intime sur le point peut-être de se terminer quand il a été assassiné.

Rachel leva les yeux de ses notes pour nous regarder toutes les deux.

— Le témoin vous a vus vous disputer dans la voiture de Patrick sur le parking du musée. Ce même témoin affirme vous avoir aperçue effectuer des allers-retours dans la zone où se trouve le cabanon de jardin.

— La dernière fois que vous m'avez interrogée, je vous ai dit que je ne vous reparlerai qu'en présence de mon avocat, répondit Rachel.

— Dans ce cas, j'aimerais savoir si Mlle Stilwell a quelque chose à ajouter, au vu de ces nouvelles informations.

Je voulus répondre, quand Rachel me regarda et secoua discrètement la tête. Un non imperceptible.

— Ann a, elle aussi, fait appel à un avocat.

— Est-ce vrai, mademoiselle Stilwell ?

Je les observai tour à tour.

— Elle a un avocat, répéta Rachel en hochant la tête à mon intention.

— Mademoiselle Stilwell ?

— En effet, répondis-je, alors que c'était faux.

— J'espère que vous n'êtes pas venue ici rien que pour nous, ajouta Rachel.

— Non, répliqua Murphy. (Elle se leva et referma son calepin.) Et nous sommes impatients de vous interroger très bientôt toutes les deux, avec vos avocats respectifs bien sûr.

Quand elle eut quitté la pièce, Rachel se tourna vers moi.

— Tu ne penses pas…, dit-elle sans terminer sa phrase.

Le masque qu'elle portait habituellement – serein, souriant, assuré – se fissura, juste une seconde. C'était sans doute la première fois qu'elle baissait les yeux – je remarquai qu'ils étaient injectés de sang, hagards – et qu'elle voyait la corde raide sur laquelle nous marchions. Rachel semblait soudain prise de vertige.

— Rachel, viens, on va discuter dehors.

Assises sur un banc du cloître de Bonnefont, nous regardions l'Hudson. Nos jambes nues se touchaient, comme des écolières.

— Leo a volé des œuvres, lâchai-je. Au musée.

— Tu en es sûre ? me demanda-t-elle après un instant, refusant de croiser mon regard.

Je hochai la tête et lui expliquai comment j'avais découvert une figurine chez Leo et vérifié les réserves.

— D'autres pièces ont disparu. J'ai contrôlé les galeries et les registres de prêts. Il manque trop d'œuvres pour que ce soit une simple coïncidence. Une fibule ronde du VIIe siècle ? Une relique de saint Élie ? Quelle institution aurait besoin d'emprunter de tels objets ?

Le regard de Rachel se perdit à l'horizon. Je m'attendais à la voir plus surprise que cela, peut-être même choquée, mais c'était plutôt la résignation qui se peignit sur son visage.

— Non, tu as raison, dit-elle enfin. Toutes ces petites babioles sont si faciles à subtiliser. Tu lui en as parlé ?

— Non. Absolument pas.

— Tant mieux.

— Ça lui donne un motif…

Je laissai planer l'insinuation.

— En effet. Pourtant, à l'heure qu'il est, ils semblent croire que c'est moi qui ai un mobile. C'est pour cette raison que l'inspectrice Murphy est venue aujourd'hui, tu sais ? Pour tenter de me déstabiliser. Elle pense que fouiner ici va faire une différence. (Elle eut un petit rire.) Alors qu'en réalité, tu es la seule à avoir une théorie valable. Une piste qui mérite d'être creusée.

Je n'y avais pas réfléchi, mais elle avait raison. Je pouvais échanger Leo contre elle. Le dénoncer signifiait dédouaner Rachel. Cela signifiait aussi moins de pression pour nous – pour moi – afin de terminer nos recherches.

— Je ne le crois pas capable d'empoisonner quelqu'un, dis-je. Voler, oui. Assassiner, non.

— Pourtant ça tient la route, non ? Il avait accès à tout ça, et aussi l'occasion. Si Patrick avait découvert ses agissements, Leo avait un mobile.

Je repensai à la façon dont Leo et Patrick avaient toujours eu des relations cordiales mais distantes ; il y avait une certaine froideur entre eux.

— Patrick t'a-t-il jamais dit qu'il soupçonnait Leo pour cette statuette ? ou même pour quelque chose de plus petit ?

Rachel secoua la tête.

— Non. Mais je ne sais pas s'il l'aurait fait. (Elle baissa la voix.) Leo a toujours été un sujet de discorde entre nous.

Un colibri voleta autour de nous avant de se poser sur un buisson de sauge aux fleurs pourpres et à l'odeur âcre et terreuse sous la chaleur du soleil.

— Qui est l'informateur d'après toi ? demandai-je enfin.

— Tu ne devines pas ? demanda Rachel en soutenant mon regard.

Je m'étais posé la question. Bien sûr, Leo et Moira auraient tous les deux été ravis de passer cet appel.

— On devrait parler à l'inspectrice Murphy avant qu'elle reparte, ajouta-t-elle en se levant et en me tendant sa main, que je pris.

— Tu n'as pas besoin de ton avocat pour ça ?

— C'est ton histoire, pas la mienne.

22

L'inspectrice Murphy était en train de discuter avec le directeur des programmes éducatifs dans le bureau du personnel. Elle leva simplement un sourcil avant de nous suivre dans une salle de conférences vide, où avaient lieu les réunions hebdomadaires du personnel, toujours dirigées par Patrick.

— Vous ne souhaitez pas la présence de votre avocat ?

Je secouai la tête.

— J'ai quelque chose à vous dire.

Je n'avais pas réfléchi à la manière de dérouler mon exposé, mais, en bonne universitaire, je me dis qu'il suffisait de commencer par énoncer ma thèse, puis de développer mes arguments.

— Leo vole le musée, déclarai-je platement.

L'inspectrice ouvrit son calepin sans un mot.

— Ce week-end, j'ai trouvé un objet dans son appartement. Un objet qui appartient au Cloître. Une statuette en ivoire représentant sainte Daria.

— Vous lui avez demandé où il l'avait eue ? me lança-t-elle en continuant à griffonner sur son calepin sans me regarder.

— Oui. Et il a prétendu qu'elle appartenait à sa grand-mère. Mais pendant qu'on listait les cotes d'acquisitions aujourd'hui, j'ai noté qu'il manquait une pièce identique dans notre collection.

— Vous êtes sûre qu'il ne s'agit pas d'une copie ?

— Sûre et certaine. De plus, j'ai découvert que d'autres œuvres avaient disparu des réserves. Plusieurs broches, des bijoux, des figurines…

— Attendez, interrompit Murphy, vous êtes en train de me dire que Leo vole les œuvres du Cloître ? Comment est-ce possible ? C'est un musée. Un grand musée.

— Les pièces des réserves, c'est différent. Elles sont rarement exposées. Beaucoup sont minuscules. De la taille de votre paume, voire plus petites. Et même si la salle est équipée de caméras, comme elle n'est accessible qu'aux employés du musée, elle n'est pas surveillée de très près. De plus, entre les expositions itinérantes, les prêts, les rotations des collections, les restaurations, il est normal qu'il manque un certain nombre d'objets. Ce n'est probablement pas suffisant pour déclencher un signal d'alarme dans un musée aussi important que le Met.

Murphy griffonna de plus belle.

— Leo a-t-il mentionné des difficultés financières ? une addiction à la drogue ? aux paris en ligne ? des dettes ?

Je secouai la tête.

— Il n'a pas beaucoup d'argent. Et je ne le vois jamais en dépenser.

— Combien gagne un jardinier au Cloître ?

— Je ne sais pas. Assez pour vivre en colocation à New York.

— Des achats importants ces derniers temps ? Une voiture ? Des vacances ? Des bijoux ?

L'inspectrice scruta mes poignets, mes oreilles, mon cou.

— Non.

— Il est possible que Patrick l'ait découvert, intervint Rachel à l'autre extrémité de la table.

Murphy et moi nous tournâmes vers elle dans un même mouvement. Je ne pus m'empêcher de songer aux cartes que j'avais vues dans l'appartement de Rachel l'autre jour – en particulier le Chariot, symbole de succession rapide, de roue qui tourne, de temps qui s'échappe. J'avais l'impression qu'il s'accélérait à cet instant même, et j'aurais voulu un moment de pause, pour ralentir, peut-être même pour revenir en arrière.

— Vous devriez en parler au chef de la sécurité, reprit Rachel. Lui demander s'ils archivent les bandes ou s'ils les recyclent.

— Il n'y a pas de caméras dans le cabanon de jardin, dit l'inspectrice, presque pour elle-même. (Puis elle ajouta :) Leo travaille aujourd'hui ?

Je fis oui de la tête.

Il y avait quelque chose d'indomptable chez Leo. Son attitude désinvolte, son désintérêt pour ce que les autres pensaient de lui. Sa manière de jouer de la basse, non parce qu'il aimait la musique, mais parce qu'il aimait le bruit – sauvage et décousu, voire un peu violent. Mais je n'étais pas sûre que ce comportement puisse pousser au meurtre, même si je savais que sous ses airs de guitariste punk blasé se cachait une ambition affûtée, dissimulée entre les pages des pièces de Sam Shepard ou dans la poche de son jean, avec ses gants de travail.

— D'accord, dit Murphy en rangeant son calepin, je vais parler au chef de la sécurité. On n'agira sûrement pas avant demain. Il nous faut d'abord obtenir des mandats et visionner les bandes. Pour corroborer votre histoire. Vous n'auriez pas pris une photo de l'objet par hasard ?

— Non.

Je me rappelais les doigts de Leo qui pianotaient sur ma peau ce matin-là, la fulgurante percussion du désir. Pendant ce temps, la sculpture de sainte Daria trônait sur une étagère de son placard. Je chassai cette pensée.

— Non, répétai-je en secouant la tête.

— D'accord. Bon, à partir de maintenant, on prend le relais. (Elle marqua une pause.) Merci de votre franchise.

Je hochai la tête. Quand la porte se fut refermée derrière elle, Rachel me prit la main et la serra.

— Tu as fait ce qu'il fallait.

Nous reprîmes notre travail l'après-midi, mais j'avais le plus grand mal à me concentrer. C'était comme si le rythme effréné que j'avais éprouvé plus tôt avait fait place à une lenteur délétère, et que la journée n'en finissait pas. Je contemplais les pages et relisais les phrases, mais mon cerveau était incapable d'analyser les problématiques les plus simples. Je compris que je l'avais vu. Dans les cartes – moi, la Reine d'Épées, je me servais de la connaissance pour abattre les autres.

Je compris alors que mon histoire avec les cartes s'était construite progressivement mais que je leur faisais confiance depuis le début. Et, à bien des égards, plus que je ne me faisais confiance à moi-même. Jusqu'à présent, elles ne s'étaient pas trompées. Je ne saurais dire s'il s'agissait de la chance ou du destin.

Après avoir fixé le même paragraphe pendant vingt minutes, je décidai d'aller me dégourdir les jambes. Je me rendis aux toilettes pour m'asperger le visage d'eau et, quand je ressortis, je tombai sur Rachel qui apparemment m'attendait.

— Ça va ? interrogea-t-elle.

— Oui.

Il y avait quelque chose dans la façon dont Rachel avait été rassurée par la nouvelle de la culpabilité de Leo qui me mettait mal à l'aise – une gentillesse sucrée qui sonnait faux.

Je continuai d'éviter les jardins toute la journée, mais j'espérais croiser Leo ailleurs dans le musée. Je traversais les couloirs et les cloîtres à pas lents, car une partie de moi voulait le voir. Si seulement il pouvait me raconter une histoire différente, qui chasserait mes peurs et m'absoudrait de l'avoir dénoncé. Mais la rencontre devait être fortuite afin que je n'entrave pas délibérément les investigations en cours de l'inspectrice Murphy. Le destin s'en mêla en début de soirée, quand on frappa à la porte de la bibliothèque et que Leo passa la tête.

— Je viens de tailler les fleurs et j'en ai deux seaux pleins si l'une de vous veut les emporter. Ce serait dommage de les jeter. Ann ?

Quelques heures plus tôt, j'aurais été enchantée par sa proposition, sa gentillesse. Mais à présent que je me retrouvais face à lui, je ne savais plus quoi dire, ni comment réagir. Du moins pas devant Rachel.

— Je peux les mettre dans un vase et vous les apporter.

— On n'a pas besoin de fleurs, Leo, répondit Rachel en posant sa main sur la mienne.

— Je peux te parler à l'extérieur ? me dit-il, les yeux fixés sur la main de Rachel.

— Je...

— Leo, coupa-t-elle, ce n'est pas le meilleur moment pour Ann.

— D'accord. On peut discuter ici si tu préfères.

Il glissa sa longue silhouette dans l'entrebâillement et laissa la porte se refermer derrière lui. Il occupait soudain tout l'espace et, un bref instant, je sentis l'inquiétude me gagner.

— Leo, tu ferais mieux de partir, déclara Rachel en se levant.

— Je peux te parler une minute en privé ? me lança-t-il sans quitter Rachel des yeux.

— Ça suffit tous les deux ! leur ordonnai-je.

— Qu'est-ce qui se passe ? demanda-t-il en me fixant.

Le silence dans la bibliothèque était devenu pesant. On percevait les bruits étouffés des pas des visiteurs dans le couloir. C'était le propre du Cloître : un espace réservé pour quelques-uns, ceux qui y travaillaient, et un spectacle pour le plus grand nombre. Jamais je ne renoncerai à me trouver de ce côté de la porte, songeai-je.

— C'est à propos de la statuette, lâchai-je enfin.

— Eh bien ?

Il ne paraissait pas nerveux, plutôt sur ses gardes, les mains enfoncées dans ses poches.

— Je sais que tu l'as volée. Dans les réserves.

Il soupira et se passa la main dans les cheveux qui frôlaient presque ses épaules.

— Ann...

— Leo..., coupai-je d'une voix plus ferme, tu l'as volée. Et je pense que ce n'était pas la première fois que tu as dérobé des choses au musée. Pas seulement des plantes. J'ai examiné les tiroirs. Il manque une foule d'autres objets.

Il ne répondit pas, se contentant de hausser les épaules.

— Est-ce que Patrick s'en était rendu compte ?

Je lui faisais face à présent, toujours sur ma chaise.

À ces mots, il releva brusquement la tête.

— Non ! Mon Dieu, non ! Ann, Patrick ne l'a jamais su. Personne n'était censé le découvrir. Tu sais à quoi ressemblent les réserves du Met. Il y a des *milliers* de pièces. Des œuvres d'art qui ne voient jamais la lumière du jour. Des objets jugés pas assez rares, pas assez précieux. Ou qui n'ont pas la bonne origine. Et j'en passe. Pour chaque objet de la galerie, il en existe des dizaines classés sans intérêt dans les réserves.

— Pourquoi as-tu fait ça ?

— Pourquoi pas ? Ce n'est pas comme si tu ne prenais pas de décisions discutables ici, tous les jours. Comme décider de ce qui a de la valeur et de ce qui n'en a pas. C'était quand, la dernière fois que tu t'es intéressée à un objet sans valeur ? Eh oui, tu ne le sais pas… Tu rejettes ce qui n'est ni spécial, ni rare, ni précieux. Ces objets dans les réserves, certains ont disparu depuis des années, et personne ne s'en est aperçu. Parce que ces œuvres ont été oubliées. Je leur offre une seconde vie. Et bien sûr je me fais un peu d'argent au passage.

D'une manière indirecte, c'était la même raison pour laquelle j'avais été attirée par les cartes de tarots, par mon travail, par les objets qui avaient été négligés et qui avaient juste besoin que quelqu'un prenne leur défense. Leo s'était toujours montré honnête avec moi. Il m'avait expliqué un jour autour d'une bière tiède qu'il pensait qu'on pouvait prendre ce qu'on voulait, tant que cela ne faisait de mal à personne. Il avait craché une coque de graine de tournesol et ajouté : « Sauf aux riches, eux le méritent. » À l'époque, j'avais imaginé que c'était un hommage à l'anarchisme, un mantra punk devenu une règle de vie. Mais je me rendais compte maintenant – peut-être en étais-je déjà consciente alors – qu'il le pensait vraiment.

— Quoi ? Tu n'as pas de dettes, toi ? poursuivit Leo. Tu ne te débats pas pour joindre les deux bouts dans cette ville avec ce qu'on nous paie ? Bien sûr, Rachel n'a pas ce problème. Mais *toi*, Ann ? Tu ne te bats pas pour vivre ici, jour après jour, avec si peu qu'on doit partager son espace vital avec des colocataires qui n'arrêtent pas d'aller et venir. Nous avons tous trois, quatre, cinq petits boulots pour nous en sortir. Je l'ai fait pour me donner le temps d'écrire. Pour avoir la possibilité d'expérimenter d'autres choses. Pour ne pas me faire écraser tous les jours de ma vie. Tu peux le comprendre, ça, Ann ? N'est-ce pas pour cette raison que tu es ici ? Pour ne pas te faire broyer, toi aussi ?

Je ne répondis pas, le regard fixé sur lui. Il avait vu juste. C'était exactement la raison pour laquelle j'étais là.

— Combien d'objets as-tu volés ? Au total ?

Il éclata de rire.

— Vous ne le savez même pas, hein ? Vous ne pouvez pas me dire ce qui a été prêté, ce qui est en restauration et ce qui a été converti en bourses et en résidences d'écrivain. L'art qui nourrit l'art. C'est beau, quand on y réfléchit. La symétrie. Le jumelage. (Il nous regarda l'une après l'autre.) Je n'arrive pas à croire que vous ne pigiez pas.

— Qu'est-ce qui s'est passé avec Patrick ? demanda enfin Rachel.

Elle avait gardé le silence pendant tout notre échange, les yeux rivés sur les vitraux de la fenêtre au fond de la bibliothèque.

— Avec Patrick ? Comment ça ? Il ne s'est rien passé avec Patrick.

Je vis apparaître sur son visage la compréhension de ce que Rachel venait de sous-entendre.

— Tu n'es pas sérieuse ? Tu ne crois quand même pas que je… (Puis il repartit à nouveau sur sa marotte.) Personne ne s'intéressait aux objets des réserves, encore moins Patrick ! Il n'en avait aucune idée. Je n'ai rien à voir avec sa mort. Rien du tout ! Je suis un voleur. Ça ne me pose aucun problème de dépouiller des gens et des lieux blindés de fric, mais je n'assassinerais jamais personne. Sans rire, Ann, tu ne me crois pas ?

— Tu es le seul à avoir un mobile, dis-je dans un souffle, comme si j'étais en apnée depuis qu'il était entré dans la bibliothèque.

— Je n'ai aucun mobile ! Patrick et moi, on n'était pas toujours sur la même longueur d'onde, mais je le respectais. Comme tout le monde.

— Mais s'il a découvert…, insistai-je.

— S'il l'avait découvert, je serais allé en taule. Alors, j'ai fait en sorte que personne ne l'apprenne. Reconnais-le, Ann, tu ne l'aurais jamais su si tu n'avais pas fouiné dans mon placard l'autre jour. J'avais rendez-vous avec mon marchand d'art la veille, mais je l'ai décalé pour passer la journée avec toi. Voilà la raison de tout ça. Mon faible pour toi.

Sa voix trahissait une gravité que je ne lui connaissais pas. La douleur se propagea de mes paumes au creux de mon ventre. Je le croyais. Leo était un criminel, oui, mais pas de ce calibre-là.

— On a dit ce qu'on savait des vols à l'inspectrice Murphy, reconnus-je enfin.

Je me sentais horriblement mal. C'était moi qui avais laissé le monde extérieur envahir notre univers intérieur. Moi qui déchirais le voile.

— Vous avez fait *quoi* ? s'écria Leo en me regardant d'un air effaré. Ann, dis-moi que ce n'est pas vrai !

— La police prend le relais.

Je levai les yeux vers lui. Une partie de moi brûlait de presser mon visage sur sa poitrine, de sentir sa main me caresser les cheveux et de l'entendre me dire que tout irait bien. Qu'il allait s'en sortir. L'autre partie de moi savait que c'était désormais impossible. De tous les secrets bien gardés au Cloître, j'avais révélé le sien. J'espérais qu'il comprendrait un jour que je devais préserver mon travail avant tout. C'était la seule chose qu'il était capable de concevoir.

— Eh bien, je peux leur expliquer ce que sont devenues les pièces. Mais je ne dois pas me faire piéger, il faut que je prenne de l'avance sur cette affaire, dit-il en se passant la main dans les cheveux. Ann, je n'ai rien à voir avec la mort de Patrick, d'accord ?

Je soutins son regard.

— Tu me crois ? insista-t-il.

— Oui.

Il s'approcha de ma chaise et s'accroupit devant moi pour me regarder droit dans les yeux.

— Je suis désolé, murmura-t-il en enveloppant ma main dans la sienne.

Puis il me lâcha et quitta la bibliothèque. Après son départ, je cherchai à comprendre l'objet de ses excuses. Regrettait-il de m'avoir rencontrée ? de m'avoir abordée ce premier jour dans le jardin ? Était-il désolé que je l'aie démasqué ? de ce qu'il avait fait ? qu'il n'ait pas mieux protégé ses arrières ? Je n'étais pas sûre de savoir quelle en était la raison. Mais j'avais l'impression que le temps s'accélérait encore, me poussait vers l'avant par à-coups, avec brusquerie, et j'en avais la nausée, au point que j'aurais voulu arrêter la roue.

Leo pensait que lui et moi étions foncièrement semblables. Deux personnes en quête de réussite dans un monde plus favorable aux autres, si bien que nous devions nous battre pour avoir l'avantage. Et il n'avait pas tort. Nous étions des survivants. Promis à de plus grandes destinées, nous nous étions arrachés à la force du poignet aux lieux mornes où nos vies avaient débuté. En décidant de nous protéger, Rachel et moi, je m'étais assurée de poursuivre mon ascension.

La réalité s'imposa à moi – nous étions tous là au service de nos propres intérêts pour défendre nos ambitions et nos rêves. Au Cloître, même si on pouvait facilement oublier qu'on était à New York, chacun de nous se préoccupait de son propre sort, de sa carrière, et était prêt à tout pour grimper les échelons. Surtout moi.

Je contemplai la table couverte de livres et de carnets en me disant que le pire n'aurait pas été de dénoncer Leo, mais de gâcher cette opportunité. Rien ne devait m'arrêter dans ma réussite.

23

Le lendemain matin, le musée resta ouvert au public en dépit de la présence des enquêteurs : ceux-ci prirent des notes et photographièrent les tiroirs des réserves, les peintures du laboratoire de restauration, les outils de la remise de jardin. Ils étaient arrivés le matin même avec un mandat de perquisition, et les agents de service leur avaient donné accès au musée avant d'avertir le Met. Mais l'institution de la Cinquième Avenue ne pouvait rien faire d'autre que laisser les policiers déposer de la poudre à empreintes, et fouiner partout. Leurs mouvements étaient surveillés de près par un avocat dépêché spécialement pour l'occasion. Moira faisait de son mieux pour les tenir à l'écart des visiteurs, et elle s'en sortait plutôt bien.

Michelle avait également été appelée en renfort, et se tenait bras croisés dans le couloir frais qui menait aux bureaux du personnel. Elle répondait de temps à autre aux questions, mais, surtout, elle consultait son téléphone, en contact permanent avec la société de relations publiques engagée par le musée pour gérer d'éventuelles complications. Nous avions entendu dire qu'un article serait publié le mardi suivant dans la section arts – heureusement pas dans celle des faits divers – du *Times*.

Trop de temps avait passé depuis l'assassinat de Patrick pour que les caméras de surveillance en aient gardé une trace. Tout ce que nous avions, c'étaient les rumeurs, et les réactions maladroites, à mon sens, que l'on adopte face à la mort : une attitude d'abord hésitante, puis plus confiante, même si elle restait artificielle.

Dans la cuisine du personnel, j'avais entendu deux employés du département restauration dire que les vidéos étaient inutilisables. « Elles tournent en boucle. Au bout de sept jours, elles redémarrent de zéro, se lamentait le retoucheur. Jamais archivées. Tu te rends compte ? » Ce qui signifiait qu'il n'y avait pas d'enregistrements de Leo, pas de preuves tangibles.

À l'extérieur, chaque objet de l'abri de jardin avait été étiqueté et rangé dans un sachet en plastique épais. Les fleurs séchées que Léo avait amoureusement cueillies et suspendues aux crochets avaient été coupées et fourrées dans des sacs bruns. Plusieurs pétales séchés qui s'étaient détachés au cours du processus jonchaient le sol. Les serres où je savais que Leo gardait ses plantes personnelles, celles qu'il vendait, avaient été mises sens dessus dessous, bien que la police ne semblât pas avoir remarqué quel était l'objet de ces cultures. Même le tas de compost avait fait l'objet d'une fouille en règle. Tout fut soigneusement photographié, répertorié et consigné.

Si les visiteurs du Cloître ne paraissaient pas conscients de ce qui se passait autour d'eux, ce n'était pas le cas du personnel. Chaque fois qu'une porte s'ouvrait ou que des pas se faisaient entendre dans les couloirs, nous levions la tête ou les yeux de notre travail. Michelle nous avait demandé de ne pas poser de questions. Seulement d'y répondre. Mais leurs seules interrogations ce jour-là furent de cet ordre : « Avez-vous vu un homme avec un appareil photo passer par ici ? » Ou : « On accède au hall par la galerie 8 ou 12 ? » L'équipe de la police scientifique se perdait dans le dédale du Cloître – les experts erraient de salle en salle, passaient la tête sous une arche gothique puis sa jumelle, espérant être sur le bon chemin.

L'un d'eux, un jeune homme spécialiste en botanique, était visiblement intéressé par Rachel. Il avait traversé la bibliothèque pour se rendre dans le bureau de Patrick et répertorier les plantes cultivées à l'intérieur, puis s'était attardé près de notre table.

— C'est comment de travailler ici ? demanda-t-il en observant les voûtes en ogive au-dessus de nos têtes.

— C'est comme travailler au XIIIe siècle, mais avec la plomberie, répondit Rachel sans lever les yeux de son livre.

L'homme fit le tour de la salle, effleura les reliures des volumes anciens, et nous adressa un sourire timide, avant de repartir d'où il était venu.

Au milieu de ces distractions, j'essayai de trouver une place dans notre article pour toutes les anecdotes que nous avions découvertes au cours de nos recherches. Par exemple, la liste des possessions d'Ercole d'Este et de son épouse : *libri* – livres : 3 284 ; *contenitore* – vases : 326 ; *calcografia* – gravures sur cuivre : 112 ; et 36 chiens de chasse. Ou encore le fait qu'au cours de l'été 1497, la ville de Ferrare avait subi des pluies torrentielles qui avaient inondé les *studioli*, les cabinets d'études du duc et de la duchesse, endommageant des lettres, des manuscrits et des *carte da trionfi*. Puis la vente aux enchères de « six douzaines de cartes de tarots d'Italie pour la famille d'Este* » pour 4 000 francs à un collectionneur privé en Suisse en 1911. Rachel et moi avions méthodiquement retracé l'histoire de ces cartes : conçues à Ferrare par Pellegrino Prisciani, l'astrologue d'Ercole d'Este, elles avaient été utilisées par une cour fascinée par les dieux sombres et capricieux de la Rome antique. Avec les documents de Richard Lingraf que mon père avait traduits, nous défendions l'idée que les cartes, comme beaucoup de choses dans la vie de la Renaissance, avaient un double emploi : jouer au tarot classique, mais aussi prédire l'avenir. Il s'agissait manifestement de la théorie la plus révolutionnaire concernant la culture de cour de la Renaissance depuis des années.

Mais il y avait encore des lacunes. Dans les archives, dans nos connaissances. Et ainsi, comme les enquêteurs qui passaient au peigne fin le compost en quête de preuves, nous faisions des suppositions et des déductions. Ce qui nous séparait de la police scientifique, c'était une bibliothèque et six cents ans.

Je consignai soigneusement une autre note de bas de page, transcrivis une énième traduction. Soudain, on entendit un brouhaha de l'autre côté de la porte. Des pas précipités sur le sol dallé. Rachel et moi repoussâmes nos chaises pour aller jeter un coup d'œil dans le couloir, où Moira, entravée par sa jupe droite, courait avec difficulté derrière Leo, qui se dirigeait à grandes enjambées vers le jardin.

— Vous êtes censé être en congé ! lui cria-t-elle.

Leo ne répondit pas, continuant à marcher calmement. Ses longues jambes le portaient plus vite que Moira, qui dut faire face à un afflux soudain de visiteurs dans le corridor. Elle contacta par talkie-walkie Louis pour lui demander de faire quelque chose pour arrêter le jardinier. Imperturbable, Leo poursuivit son chemin.

— Leo !… hurla-t-elle.

Il se dirigeait droit vers la remise. Nous suivîmes Moira.
Dans le jardin, Leo fut stoppé par deux agents en civil, qui
s'étaient mis en travers de sa route. L'inspectrice Murphy
se tenait près d'un groupe de policiers scientifiques. L'un
d'eux venait de glisser un objet dans un sachet en plastique.
Ajustant son gant en latex, il prit un marqueur et écrivit
quelque chose sur l'étiquette. Murphy se dirigea tranquillement vers nous, écartant d'un coup de pied un pot de rempotage en plastique noir, vide de tout contenu.

— Vous ne pouvez pas être là, dit-elle à Leo.

Elle avait levé les mains, comme pour sermonner un
enfant.

— J'ai des affaires personnelles ici, se défendit Leo en
désignant l'abri. Des années de travaux.

— Ce sont des preuves.

— Il y a des plantes qui sèchent pour les semences. Il y
a des hybridations. Il y a…

— Le reste d'une belladone à la racine coupée, conclut
l'inspectrice.

— Impossible, répliqua Leo. On plante la belladone au
début du printemps et on n'arrache jamais les plantes avant
l'hiver. Si un plant entier avait disparu…

— Vous l'auriez remarqué ?

Elle fit signe de la main à un agent de lui apporter le
spécimen en question. Puis elle brandit le sac transparent
contenant une plante molle aux fleurs violettes fanées. Les
baies de belladone étaient encore vertes. Une petite entaille
était visible à l'endroit où on avait cisaillé la racine. Une
tranchée blanche en travers d'un nœud épais et fibreux.

— Elle ne peut pas venir de ce jardin. Je n'ai rien déra-
ciné depuis le printemps.

— Suivez-moi, dit l'inspectrice en passant devant Leo.

Elle traversa le cloître de Bonnefont jusqu'à un parterre de fleurs dont elle écarta une masse d'épais feuillage et de corolles pourpres. Dans le sol, la terre avait été remuée là où on avait manifestement arraché un plant, et le trou avait été comblé à la hâte.

— Vous aviez remarqué ça ?

Leo replia sa haute silhouette et, tout en maintenant les feuilles sur le côté, il palpa la terre qui faisait partie de sa vie autant que du Cloître lui-même. Puis il observa les plantes environnantes qu'il avait cultivées à partir de semis et protégées contre la rigueur des gelées printanières. Ses mains ne s'attardèrent qu'un instant avant qu'il lève les yeux sur Murphy.

— Non, je ne l'avais pas vu. Mais vous ne pensez pas que j'aurais mieux couvert mes traces si j'en étais l'auteur ? Et que je me serais débarrassé de la belladone ? Vous savez combien de plantes terminent au compost chaque semaine ? Paillis, feuilles, racines… Nous entretenons plusieurs hectares de jardin. Et tout est accessible. Aux employés comme au public.

— À l'heure qu'il est, nous avons un mobile et les circonstances. Et les deux vous pointent du doigt. De plus, ajouta l'inspectrice en désignant les plants de belladone, nous avons ce trou remblayé. Peut-être pourriez-vous nous faire gagner du temps et venir avec nous au poste ?

Leo parcourut les jardins du regard – les hautes herbes penchées, les arbustes en fleur, les colonnes autour du cloître.

— Bah, on dirait que je n'ai pas le choix.

— Je suis contente que nous nous comprenions.

Murphy saisit Leo par le bras pour l'entraîner vers le portail de derrière, où étaient stationnés les véhicules de police et les camionnettes des experts, à l'abri des regards des visiteurs.

Quand j'appris plus tard que Leo avait été arrêté, j'étais à Central Park avec Rachel. Nous avions apporté un panier de pique-nique pour le dîner. Rachel avait suggéré un « nouveau départ ». Mais je n'étais pas prête à mettre toute cette histoire derrière moi. Laure avait raison sur un point : Rachel tournait vite la page. L'année suivant le décès de mon père, j'étais constamment sur le fil du rasoir, prête à hurler ou à mettre en charpie tout ce qui pouvait l'être. Ces moments étaient suivis de périodes de retour à la normale, mais le chagrin me rongeait, tout autant que l'idée que je devais continuer à vivre même s'il n'était plus là. Voir le temps s'écouler malgré tout était très pénible, jusqu'à sentir mon cœur battre – régulier et implacable – alors que je voulais férocement qu'il s'arrête.

Je déployai une couverture à carreaux bleus sur l'herbe et en lissai les bords, ôtant des feuilles et des bouts de bois de la laine feutrée. Rachel ouvrit le panier et disposa les victuailles et les couverts sur le plaid : un petit pot de terrine, des fromages enveloppés dans du papier alimentaire, une baguette, un couteau, des assiettes. Ainsi que des nectarines mûres, une grappe de raisins et des carrés de chocolat. Autant d'articles soigneusement emballés et de denrées achetées à grands frais chez un traiteur de Columbus Avenue.

Le SMS de Moira arriva alors que le soleil descendait derrière le mur d'arbres à l'ouest du parc. « Leo a été arrêté. Merci de transmettre toutes les demandes de

la presse à Sarah Steinlitt – ssteinlitt@metmuseum.org. »
Rachel rompit un morceau de baguette et étala pensivement du fromage sur la mie.

— Tu en veux ? s'enquit-elle en me tendant la tranche entamée.

— Ils l'ont arrêté, dis-je d'une voix blanche.

Je n'avais plus d'appétit.

— Évidemment.

— Tu ne penses quand même pas qu'il l'a fait ?

Rachel haussa les épaules, comme si cela n'avait pas d'importance. Et je compris soudain que pour elle, c'était probablement le cas.

— Sans doute, dit-elle en mordant dans un quartier de nectarine, dont le jus rougeâtre coula sur son pouce. Tu n'as pas faim ?

Elle m'en donna un quartier et se lécha les doigts.

— Mange. C'est bon.

Je glissai le fruit dans ma bouche, appréciai son goût chaud et sucré. Cela me rappelait la maison de mon enfance – les fruits trop mûrs qui tombaient des arbres à la fin de l'été dans les champs autour de Walla Walla, jusqu'à ce que l'air soit saturé d'odeurs de confiture, de fermentation et d'herbes sèches. Une nostalgie à laquelle je ne m'attendais pas s'empara brusquement de moi.

— Tu ne devrais pas t'inquiéter pour Leo, lança Rachel, brisant ma rêverie. Leo s'inquiète rarement pour lui-même.

— Je ne peux pas m'en empêcher.

Elle se tourna vers moi.

— Tu t'en remettras, dit-elle en plongeant un morceau de pain dans le pot de terrine pour extraire les dernières miettes au fond. En fait, je croyais que c'était déjà fait.

Elle s'essuya les doigts et sortit de son sac un petit paquet soigneusement emballé et noué avec de la ficelle jaune et blanc.

— C'est pour toi, dit-elle en me le tendant.

Il avait un poids substantiel, agréable au creux de ma main. Compte tenu du moment que nous vivions, un cadeau ne me semblait pourtant guère approprié.

— Ouvre-le, renchérit-elle en récupérant les noyaux et pelures, restes du pique-nique.

Je fis glisser la ficelle et je déchirai un coin du papier kraft pour découvrir un coffret en bois. À l'intérieur, un jeu de tarots délicatement peints à l'aquarelle, avec un Fou, un Chariot, des cartes d'Épées et de Bâtons... Les cartes elles-mêmes étaient légèrement usées. Je saisis la première et en effleurai le bord. Elles avaient été imprimées sur du papier sans apprêt, ce qui permettait, outre leur imagerie, de savoir qu'elles avaient été fabriquées au XVIIIe ou XIXe siècle. Les illustrations étaient minutieuses, dans le style classique de l'occultisme, avec de subtiles touches de peinture et de feuilles d'or. Une légère marbrure bleu pâle mêlée à des tourbillons de rose ornait les dos.

— Elles sont françaises, précisa Rachel en époussetant des miettes dans l'herbe, sans me regarder. Probablement de Lyon. Début XIXe. Peut-être 1830.

— Elles sont magnifiques.

— C'est un cadeau.

— Je ne peux pas accepter.

Un tel objet valait plusieurs milliers de dollars, voire plus.

— Bien sûr que si, dit-elle en soutenant mon regard. Il est temps que tu aies ton propre jeu.

Je saisis plusieurs cartes pour étudier les illustrations.

— Elles viennent d'où ? demandai-je en m'attardant sur l'illustration du Pendu se balançant tête en bas.

— Tu veux savoir si je les ai volées ?

— Non, je…

— Je les ai achetées chez un marchand de livres rares de Manhattan, pas chez Stephen. Mais ne lui en parle pas. Et leur provenance est tout ce qu'il y a d'irréprochable.

Je disposai quelques cartes sur la couverture entre nous, et remarquai des similitudes entre les symboles sous mes yeux et ceux du XVe siècle que nous avions à la maison.

— Pourquoi ne fais-tu pas une lecture ? demanda Rachel en haussant légèrement les épaules.

Je les rassemblai avec précaution et les mélangeai. À mon sens, il ne fallait pas poser de questions spécifiques aux cartes. Je trouvais cette manière de procéder comme le résultat d'un orgueil démesuré. Pour ma part, c'étaient des impressions que je cherchais, la toile qu'elles créaient, l'histoire qu'elles racontaient. J'avais tiré un Deux d'Épées inversé, un Valet de Coupes et un Dix d'Épées. Seulement des arcanes mineurs. Le Valet de Coupes, service et instinct ; les cartes d'Épées, surtout inversées, signifiaient comme toujours l'acte de trancher en deux. Je voyais rarement le Dix d'Épées, qui signifiait le malheur, la défaite. Ils me montraient une rupture, une coupure et un départ, un renversement, un revirement même. Si je pouvais interpréter certaines de ses significations, d'autres me restaient obscures.

— Elles disent quoi ? interrogea Rachel.

— Que je devrais faire confiance à mon intuition, répondis-je doucement en remettant dans le jeu les cartes que j'avais tirées.

24

Notre article était presque terminé. Il était évident qu'il accomplirait bien plus pour nos carrières qu'un emploi d'été au Cloître. Pour moi, c'était le ticket d'entrée pour un doctorat dans l'université de mon choix et l'assurance que je ne retournerais pas à Walla Walla. C'était aussi la preuve que le travail de mon père en tant que traducteur, effectué dans le secret et donc longtemps méconnu, aurait un impact significatif. Une possibilité qu'il n'aurait peut-être jamais eue de son vivant.

Une possibilité. Voilà ce que m'offrait cette publication : le choix de dire oui ou non, de vivre à New York ou ailleurs, de presque réécrire le passé. C'était un moment décisif dans ma carrière, une découverte comme on en faisait une par génération, ce qui était rarement donné à de jeunes femmes, en particulier au début de leur parcours. Et tandis que Rachel et moi épluchions toutes les notes de bas de page et vérifiions à nouveau nos traductions du latin du XVe siècle, Leo croupissait dans une cellule, attendant une mise en liberté sous caution.

La nuit précédente, j'avais rêvé de lui. Nous étions dans un bar du Bronx, où les ventilateurs tournaient paresseusement. Là, en buvant une bière, il m'avait murmuré qu'il n'était responsable de rien. Il n'avait rien volé et n'avait pas empoisonné Patrick. Le lendemain, quand j'en parlai à Rachel, elle me répondit :

— Je le connais depuis plus longtemps que toi. Tu n'as aucune idée de ce dont il est capable.

Nous étions assises côte à côte à la table de la salle à manger, le soleil de la fin d'après-midi faisait des flaques sur le plancher. Je déplaçai mon curseur vers le bas de l'écran, concentrée sur la tâche fastidieuse de mise en forme des dates et des informations bibliographiques.

— Quand j'ai débuté au Cloître, Leo était bien plus renfermé que maintenant, expliqua Rachel. Il ne parlait jamais au personnel. Patrick disait qu'il avait été engagé à la dernière minute – comme toi – parce qu'un jardinier en place depuis longtemps avait démissionné sans crier gare et qu'il fallait quelqu'un. Depuis quatre ans qu'il est là, c'est un miracle qu'il ne se soit pas déjà fait virer.

Rachel regarda par la fenêtre, où la canopée des arbres de Central Park se balançait doucement, tandis que des familles flânaient dans les allées, profitant du dernier week-end estival.

Je ne répondis pas, les yeux toujours rivés à l'écran, faisant défiler les pages.

— Pour tout te dire, ça ne me surprend pas tant que ça. Il n'a jamais considéré que les règles s'appliquaient à lui. Leo aime croire qu'il vit au-delà et en deçà des attentes de la société. Son métier en tant que jardinier l'illustre parfaitement : il vaut mieux que ce boulot, mais en même temps il est heureux de patauger dans la boue.

J'étais du genre à suivre scrupuleusement les règles même si parfois elles me pesaient – rendre les livres empruntés dans les temps, respecter les protocoles dans un travail. De sorte que voir Leo si joyeusement anarchique avait déverrouillé une porte en moi : une propension au chaos qui me caractérisait bien avant mon arrivée à New York. Il était facile pour Rachel de mépriser Leo pour ce qu'il avait fait, car, pour les personnes comme elle, les règles étaient plus souples. Une solution, un arrangement pouvaient toujours être trouvés avec de l'argent et de l'influence. Cela ne demandait aucun courage. Or ce que Leo avait fait demandait du cran.

Il y avait un gouffre entre le vol et le meurtre. Leo était du genre à enfreindre la loi, et à s'en vanter, mais cela ne faisait pas de lui un meurtrier. Je gardais cette pensée pour moi, la laissant tournoyer dans ma tête jusqu'à ce qu'elle se transforme en paranoïa aiguë, qui me rendait de plus en plus à cran et morose, mais qui semblait laisser Rachel plus sereine qu'elle ne l'avait été au début de l'été.

— Et si on faisait une pause ? Je suis fatiguée de rester assise, déclara-t-elle en étirant ses bras au-dessus de la tête. On va se balader ?

— Je voudrais terminer ce que j'ai commencé.

C'était en partie vrai. Je voulais en finir. Nous étions si proches du but, mais j'avais aussi besoin de mettre de la distance entre Rachel et moi.

— Comme tu voudras, dit-elle en repoussant sa chaise.

Cachée par l'écran de mon ordinateur, je la regardai coiffer ses longs cheveux en queue-de-cheval et enfiler une paire de baskets. Après son départ de l'appartement, je me rendis à la fenêtre et attendis d'être sûre qu'elle ait pénétré dans Central Park. Alors je m'emparai de mon téléphone et composai le numéro inscrit sur la carte de l'inspectrice Murphy. Je surveillais les abords du parc en quête du retour de la queue-de-cheval de Rachel.

— Puis-je parler à Leo ? demandai-je quand l'inspectrice répondit.

— Vous voulez dire lui rendre visite ?

— Bien sûr, répondis-je avec assurance.

En fait, c'était la première fois qu'une de mes connaissances était sous les verrous, alors je n'avais aucune idée de la procédure.

— S'il est d'accord, pas de problème.

— Est-ce que je viens juste au poste ?…

J'entendais l'inspectrice classer des papiers à l'autre bout du fil. Je l'imaginais avec son téléphone calé contre la joue, son bureau en pagaille.

— Ann… Je peux vous demander ce qui se passe ?

En vérité, je n'avais aucune idée de ce qui se passait, aussi laissai-je le silence s'installer. Elle craqua la première.

— Avez-vous quelque chose à me dire ?

— Je ne pense pas qu'il l'ait fait, soufflai-je.

— Qu'est-ce qui vous permet d'affirmer ça ?

— Il en est incapable.

— Parfois, on ne sait pas de quoi sont capables les gens. (Elle marqua une pause.) On ne sait même pas de quoi on est capable soi-même.

— Vous pensez que c'est lui ?

À l'évidence, Murphy réfléchissait à ma question en tapotant un crayon sur son bureau, un staccato rapide.

— Je pense que c'est possible, répondit-elle au bout d'un long moment.

— Il y a une grande différence entre pouvoir et faire.

— Vraiment ?

— Bien sûr. Évidemment.

Cette distinction semblait absurde, la ligne de démarcation entre la possibilité et l'acte. La différence entre souhaiter la mort de quelqu'un et le tuer.

— De quoi est-il accusé ?

— Pour le moment ? Juste des vols. Nous n'avons pas assez d'éléments pour l'inculper de meurtre, mais largement pour vols qualifiés.

Je ne savais plus quoi dire. En contrebas, je regardai les piétons aller et venir dans les espaces ombragés du parc. La frontière était-elle donc aussi ténue ? Fallait-il être un tueur pour assassiner quelqu'un ? Leo n'était rien d'autre qu'un cas résolu pour l'inspectrice Murphy, une manière de cocher une case et de tourner la page.

— En fait... (Là encore, je l'entendis farfouiller dans ses notes.) Peut-être que vous pourriez m'aider sur un point. L'avocat de Leo nous a dit quel était le receleur de son client pour les œuvres volées. C'est surprenant en fait. Je pensais qu'il aurait eu du mal à trouver quelqu'un qui prenne le risque d'accepter des objets d'une telle provenance. Mais c'est un endroit en plein centre-ville. Sur la... 56ᵉ Rue Est. Un antiquaire qui s'appelle...

Pendant qu'elle cherchait le nom dans ses notes, je sus instinctivement de qui elle parlait. Ma respiration se bloqua dans ma poitrine et un frisson courut tout le long de mon corps.

— Ketch Rare Books and Antiques, lâchai-je.

— C'est ça ! Vous fréquentez cet endroit ?

— Pas vraiment. J'y suis allée une ou deux fois.

— Avec Patrick ?

— Oui. Et Rachel aussi.

À mon doigt, la bague qu'elle m'avait achetée capta la lumière. Je tentai de la retirer, mais elle resta coincée sur mon annulaire.

— C'était quand ?

— Il y a environ un mois. Peut-être un peu plus.

— Avez-vous vu des objets qui correspondent à la description des pièces manquantes ?

— Non. Mais je ne les cherchais pas non plus.

— Il y a de belles choses dans cette boutique ?

— Oui.

— Savez-vous si Leo avait ses habitudes là-bas ?

— Non.

— Vous n'y êtes jamais allée avec lui ?

— Jamais.

— Plusieurs pièces ont déjà été vendues. On essaie de retrouver leur trace, mais certaines sont vraisemblablement encore chez le revendeur.

Je songeai aux superbes broches et bagues que possédait Stephen, à la parfaite connaissance qu'avait Rachel de son stock, à mes bras encore bronzés par les après-midi que nous avions passés sur le muret en pierre du musée à nous prélasser en partageant des anecdotes.

Et l'évidence m'apparut soudain : personne ne m'avait réellement dit la vérité. Ni Leo. Ni Patrick. Encore moins Rachel. Les trois m'avaient caché la vérité pour servir leurs intérêts propres. Seule Aruna avait répondu présent, oracle delphique dans sa parole et son à-propos.

Et alors même que les preuves étaient sous mes yeux pendant tout l'été, je n'avais pas vu le triangle formé par Rachel, Patrick et Leo. Jusqu'à aujourd'hui. Seulement, ce n'était pas un triangle, en fait. C'était une roue avec un centre, d'où partaient tous les rayons : Rachel. *Regno, regnavi, sum sine regno, regnabo* : je règne, j'ai régné, je suis sans règne, je régnerai. Elle nous faisait tourner autour de son axe, comme si nous n'existions pas en dehors de son orbite. Trois entités distinctes, qui ne communiquaient qu'à travers elle. Bien sûr, les détails étaient nébuleux, occultés par l'habileté de Rachel à raconter des histoires et à me garder sous sa coupe.

— Que dois-je faire pour voir Leo ?

— Sa caution est en cours de traitement, dès que ce sera fait, il pourra sortir de prison, répondit Murphy.

— Qui l'a versée ? demandai-je, curieuse.

— Apparemment, c'est lui.

— Quand sera-t-il libéré ?

— Demain.

J'allais ajouter quelque chose quand la porte de l'appartement s'ouvrit avec un grincement. Rachel apparut sur le seuil, légèrement transpirante.

— J'ai oublié ma montre…

Elle la prit sur le guéridon de l'entrée et la glissa à son poignet gracile.

Je raccrochai et m'éloignai de la fenêtre. Comment avais-je pu manquer son retour dans l'immeuble ? Peut-être avait-elle pris un raccourci à travers bois et couru le long de l'avenue.

— Il se passe des choses intéressantes là-bas ? s'enquit-elle en désignant l'horizon.

— Non, je profite simplement de la fin de la journée.

— À mon retour, allons dîner à l'Altro Paradiso, lança-t-elle sur le pas de la porte. J'ai envie de manger italien.

— Super.

— Parfait. Je reviens bientôt.

J'attendis de voir sa longue queue-de-cheval entrer dans le parc pour la seconde fois avant de saisir mon portable et d'envoyer un SMS à Leo : « Il faut qu'on parle. Appelle-moi quand tu seras sorti. » Puis j'effaçai rapidement ce message, supprimant toute trace que Rachel aurait pu trouver.

L'appartement était silencieux, comme à l'accoutumée. Rempli de livres, d'ustensiles, et de jetés en cachemire hors de prix, soigneusement pliés sur le dos des canapés. Je déambulai dans la cuisine et ouvris les tiroirs un par un : sets de table, serviettes, couteaux, ouvre-bouteilles… Je poursuivis mon exploration méthodique jusqu'à ce que je trouve ce que je cherchais : un tiroir plein de bric-à-brac – ruban adhésif, ciseaux, petits tournevis et blocs-notes presque remplis. Je fourrageai jusqu'au fond et j'entendis un cliquetis métallique. J'avais mis la main sur un trousseau d'au moins une quinzaine de clés regroupées sur un anneau doré.

Je m'en emparai et me dirigeai sur le palier pour appeler l'ascenseur, inquiète, en le regardant monter étage après étage depuis le rez-de-chaussée, que Rachel ne s'y trouve. Quand les portes s'ouvrirent, la cabine était vide, j'utilisai mon pied pour qu'il reste ouvert afin que personne d'autre dans l'immeuble ne puisse l'appeler. Puis j'essayai les clés une par une pour déverrouiller l'accès au penthouse. La cinquième s'enclencha et le bouton du 16e étage s'alluma.

L'ascenseur s'ouvrit directement sur l'appartement de ses parents, révélant un long couloir où s'alignaient des tableaux et des dessins dans des cadres dorés. J'en reconnus plusieurs : un dessin de Matisse datant de la première période de sa production ; un pastel du XVIIIe siècle de Quentin de La Tour ; une des vues de Venise de Canaletto. Au bout du couloir, un salon à mezzanine dont les immenses fenêtres allant du sol au plafond étaient obscurcies de rideaux en lin épais qui masquaient la lumière du soleil. J'allumai une lampe chinoise bleu et blanc.

Sur les guéridons disséminés dans la pièce, des photographies de Rachel avec ses parents dans des cadres en argent massif : sur un voilier en Méditerranée ; elle en tenue de tennis avec l'équipe de Spence, son école ; des clichés de ses parents avec des chefs d'État et à des dîners avec des administrateurs de musées ; à Aspen ; dans les Hamptons. Et d'autres photos de famille à Long Lake avec ses grands-parents, dans la véranda.

Et des livres. D'innombrables rangées de livres reliés en cuir et aux titres calligraphiés à la feuille d'or. Des éditions originales, des pamphlets savants, des manuscrits rares que l'on pouvait feuilleter sur les canapés rembourrés et élégamment tapissés, parsemés de coussins à glands frangés. J'empruntai un autre couloir et poussai toutes les portes jusqu'à ce que je trouve la chambre de Rachel.

Elle était de bon goût, pas exagérément grande, peinte en vert pistache avec un grand lit bateau. Rachel avait ses propres photos encadrées. J'étudiai avec curiosité les clichés d'elle au lycée, seule à la proue d'un voilier ou en train de lire sur une chaise longue quelque part sur la côte Adriatique. Surtout, il y avait des gravures sur cuivre du XVIe siècle encadrées, et plusieurs pages de manuscrits médiévaux sous verre. J'en examinai certaines avant de me diriger vers le bureau et d'en ouvrir les tiroirs.

La plupart avaient été vidés. Il ne restait que de vieux stylos à bille et un carnet vierge. Une poignée de pièces de monnaie, des emballages de bonbons et une boucle d'oreille abandonnée dans celui du haut – bric-à-brac typique d'une chambre d'adolescente. Rachel n'avait sans doute pas dormi là depuis des années. Mais le tiroir du bas du bureau était fermé à clé et, tandis que je cherchais comment le déverrouiller, il m'apparut que le trousseau que je tenais à la main détenait sûrement la solution. Après quelques essais infructueux, une clé s'inséra dans la serrure et le tiroir céda. À l'intérieur, la photo d'un voilier, dont le nom était *Fortuna*, et une fibule à disque, délicatement incrustée de pierres vertes et de perles avec un camée en son centre. Je la reconnus instantanément grâce au document que Michelle de Forte avait fait circuler, qui contenait images et descriptions de chacun des objets volés par Leo.

Alors que je caressais ses contours filigranés, je me remémorai un proverbe romain que Virgile avait utilisé dans l'*Énéide* : *Audentes fortuna juvat*. La fortune sourit aux audacieux. Rachel, tout comme Leo apparemment, avait été très audacieuse.

25

Trois jours plus tard, Michelle me fit une offre par mail : elle me proposait de rester au musée pour une durée indéterminée. Le salaire serait nettement supérieur à ce que je gagnais actuellement et je bénéficierais immédiatement du titre de conservatrice adjointe, ce qui s'avérait ironique, puisqu'il n'y avait toujours pas de conservateur à assister. Je gardai pour moi la nouvelle, lisant et relisant le message de Michelle jusqu'à en connaître chaque virgule, chaque point d'interrogation.

Pendant ce temps, la fréquentation du musée était allée crescendo, tout comme la température du mois d'août. Les touristes en masse se pressaient dans les galeries fraîches et s'éventaient avec leur plan des salles, leurs corps éreintés et transpirants affalés sur les bancs de pierre. Le personnel n'était pas en reste. Les guides en avaient assez des bus d'écoliers turbulents qui arrivaient sans discontinuer, et des conférenciers privés qui officiaient à leur place. Nous étions fatiguées de nous frayer un chemin à travers la foule pour atteindre la bibliothèque ou les toilettes, sans parler du système de climatisation insuffisant pour une telle marée humaine. Chaque jour qui passait – moite, lourd, lent – laissait entrevoir l'arrivée du mois de septembre, même si celui-ci semblait encore très lointain.

Je n'avais pas encore eu de nouvelles de Leo. Rachel était partie à Cambridge pour préparer son appartement en vue du semestre d'automne qui commençait dès la première semaine de septembre. Elle avait évoqué l'idée que j'habite chez elle, mais je bottais en touche depuis que j'avais trouvé la fibule. Et j'avais visité les rares appartements que je pouvais m'offrir. Ils n'étaient pas beaucoup plus grands que ma sous-location du départ, mais tous avaient un bail d'un an.

Et même si un nouveau conservateur n'avait pas encore pris ses fonctions, les ressources humaines en étaient aux dernières phases de la procédure, m'avait informée Michelle. Dans le même mail qui m'offrait mon nouveau poste, elle m'avait demandé si je voyais un inconvénient à ranger et à vider le bureau de Patrick. Comme je n'avais pas grand-chose d'autre à faire à la bibliothèque, et que la chaleur étouffante plombait les jardins, j'avais apporté un sac-poubelle et avais franchi la porte en bois surplombée de deux cerfs en plein combat menant au bureau de Patrick, et je m'étais attelée lentement à la tâche.

Son bureau avait toujours été un endroit apaisant. J'ouvris les fenêtres et en calai les battants à l'aide de livres pour laisser entrer l'air frais.

Même s'il faisait chaud, c'était mieux que la moiteur recyclée par le système de ventilation souffreteux. La plupart des livres de Patrick avaient été empaquetés et donnés à la bibliothèque de Yale depuis des semaines, mais il restait une poignée de documents, d'objets personnels et de bricoles dans les tiroirs du bureau. Jeter ces petites choses qui composaient une vie, une carrière, me bouleversait. Je ne pus m'empêcher de m'imaginer, de manière morbide, ce qu'on trouverait dans mon propre bureau à ma mort : des cartes d'anniversaire de mes parents, des notes sur des bouts de papier, des stylos plume sans cartouche d'encre. Je récupérai quelques objets pour la bibliothèque et un vieil exemplaire corné du *Nom de la Rose*. Le reste termina dans le sac-poubelle.

Alors que je me préparais à vider l'armoire de classement située derrière le bureau de Patrick, Moira entra et s'adossa à la porte fermée. Elle me demanda dans un murmure :

— Tu sais qui a été engagé ?

— Non.

— Une idée ?

J'en avais plus d'une, mais pas la patience de les passer en revue avec Moira.

— Pas vraiment.

Moira se glissa derrière le bureau de Patrick et ouvrit un tiroir.

— Tu as trouvé quelque chose ? demanda-t-elle.

— Non, rien.

Moira était le genre de femme qui ralentissait son rythme de travail pour s'imprégner d'une tragédie, et passait le reste de la semaine à faire des recherches, à se renseigner sur les victimes et à s'approprier leur douleur.

— Tu te rends compte qu'ils ont accordé la liberté sous caution à Leo ? Il pourrait débarquer ici à tout moment.

— À mon avis, il n'en a pas le droit.

— Et alors ? Qui va l'arrêter ? Tu imagines, s'il se pointait ici ?

À sa manière de le dire, pensivement, il était évident que Moira jouait et rejouait ce scénario dans sa tête pendant ses trajets en métro, ce qui prouvait qu'elle n'avait sans doute pas réellement pris la mesure de la situation. Elle adorait son rôle dans la tragédie, même s'il était vraiment accessoire, une simple figuration en réalité. Leo, quant à lui, n'était pas du genre à réapparaître en faisant la gueule. Il allait passer à autre chose, barman dans le Bronx, au Crystal Moonlight Lounge par exemple, où on ne s'embarrassait pas à vous faire signer un contrat.

— Je ne pense pas que Leo va revenir.

— Ah, c'est vrai. Vous aviez un truc tous les deux, hein ? J'ai entendu quelqu'un en parler, ajouta-t-elle en me jetant un regard en coin. L'un des gardiens peut-être.

Je haussai les épaules, espérant que si je gardais le silence, Moira finirait par décamper. Mais elle semblait tout à fait à son aise perchée sur le bureau, ses longues jambes battant un rythme silencieux.

— Tu sais, c'est bien mieux pour toi.

— Ah bon ?

— Sans Leo. J'imagine que vous avez rompu ?

Je n'étais pas certaine que notre relation ait été suffisamment formelle pour parler de rupture, pourtant je hochai la tête tout en empilant les quelques livres que je trouvais. Moira se tut une minute, son regard s'égara par la fenêtre, puis elle déclara d'un air absent :

— Je n'ai jamais compris ce que vous lui trouviez, vous, les filles.

Les filles.

— Que veux-tu dire ? demandai-je en la dévisageant avec attention.

— Simplement que Rachel et toi, vous êtes si gentilles. De braves filles. Vous avez un avenir. Ce que vous fabriquiez avec Leo, j'avoue que je ne comprends pas.

Bien sûr. Je l'avais toujours su. C'était là, dans les cartes. Et la manière dont Rachel nous avait regardés le jour où elle nous avait surpris dans l'abri de jardin : possessive, calculatrice. Je l'avais vu mais j'avais choisi de l'ignorer. J'avais occulté l'information.

— Que pensait Patrick de leur relation ? dis-je, feignant l'indifférence.

— Oh, je ne crois pas qu'il était au courant. Enfin, pas au début. Je ne sais même pas si Patrick et elle étaient déjà ensemble. Ça a commencé avec Leo peu après l'arrivée de Rachel au musée. Pendant un temps, on aurait pu penser que c'était du sérieux. Mais ensuite, tout s'est délité, comme tout ce que Leo touche.

— Ça n'a jamais posé un problème ?

Ce n'était pas la question que je voulais poser. Mais plutôt : « Qui a décidé de rompre ? » Ou : « Que savait réellement Patrick ? »

— Quoi ? Leur liaison ?

Je hochai la tête.

— Ou les relations avec Patrick…

— C'est vrai que Leo et Patrick se prenaient parfois le bec. De petites chamailleries. On entendait des commentaires ici et là. Mais la plupart du temps, Patrick se comportait en parfait gentleman. Je ne peux pas en dire autant de Leo.

— Ça s'est terminé quand ?

Moira était dans son élément, c'était évident. Commère par nature, elle tenait la tête du réseau d'informations du Cloître. Souffrant d'être considérée comme une employée non essentielle, dans un moment comme celui-ci elle se délectait de me voir suspendue à ses lèvres.

— Je ne sais pas, dit-elle en ôtant une poussière imaginaire de sa jupe. Tu n'étais pas encore arrivée. Mais je ne peux pas te dire combien de temps avant. Rachel aimait rendre Patrick jaloux. Honnêtement, je pense que c'était plus pour le faire bisquer que par réel intérêt pour Leo.

L'image de Rachel et Leo ensemble s'imposa à mon esprit, et je ne pus m'empêcher de les imaginer de toutes les façons possibles. Je suis gênée d'avouer que ces scénarios firent naître un profond désir au creux de mon ventre. Un désir qui me donna envie d'en savoir plus, de tout savoir en fait, et qui me faisait regretter de ne pas l'avoir vu se produire *devant mes yeux*.

— Mais tu connais Rachel, reprit Moira en me regardant comme un chat observerait une mouche prise dans une toile d'araignée, elle ne s'engage jamais pour longtemps. Elle n'a accepté de rester cet été que parce que Michael est parti. Elle était censée aller à Berlin. Elle ne devait pas être là, c'est juste… le destin, conclut-elle en agitant la main. Je me suis toujours demandé si elle était restée à cause de Leo.

Sur ces mots, Moira glissa au bas du bureau et s'en alla, me laissant porter la pile de livres contre ma poitrine d'un bras, le lourd sac-poubelle de l'autre. Le silence de la bibliothèque, avec ses longues tables en bois et ses chaises en cuir vert, ses voûtes et ses petites fenêtres gothiques, me sembla tout à coup suffocant. J'éprouvai le besoin de me mêler à une foule de gens, pour éclaircir les pensées qui faisaient des nœuds dans mon cerveau.

C'est alors que je reçus un texto de Leo : « Il faut qu'on parle. »

Il ne m'en fallut pas davantage pour tout laisser en plan au musée ce jour-là. Je descendis les marches du métro quatre à quatre et consultai ma montre en attendant la rame. Une fois arrivée à son arrêt, je marchai le plus vite possible, pratiquement au pas de course, quand j'atteignis son appartement. Je n'étais pas préparée à le voir dans cet état, un bracelet électronique à la cheville et une profonde entaille sur la pommette. Il retenait à la taille son jogging troué, les cheveux tirés en arrière, le teint pâle.

Il ne dit pas un mot quand il me vit sur le seuil – ni invitation ni explication –, se contentant de s'effacer pour me laisser entrer. Je vis un sandwich à moitié entamé sur la table de la cuisine.

— Qu'est-ce que tu veux, Ann ?

— Tu as couché avec Rachel, dis-je, le souffle court.

Leo s'adossa au comptoir où des tasses à café vides et des miettes indiquaient des petits déjeuners pris à la hâte. Avait-il informé son colocataire de sa situation ?

— Et alors ?

— Tu ne me l'as pas dit.

J'étais un peu déstabilisée par sa désinvolture et son impassibilité.

Je m'assis devant la table pour me calmer.

— Tu ne m'as pas parlé de tous les mecs avec qui tu as couché, si ? Est-ce que j'avais besoin de ce genre d'informations ?

— Non, mais...

— Allons, Ann. Ne joue pas les oies blanches. Tu as passé beaucoup de temps avec Rachel. Tu sais comment elle est. Tu n'es pas si naïve.

Je voulais qu'il me dise tout de leur relation. Trouvait-il ses seins plus beaux que les miens ? Aimait-il son odeur ? Aimait-elle le sexe oral ? Avait-elle passé la nuit dans le même lit que moi, délicieusement défoncée à l'herbe de bonne qualité et à la bière bon marché ? Il avait raison, je n'étais pas si naïve. Je ne pensais pas l'avoir jamais été.

— J'aurais aimé que tu me le dises.

Ma voix n'était plus qu'un murmure.

— Pourquoi ? Ça aurait changé quelque chose ?

— Peut-être.

— Vraiment, Ann ? Tu m'aurais évité ? Ou tu l'aurais évitée, *elle* ? Non. Je ne pense pas. Tu étais heureuse d'être impliquée au Cloître. Je l'ai vu. Nos petites mises en scène. Tu y as immédiatement trouvé ta place.

Me tournant le dos, Leo prit un verre dans le placard.

— Même moi, j'ai eu l'impression que tu étais le chaînon manquant.

Je ne savais pas quoi dire, si ce n'est qu'être ainsi au cœur de l'intrigue, entre Rachel et lui, me procurait un sentiment à la fois d'excitation et de malaise.

— Avant ton arrivée, l'ambiance était claustrophobique. Rachel et moi. Rachel et Patrick. Moira qui épiait nos moindres gestes. Les mêmes personnages qui jouaient le même rôle tous les jours, le même travail monotone – tailler les buissons, ratisser les feuilles, faire pousser les semis. Puis tu es arrivée. Tu dégageais une aura particulière. Je sais que Rachel l'a immédiatement sentie. Tu as bousculé les règles de la mise en scène et tu en as initié une nouvelle. Tu nous as incités à croire qu'un renouveau était possible.

— Vous parliez de moi, Rachel et toi ?

Leo acquiesça d'un signe de tête.

— Tu sais, elle et moi, on partage un truc. On pense que parvenir à nos fins a un prix. On ne peut plus réussir comme avant. Trop de concurrence, trop d'argent en jeu, trop de gamins avec des comptes en banque garnis qui n'ont pas besoin d'écrire la nuit, entre deux services dans un bar et un petit boulot le jour. Je ne m'attendais pas à ce que Rachel le comprenne. Pourtant, si. Elle savait à quel point la compétition était rude, même pour une personne dans sa position. On était tous les deux prêts à faire ce qu'il fallait.

— Patrick.

— Oui, pour elle, c'était Patrick.

— Tu ne l'as pas tué.

Leo éclata de rire.

— Non.

— La belladone.

— Je ne l'ai pas tué, Ann. Pourquoi j'aurais fait ça ? Je vendais des objets en douce et je me faisais un paquet de fric. Ça m'a permis de quitter mon deuxième boulot et d'écrire le soir. Rachel m'a aidé à trouver un antiquaire pour écouler les marchandises. Elle était au courant de tout – c'est même elle qui en a eu l'idée. Je n'oublierais jamais sa formule : « Ne pas laisser ces objets tomber aux oubliettes. » C'était comme leur insuffler une seconde vie. Elle a refusé de prendre les vingt pour cent que je lui ai proposés. Ce n'était pas une question d'argent pour elle. Je pense qu'elle aimait le frisson que cela lui procurait. Et se démarquer par rapport à Patrick, tant sur le plan personnel que professionnel. On ne l'a pas fait qu'au Cloître, tu sais. Bien sûr, on s'est fait prendre ici, mais j'ai volé des œuvres à la Beinecke et à la Morgan aussi. Des lettres, des pages de manuscrits, et une série de premières éditions. Avec les codes d'accès de Rachel, c'était du gâteau. J'ai mis de côté une partie de l'argent de ces ventes. Comment j'ai payé ma caution d'après toi ? Alors j'ai décidé de ne pas divulguer le rôle de Rachel dans cette histoire. Je n'étais même pas sûr de vouloir te l'avouer, mais…

Leo marqua une pause, puis alla chercher une bière dans le frigo, qu'il décapsula aussitôt.

— Comme je risque de ne pas en boire de sitôt…, expliqua-t-il en levant la bouteille comme pour trinquer. Cela dit, je suis impressionné par la manière dont elle est arrivée à se protéger de tout ça.

— Pourquoi tu ne m'as rien dit ?

C'était une question idiote, je le savais. Après tout, qu'est-ce que cela aurait changé ? Qu'aurais-je fait de cette information ?

— Tu étais censée être de passage.

Son ton n'était ni désagréable ni dédaigneux mais tendre, comme si j'étais une étudiante étrangère ou une fille au pair accueillie chaleureusement et choyée, mais dont on sait qu'elle repartira un jour.

— Mais Rachel s'est attachée à toi. *Je* me suis attaché à toi. Et les cartes, le tarot ont tout gâché.

Je ne lui avais jamais parlé des tarots, même si j'en avais eu souvent l'envie. C'était un secret que j'avais gardé précieusement en pensant à Rachel, une courtoisie que visiblement elle n'avait pas eue à mon égard.

— Tu es au courant.

— Rachel m'en a parlé un mois avant ton arrivée. Patrick et elle se sont rencontrés à Yale. Il donnait une conférence à laquelle elle a assisté. Ils ont été présentés et il lui a proposé un poste à temps partiel au musée pendant sa quatrième année. Je ne sais pas s'ils ont couché ensemble tout de suite et, franchement, je m'en fiche. Je ne me suis jamais posé ce genre de questions. Après tout, on est des animaux, on essaie juste de passer du bon temps. Mais Patrick... Patrick s'était vraiment entiché de Rachel. Quand il a appris pour nous, il m'a foutu son poing dans la gueule. L'hématome a mis des semaines à se résorber. Et j'ai dû raconter à tout le monde au musée que mon guitariste m'avait accidentellement frappé pendant un concert. Je crois que Patrick pensait que Rachel et lui, c'était du sérieux. Qu'une fois son doctorat en poche, elle allait emménager à Tarrytown avec lui. Mais ensuite, il a trouvé les cartes. C'était un grand collectionneur, tu sais, il achetait toujours des tas d'objets et les stockait dans sa maison. Rachel m'a dit qu'elle n'arrêtait pas de lui demander de lui offrir les cartes. Puis elle lui a proposé de les lui payer, mais il ne voulait pas en entendre parler. Elle était furieuse, tu sais. Une fille comme Rachel Mondray n'a pas l'habitude qu'on lui dise non.

— Elle...

Leo hocha la tête.

— Je suis un voleur, et un relativiste moral. Est-ce que je me sens mal d'avoir volé le musée ? Non. Ce sont des objets inanimés. Je ne me sens pas coupable. Mais est-ce que j'ai tué Patrick ? Jamais de la vie. Mon relativisme moral ne va pas jusque-là. Celui de Rachel, en revanche...

— Et tu l'as dit à l'inspectrice Murray ?

— Non, répondit-il en buvant une lampée de bière. Pourquoi je l'aurais fait ? Qui allait-elle croire ? Moi, un voleur, ou Mlle Mondray ? Rachel m'a bien piégé, c'est sûr. Elle savait que je ne la dénoncerais jamais, pas parce qu'on a encore des pièces à refourguer, mais parce que même si je l'avais dénoncée, ça n'aurait rien changé. (Il secoua la tête.) Je ne pensais pas qu'elle me collerait le meurtre de Patrick sur le dos. Mais quand la police a découvert que c'était un empoisonnement, j'imagine que Rachel n'a pas eu le choix.

— Elle n'a pas eu peur que ça tourne mal ?

— Rachel est méticuleuse. C'est une planificatrice. Quand quelque chose tourne mal, elle s'en sort toujours. Pourquoi ce serait différent cette fois ?

— Nous devons la mettre face à ses responsabilités, plaidai-je avec une sorte d'urgence dans la voix, le regardant bien en face.

Je savais néanmoins au plus profond de moi, et les cartes me l'avaient confirmé, que Leo avait raison.

Il haussa les épaules.

— Ils n'ont pas assez de preuves pour m'inculper. C'est ce que dit mon avocat. Le dossier est trop mince. Je ferai quelques mois dans une prison basse sécurité pour vol, puis j'obtiendrai la libération conditionnelle. Je bosserai pour payer l'amende. Pour être franc, je suis impatient d'y être, tu sais. Plusieurs mois d'écriture sans interruption… Ici ou sous surveillance dans le nord de l'État, c'est pareil pour moi. On ne coincera pas Rachel. Elle niera en bloc. Je l'ai déjà vue faire. Le jour où Patrick a découvert qu'on couchait ensemble, il l'a confrontée. C'est Moira qui avait dû vendre la mèche. Elle espérait que Patrick arrêterait de faire une fixation sur les filles de vingt ans et sortirait avec une personne de son âge. Il a demandé des explications à Rachel dans le jardin. Je les ai entendus se disputer. Elle a catégoriquement nié, alors que plus tôt dans la journée, on avait fait l'amour dans la remise. Je pense qu'une partie de mon sperme était encore en elle. (Il éclata de rire.) C'est une sacrée comédienne, on peut le dire. Elle a le bluff d'une joueuse de poker.

Quand il vit l'expression sur mon visage, il vint s'asseoir en face de moi.

— Oh, Ann… (Il m'effleura la joue.) Ne crois pas que j'ai fait ça avec toutes les filles. Je te l'ai dit, nous avons tous les deux pensé dès le début que tu étais spéciale.

Je me levai, le laissant en plan, sa main toujours tendue vers ma joue. Une partie de moi voulait crier et le frapper. Réduire tout ça en cendres. Mais l'autre partie se sentait excitée d'être au cœur de l'intrigue depuis le début, d'être la personne dont ils se disputaient les faveurs.

— Tu n'arriveras pas à la coincer, tu sais, me dit-il alors que je me dirigeais vers la sortie, pour y parvenir, il te faudra la battre sur son propre terrain. C'est la seule chose que Rachel respecte.

26

Les paroles de Leo ne me lâchaient plus, elles tour-
noyaient dans ma tête comme un papillon de nuit pris
au piège de la lumière d'une lampe, jusqu'à ce que se
forme dans mon esprit ce qui ressemblait à un plan d'ac-
tion. C'est pourquoi j'acceptai deux jours plus tard de me
rendre à Long Lake avec Rachel. Elle me l'avait proposé
sur le chemin du boulot à la fin de sa dernière semaine
de travail : « Et si on passait un week-end ensemble avant
mon départ ? »

Ses cours débutaient bientôt et, bien qu'elle m'eût
offert de rester chez elle à Manhattan, je ne lui avais pas
encore avoué que j'avais déjà signé le bail d'un appartement à Inwood pour le 1er septembre. C'était plus
simple. Rachel se montrait de plus en plus plaintive avec
des questions du genre : « Tu viendras me rendre visite,
hein ? » Ou : « On s'appellera dans la semaine ? » Ce
matin, devant son café, c'était un péremptoire : « Ne
m'oublie pas, d'accord ? »

Si seulement j'avais pu !

En préparant mon sac, je me rendis compte qu'il était
encore temps de me défiler. Je ne devais quitter ma sous-
location que dans quatre jours. J'aurais pu décider de ne

pas aller à Long Lake, mais, alors que l'hydravion amorçait sa descente dans le crépuscule, et se posait sur la surface sombre du lac, je savais que je n'avais jamais eu le choix. C'était mon destin. *Audentes fortuna juvat.* Et New York et le Cloître m'avaient rendue capable d'audace.

Contrairement à la première fois, personne ne vint nous accueillir sur le quai. La maison était plongée dans le noir. Seule une guirlande de lumières éclairait le chemin jusqu'à la véranda. Le temps de traverser la pelouse jusqu'à la porte d'entrée, l'hydravion avait repris son envol et s'éloignait, nous laissant seules, Rachel et moi, dans l'obscurité grandissante.

— Pas de Margaret ? lançai-je à Rachel.

— Oh, ils sont en congé jusqu'à la fête du Travail[1]. À cette époque de l'année, beaucoup de résidences secondaires sont habitées, il y a moins de surveillance à faire.

Elle enclencha un interrupteur qui éclaira le salon, tout en bois couleur miel, chaud et brillant.

J'étais venue à Long Lake pour que Rachel ne puisse échapper à la vérité, pour qu'elle ne puisse se cacher derrière Aruna, Michelle de Forte ou ses avocats. Pour qu'elle ne puisse se perdre dans la foule urbaine. Mais je n'avais pas anticipé que Margaret et son mari seraient absents. Ils étaient censés assurer mes arrières, ma sécurité, au cas où cela tournerait mal avec Rachel. Mais c'était peut-être mieux ainsi. Quoi qu'il en soit, elle aurait voulu que nous soyons seules toutes les deux.

Pendant des jours, j'avais répété dans ma tête la conversation que je devais avoir avec elle, je mettais des mots dans sa bouche, j'en entendais d'autres se bousculer

---

1. Célébrée le premier lundi de septembre aux États-Unis.

dans la mienne. Mais pour le reste du week-end, je m'en remis à mon instinct. Je savais que tout se déroulerait comme prévu et je ne voulais pas que les cartes me disent à quoi m'attendre. Je vis Rachel ouvrir le réfrigérateur et en étudier le contenu. Le congélateur était presque aussi vide.

— On pourrait aller dîner en ville, dit-elle en ouvrant une série de placards.

Nous montâmes nos bagages jusqu'aux chambres dans lesquelles nous avions séjourné la dernière fois. Je m'approchai de la fenêtre et fis courir mes doigts sur le rebord. Le Cloître ne m'avait pas changée, songeai-je, il m'avait aiguisée pour révéler la personne que j'étais réellement. New York ne m'avait pas montré de quoi j'étais capable, la ville ne m'avait laissé d'autre choix que d'assumer qui j'étais – l'achèvement d'une éducation difficile commencée à la mort de mon père.

Ce n'était pas seulement New York, c'était aussi Rachel et Leo. Ils m'avaient montré une autre façon de vivre et, pour cette raison, j'étais tombée amoureuse de l'un et de l'autre. Alors que je contemplais le lac par la fenêtre, je me sentais écartelée entre le désir de tout détruire et celui d'embrasser ce destin pour toujours. C'était la même impulsion vitale, songeai-je. Quand Rachel frappa à la porte, je ne pus m'empêcher de sursauter.

— Je ne voulais pas te faire peur, dit-elle en entrant, un pull dans une main, un jeu de clés dans l'autre.

— Ce n'est pas le cas.

Je grimpai dans la camionnette que Rachel sortit du garage en marche arrière, et nous empruntâmes un long chemin de terre ombragé d'ormes et de chênes aux feuillages épais. Au bout d'environ un kilomètre de bois et de marécages, nous franchîmes un portail métallique discret et tournâmes à gauche pour rejoindre une route à deux voies. À peine un quart d'heure plus tard, nous marchions dans la rue principale typique d'une station balnéaire avec boutiques de lunettes de soleil, manèges pour enfants et panneaux proposant boissons fraîches et glaces. Elle me rappelait celle de Walla Walla et la familiarité des trottoirs bondés de touristes qui se faufilaient entre les voitures stationnées, les magasins aux vitrines débordantes de jouets et de souvenirs – des étalages qui n'avaient pas changé depuis des années – conçues pour séduire les passants.

— On va manger, puis on ira faire des courses, dit Rachel en se dirigeant vers un restaurant doté de tables en bois abritées par des parasols rouge et blanc. J'espère que tu aimes les hamburgers parce qu'on n'a rien d'autre ici. La pizzeria a fermé il y a un an. C'est sûrement mieux comme ça, leurs pizzas étaient atroces, un sacrilège pour les gens de New York.

Il ne restait que peu de tables vides, et Rachel jeta son pull sur l'une d'elles avant d'atteindre la file d'attente composée de retraités, de familles et d'adolescents ayant échappé à la surveillance de leurs parents pour la soirée. Deux filles prenaient les commandes. Elles se tenaient derrière un comptoir vitré à peine ouvert, si bien qu'elles devaient se pencher, l'oreille presque collée à la vitre, pour entendre les clients.

Rachel prit son temps pour choisir, mais personne ne semblait s'en soucier. Depuis l'arrestation de Leo, le comportement de Rachel avait imperceptiblement changé – elle était plus légère, plus enjouée, comme si ses inquiétudes s'étaient envolées. Comment justifiait-elle ses propres actes ? Car j'étais certaine qu'elle se trouvait des excuses. Que disait-on à une amie qui avait commis un meurtre ? Comment était-il possible de passer le temps jusqu'à ce que la vérité vous rattrape ?

Nos plats arrivèrent. Mon hamburger était plein de miettes de cartilage, et très salé.

— Tu crois que Moira va apprécier Beatrice ? demanda Rachel entre deux gorgées de soda.

Beatrice Graft avait été choisie pour remplacer Patrick. Professeure à Colombia et conférencière régulière au Cloître, elle était la plus qualifiée pour occuper ce poste.

— Je crois que Moira se serait bien vue elle-même conservatrice, dis-je.

— Patrick m'a dit un jour qu'elle avait été engagée quand elle avait une trentaine d'années. Tu imagines ? Elle est là depuis au moins autant de temps !

Cela ne me surprenait pas. Moira avait l'air de quelqu'un qui arpentait les corridors gothiques du musée depuis bien trop longtemps – pâle, vigilante et, je le savais, emplie de secrets.

— Tu penses que ça va aller pour toi ? s'enquit Rachel avec une sollicitude sincère. Ce sera un peu comme repartir de zéro, avec une nouvelle moi, un nouveau Leo, un nouveau Patrick.

Ce ne serait pas forcément une mauvaise chose, me dis-je.

— Je me débrouillerai.

— C'est ce que j'ai dit à Michelle, répondit-elle en regardant un jeune couple attablé derrière moi. Que tu allais être le point d'ancrage dans ce chaos. Même si tu n'es pas là depuis très longtemps. Je lui ai dit que tu en étais capable. Elle ne paraissait pas convaincue que tu sois la candidate idéale à long terme, mais je l'ai rassurée.

— Merci, répondis-je, même si une partie de cette déclaration me déplaisait – la perspective de lui être redevable, et celle de ma compétence sujette à caution.

— Bah, c'est normal entre amies. Et puis je suis contente de savoir où te trouver au cas où j'aurais besoin de toi.

Nous mangeâmes en silence tandis que la nuit s'étirait sur la ville, les étoiles affleurant au-delà des halos des réverbères.

Je me rendis soudain compte que la générosité de Rachel – ce qui m'avait tant séduite, ce qui me semblait si authentique chez elle – était en fait la source de son contrôle. Elle était à la fois une bienfaitrice et une microgestionnaire, qui nous manipulait habilement, nous faisant progresser et nous protégeant avec ses privilèges si nous nous conformions à ses attentes. Et même s'il était clair qu'elle m'aimait bien, elle se croyait aussi plus intelligente, plus compétente.

Avant de quitter New York, j'avais appelé Laure et lui avais tout raconté, au cas où les choses tourneraient mal. Elle n'avait pas eu besoin de me poser de questions pour me croire, néanmoins j'avais entendu une inflexion particulière dans sa voix lorsqu'elle m'avait demandé si j'allais bien. Je lui avais assuré que oui.

Rachel, avais-je compris, était au centre de tant de malheurs et en avait créé également. Cela changeait une personne, je le savais. Et je m'étais sentie à l'aise avec le deuil de Rachel, il était à ma mesure. Je me suis rappelé que j'avais découpé et conservé tous les articles sur la mort de mon père, même quand ce n'était que quelques lignes, comme sa nécrologie. Pour cette raison, j'avais lu aussi tous les articles sur la disparition des parents de Rachel. Et il y en avait beaucoup : un reportage du *Post-Star Gazette* local consacrait une page entière à la description des efforts des sauveteurs, des dégâts subis par le bateau, de l'état dans lequel se trouvait Rachel lorsqu'on l'avait retrouvée. Puis, comme je voulais ressentir davantage son chagrin et sa douleur, j'étais passée aux articles du *Yale Daily News* sur le suicide de sa colocataire. Au fur et à mesure de mes lectures, ces événements, qui m'avaient semblé malheureux, prédestinés, inéluctables, s'apparentaient désormais plus à un dessein qu'à une fatalité.

Rachel froissa nos emballages et les jeta à la poubelle.

Pendant le trajet de retour en voiture, je laissai ma main pendre par la vitre, pour profiter de l'air frais. À notre arrivée, il était tard. Rachel mit un 33 tours sur le tourne-disque dans le salon. Le son crachotant résonna dans la maison de bois et s'échappa par les fenêtres, vers les berges du lac où il tenta, sans succès, de noyer le chœur des criquets.

Elle se recroquevilla dans un vieux fauteuil et ouvrit un livre, un verre de vin sur la table près d'elle. Lors de notre premier séjour à Long Lake, nous avions passé beaucoup de temps à lire et, cette fois, j'avais emporté le seul roman dans lequel je voulais me plonger depuis un moment – *Le Nom de la Rose* d'Umberto Eco, l'exemplaire en poche usé que j'avais pris dans le bureau de Patrick.

Sur le canapé, je le feuilletai rapidement jusqu'à ce que j'arrive à la dernière page. Et là, contre la couverture, se trouvait une carte. Je reconnus immédiatement l'arrière-plan d'un bleu profond, le ciel nocturne clairsemé d'étoiles dorées représentant les constellations. Je levai les yeux et vis Rachel absorbée par sa lecture. Je retournai la carte. C'était celle du Diable. La carte qui complétait le jeu. Sa fausse face avait déjà été enlevée pour révéler Janus, le dieu des transitions et de la dualité. Je découvris alors avec stupeur que Patrick avait toujours été au courant de l'existence du système des doubles cartes.

27

Je gardai ma découverte pour moi. Le lendemain, far-
niente pour nous deux, allongées sur d'épaisses serviettes
de plage en éponge, nos orteils enfoncés dans le sable, à
l'ombre d'un parasol incliné pour nous protéger du soleil
qui poursuivait sa course vers l'ouest. Un banc de nuages
s'amoncelait à l'est. J'entrai dans le lac, les pieds meurtris
par les galets de la rive, jusqu'à ce que je puisse plonger.
L'eau remplit mes oreilles alors que mes bras fendaient
la surface, m'emportant jusqu'à la vieille plate-forme de
baignade amarrée près de la plage.

En me hissant sur la surface en bois brut effrité par
endroits, j'admirai la teinte hâlée de mes bras et la min-
ceur de mon corps grâce à mon séjour new-yorkais.
J'aimais la fin de l'été. La vibration sourde du soleil et
l'odeur d'herbe sèche à Walla Walla annonçaient la rentrée des classes, l'automne, et les cieux maussades de l'hiver à venir. Je savais que le ciel de New York ferait plus
que broyer du noir. Malgré la chaleur intense de l'été,
l'hiver serait froid. « Mordant », avait précisé Leo une
nuit en se penchant sur l'escalier de secours pour exhaler
une bouffée de son joint. Malgré tout, le corps chaud et
humide, j'avais hâte de sentir le vent d'hiver émanant de

l'Hudson. Je m'allongeai sur le ponton et j'attendis que ma peau palpite sous l'effet de la chaleur, puis je replongeai dans le lac et nageai jusqu'à la rive.

Rachel et moi suivîmes ce rythme tout l'après-midi – nager, somnoler, se serrer l'une contre l'autre sous le peu d'ombre que nous offrait le parasol – jusqu'à ce que le ciel s'obscurcisse et que les nuages passent du blanc au gris, éclipsant la ligne d'horizon. Le vent s'était levé, soulevant les pages de nos livres et secouant le parasol. À mesure que le soleil descendait, il devint évident que nous aurions dû lever le camp plus tôt. À l'extrémité du lac, une colonne de pluie noire se dirigeait vers nous. Les courants descendants formaient des moutons blancs à la surface de l'eau. Le jour avait cédé à l'obscurité, cette expérience surréaliste qui ne semble se produire que durant les journées d'été les plus chaudes et, bien qu'aucun éclair n'ait fendu le ciel, une fraîcheur soudaine dans l'air m'indiqua que la tempête approchait. Au-dessus de nous, le tonnerre gronda et une rafale arracha le parasol, l'emportant à l'autre bout de la pelouse. Les serviettes et les livres prirent le même chemin. La pluie tombait dru sur nos épaules et nos jambes nues pendant que nous rassemblions les objets qui dansaient sous le vent. Nous revînmes en courant vers la véranda et la sécurité de la maison. J'entendais déjà le staccato assourdissant des gouttes sur le toit de la demeure, du hangar à bateaux, des fenêtres.

— Je ne pense pas que nous aurons une coupure d'électricité, dit Rachel une fois que nous fûmes à l'abri.

Je n'imaginais pas que les ténèbres puissent s'abattre aussi vite et, lorsque le vent frappa sèchement le côté de la maison, saisie, je fis involontairement un pas en arrière dans le salon où nous nous trouvions. En un claquement de doigts, l'atmosphère de cette fin d'après-midi avait changé du tout au tout, de manière irrévocable. À cet instant, je mourais d'envie de poser les mains sur ce qui me permettait de rester ancrée – les cartes – quand tout autour de moi tournait et tourbillonnait. Je laissai Rachel dans le salon en train de regarder la tempête. Dans ma chambre, je fouillai dans mon sac et en sortis la boîte en cuir nouée de son ruban vert.

Voulant faire une lecture avec un jeu complet, je glissai la lame du Diable au centre de la pile et m'installai en tailleur sur le vieux tapis tissé, face aux fenêtres striées par la pluie. Après les avoir mélangées, j'étalai dix cartes devant moi en me concentrant. Cinq d'entre elles évoqueraient le passé, les cinq autres, l'avenir. Je ne pus m'empêcher d'être saisie par ce que je voyais dans mon passé. Il y avait le Deux de Coupes inversé, qui parlait de méfiance, de déséquilibre. À côté se trouvait Saturne que nous avions associé au Monde dans le jeu traditionnel – la figure du père. Mais dans la Rome antique, Saturne avait été réuni avec le dieu grec Cronos, un Titan qui avait usurpé son propre père et dévoré ses propres enfants. Le Dix de Deniers, inversé, mettait encore plus l'accent sur la famille. Et il y avait aussi la Lune. Cette lame, la plus changeante de toutes, mettait en lumière nos erreurs. Je détournai le regard de la vérité que les cartes tentaient de mettre au jour.

— Qu'est-ce qu'elles disent ? me demanda soudain Rachel dans mon dos.

Elle avait dû me suivre, elle se trouvait sur le seuil de ma chambre, appuyée au chambranle.

— Qu'est-ce qu'elles peuvent te dire de plus que moi ? ajouta-t-elle si doucement que je l'entendis à peine à cause des rafales.

— Ce n'est pas de ça qu'il s'agit. C'est un ressenti, dis-je en levant les yeux. Un déverrouillage.

Mais je savais qu'elles recelaient davantage. Le document que nous avions traduit disait que les cartes étaient directrices, elles annonçaient l'avenir. Peut-être même le *créaient*-elles.

Rachel m'observait attentivement, n'osant apparemment pas entrer dans la pièce.

— Allons, Ann, tu ne crois pas *réellement* que les cartes peuvent prédire l'avenir ? Rien ne le peut. Nous sommes les seules à pouvoir décider de notre propre destin.

Il y avait néanmoins une faille dans sa voix. Je me rappelai alors l'histoire de sa mère avec la liseuse de thé, la frayeur que la prédiction lui avait inspirée et qui ne l'avait jamais vraiment quittée.

— Nous voulons tous croire à quelque chose de plus grand que nous, dis-je en tenant les cartes restantes dans ma main tout en étudiant celles que j'avais étalées sur le tapis. N'est-ce pas ce que Patrick disait toujours ?

— Pourquoi chercher à le savoir ? dit-elle en venant s'asseoir devant moi en tailleur. Si ce que tu dis est vrai, qu'il y a quelque chose qui nous attend que nous pourrions être capables de voir, pourquoi voudrais-tu le savoir ?

C'est alors que je compris qu'elle avait peur. Chaque fois que je m'étais laissé guider par mon intuition, Rachel s'était mise en retrait. Cela m'incita à me demander si elle n'avait pas fini par retrouver la liseuse de thé que sa mère avait consultée. Et l'espace d'un instant, je l'imaginai entrer dans la boutique et en être rapidement expulsée, la diseuse de bonne aventure pointant sur elle un doigt accusateur. À dire vrai, nous avions toutes les deux raison à notre manière. Je pensais en effet que certains événements étaient écrits – par exemple, mon père devait se trouver de ce côté-ci de la route ce jour-là et je n'aurais rien pu faire pour empêcher sa mort. Car à quoi bon vivre avec l'idée d'une alternative ? À me demander indéfiniment si j'aurais pu le sauver en faisant un choix différent.

Rachel tendit la main et la posa sur mon bras, brisant ma concentration.

— Ann, croire peut être amusant, mais ce n'est rien de plus. C'est sympa, mais ce n'est pas du travail. Le travail est ici, a-t-elle ajouté en pointant les cartes, un doigt au-dessus des illustrations. Concentrons-nous là-dessus.

Je levai les yeux et la regardai avec son air suppliant. J'imaginais qu'elle avait déclaré la même chose à Patrick.

— Laisse-moi faire une lecture pour toi.

C'était un défi que je lui lançai et aussi un test pour savoir jusqu'où Rachel me laisserait l'amener. Je fus alors frappée par la distance que j'avais réussi à mettre entre la personne que j'étais quelques semaines auparavant lorsque j'essayais si fort d'être à la hauteur, d'être à son niveau, et celle que j'étais devenue. Rachel me scruta et pour la première fois je sus que nous étions sur un pied d'égalité. Elle était maintenant aussi peu sûre d'elle que je l'avais été. Alors que le bruit de la pluie sur les carreaux s'amplifiait, elle hocha la tête.

— Que veux-tu leur demander ? dis-je, le jeu de cartes dans ma main.

— Interroge-les sur mon avenir.

— D'accord.

Je décidai de faire une lecture avec seulement cinq lames. La première carte que je tirai fut l'As en position inversée, seul tarot dénué d'illustration en dehors d'une image représentant sa couleur. Je continuai et découvris deux autres As inversés. Je sortis les deux dernières cartes en fermant les yeux, appréciant la douceur du vélin. Quand je rouvris les paupières, je constatai que cela ne changeait rien à la donne. J'avais devant moi le quatrième As, et la carte que j'avais glissée dans le jeu avant que n'entre Rachel dans la chambre, avant même que je pense à lui proposer une lecture : le Diable.

Les cartes censées dessiner l'avenir de Rachel me montrèrent qu'il n'y en avait pas. Ou, s'il en existait un, que je ne pouvais pas le voir. Il n'y avait que du vide et un changement soudain. La mort.

— Ann…

La rougeur des joues de Rachel était descendue sur son cou et sa poitrine, recouvrant ses clavicules ici et là de taches cramoisies.

Avant que je puisse dire quoi que ce soit, elle se leva et quitta la pièce. Je la suivis au rez-de-chaussée où je la retrouvai près d'une des fenêtres du salon.

— Elles t'avaient annoncé ce qui est arrivé à Patrick ? m'interrogea-t-elle sans me regarder.

Rétrospectivement, je compris qu'elles l'avaient fait. Seulement, à l'époque, je n'étais pas assez douée pour les interpréter.

— C'est possible.

— Jamais je ne t'aurais cataloguée comme une fille qui s'impliquerait autant dans tout ça, dit-elle d'une voix fluette, aiguë. Tu avais l'air si pragmatique au début.

— Tu ne comprends pas, répondis-je, presque plus pour moi-même que pour elle.

Je pensai au travail de mon père qui avait traduit les pages, à la façon dont il les avait décryptées, au fait qu'elles m'avaient toujours été destinées, qu'elles m'avaient attendue, *moi*. Pas Rachel.

Elle se mit à rire, et son rire laissa échapper une fêlure.

— La carte est venue te chercher, dis-je. Le Diable.

Dehors, des éclairs fendirent le ciel, secouant la maison et nos corps. La foudre était tombée près, si près qu'elle avait frappé le hangar à bateaux. Les flammes léchaient maintenant l'extrémité du ponton en bois et prenaient de l'ampleur malgré la pluie. Comme le tarot de la Tour foudroyée par un éclair et ravagée par les flammes, une partie du hangar s'effondra dans le lac.

Rachel n'hésita pas, elle sortit en courant sous l'orage, en direction du feu. Je la suivis, la peau cinglée par la pluie, ma vision obscurcie par la fumée qui s'étendait le long du ponton, mon ouïe mise à mal par le vent déchaîné.

Si Rachel se déplaçait d'instinct, je devais garder les yeux baissés pour m'assurer que je n'avançais pas trop loin sur le ponton pour ne pas basculer par-dessus bord. Une fois arrivée sur les lieux du sinistre, je vis Rachel à l'intérieur du hangar. Un coin du bâtiment brûlait encore et une partie de la toiture s'était écroulée. Deux bateaux qui avaient été mis en cale sèche se balançaient dans le vent.

— Tu savais, dis-je à Rachel, criant pour couvrir le bruit de la tempête. Qu'il l'avait en sa possession. Qu'il était au courant pour les cartes à double face.

Je laissai le sous-entendu planer entre nous. Même si j'ignorais depuis combien de temps Patrick en avait eu connaissance, j'avais néanmoins la certitude que Rachel m'avait menti.

Elle se tourna vers moi, le vent fouettant ses cheveux.

— Que veux-tu que je te dise, Ann ? Te sentirais-tu mieux si tu connaissais les détails ? Cela ferait-il une différence pour toi ?

— Ce ne sont pas des détails, Rachel. Il s'agit de connaître la vérité.

— D'accord, très bien. Ça te va bien de me faire la morale tout à coup. Patrick était au courant. Mais ce n'est pas lui qui a fait cette découverte. C'est *toi*. Voilà la vérité.

— Tu l'as toujours su. Et tu me l'as caché.

Les courants descendants et le tonnerre s'étaient déplacés vers l'est, on en entendait l'écho au loin, mais la pluie continuait à tomber, aussi cinglante sur ma peau qu'une pelote d'épingles.

Rachel plissa les yeux.

— Tu as vu Leo, aussi ?

Un bref instant, je me demandai si Leo lui avait tout raconté mais, à son ton empreint de curiosité, je compris que ce n'était pas le cas.

— Je n'ai pas eu besoin de Leo pour comprendre.

Même si c'était vrai, Leo avait été néanmoins le premier à m'enjoindre de prendre la mesure de la personnalité de Rachel.

— Je me doutais que tu irais le voir. Que t'a-t-il dit ?

— Rien que je ne sache déjà.

Rachel renversa la tête et éclata de rire. On ne pouvait échapper à la grâce de son corps souple et bronzé secoué par le rire. Sa beauté, même en pleine tempête, était un refuge.

— Tu n'as aucune idée de ce qui se passe, Ann. Comment le pourrais-tu ?

Que Rachel me croie aussi naïve me procura une certaine satisfaction. J'en savais bien plus qu'elle ne l'imaginait, je n'étais pas aveugle.

— Leo a toujours eu une imagination débordante. Mais je ne crois pas qu'ils aient assez d'éléments pour l'inculper.

— Non. Enfin, lui ne le pense pas.

— Dommage, vraiment.

— Mais il m'a quand même dit que tu avais tué Patrick.

Les mots roulaient dans ma bouche depuis des jours, et maintenant qu'ils se déversaient avec précipitation, bataillant contre l'orage, je n'étais plus aussi certaine qu'ils aient un sens.

— Et pourquoi penserait-il une chose pareille ?

Rachel se rapprocha de moi et je dus lutter contre l'envie de reculer, de maintenir une distance de sécurité entre nous deux.

— Parce que ce n'est pas lui. Et que cette carte... (Je fis un geste en direction de la maison.) ... est le mobile, Rachel. Tu devais devancer Patrick, c'est bien ça ? Une fois qu'il a découvert les fausses faces, tu savais que c'était la fin.

Un voile passa sur le visage de Rachel, mais je ne savais pas si c'était une émotion ou la pluie.

— Ça aurait pu être un accident, argua-t-elle en me toisant. Une overdose. Une erreur. Leo est connu pour en faire, après tout, ajouta-t-elle.

Je savais tout des accidents de Rachel et des erreurs de Leo.

— Pourquoi tu ne m'as pas parlé de Leo et toi ?

C'était la seule question que je m'autorisai à poser et qui allait me faire le plus mal.

— Cela aurait pu gâcher ton plaisir délicieux. Or Leo est vraiment délicieux.

Elle sourit. Un sourire forcé, lèvres pincées.

Je regardai le lac, l'eau était d'un noir d'encre, houleuse comme l'océan la nuit. À cet instant, je voulais désespérément que Rachel fût capable de me convaincre du contraire, de rejeter la faute sur quelqu'un d'autre, d'effacer son passé, d'effacer le mien, comme si nous pouvions recommencer de zéro.

— Tu n'avais pas besoin de le savoir. Et d'ailleurs tu n'en aurais peut-être jamais rien su si Patrick ne t'avait pas embarquée chez Stephen ce jour-là. Sais-tu que c'est moi qui étais censée l'accompagner ? Pas toi. Il t'a emmenée pour me punir, je crois. Pour me faire comprendre que je n'étais pas irremplaçable. Néanmoins, il a vu chez toi ce que moi aussi, j'avais vu. Une personne qui pouvait être cachottière, capable de faire passer son ambition avant le bien des autres, quelqu'un comme moi. Tu es exactement comme moi, Ann.

— Je ne suis pas une meurtrière, rétorquai-je.

— Je déteste ce mot, dit Rachel. La belladone, voilà la vraie meurtrière. La main du destin, voilà comment tu pourrais me qualifier, je suppose. Je préfère ce terme à celui de meurtrière. Ça sonne mieux à l'oreille.

— Et ta colocataire ?

Rachel sourit.

— Comment es-tu au courant ?

— J'ai lu des articles.

— Oh, mon Dieu, Ann. Toujours à faire des recherches. Je ne l'ai pas tuée. Elle a sauté de son plein gré.

— Mais Patrick…

— Mais Patrick, mais Patrick…, railla-t-elle. Vraiment, Ann, tu ne le connaissais pas. Tu ne sais pas comment il était avant ton arrivée. Je ne le supportais pas. La manière dont il me tripotait et me parlait de l'avenir. Je savais que l'opportunité de travailler au musée venait du fait qu'il m'aimait bien et que, si la roue tournait, je perdrais tout d'un simple claquement de doigts. Alors, j'ai décidé de changer la donne.

Je compris soudain avec stupeur que Rachel et moi étions au musée à cause des caprices de Patrick, une faveur dont nous étions redevables.

— Et il ne faisait même pas de la recherche, continua-t-elle. Plus au Cloître en tout cas. Il était trop occupé à chiner, à étoffer les collections de sa maison lugubre de Tarrytown. Le plus souvent, c'était de la camelote. Patrick était un mauvais conservateur et un collectionneur pire encore. Pourquoi ai-je couché avec Leo d'après toi ? Parce que je le *voulais*. Pourquoi ai-je couché avec Patrick ? Parce que je me sentais *obligée* de le faire.

Me disait-elle la vérité ? Je n'avais jamais vu Rachel se forcer à faire quelque chose qu'elle ne voulait pas. Mais je connaissais le sentiment de se sentir prise au piège. Moi aussi, j'aurais fait n'importe quoi pour rester au Cloître, tout comme j'aurais fait n'importe quoi pour fuir Walla Walla.

— Mais cet idiot… (Elle secoua la tête.) Des années à acheter des pages de manuscrits sans intérêt et de faux reliquaires quand enfin il tombe sur une œuvre digne de

373

ce nom… (Elle éclata de rire.) Les cartes ! Il ne savait pas ce qu'il avait en main. Toi, si.

Elle se rapprocha encore, si bien que j'aurais pu la toucher.

— Oui, toi, tu savais ce qu'elles représentaient. Qu'est-ce que Patrick allait en faire ? Les encadrer et les accrocher dans son salon ? Peut-être les donner à un musée s'il comprenait vraiment leur valeur. Ou écrire un article avec deux ou trois thématiques étroites d'esprit. Il n'en était pas question. Non. Je l'ai fait pour nous, Ann. Pour nous.

— On aurait pu l'inclure dans notre projet, on aurait pu…

En prononçant ces mots, je savais que je mentais. Ce n'était pas ce que nous voulions toutes les deux et je me demandai si je n'avais pas délibérément ignoré le fait que Patrick savait, qu'il avait tout compris.

— Il ne le méritait pas. (Rachel avait presque craché ces mots.) Ce sont toujours les hommes qui font les grandes découvertes. Je savais que si nous partagions la nôtre avec lui, nous aurions été reléguées au statut de coautrices – au mieux. Tout le monde aurait pensé que c'était l'œuvre de Patrick. Qu'il avait reconnu la qualité des cartes alors que tous les autres avaient, au fil des siècles, été dupes. Mais c'est lui qui a été dupé. Pas nous. Pas toi. Il ne l'aurait jamais su sans cette nuit à la bibliothèque. Il avait raison, tu sais. Il s'est avéré que les drogues lui ont procuré plus de lucidité. Cette nuit-là, il a enfin remarqué que les cartes avaient une texture curieuse au toucher. Il les a étudiées, retournées, encore et encore, pour tenter d'en trouver la raison. J'ai fait de mon mieux pour l'en distraire, mais il était obsédé. Il a finalement trouvé le moyen de séparer les deux faces. C'est là que j'ai su qu'il fallait agir.

— Alors tu l'as empoisonné.

— Je te l'ai dit, je ne suis pas une meurtrière. Un peu plus tard dans la nuit, Patrick a pensé qu'il avait besoin d'un peu de breuvage supplémentaire, juste une dose, que ça l'aiderait à voir encore mieux. Je me suis rendue dans l'abri de jardin et j'ai trouvé la belladone. J'ai broyé sa racine dans la remise et je la lui ai rapportée. Je l'ai regardé la mélanger à son eau. Je suis restée là, silencieuse, pendant qu'il la buvait de bon cœur. Avec avidité, même. S'il avait été attentif, il aurait pu remarquer à quel point le goût était différent, mais je pense que, d'une certaine manière, Patrick voulait agir ainsi. C'était son choix.

La manière de Rachel de justifier son acte, comme si c'était un accident que Patrick aurait pu éviter, me fit froid dans le dos. Sa logique était d'une absurdité totale.

— Rachel, ta définition du choix est inadéquate. Patrick n'avait pas le choix. Ton interprétation est accommodante, tu en fais un rideau qui nous sépare du destin. D'un destin dont tu es l'autrice.

— Le choix est la seule chose que nous partageons tous, rétorqua-t-elle en balayant mon commentaire d'un geste de la main. C'est le terrain de jeu ultime.

— Pas du tout. Tu crois que j'ai voulu me retrouver au Cloître ? Tu crois que je voulais être mêlée à tout ça ? Non, je n'ai pas eu le choix.

— Bien sûr que si. Tu aurais pu retourner à Walla Walla. Tu aurais pu partir après la mort de Patrick. Tu aurais pu décider, un million de fois, de ne pas te laisser entraîner avec moi plus loin dans cette histoire, mais tu ne l'as pas fait. À chaque tournant, tu as décidé de continuer. Et tu sais pourquoi ? Parce que nous sommes semblables.

Elle avait tort de penser que ma volonté était entrée en jeu. Je savais avec une certitude absolue qu'il n'y avait pas de véritable choix dans l'existence. C'était une illusion. Je n'avais pas décidé d'être sur la route ce jour-là. Pas plus que mon père n'avait choisi que sa voiture, qui aurait dû être révisée depuis longtemps, tombe en panne sur le chemin du retour dans le seul virage sans visibilité entre Whitman et notre maison. Désormais, je pouvais voir les ténèbres dans les cartes. Sur le visage de Saturne et sur la Lune opalescente, je voyais ce qui s'était passé ce jour-là, ce que je m'étais forcée d'oublier. J'étais rentrée du campus en empruntant la petite route qui traversait les champs de blé, dont les tiges hautes prêtes pour la moisson cachaient la vue. Je ne l'avais pas aperçu dans le virage, pas plus que son véhicule. J'avais seulement senti l'impact, une force si insignifiante contre le pare-chocs de ma camionnette.

Ce n'est que dans le rétroviseur que j'avais découvert la scène – son corps étendu au bord de la bande grise d'asphalte. J'avais couru vers lui, je m'en souviens maintenant. Mais il était déjà trop tard. Il avait eu le temps de me dire de m'en aller. De continuer. De ne jamais m'arrêter, de continuer à m'éloigner de chez nous. « Ce n'est pas ta faute, m'avait-il dit. Ne laisse pas cet événement gâcher ta vie. »

Même si, bien sûr, c'était déjà le cas.

Néanmoins, mon père avait raison. Ce n'était pas ma faute. Je peux l'affirmer maintenant. Le destin était intervenu pour nous mettre tous les deux sur cette même route ce jour-là, sous un ciel d'août caniculaire.

Rachel se trompait du tout au tout. Si j'avais eu le choix, j'aurais tourné à gauche, j'aurais pris le chemin le plus long, j'aurais fait n'importe quoi pour éviter ce qui était arrivé cet après-midi-là à mon père, ce qui m'était arrivé à moi. Et si le choix était si facile à mobiliser, alors j'aurais choisi d'arrêter les larmes qui me montaient aux yeux, de reprendre mon souffle, d'empêcher ma voix d'être à l'unisson avec le hurlement du vent et le fracas de la pluie. Les souvenirs que mon esprit et mon corps s'étaient efforcés de refouler – mon père, son corps ensanglanté, les champs blonds et la terre poussiéreuse qui nous entouraient, mes mains sur le volant – se déversaient maintenant à flots.

— Ann, dit Rachel en m'entourant de ses bras. C'est fini. On ne peut pas revenir en arrière.

Je pleurai encore plus fort parce qu'elle avait raison. Nous ne pouvions pas revenir en arrière et, pire encore, je ne savais pas si j'en aurais eu envie. Parce que tous ces événements, même la mort de mon père, m'avaient conduite ici. Rachel avait raison : nous étions semblables. Cette prise de conscience n'était pas un soulagement, mais une défaite écrasante. La seule réponse que j'eus fut de m'affaler contre son corps et de la laisser me soutenir.

— Je l'ai fait pour nous, murmura-t-elle dans mon cou.

Une partie de moi voulait la croire, voulait désespérément croire que c'était la vérité. Qu'à partir de maintenant, ce serait Rachel et moi. Plus de figures paternelles, plus d'amants. Mais les cartes m'avaient montré ce qui allait suivre et, malgré mon corps tremblant et mon esprit tourmenté, cette certitude me procura un certain soulagement. Et de la même manière que mon passé m'avait retrouvée dans les cartes, je savais que je ne pourrais pas non plus échapper à l'avenir qu'elles avaient prévu pour moi. Le choix ne m'appartenait pas.

28

Alors que l'aube pointait sur les Adirondacks, je marchais déjà sur une route de campagne en direction de la ville. J'avais mon sac à dos sur les épaules et un autre sac à la main. Chaque fois que j'entendais le moteur d'une voiture, je levais le pouce. Mais il était si tôt qu'il y avait peu de circulation en dehors de camions transportant des ouvriers et du matériel vers des chantiers.

Au bout d'une heure environ, une femme en habits de femme de chambre s'arrêta à ma hauteur et baissa sa vitre.

— Où allez-vous ?

Je n'en avais aucune idée.

— Là où je pourrai prendre un bus, répondis-je.

— Ce sera à Johnsburg alors, répondit-elle en se penchant pour ouvrir la portière du passager. Je peux vous avancer presque jusqu'à destination.

Nous roulâmes en silence, le long d'une forêt de feuillus. Sa voiture sentait le tabac froid, et elle tapotait régulièrement à l'extérieur la cigarette qu'elle tenait à la main.

— Vous fuyez quelque chose ? demanda-t-elle après quelques minutes. Si vous ne voulez pas en parler, je comprends. C'est juste que vous en avez l'air, ajouta-t-elle en désignant mon sac à dos sur la banquette arrière.

— En un sens, oui.

— Un garçon ? J'ai dû fuir un garçon un jour. Quand une relation va dans le mur...

Elle sifflota et leva les yeux au ciel.

— Une relation toxique, oui, dis-je en hochant la tête.

— Vous allez y arriver. Je pensais que jamais je ne m'en sortirais, mais j'ai réussi. Et il ne m'a pas retrouvée, si c'est ce qui vous inquiète. Ils disent toujours qu'ils vont vous retrouver, mais ils le font rarement. Ils se lassent de chercher ou se rabattent sur votre sœur – dans mon cas, c'était ma sœur –, puis...

Elle enfonça la pédale de frein pour ne pas heurter deux chevreuils qui traversaient la route. Ma tête faillit cogner contre le pare-brise, à se demander si la ceinture de sécurité fonctionnait.

— C'était moins une.

Avant de disparaître dans le bois, le mâle tourna vers moi son œil noir et vitreux, dénué d'émotion.

— Quoi qu'il en soit, reprit la conductrice, vous allez vous en sortir. Je vais vous déposer à Johnsburg. Et vous n'êtes pas obligée de parler.

En effet, nous écoutâmes la radio pendant le reste du trajet sur une route à deux voies tandis que le voile laiteux du petit matin laissait place à la lumière du jour. Je n'avais pas laissé de mot à Rachel. J'étais juste partie, j'avais éteint mon portable et je m'étais éloignée d'elle, de toute cette histoire.

Il faisait un froid mordant ce matin quand je m'étais levée avant l'aube. L'été était terminé. Le monde que nous avions bâti au Cloître, le monde dont nous avions exclu tout le reste s'était effondré, comme le tarot de la Tour tombant dans la mer. C'était inévitable.

Des relations comme les nôtres, des univers comme les nôtres ne peuvent supporter la pression du monde extérieur, surtout quand cette pression vient de votre propre passé. Que dire à l'inspectrice Murphy ? Que Rachel avait développé une moralité complexe où elle se sentait absoute de ses crimes parce qu'elle laissait toujours un choix à ses victimes, même si elle avait orchestré leur sort ? Lui raconter que moi-même, j'étais recherchée pour un accident avec délit de fuite dans l'État de Washington ? Non. Personne ne comprendrait. Moi, si. Et les cartes aussi.

Quand la femme me déposa à la gare routière, elle me glissa quelques billets dans la main.

— Vous en aurez besoin.

J'eus beau refuser, elle insista. J'appelai Laure depuis une cabine téléphonique et lui demandai si elle voulait bien m'héberger la semaine suivante, jusqu'au début de mon nouveau bail. Elle accepta immédiatement.

— Tu vas bien ? interrogea-t-elle au téléphone.

— Ça va.

— Elle a fait quelque chose ?

— Non.

Laure garda le silence un moment. Je l'entendais presque mordiller sa lèvre inférieure, se demandant si elle devait insister ou non.

— Je t'en dirai plus quand je serai arrivée, dis-je pour couper court à ses velléités d'obtenir plus d'informations.

En réalité, je ne voulais pas en parler. Je savais que personne ne comprendrait.

Il me fallut le reste de la journée pour atteindre New York – plusieurs bus, trains, deux métros et une longue marche. À 19 heures, j'arrivai enfin à l'appartement de Laure à Brooklyn, où elle vivait avec son petit ami et deux chats. Je laissai tomber mes deux sacs par terre et m'affalai dans le canapé.

— Tu peux rester aussi longtemps que nécessaire, dit-elle en m'apportant un verre d'eau.

— J'ai juste besoin d'une semaine.

Laure hocha la tête.

— Merci.

— Alors, dit Laure en prenant place à côté de moi sur le canapé, que s'est-il passé ?

— Ça n'a pas fonctionné.

Elle voulut en savoir plus, mais je restai inflexible. Ce n'était pas l'histoire de Laure, c'était la mienne. Une histoire que très peu de gens croiraient. Après avoir fait un petit somme et pris une douche, je sortis avec Laura et nous bûmes trop de vin bon marché dans un restaurant dont les tables débordaient sur le trottoir, puis nous rentrâmes à pied sous le halo orangé des réverbères. Pour la première fois, je vis une autre facette de New York, un monde en dehors du Cloître, encore chaleureux et animé, même si bientôt les feuilles allaient changer de couleur et la température devenir moins clémente. J'inspirai profondément pour m'en imprégner.

Le lendemain matin, le lundi, je pris le métro jusqu'au Cloître, contente de me replonger dans la foule et l'air chaud et vicié.

La nouvelle conservatrice devait être arrivée et pour l'occasion j'avais ressorti mes vêtements de Walla Walla. Le polyester rêche ne me gênait plus, il me rendait juste nostalgique.

Dans le hall d'entrée, je vis Moira détourner les yeux et se pencher derrière le comptoir pour sortir d'autres plans et fascicules de bienvenue. La même atmosphère régnait dans la cuisine où les restaurateurs me firent un signe de tête avant de s'éclipser en laissant leurs sachets de sucre derrière eux. Dans la bibliothèque, Michelle vint à ma rencontre, Beatrice Graft à ses côtés.

— Oh, Ann, on ne vous attendait pas ce matin. Pouvez-vous nous laisser quelques minutes ? dit-elle à Beatrice.

L'espace d'un instant, j'eus peur d'être renvoyée. Elle allait me dire que Beatrice et le musée n'avaient plus besoin de moi. Seulement, cette fois, il n'y aurait pas de Patrick pour me sauver. Beatrice s'éloigna et déclara :

— Venez me voir quand vous aurez terminé.

Michelle s'approcha de la table et s'assit à côté de moi.

— Ann, après ce qui est arrivé, je pensais que vous prendriez quelques jours de repos. Mais puisque vous êtes là... (Elle s'interrompit un instant.) J'imagine qu'on peut faire les présentations. Vous savez que vous n'avez pas besoin de nous prouver combien vous êtes investie. Nous sommes tous parfaitement conscients de ce que vous traversez.

— Que voulez-vous dire ?

Elle m'observa alors avec curiosité.

— Oh, vous n'êtes pas au courant ?

— Au courant de quoi ?

— Oh, mon Dieu.

Michelle sortit de la bibliothèque pour s'entretenir avec Beatrice avant de revenir à l'endroit où j'étais assise.

— Ann, dit-elle en parlant lentement, ça a été un été difficile pour tout le monde au Cloître, et pour vous encore plus sur le plan personnel. Je pensais que vous aviez été avertie. Vous étiez si proches toutes les deux. Mais comme ce n'est pas le cas, je préfère vous en informer moi-même. Rachel nous a quittés. Elle est décédée. Un accident de bateau apparemment. Une tragédie. Tout le personnel, toute la famille du musée est…

— J'étais chez une amie à Brooklyn. Je n'en ai rien su.

— Je vois. Eh bien, voilà. Écoutez, Ann, je suis vraiment désolée.

Michelle semblait bel et bien navrée. Ses traits étaient tirés et, quand je baissai les yeux, je constatai qu'elle me tenait la main.

— Quand ?

— La nuit dernière. Apparemment, elle naviguait vers une petite île sur Long Lake. Mais elle n'avait pas vérifié que le bouchon de vidange était en place. Le bateau a pris l'eau. Il n'y avait pas de gilet de sauvetage à bord. Elle a essayé de nager jusqu'au rivage, mais une tempête s'est levée. Ce fut peine perdue.

— Oh !

Je contemplais à présent nos mains sur mes genoux, entrelacées. S'attendait-elle à ce que je pleure ? Avait-elle besoin d'une démonstration d'émotion ? Moi-même, je ne savais pas de quoi j'avais besoin.

— Oui, c'est particulièrement tragique parce que ses parents ont péri de la même manière. Vraiment, personne n'aurait pu imaginer une chose pareille.

Je gardai le silence un long moment, jusqu'à ce qu'elle me presse la main et s'écarte de moi. Le moment de deuil partagé était terminé.

— Pourquoi ne pas prendre un peu de temps pour vous ? Rentrez chez vous, soufflez quelques jours. Le musée sera toujours là quand vous reviendrez. Nous avons besoin de vous, Ann, vous faites de l'excellent travail ici.

Quelle différence depuis notre première entrevue, songeai-je. L'été nous avait tous transformés, avait réarrangé le tissu de nos réalités. Les Parques n'avaient pas chômé.

— Comment l'avez-vous appris ?

— Leo m'a appelé, répondit Michelle après un moment d'hésitation.

Je ne fis aucun commentaire.

— Sentez-vous libre de partir. Pourquoi ne pas revenir jeudi ? Ou la semaine prochaine si vous avez besoin de plus de temps. Vraiment, c'est comme vous voulez. Après l'été que vous venez de passer, je ne vous en voudrais pas de démissionner.

— Je ne démissionnerai pas, dis-je en repoussant ma chaise et en me levant. Je vais aller prendre l'air, mais après, je reviens. Je veux être ici. Je ne pourrais pas traverser ça ailleurs.

Michelle me regarda en souriant.

— D'accord.

*

384

Je descendis la colline, m'éloignant des remparts du Cloître, dont je voyais encore la ligne irrégulière entre les arbres, et m'assis sur un banc. Sous les branches basses et arquées d'un orme, je saisis mon téléphone pour la première fois depuis que j'avais quitté Long Lake et je l'allumai. J'avais quatre messages de Rachel, je n'en écoutai aucun, me contentant de faire défiler la liste de mes contacts pour appeler Leo.

— J'étais la personne à appeler en cas d'urgence, dit-il avant que je puisse prononcer un mot. Tu te rends compte ?

Je restai silencieuse.

— Tu étais là-bas quand c'est arrivé ? demanda-t-il.

— Non.

— C'est sûrement mieux comme ça.

— Tu as été prévenu quand ?

— Hier soir. J'ai tout de suite contacté Michelle.

Je me rendis compte que j'étais assise tout au bord du banc, une main si fortement agrippée au rebord que mes jointures étaient toutes blanches.

— Ils t'ont dit quoi ?

Je l'entendis changer de position à l'autre bout de la ligne.

— Qu'elle s'était noyée. Elle a sûrement essayé de nager jusqu'au rivage, mais a mal évalué la distance.

Je ne fis aucun commentaire.

— Ça va ?

— Ça va.

Et une partie de moi le pensait. Je m'émerveillai que cela puisse être le cas.

— Ça paraît logique.

— Comment ça ?

— Que le destin intervienne quand personne d'autre ne le fait.

Là encore, je gardai le silence.

— Je dois te laisser, Leo.

— Hé…

Il marqua une pause. Je l'imaginai passer sa main dans ses cheveux, une tasse de café toute proche.

— Tu aimerais aller dîner ou autre chose ? On joue au…

— Leo. (J'avais prononcé son prénom doucement, dans un long souffle.) Je ne sais pas.

— D'accord. (Il s'agita de nouveau à l'autre bout du fil.) Eh bien, si tu changes d'avis…

— Je dois y aller. Peut-être. Je ne sais pas.

Si les choses devaient s'arranger avec Leo, peu importe ma résistance ou son insistance, cela adviendrait, je n'aurais pas mon mot à dire. Sur ces mots, je raccrochai et lâchai le bord du banc, pliant et dépliant mes doigts pour que le sang afflue à nouveau dans ma main. Après un été chargé au Cloître, en cette fin du mois d'août, le parc avait retrouvé son calme. Aucun groupe d'amis n'étaient étendus sur des couvertures, aucune lectrice ne balançait distraitement sa sandale, aucun enfant ne courait après un ballon. J'avais pour seule compagnie la brise de l'Hudson et la solide paroi rocheuse du Cloître derrière moi. Je notai que les herbes commençaient à sécher, brunir, comme elles l'avaient fait ce jour-là à Walla Walla. Mon père aurait été heureux de voir tout ce que j'avais accompli ici.

Je pensai à la façon dont il m'avait dit sans hésitation, presque rudement : « Ce n'est pas ta faute. » Avant d'arriver au musée, je ne le croyais pas C'était impossible. J'avais donc décidé d'enfouir la honte, la dévastation et la culpabilité aussi profondément que possible, au-delà de ma mémoire et de ma vie à Walla Walla, au-delà même de mon propre chagrin. Mais l'été avait tout déterré et, aujourd'hui, je voyais enfin la vérité. Mon père ne s'était pas trompé. Ce n'était pas ma faute. C'était mon destin : je pouvais toujours essayer de l'éviter, il se remettrait sans cesse sur ma route.

En fin de compte, je décidai de ne pas écouter les messages que Rachel m'avait laissés. Je les effaçai pour ne pas être tentée de revenir en arrière et d'écouter sa voix chantante, si mélodieuse. J'effaçai aussi ses SMS, car je ne supportais pas de les voir. Les photos, je décidai de les garder dans mon téléphone pour me rappeler cet été, ce que nous avions été, ce que j'avais été – avant.

À l'appartement de Laure, ce soir-là, son petit ami prépara le dîner et je fis la vaisselle. Ensuite, je sortis mon ordinateur de mon sac et le posai sur mes genoux. J'ouvris le document contenant l'article sur lequel Rachel et moi avions travaillé et je surlignai son nom. Au bout d'une minute à regarder son nom en bleu, le curseur clignotant après la dernière lettre, j'appuyai sur la touche « supprimer ». Puis j'envoyai l'article sans une seconde d'hésitation. Avec moi pour unique autrice.

De mon sac, que j'avais poussé sous le canapé qui me servait de lit, j'extirpai la boîte en cuir élimé entourée d'un ruban vert, et je l'ouvris. À l'intérieur, le jeu complet. Je caressai la première carte, l'Amoureux, et me laissai habiter par son histoire. À mon doigt scintilla la bague que Rachel m'avait achetée chez Stephen et qui ne m'avait pas quittée depuis ce jour-là. Je l'enlevai et je sortis de chez Laure pour marcher jusqu'à l'East River. Là, en contemplant les gratte-ciel de Manhattan à l'horizon, je jetai la bague dans les eaux saumâtres.

29

L'article parut en décembre. À cette époque, j'avais déjà mon propre bureau au musée – le plus petit, certes, mais bien à moi. Et lorsque les premières neiges brûlèrent les pointes des herbes de Fort Tryon Park, plus personne ne parlait de Rachel ou de Patrick. J'étais la seule à me souvenir de tous les détails de cet été. Et chaque printemps, il y avait un soir – un seul – où en rentrant chez moi dans l'air moite des rues de New York, baignées de la lueur orangée, le vent chaud me rapportait ces souvenirs. Même lorsque je cessai de rentrer à pied le soir au printemps, le vent venait tranquillement me trouver – par les fenêtres ou à l'approche d'une rame de métro – sans y avoir été invité.

Je devais tout à cet été, que chacun avait hâte d'oublier. En mars, les messages d'acceptation dans les programmes de doctorat étaient arrivés par dizaines. D'innombrables départements m'accueillaient et faisaient l'éloge de mes travaux. L'article avait été largement salué et avait fait l'objet de critiques bienveillantes. Bien sûr, aucun ne mentionnait mes précédents refus. Ils croyaient comme moi que mon passage au Cloître m'avait transformée. En fin de compte, je décidai d'aller à Yale, non pas parce que cette université était hantée par le fantôme de Rachel, mais parce qu'Aruna y travaillait et que sa présence me donnait l'impression d'avoir un semblant de famille.

Pendant des mois, les cartes étaient sagement restées dans leur boîte jusqu'à ce qu'Aruna me suggère de les vendre à la Beinecke, dans le cadre d'une vente privée, ce qui permettrait de passer sous silence la question de leur provenance. Le montant convenu était suffisamment élevé pour que je puisse vivre à New Haven, où se trouvait la fac de Yale, en sachant que je n'aurais pas besoin de prendre un petit boulot supplémentaire ni de contracter un prêt pour subvenir à mes besoins en tant que doctorante, voire ensuite.

Lors de ma deuxième année à Yale, j'assistai une nouvelle fois au colloque de la Morgan Library, cette fois avec Aruna à mes côtés. J'y rencontrai Karl Gerber, le conservateur de la Renaissance dont l'absence m'avait envoyée au Cloître, vers Rachel, vers Patrick, vers les ombres de mon passé. Doux et gentil, il exprima des regrets de m'avoir involontairement plongée dans toute cette histoire.

— Néanmoins, ajouta-t-il alors que nous sirotions un café entre deux conférences, je pensais que vous aviez été prévenue. Mon départ avait été arrangé à l'avance, bien évidemment.

Je pensai soudain que c'était Patrick qui avait peut-être tout manigancé, de A à Z. Que le moment que je croyais être le destin, celui où Patrick avait frappé à la porte de Michelle, avait en fait été orchestré. Que le nom de Richard Lingraf sur ma candidature avait pu enclencher tout le processus.

— C'est Patrick qui avait organisé les choses ?

— Oh non, répondit-il en baissant la voix. C'est Rachel. C'est elle qui m'avait aidé à trouver un poste cet été-là à Bergame pour la Collection Carozza. Elle était sûre que vous viendriez au Cloître et qu'on s'occuperait de vous. Elle était très impatiente de découvrir ce que vous aviez appris en travaillant sous la direction de Richard Lingraf, vous savez.

Karl Gerber m'offrit une cigarette que j'acceptai, puis j'inhalai profondément la fumée.

Richard Lingraf ne vécut pas assez longtemps pour voir la publication de l'article ou même sentir les vents froids qui s'abattirent sur la chaîne des Cascades l'hiver suivant mon été au Cloître. Il mourut d'une crise cardiaque chez lui, dans sa bibliothèque, un mois après ma remise de diplôme. Par conséquent, je ne sus jamais si Rachel l'avait contacté, s'il lui avait parlé de moi, si, dans tout ça, elle avait aperçu une brèche, si étroite fût-elle. Une brèche qui allait s'agrandir jusqu'à faire exploser son monde et le mien – de manière irrévocable.

Le passé, je le sais à présent, peut nous en dire plus que l'avenir. C'est une leçon que j'avais apprise avant de poser le pied au musée, avec la bande d'asphalte qui, je l'avais su, me changerait à jamais. Et même si les cartes m'avaient enseigné beaucoup de choses, il y avait encore des lacunes à combler. C'est ainsi que je découvris en feuilletant les microfiches de la bibliothèque publique de New York que les parents de Rachel adoraient naviguer en Laser. Ce dériveur prisé dans les régates, étroit et peu profond, posait parfois problème, car sa coque contenait deux bouchons de vidange : un à l'arrière qui, s'il était oublié, inondait immédiatement le bateau, et un autre, à l'intérieur du cockpit, qui submergeait progressivement l'embarcation.

Il s'avérait que les accidents de bateau sur Long Lake étaient fréquents, mais les noyades bien plus rares. Dès lors, l'enquête sur la mort des parents de Rachel et sur la survie miraculeuse de leur fille avait intrigué la police et les journalistes de Johnsburg pendant des mois. Comment le bouchon du cockpit avait-il terminé sa course dans la poubelle du restaurant où Rachel et ses parents avaient dîné ce soir-là ? Voilà la question qui les taraudait.

La police avait naturellement interrogé tout le monde. Mais aucun employé ni client ne se souvenait d'avoir vu quelqu'un monter à bord du Laser, amarré au quai et ballotté par les vagues contre les bouées, à l'exception, bien sûr, de Rachel. En l'absence de mobile et de témoins, la police avait fini par clore l'enquête. Une décision sans doute fortement motivée par l'intervention de l'avocat de la famille Mondray, qui avait exigé, à l'aide d'un jargon juridique sans appel, que la police laisse à la famille le temps de faire son deuil. Rachel, après tout, était elle aussi victime du naufrage. Selon l'enquêteur principal, elle avait eu « énormément de chance ».

Rachel n'était pas du genre à croire à la chance. Et en lisant l'article, je l'imaginais sortir les gilets de sauvetage du Laser et les laisser sur le quai, je la voyais monter sur le bateau peu avant la fin du dîner et enlever le bouchon dans le cockpit. L'accident portait la marque de Rachel. D'après ses calculs, ses parents avaient une bonne chance de survivre. Mais, avec un petit coup de pouce, elle serait la seule à s'en sortir.

Elle avait raison de dire que nous étions pareilles.

Mais j'aurais tout fait pour changer le destin que j'avais imposé à mon père. Rachel, elle, ne ressentait pas ce genre de remords.

Les cartes que j'avais tirées cette nuit-là à Long Lake m'avaient annoncé comment l'histoire de Rachel se terminerait. Mais je lui avais laissé le choix. Dans l'aube liquide du lendemain, j'avais gagné l'extrémité du quai où les Laser étaient suspendus au-dessus de l'eau, mât baissé, voiles enroulées, et j'étais montée à bord de chacun en faisant attention à ne pas les faire tanguer. J'avais récupéré les gilets de sauvetage, puis ôté les bouchons de plastique blanc des cockpits, et je les avais glissés dans ma poche où ils étaient restés jusqu'à mon arrivée chez Laure. Et, alors que nous rentrions à pied du restaurant dans le vent chaud de l'Hudson, je les avais laissés tomber sur l'asphalte.

Nous sommes, voyez-vous, à la fois maîtres de notre propre destinée et à la merci des trois Parques qui tissent notre avenir et l'abrègent. Et même si je continue à croire que nous pouvons contrôler les infimes détails de notre existence – ces petites décisions qui, mises bout à bout, façonnent notre quotidien –, je pense que notre vie dans sa globalité n'est pas de notre ressort. Cet été-là, le Cloître était venu me chercher et m'avait livré mon destin. Mais désormais, à l'instar de Rachel, je préfère ne pas savoir comment l'histoire se terminera.

REMERCIEMENTS

Tout d'abord, merci à Sarah King qui a lu les premiers chapitres d'un projet abandonné et a insisté sur le fait qu'il y avait quelque chose là-dedans. (Et qui ensuite a lu avec enthousiasme d'innombrables versions !) Ce livre n'existerait pas sans toi.

À Natalie Hallak, mon éditrice, dont les idées et l'enthousiasme pour ce livre n'ont jamais faibli : merci. Travailler avec toi a été un cours remarquable sur la façon de faire passer un récit de « bon » à « excellent », et je t'en suis reconnaissante.

À mon agente, Sarah Phair, dont les conseils avisés et le sang-froid sont toujours un havre où se réfugier : tu m'as convaincue de te montrer une première version de ce livre et tu t'en es fait la défenseure depuis lors. Merci d'apporter ta grande énergie de Vierge à tout ce que tu fais !

Merci également à deux personnes qui ont eu de l'influence sur ce livre très tôt dans cette aventure (même si ni elles ni moi le savions à l'époque) : Herb Kessler et Josh O'Driscoll. Il y a de nombreuses années, vous m'avez permis d'assister à votre colloque sur l'époque médiévale. Toutes les bizarreries que j'y ai vues ont fini par être le germe de ce livre. Et Josh, ton Instagram a été un véritable booster.

Ces remerciements ne seraient pas complets sans exprimer toute ma gratitude à ceux qui ont bravement soutenu mes nombreux intérêts au fil des ans : mes parents. Jamais vous ne sourcilliez lorsque je vous racontais au fil du temps les choses farfelues que j'envisageais de faire. Et vous avez accueilli ma phase d'écrivain avec le même enthousiasme et le même soutien que tout ce que j'avais entrepris auparavant. Vous avez toujours fait en sorte que rien ne semble impossible et c'est un merveilleux cadeau à offrir à un enfant. L'un et l'autre, vous êtes tout simplement les meilleurs. Merci également à Bet et à Wade pour m'avoir inculqué l'amour des arts. Et à David, Karen et Aiais, merci de me parler sans cesse de livres. Et merci à toute ma famille étendue – j'ai beaucoup de chance de vous avoir.

Mais personne n'a entendu parler de ce livre plus qu'Andrew Hayes, dont la patience, l'amour, la créativité, l'esprit, le talent, la bonne humeur et la gentillesse sont la pierre angulaire de nos vies. Sans toi, rien ne serait aussi amusant, lumineux ou joyeux. J'aime vivre avec toi à l'ombre de la montagne qui nous a réunis. Et aussi avec notre chien, Queso, qui nous tient compagnie pendant que nous tapons sur le clavier. Tu es très sage. Nous t'aimons beaucoup.

Le Livre de Poche s'engage pour
l'environnement en réduisant
l'empreinte carbone de ses livres.
Celle de cet exemplaire est de :
650 g éq. CO_2
Rendez-vous sur
www.livredepoche-durable.fr

PAPIER CERTIFIÉ

Composition réalisée par PCA

Achevé d'imprimer en décembre 2023 en Espagne par
RODESA
N° d'impression :
Dépôt légal 1re publication : mars 2023
LIBRAIRIE GÉNÉRALE FRANÇAISE
21, rue du Montparnasse – 75298 Paris Cedex 06